UNLÖSBAR

- Thriller -

Jem Saylor

www.jemsaylor.com

1. Auflage, Feb. 2021

Verlag: Jem Saylor Publishing, Hauptstraße 134, 51143Köln
Cover-Design: Nicole Graf

ISBN: 978-3-00-068143-1

Für meine Mutter.

Prolog

1993

DIE Sonne erhob sich über dem gepflasterten Platz und durchflutete mit ihrem warmweißen Licht die verschlungenen Gassen im Herzen der Altstadt. Der graue Stein im Boden wärmte sich dadurch auf und entflammte Geschäftigkeit in den Köpfen der Menschen. Händler stellten Warentische vor ihren Läden auf und bestückten diese mit Essbarem, hier und da auch mit Kleidungsstücken. Zu den Pastellfarben des Mauerwerks und dem Rotbraun der Dächer gesellten sich auf diese Art unzählige weitere Töne und verwandelten die Altstadt allmählich in ein Meer aus Farben. In Lumpen gekleidete Schuhputzjungen platzierten sich am Kopf einiger Gassen und sortierten Töpfchen mit bunter Creme sowie Bürsten aus ihren Kästen, um für den großen Andrang gerüstet zu sein. Der Wind verteilte den süßlichen Duft von frisch gebackenen Teigwaren über den großen Platz mit dem jahrhundertealten Brunnen in der Mitte, liebkoste die Nasen der Anwesenden und ließ ihnen das Wasser im Mund zusammenlaufen. Einige fliegende Händler schoben ihre scheppernden Karren auf die leere steinerne Fläche, sie suchten nach einer geeigneten Stelle, um größtmögliche Einnahmen zu erzielen.

Es war ein vielversprechender und schöner Sommertag, wie

er schon lange nicht da war. Der Kontrast zwischen dem tiefen Blau des Himmels und dem hellen Braun des Holzes ließ den historischen Brunnen in neuem Glanz erscheinen. Eine alte Frau zapfte sich aus einem der Hähne an den Seiten lebenspendendes Wasser in ihren Eimer.

Das Pflaster, die Brise Luft darüber, das Wasser aus dem Brunnen und die Strahlen der Sonne hatten sich in einer harmonischen Mischung zu einem idyllischen Bild zusammengefügt, wie es sonst nur im fernen Orient zu sehen war. Allein die Aasgeier, die routiniert über dem alten Holzbrunnen kreisten, störten das ausgewogene Verhältnis der Elemente. Es schien so, als ob sie auf etwas warteten, als wären sie Teil einer Verschwörung gegen die Urkräfte.

Nach und nach füllten sich die engen Gassen und das heitere Gewusel an Menschen presste sich durch sie, während es gleichzeitig die Warentische leerkaufte und anschließend den Platz um den alten Holzbrunnen bevölkerte. Von Jung bis Alt war alles dabei. Die Stimmung war gut, denn die Menschen hatten lange in ihren Häusern ausharren müssen, bis endlich das Donnern aus den Bergen aufhörte. Sie genossen die Kombination aus wärmenden Sonnenstrahlen und der kühlenden Brise im Gesicht, unterhielten sich angeregt mit ihren Nachbarn und hielten dabei ihre Kinder in den Armen, denn solch eine Gelegenheit zu einem Plausch hatten sie in letzter Zeit selten gehabt.

Das Gerücht, dass ein geheimer Informant gefasst wurde, hatte sich in der Stadt wie ein Lauffeuer verbreitet. Überhaupt spielten gezielt gestreute Geschichten in diesen Zeiten der Unsicherheit oft eine gewichtige Rolle, dienten gar als Treibstoff für die Seele. Sie alle wollten dabei sein, denn sie konnten es kaum erwarten, endlich dem Zuträger in die Augen zu schauen und Genugtuung zu verspüren. Genugtuung für die eigenen Verluste. Beinahe alle Familien hatten Angehörige verloren, daher war die Stimmung in der Stadt seit Wochen schon aufgeheizt. Jetzt aber mussten die anderen Tribut zahlen. Jetzt war einer von den Feinden gestellt worden. Trauer und Wut, so gegensätzlich wie diese Worte sind, sie gehörten hier zusammen und bestimmten den Alltag der Bewohner. Es musste Dampf abgelassen werden und hier bot sich eine langersehnte Gelegenheit.

Bald gesellten sich schwer bewaffnete Milizionäre zu dem Gemenge und stellten sich im Bereich unmittelbar um den Brunnen auf. Sie sorgten mit ihren Aufforderungen dafür, dass die Menschentraube eine freie Passage zu den umlaufenden Stufen bildete. Kurze Zeit später fuhr ein Militärtransporter vor, aus dessen Ladefläche unter der olivgrünen Plane Bewaffnete einen Mann herauszerrten. Die Hände des Mannes waren an das Ende einer schweren Eisenkette gefesselt. Die Hosenbeine ungleichmäßig abgerissen, sein T-Shirt stellenweise blutgetränkt, seine braunen Haare verfilzt und mit einem öligen Film überzogen. Ganz klar, dieser Mann hatte gelitten. Seine Seele war gebrochen und er verharrte still. Die aufgedunsenen Augenränder und Platzwunden an den Wangen sowie die blutunterlaufenen Striemen an den Waden verrieten stundenlange Folter. Der kräftig gebaute Kommandeur mit untersetztem Oberkörper zog den Mann auf den wackeligen Beinen bis auf die oberste Stufe des Brunnens. Seine Milizionäre hielten ihn fest, damit er nicht stolperte. Die Menschenmenge klatsche dabei und rief immer wieder im Chor:

»Tod den Schnüfflern. Tod den Schnüfflern.«

Ob der geschundene Mensch vor ihnen schuldig war oder nicht, diese Frage stellte sich erst gar nicht, denn die Quelle der Gerüchte war glaubwürdig, bestimmte sie doch über das

Leben in der Stadt. Keiner hätte es gewagt, dem Kommandeur zu widersprechen. Die Möglichkeit, schon bald sich selbst auf dem steinernen Podest des Brunnens wiederzufinden, war nicht weit hergeholt.

Der Anführer hob den Kopf und setzte an, um etwas zu sagen, doch er wurde von dem hysterischen Geschrei einer Frau unterbrochen, die sich zusammen mit ihrem Kind durch den Pulk nach vorne gekämpft hatte. Es handelte sich um die Frau und den kleinen Sohn des gefassten Mannes. Sie bettelte um sein Leben und wollte zu ihrem Mann gelassen werden. Die Milizionäre hinderten sie aber daran, zu ihm auf die Treppe zu gelangen.

»Nein, bitte tun Sie ihm nichts!«, kreischte die Ehefrau ganz außer sich. »Ich gebe Ihnen alles was ich habe!«

Sie nahm ein Dutzend goldene Armreife aus ihrer Tasche und warf sie dem untersetzten Mann vor die Füße.

Der uniformierte Mann aber reagierte beleidigt. »Das, was ich will, kannst du mir nicht geben, Weib. Dein Mann hatte seine Chance.«

»Dann nehmt mich! Ich tue alles, was Sie wollen. Aber bitte lasst meinen Mann gehen. Bitte … bitte …«, flehte die Frau.

Der Kommandeur lachte sarkastisch. »Glaubst du, du kannst mich mit deinen Titten kaufen?«

Er wirkte nun gereizt und zückte ein langes Messer aus der Lederscheide an seinem Gürtel. Seine Männer verzogen keine Miene und ließen achtsam ihre Augen über die Menge schweifen, um auf jede mögliche Art von Störung vorbereitet zu sein. Auch die Aasgeier spürten instinktiv, dass sich die Vorstellung unter ihnen dem Ende näherte. Sie flogen nun deutlich tiefer und umkreisten die türkisfarbene Kuppel des Holzbrunnens in engen Bahnen.

»Ich … ich flehe Sie an«, stotterte die Ehefrau.

Ihre Stimme hatte sich nun durch Überanstrengung ihrer Stimmbänder zu einem Kratzen in den Ohren der Zuhörer verwandelt. Manche fühlten sich dadurch belästigt, andere aßen ungerührt das Stück Gebäck in der Hand oder scherzten zum Teil auch über das unnütze Betteln. Einige wenige nahmen die Gelegenheit wahr und ließen ihre Schuhe durch die Schuhputzjungen polieren. Sie waren einfach nur froh, den eigenen vier Wänden entkommen zu sein und genossen den Aufenthalt im Freien.

Jetzt konnte auch der kleine Junge neben der weinenden Frau seine Tränen nicht mehr zurückhalten. Er umklammerte schutzsuchend seine Mutter.

»Mama, Mama«, hörte man ihn leise schluchzen.

Der Kommandeur sagte etwas in Richtung des Gefesselten, man konnte nicht hören was er sprach, aber es musste eine letzte Frage gewesen sein. Jetzt erst begriff der Gefangene seine ausweglose Situation. Er versuchte krampfhaft seine Tränen zu unterdrücken, und machte dennoch eine abweisende Bewegung mit dem Kopf. Dann richtete er den Blick nach oben in den Himmel, als suche er dort Beistand. Damit erzürnte er den Mann mit dem Messer umso mehr.

Dieser hob die zornige Stimme und sprach laut zu seinem tosenden Publikum.

»Viele von euch mussten bluten, haben Familienangehörige und Freunde verloren. Dieser Mann ist uns in den Rücken gefallen. Er ist ein Verräter.«

Das unaufhörliche Winseln der Frau und ihres Sohns war vergeblich. Die Forderung der Menge wurde nun lauter. »Tötet ihn! Tötet den Verräter!«

Daraufhin setzte der Kommandeur dem Mann mit dem Blick gen Himmel die Klinge an den Hals und schlitzte ihm mit einem Ruck die Halsschlagader auf. Das Blut des

Beschuldigten spritzte unkontrolliert aus seiner Kehle, floss die Treppenstufen hinunter und sammelte sich in einer roten Pfütze am Fuße des Brunnens. Die Atmung des Mannes verlangsamte sich nach und nach, sein Gesicht wurde zunehmend blasser, die Augen verdrehten sich und fokussierten dann ein letztes mal das klatschende Publikum, bevor sein Blick leer wurde. Mit jedem Blutstoß verließ ein Teil seiner Lebendigkeit den Körper, bis er, nachdem er komplett ausgeblutet war, in sich zusammensackte, die Stufen hinunter rollte und am Ende leblos in seiner eigenen Blutlache lag.

Schon länger wurde gemunkelt, dass Spitzel aus den eigenen Reihen mit dem Feind kooperierten und ihm Angaben zu wichtigen Zielen verrieten. Nur so konnten die hohen Verluste durch Artilleriebeschuss in den letzten Tagen erklärt werden. Viele atmeten daher auf, weil endlich einer jener Zuträger unschädlich gemacht worden sei. Sie waren gar in Feierstimmung und fielen sich dabei in die Arme. Der Jubel der Menschen kannte schier keine Grenzen und hielt beinahe eine Stunde an, bis sich die Versammlung irgendwann auflöste und sich außer der Witwe mit ihrem Sohn und dem Leichnam niemand mehr auf dem Platz befand. Traumatisiert und verzweifelt wälzte sich die Witwe stundenlang vor dem toten Körper hin und her, als glaubte sie, ihn damit wieder zum Leben erwecken zu können. Niemand spendete Trost, als sie der Menge hinterher schrie:

»Ihr habt den letzten Hauch von Menschlichkeit in dieser Stadt getötet!«

Die Geier nutzten derweil ihre Chance und machten sich über den Toten her. Auch wenn die Witwe mit ihren Armen abwehrend um sich schlug, die hartnäckigen Aasgeier ließen sich davon nicht abhalten, Stücke aus dem leblosen Körper zu reißen, bis sie ihr Verlangen nach Nahrung gestillt hatten. Schließlich nahm sich die Natur nur zurück, was ihr gehörte.

1
Ankunft

Februar, 1997

SCHARFE Sonnenstrahlen kratzten an meinen Augen und verbreiteten eine unangenehme Hitze in meinem Kopf. Ich konnte sie daher nicht mehr geschlossen halten und öffnete sie. Die Wucht der Sonnenstrahlen blendete sehr und ich fühlte mich für einen Moment in eine Leere hineingestoßen, die sich als eine Fülle der Verwirrung in der vollkommenen Dunkelheit enthüllte, welche vom Licht der Sterne durchbrochen wurde. In dieser von allen Seiten durchstoßenen Leere kam ich mir vor wie ein winziges Atom, das unwillkürlich durch das Universum schwebt und von der Gravitation einiger Möglichkeiten angezogen wird.

Die Rollläden waren doch komplett runtergezogen, dachte ich. Durch sie konnte kein Licht eindringen. Ich schaute genauer hin. Es war vielmehr so, als ob die Sonne durch winzige chaotisch angeordnete Löcher an den Wänden durchschien. Wachsendes Unbehagen befiel mich. Sofort drehte ich mich um, aber Natalie lag nicht neben mir. Verwundert darüber stieg ich aus dem Bett und wollte die Rollläden aufziehen, doch es waren keine da. Stattdessen hatten die Fenster hölzerne Läden an der Außenseite. Ich öffnete sie. Draußen hatte ein sonniger Tag begonnen. Der Raum wurde nun komplett mit Tageslicht durchflutet. Nach genauerem Hinsehen bemerkte ich, dass die Löcher an den Wänden in Wirklichkeit von Kugeln aus Maschinengewehren stammten. Dem Augenblick der Konfusion - ich hatte zunächst gedacht, ich wäre noch im eigenen Schlafzimmer - folgte dann schlagartig die Erinnerung daran, dass ich mich nach meiner Ankunft aus New York, so gegen Mitternacht, in einem Hotelzimmer in Sarajevo schlafengelegt hatte.

Es war bereits kurz vor acht und ich musste mich beeilen, da ein Termin bei der CBB, der Commercial Bank Bosnia, einer der mächtigsten Banken des Landes, anstand. Ich war um neun Uhr mit dem General Manager der Bank, Herrn Peter Lemming, verabredet. Wie immer bei UN-Friedensmissionen waren auch in Bosnien unmittelbar nach dem Krieg die Banker ins Land geschickt worden.

»Erst kommen die Bomber und dann die Banker, um den Wiederaufbau zu finanzieren«, hatte einst mein Arbeitgeber, der Boss, auf der Pressekonferenz taktlos gescherzt, als er unmittelbar nach dem Krieg mit Hilfe seiner *Foundation* und neun anderen, meist staatlichen Organisationen, die CBB gründete.

Als größter Anteilseigner hielt seine *Foundation* zwar mehr als ein Drittel aller Aktien der CBB in der Hand, dennoch übten von Zeit zu Zeit die anderen Aktionäre durch Kooperation untereinander enormen Druck auf ihn aus. Insbesondere Karrie Humphrys, die in der Regel als Sprachrohr seiner Widersacher im Aufsichtsrat der Bank diente und Vertreterin des zweitgrößten Aktionärs war, sorgte für Stunk. Sie machte keinen Hehl daraus, dass sie meinen Boss, den Vorsitzenden, am liebsten entmachten würde. Ein Dorn im Auge meines Arbeitgebers, damit waren häufige Reibereien vorprogrammiert. Hinzu kam der gesteigerte Wunsch von Seiten der Politik, den Menschen in Bosnien mit Geld zu helfen. Nach hitzigen Diskussionen einigte man sich schließlich im Aufsichtsrat der CBB darauf, durch ein Hauskrediteprogramm einen Beitrag zum Wiederaufbau Bosniens zu leisten. Waren doch durch den erbitterten Krieg zwischen den einzelnen Ethnien unzählige Häuser zerstört worden und viele Familien obdachlos geworden. Dazu brauchte die CBB aber weitere Finanzmittel, die ihr im Zuge einer Kapitalerhöhung zur Verfügung gestellt werden sollten. Jedoch waren die Mittel der *Foundation* bereits ausgeschöpft und mein Boss damit in Bedrängnis geraten. Ihm fehlte schlicht das Geld für eine zusätzliche Einlage. Insgeheim wollte der Boss unter allen Umständen verhindern, dass sich das Stimmenverhältnis im Aufsichtsrat zum Nachteil seiner *Foundation* veränderte. Daher hatte er nur widerwillig zugestimmt, konnte aber gerade noch durchsetzen, dass zunächst eine Risikoanalyse von einem seiner Experten vorgenommen wird. Nur bei einem positiven Ergebnis sollte dann die Kapitalerhöhung tatsächlich erfolgen und der Plan realisiert werden. Damit war Karrie Humphrys nur einverstanden, wenn ich die Analyse vornehmen würde.

Im Gegensatz zu Natalie, die oft meine nüchterne Art kritisierte - ich habe das Controller-Gen bereits als Baby eingeimpft bekommen - schätzte sie mein Wissen über die Bewertung von Risiken. Wir kannten uns bereits aus anderen Projekten. Überdies passte es, dass ich wegen meiner mazedonischen Wurzeln die vorherrschende Sprache einigermaßen beherrschte. So wurde mir als Consultant - und nicht als Controller, darauf legte ich Wert, denn ich musste Natalie immer wieder korrigieren - aufgetragen, die Risikoanalyse durchzuführen und dem Aufsichtsrat der CBB einen entsprechenden Bericht vorzulegen. Ich erfuhr erst am Donnerstag gegen Feierabend vom Boss persönlich von der Entsendung und sollte bereits am Montag in Sarajevo meine Analyse beginnen. Vorgesehen waren dafür vier bis fünf Wochen.

Natalie war über meinen Auftrag und der damit entfallenden Fahrradtour nicht besonders erfreut. Wir waren beide begeisterte Mountainbiker und unternahmen immer, wenn unsere Jobs es erlaubten, ganztägige Touren. Das war mittlerweile selten der Fall. Schon seit drei Monaten hatten wir kein Wochenende mehr gemeinsam verbracht. Wir waren beide beruflich sehr eingespannt und schoben eine Überstunde nach der anderen. Abfeiern der angesammelten Überstunden war uns nahezu unmöglich. Endlich war es soweit, wir hatten das Wochenende für die gemeinsame Radtour freigehalten, hatten gar mehrere Stunden lang zusammen mit Tim, meinem besten Freund, den Trip geplant. Eine abwechslungsreiche aber auch zackige Tour mit mindestens achthundert Höhenmetern sollte es werden.

Doch Natalie war nicht die Person, die in einer derartigen Situation schlicht eine Szene machte. Nein, ganz und gar nicht. Sie stand einfach da und schwieg. Lediglich ihre Wangen bekamen eine leicht rötliche Farbe und es liefen ihr Tränen an den Augenrändern herunter. Ein stiller Protest, der jedoch eine umso größere Wirkung hatte und eine Wunde in mein Herz brannte.

Sie will nur mein Mitgefühl erzwingen. Das ist unfair. Ich bin nicht schwach … Die Art und Weise, wie sie protestierte, hätte bei jedem anderen Mann die gleiche Wirkung erzielt.

Traurig und ebenfalls mit feuchten Augen verabschiedete ich mich von Natalie, die wie eine regungslose Figur aus *Madame Tussauds Wachsfigurenkabinett* an der Tür unseres Schlafzimmers gestanden hatte.

Bosnien hatte einen erbitterten Krieg hinter sich gelassen und war als Folge des *Daytoner Abkommens* 1995 in die Entitäten Bosnisch-Kroatische Föderation und die Republika Srpska unterteilt worden. Über die Region Brčko District im Norden sollte später entschieden werden. Daher wurde dieser Teil direkt von dem *Office of High Representative*, einer von der *UN* eingerichteten Institution, geleitet, die auch die beiden Entitäten in letzter Instanz kontrollierte. Von einem souveränen Staat konnte man also nicht sprechen.

Ich hatte gerade die Hose übergestreift, die Haare zurecht gekämmt und meinen Henriquatre getrimmt, als die Besitzerin des kleinen Hotels - eine Dame in hohem Alter - an meiner Tür klopfte.

»Das Frühstück ist fertig«, sagte sie, als ich die Tür öffnete. Dann flüsterte sie in mein Ohr: »Oh, soll ich Ihnen mal was sagen?«

»Nur zu.«

»Meine Enkeltochter schwärmt ja so von Ihnen. Sie hat mir gesagt, Sie würden so aussehen wie Andy García in ›Der Pate‹. Nur die blauen Augen und der Bart wären anders. Und ich muss sagen, sie hat verdammt nochmal Recht.«

Ihre sehr gesprächige Enkeltochter hatte mir nachts, als ich ankam, den Zimmerschlüssel ausgehändigt. Obwohl ich todmüde war und eigentlich nur schlafen wollte, verwickelte sie mich dabei in ein Gespräch. Neben dem im letzten Herbst erst begonnenen Studium an der *Universität zu Sarajevo* jobbte sie bei ihrer Großmutter als Rezeptionistin, wohl auch weil die Greisin ohne diese Hilfe aufgeschmissen wäre.

»Sie schmeicheln mir, aber ein bisschen Individualität wollte ich schon wahren. Und außerdem, ein Mafioso bin ich nicht.«

»Das will ich hoffen, mein Lieber.« Sie legte eine Hand an meine Wange und zog seichte an meinem Bart.

Just in diesem Augenblick läutete die Klingel unten an der Rezeption. Sie war noch oben in meinem Zimmer deutlich zu hören. Somit erledigte sich das mit dem Frühstück.

Es war Davut, der drahtige Fahrer der CBB, der unten wartete. Sein eigentlicher Name war David und seine Eltern waren aschkenasische Juden, die aus Prag eingewandert waren. Davut war acht Jahre alt, als er nach Sarajevo kam. Die Behörden hatten damals bei der Einreise nach Jugoslawien, als Folge eines unabsichtlichen oder auch absichtlichen Fehlers, Davut in seinen Personalausweis geschrieben. Ihm gefiel der Name, wie er berichtete, sodass er später keine Anstalten gemacht habe ihn korrigieren zu lassen. Unter anderem auch deswegen nicht, weil seine überwiegend muslimischen Schulkollegen ihn als einen von ihnen vollends akzeptiert hätten.

Wir bogen in die *Obana Kulina Bana* ein, der Hauptschlagader Sarajevos, auf der wir dann entlang der *Miljacka* in Richtung *Baščaršija*, der Altstadt, fuhren. Rechts und links des Flusses reihte sich ein zerstörtes Gebäude neben das andere. Eine endlose teilweise mit Schnee bedeckte gespenstische Ruinenlandschaft, aus der hin und wieder ein halbwegs verschontes Gebäude hervorragte. Vereinzelt waren ganze Stockwerke bis auf das Fundament niedergebrannt. Die Einschusslöcher überall an den Wänden waren nicht zu übersehen. Mir zog sich der leere Magen zusammen. Manche waren notdürftig zugekittet und gestrichen worden. An der Größe der Löcher konnte man erahnen, ob es sich um Raketen, Granaten oder Munition von Gewehren gehandelt hatte.

Höchstwahrscheinlich waren noch Menschen in den Gebäuden, als die Kugeln und Granaten einschlugen. Aber nein, das wollte ich mir jetzt nicht vorstellen. *Wie grausam können Menschen denn sein? Was bringt sie dazu, ohne Rücksicht auf das Leben von Kindern, Frauen und Männern derartige Zerstörungen zu verursachen?*

Die Zentrale der Bank befand sich in einer kleinen Seitenstraße in der Nähe des Nationaltheaters. Nach einer gefühlten Stunde, die Zeit schien regelrecht stehengeblieben zu sein, kamen wir schließlich vor der Schalterhalle der Hauptfiliale an, die sich im Erdgeschoss des Verwaltungsgebäudes befand. Es war kein sehr ansehnliches Gebäude, aber im Vergleich zu denen, die ich unmittelbar zuvor gesehen hatte, noch in einem verhältnismäßig guten Zustand. Einschusslöcher, durch die man hindurchsehen konnte, hatte es zumindest keine. Wir begaben uns auf die erste Etage, wo sich die Büroräume des Managements und einer Sekretärin befanden. Die Sekretärin empfing mich an der Glastür und führte mich direkt in das Zimmer von Peter Lemming.

Bei derartigen Aufträgen hatte ich stets die Gewohnheit, im Voraus die Lebensläufe der Gesprächspartner durchzusehen, für eine bessere Einschätzung versteht sich. Genauso hatte ich mir Peter Lemming vorgestellt. Er wurde vom Boss persönlich für den Chef-Posten bei der CBB abgeworben. Als Leiter des Back-Office einer namhaften deutschen Bank konnte Peter Lemming eine makellose Bankerkarriere vorweisen, trotzdem wirkte er etwas unbeholfen und ruppig. Manager von Back-Offices hatten den Ruf, trocken und langweilig zu sein. Es kam wie erwartet, ich wurde mit einem freundlichen aber nicht besonders warmen Grinsen in seinem kantigen Gesicht empfangen. Unverkennbar bemühte er sich, höflich zu sein, dennoch wirkte seine Stimme kühl und arrogant. Über meinen Besuch war er zuvor informiert worden. Besonders erfreut, mich zu sehen, schien er nicht zu sein.

»Sie möchten untersuchen, wie hoch das Ausfallrisiko für

zusätzliche Hauskredite sein würde?«

»Das ist richtig. Schließlich sind einhundert Millionen Dollar eine Menge Geld. Die Kapitalgeber werden nur zustimmen, wenn das Risiko beherrschbar ist.«

»Dennoch, auf Profit verzichten möchten sie sicherlich nicht«, sagte Peter Lemming. »Sie haben die zerstörten Gebäude auf dem Weg zu uns gesehen oder? Die *Obana Kulina Bana* nannte man bis vor kurzem noch die *Sniper Alley*.«

Ich kannte die *Sniper Alley* aus den Nachrichten, aber in Wirklichkeit machte die Straße noch einen viel düstereren Eindruck. Serbische Scharfschützen hatten aus den umliegenden Bergen jahrelang auf alles geschossen, was sich dort bewegte. Dutzende Menschen waren gestorben. »Keine Frage, Bedarf ist da, dennoch werde ich genauer hinsehen müssen.«

»Glauben Sie etwa, wir sind hier nicht in der Lage, das Risiko einzuschätzen?«

»Bei einer Bank kann immer etwas schiefgehen. Der Teufel steckt bekanntlich im Detail.«

Der Geschäftsführer schob das Bündel Papier, das auf dem Schreibtisch vor ihm lag, zu mir. »Ich habe Ihnen die Zahlen ausgedruckt. Sehen Sie selbst, wir haben kaum Ausfälle.«

»Vielen Dank.« Ich warf einen flüchtigen Blick auf die Seiten. »Dennoch, ich werde die Geschäfte der Bank eingehender untersuchen müssen.«

Am liebsten hätte Peter Lemming es dabei belassen und mir bloß das Land und die zerstörten Häuserzüge gezeigt, um die Notwendigkeit von zusätzlichen Geldern zu demonstrieren. Über meine Absicht, bei der Analyse ins Detail gehen zu wollen, war er offenbar überhaupt nicht glücklich.

»In Ordnung, wir werden Ihnen alles zeigen«, sagte er freudlos.

Ich beabsichtigte, mir zunächst ein allgemeines Bild von

Sarajevo zu machen, und erst am darauffolgenden Tag die Analyse zu beginnen. Auch die Filialen in Brčko, Bijeljina und Banja Luka standen auf meinem Plan. So verließ ich mit dem zusammengerollten Bündel Papier in der Innentasche die Geschäftsräume der Bank.

Ich ging in Richtung Uferstraße, der *Sniper Alley*. Da ich auf der Fahrt zur Bank noch nicht richtig wach war - ich brauchte morgens stets eine Weile, bis ich zu mir kam - war mir der intensive Benzolgeruch draußen in der Luft nicht aufgefallen. Schwarze Rauchsäulen zierten die schneeummantelten Kamine der notdürftig reparierten Gebäude. Zum Heizen wurde vor allem Braunkohle verbrannt, deren stechender Gestank mir nun in der Nase kratzte. Er war so stark, dass ich beim Putzen der Nase Blut im Taschentuch sah. Für sauberere schwarze Steinkohle war offensichtlich kein Geld da. Obwohl wir schon Ende März hatten, wagte sich der Frühling noch nicht aus seinem Winterlager. Nach wenigen Minuten schon nagte die trockene Kälte obgleich des herrlichen Sonnenscheins an meinen Fingerspitzen. Sie drohten sich in Eiszapfen zu verwandeln. Daher steckte ich die Hände in die schützenden Manteltaschen und ließ die Augen über die schneebedeckten Ufer der *Miljacka* schweifen. Ungeachtet der klirrenden Kälte gingen einige Mütter mit ihren Kindern entlang der Ufer spazieren. Auch der intensive Geruch von Braunkohle schien sie nicht weiter zu stören.

Vielleicht eine Trotzhaltung, dachte ich. *Endlich wieder rausgehen können. Endlich wieder frei.*

Sicherlich hinterließ der jüngste Bosnienkrieg entsetzliche Spuren, aber die Stadt Sarajevo hatte schon zuvor viel Leid ertragen müssen. Auch wenn es bereits lange her war, wusste ich aus dem Geschichtsunterricht, dass gerade hier eine der größten Tragödien der Menschheit ihren Anfang fand. Das Attentat auf Kronprinz Franz Ferdinand und seine Frau war der Trigger für den ersten Weltkrieg, in dessen Verlauf mehrere Millionen Menschen starben. Beklommenheit übermannte mich, je weiter ich mich auf der *Sniper Alley* nach Osten bewegte. Mein Ziel war die *Lateinerbrücke*, die Kulisse des hässlichen Aktes. Die tiefhängende Sonne, deren Strahlen sich jetzt auf dem Schnee brachen, blendete mich und ich musste die Augen schlitzen. Am Ende der Allee, hinter dem östlichen Stadtkern, thronte auf der Spitze eines Hügels die Festung der ehemaligen Statthalter. Unten am Fuße knickte die Straße nach rechts und verlor sich in den Wirren der Berglandschaft Richtung Pale. Ein malerisches Bild, wären da nicht die pockenartigen Narben der Zeit, die unter dem weißen Zuckerguss der Natur zu beiden Seiten des Wassers hervortraten.

Als ich an der *Lateinerbrücke* ankam, bemerkte ich auf der nördlichen Uferseite, wo ich stand, ein Museum zum Gedenken an die schreckliche Tat. Ich musterte das Bauwerk. Genau an der Stelle, an der die Steinbrücke das südliche Ufer tangierte, machte die mehrere Meter hohe Mauer der Uferbefestigung einen Bogen. Es war so, als drückte sie die dahinterliegende Straße ein. Nur hier wurde die lineare Form, bedingt durch die Parallelität der beiden Ufer, unterbrochen.

Diese Stelle ist anders als alle anderen. Ganz klar, das muss ein Zeichen sein. Eine unbewusste Markierung der Menschen auf dem Kerbholz der Geschichte.

Die Last der Brücke wurde von drei mächtigen Pfeilern getragen, zwischen denen sich vier Bögen spannten. Auf der nördlichen Seite, wo ich gerade stand, konnte man den Ansatz eines weiteren Bogens sehen. Er wirkte durch die anliegende Uferstraße abgeschnitten. Dies erklärte auch, warum der

Scheitel der Brücke wie nach Norden versetzt aussah. Rechts und links des höchsten Punktes befanden sich über den Fundamenten kreisrunde Löcher. Ich versuchte den Sinn dieser Löcher zu erkunden. Die *Lateinerbrücke* wurde unter osmanischer Herrschaft im Jahre 1565 erbaut. Sie ist benannt nach dem angrenzenden katholischen Stadtteil auf der linken Seite der Brücke, der früher *Latinluk* hieß. Fasziniert von der Standhaftigkeit zum einen, aber auch tief berührt durch das historische Erbe dieses Ortes, dieses so folgenreichen Attentats, bewegte ich mich zum Scheitel der Brücke. Ich musste an die vielen Menschen denken, die sinnlos gestorben waren, was mich sehr nachdenklich machte. Als ich am höchsten Punkt ankam, kroch mir die Galle hoch. Ein mulmiges Gefühl. Durch Kälte und Trauer zugleich gelähmt, konnten meine Finger kaum die Kamera halten, mit der ich versuchte ein Erinnerungsfoto zu schießen. Schließlich drehte ich mich in Richtung Pale, sah zu, dass der Fluss mittig auf dem Foto war, und drückte ab.

»Ist das nicht ein schöner Ausblick?«, hörte ich eine baritonale Stimme fragen.

Ich hatte ihn nicht bemerkt und zuckte vor Schreck zusammen. Nachdem ich mich umdrehte, sah ich einen älteren Mann in einem dunkelbraunen Mantel und mit einem *Fedora* in der gleichen Farbe auf dem Kopf. Seine Augen im rundlichen Gesicht starrten auf die Kamera.

»Finde ich auch. Schöner Hut!«

»Aus der Domstadt Köln. Hab ich dort anfertigen lassen. Darf ich mich vorstellen, Gabor Barna.«

»Elias. Freut mich! Humphrey Bogart trug stets so einen. Ich trage manchmal einen *Pork Pie*.«

»Nicht ganz meine Form. Hier wimmelt es zwar von *Internationals*, darf ich trotzdem fragen, was der Grund Ihres

Aufenthaltes in Sarajevo ist?«

»Oh, ich bin nur wenige Wochen hier, weil ich einen Bericht über eine hiesige Bank in New York abliefern muss.«

»Wissen Sie, ich lebe schon einige Jahre in dieser faszinierenden Stadt. Sarajevo ist gleichzeitig der Sitz eines Großmuftis, eines Metropolitan der serbisch orthodoxen Kirche und eines Erzbischofs der katholischen Kirche. Völlig zurecht wird diese Stadt auch *europäisches Jerusalem* genannt.«

»Stimmt, Kirchen, Synagogen und Moscheen sind selten so nahe beieinander. Und Sie? Wo arbeiten Sie, wenn ich fragen darf?«

»Ich arbeite für die *OSZE*. Wenn man so lange wie ich mit einer Stadt zu tun hat, dann fängt man an sie zu verstehen. Städte blühen, sie wachsen, sie schrumpfen und verwelken schlussendlich. Mit der Zeit versteht man den Zusammenhang zwischen Blühen und Verwelken. In serbischen Erzählungen gibt es einen Wassergeist namens Vodjanoy. Mal sieht er aus wie ein Hecht, mal wie eine aufgedunsene Wasserleiche mit Hängebauch, und mal lockt er in Gestalt einer schönen Seerose Menschen ans Ufer, um sie dann zu erschlagen. Seine magischen Fähigkeiten sind jedoch an Wasser gebunden. Halten Sie daher gebührenden Abstand zum Wasser.«

»Ist das eine Warnung?«

Gabor Barna lächelte, blieb aber still und entfernte sich in Richtung Basar, ohne sich zu verabschieden.

Gedanklich noch mit seinen Äußerungen beschäftigt flanierte ich weiter entlang des *Miljackaufers* zur ehemaligen Nationalbibliothek.

Wieso die Warnung? Wegen der immer noch gefährlichen Nachkriegssituation? Wieso Abstand zum Wasser? Und wieso warnt er mich überhaupt?

Die ehemalige Bibliothek befand sich, noch vor dem Fuße des Hügels, auf der linken Seite. Ihre Architektur entzückte. In dem Bauwerk war osmanischer Stil mit Elementen aus Spanien und dem arabischen Raum vermischt. Mein Sitznachbar auf dem Anschlussflug von München nach Sarajevo hatte mir erzählt, dass die *Vijećnica* - so wurde die Nationalbibliothek hier genannt - von Serben und Kroaten gleichermaßen als Symbol für einen einheitlichen Staat gesehen wurde, den diese bekämpften. Eine zügige Restaurierung war daher utopisch. Für mich war die verkümmerte *Vijećnica*, metaphorisch gesehen, ein Abbild des zerstörten Vielvölkerstaates Jugoslawien. Das auffällige Gebäude hatte keine Glasscheiben mehr, stattdessen verschlossen vergilbte Bretter die Fensteröffnungen. Es war durch einen Granatbeschuss im Krieg stark beschädigt worden und mit einem schäbigen Bauzaun umrandet. *Wie makaber?* Auf ihm lächelte mich neben diversen Werbeplakaten auch das Antlitz des weltweit gesuchten Kriegsverbrechers Karadžić an, mit einer siebenstelligen Prämie darüber. Diese war damals auf seinen Kopf ausgesetzt worden. Wohl eine Ironie des Schicksals. Ursprünglich ein Wahlplakat, das jetzt mit Aufklebern versehen zum Fahndungsplakat wurde. *Haben die kein anderes Bild gefunden*, dachte ich. Zudem war Karadžićs Aufenthaltsort, so erfuhr ich später, den *SFOR Friedenstruppen* durchaus bekannt.

Auch wenn ihr allgemeine Zustand nicht besonders gut war, strahlte die *Vijećnica* positive Energie aus. Die beigegelbe Fassade war mit bordeauxroten Linien verziert und von einem Dachgesims mit Zacken und Kyma gekrönt. Ein Verweis auf längst vergangene Macht. Nachdem ich den Gegensatz von Zerstörung und Schönheit eine Weile auf mich einwirken ließ, beschloss ich über die *Baščaršija* zurück zum Nationaltheater zu gehen, in dessen Nähe sich auch die CBB befand.

In früheren Jahrhunderten war die *Baščaršija* Sarajevos wirtschaftliches Zentrum. Noch immer deckten hunderte Händler in den geschäftigen engen Gassen einen großen Teil des Bedarfs an Kleidung, Lederartikeln und handwerklichen Erzeugnissen. Niedrige, weit vorstehende Dächer aus Tondachziegeln boten einen guten Schutz gegen schlechtes Wetter und ermöglichten den Händlern die Nutzung der gepflasterten Wege als Ausstellungsfläche. Das Wirrwarr von Kunden, Händlern und ihren Waren glich einem Labyrinth und erinnerte stark an einen orientalischen Basar. Dieser aber war mitten in Europa. Im Zentrum der *Baščaršija* befand sich die *Gazi Husrev Bey Moschee* mit ihrem riesigen Innenhof. Oberhalb wie unterhalb des Gotteshauses waren jeweils mit Kuppeln überdachte weitere Basare, sogenannte *Bezistans.*

Bezistans wurden in früheren Zeiten als exklusive Einkaufsmeilen innerhalb der Basare gebaut. Und hatten eine ähnliche Funktion wie die *Basilika* in römischen Zeiten. Sie waren so bedeutend, dass die Größe von Städten damals nach der Anzahl ihrer *Bezistans* eingestuft wurde. Ich ging an der Mauer der *Gazi Husrev Bey Moschee* entlang und lief in den Innenhof hinein. Schon von weitem hatte ich unmittelbar neben dem Minarette der Moschee einen weiteren Turm bemerkt, der aussah wie ein Kirchturm. Jedoch waren alle Kirchengebäude weit weg. Dieser Turm befand sich auf dem Gelände unmittelbar neben der Moschee und zog daher meine Aufmerksamkeit auf sich.

»Sie fühlen sich bestimmt an einen Kirchturm erinnert, richtig?«, sprach die vorpubertäre Stimme eines Jungen neben mir.

»Stimmt. Eine gewisse Ähnlichkeit ist unverkennbar.«

»Alle Fremden denken das. Es ist aber *Saat Kula*, ein Uhrturm aus osmanischer Zeit. Der Turm wurde damals gebaut, damit die Gläubigen wussten, wann Gebetszeit ist.«

»Ok, aber die Uhr zeigt nicht die richtige Zeit an. Wir haben so ziemlich genau Mittag.«

Der Junge lächelte, als spotte er innerlich über meine Unwissenheit.

»Nein, nein, die Uhr geht schon richtig. Damals wurde die Zeitmessung nach dem Mond ausgerichtet. Da drüben, da befand sich mal eine *Muvekithana*, wo Astronomen täglich die exakte Zeit kalkulierten. Anhand der Stellung des Mondes, wissen Sie.«

»Du bist gut informiert, Kleiner.«

»Ein alter Mann geht jeden Tag hoch, um die Zeit einzustellen. Das macht er schon seit mehr als vierzig Jahren.«

»Verstehe. Aus dir wird bestimmt mal ein bedeutender Gelehrter. Wie heißt du denn?«

Das Kind fühlte sich geschmeichelt. »Lazar. Wissen Sie, ich möchte später Archäologie studieren. Daher finde ich historische Gebäude wie Kirchen, Synagogen und Moscheen toll.«

»Woher kommt das Interesse?«

»Ach, ich habe keine Freunde. Die anderen Kinder in der Schule spotten über mich. Sie wollen nicht mit mir spielen. Daher bleiben mir nur die Bücher.« Jetzt schwang Resignation in der kindlichen Stimme.

»Was haben die anderen gegen dich?«

»Ich bin ein Mischblut. Mein Papa war nämlich Serbe. Die Bosniaken hier mögen keine Serben. Wegen des Krieges, wissen Sie?«

»Oh, verstehe. Du balancierst gewissermaßen zwischen zwei Fronten.«

»Ja, und das ist sehr anstrengend. Aber Mama sagt, ich habe von beiden Kulturen etwas in mir, und das sei mein größtes

Kapital.«

»Da hat sie vermutlich Recht. Deine Mama kann stolz auf dich sein.«

»Ich muss jetzt gehen. Meine Mama mag es nicht, wenn ich zu spät zum Mittagessen komme.«

Lazar schenkte mir zum Abschluss noch ein Lächeln, nahm seinen Schulranzen vom Boden und verschwand in den Gassen des Basars.

Der Junge war ausgesprochen reif für sein Alter, dennoch, von den anderen Kindern ausgegrenzt zu werden, musste für ihn schlimm sein. Beeindruckt von seinem Wissensstand keimte in mir die Hoffnung, dass in Bosnien zukünftig doch noch ein friedliches Zusammenleben der Konfessionen möglich sein würde.

Reifen Kinder im Krieg schneller? Ich will mir nicht vorstellen, welche Gräueltaten diese jungen Augen gesehen haben könnten.

Ein Kind in den Vereinigten Staaten hatte gewiss andere Hobbys, als sich über Uhrtürme und die Mondzeit Gedanken zu machen. Es würde sich eher für die neuesten Computerspiele interessieren.

Bevor ich mich entfernte, warf ich noch einen genaueren Blick auf *Saat Kula* und bemerkte, dass der obere Teil wie später aufgesetzt aussah. Im längeren unteren Teil waren die Ecken des Turms abgeflacht, während sie oben kantig waren. Zudem sah die Struktur der Ziegelsteine oben anders aus. Jetzt fiel mir auch auf, dass die Ziffern der Uhr arabische Zeichen waren. Überhaupt wirkte der ziegelsteinbraune Uhrturm neben dem weißen Minarett etwas fehl am Platz, da Form und Farbgebung nicht zueinander passten.

Nicht immer entstehen schöne Dinge, wenn Materie und Form miteinander tanzen. Dennoch ist es beachtlich, dass zwei so verschiedenartige Türme über Jahrhunderte denselben Ort teilen.

Der Brunnen in der Mitte des Hofes fügte sich dagegen perfekt in den prächtig gestalteten Gotteshauskomplex ein. Ein Vieleck aus Mamor mit mehr als einem Dutzend Wasserhähnen an den Seiten, die für das Waschritual vor dem Gebet benutzt wurden. Eine Bleikuppel, die von mehreren Holzpfeilern getragen wurde, schützte den Brunnen.

Nachdem ich den Innenhof der Moschee verließ, erinnerte mich das Knurren in meinem Magen daran, dass ich an diesem Tag noch nichts gegessen hatte. Daher beschloss ich, am großen Platz in der *Baščaršija Čevapčići* zu essen. Die Gassen waren jetzt deutlich voller. Menschenmassen pressten sich hindurch und ich hatte Mühe, mir meinen Weg zu bahnen. Als ich kurz bei einem Händler anhielt, um mir verzierte Miniaturtruhen aus Holz anzusehen, bemerkte ich für den Bruchteil einer Sekunde im Gemenge zwei glasige Augen, versteckt unter einer schwarzen Wollmütze. Die Augen waren blitzschnell wieder weg, als ob sie sich in Deckung brächten. Ich dachte zunächst an Gabor Barna, der aber trug einen Hut.

Außerdem, wieso soll er mir folgen?

Mit einem komischen Gefühl im Bauch kämpfte ich mich durch die Massen und bestellte die ersehnte Portion, als ich an der *Čevapčinica* ankam. Die Frikadellen nach bosnischer Art mit kleingehackten Zwiebeln darüber wirkten zwar sehr spartanisch - es war kein anderes Gemüse oder Salat im Brot -, sie schmeckten aber vorzüglich. Mit wohligem Gefühl im Magen, er knurrte nicht mehr, beobachtete ich von meinem Sitzplatz am Lokal aus das Geschehen auf dem schneebedeckten Platz vor mir und versank in Gedanken.

Ich dachte an Natalie. Das knallrote Gesicht war ihr Naturell, mit mir zu kommunizieren, wenn etwas sie ärgerte. Ähnlich der Kommunikation von Kalmaren, die durch Veränderung der Oberflächenfarbe ihre Stimmung zum Ausdruck bringen, änderte auch Natalie ihre Gesichtsfarbe. Vom Farbton ihrer Haut konnte man stets auf ihre Stimmung schließen. Und die konnte sehr unterschiedlich sein. Gerade das gefühlsbetonte Wesen Natalies gefiel mir sehr. Ich liebte es, ihre langen kastanienbraunen Haare zu berühren und dabei in ihre moosgrünen Augen zu schauen. Der Moment an der Tür, das rötliche Gesicht mit den tränenden Augen darin, die mich verärgert anstarrten, berührten mich stark. Dieses Gemisch aus Ärger, Trauer und dem geröteten Gesicht hatte jedoch auch etwas Erotisches, denn Natalie lief beim Orgasmus ebenfalls rot an. Ihr Antlitz wurde immer purpurrot, genauso wie zuletzt an der Tür. Ich kannte dieses Phänomen von meinen Exfreundinnen nicht. Zwei so unterschiedliche Situationen, aber die gleiche Farbe. Die gleiche Intensität von Erotik.

Oh, wie ich das liebe. Wir sind einfach füreinander bestimmt. Ich vermisse sie sehr. Sie in den Armen zu halten, und ihren wärmenden, wohlgeformten Körper zu spüren, ihren Duft einzuatmen, das macht mich stets glücklich.

Dennoch, sie hat absolut kein Recht, sauer auf dich zu sein oder dir Vorwürfe zu machen. Nicht wegen der ausgefallenen Radtour. Überhaupt macht sie dir viel zu oft Vorwürfe, wenn etwas nicht so klappt, wie sie es haben will. Dieses Mal war es absolut nicht deine Schuld. Ärgere dich nicht, vielleicht sind ein paar Wochen Abstand gar nicht schlecht.

Das laute Gurren von Tauben lenkte meine Aufmerksamkeit wieder auf den schneebedeckten Platz vor mir. Zwei flogen im Bogen über den Holzbrunnen in der Mitte. Die Bleikuppel und der Bereich rund um das mehrstufige Fundament des Brunnens waren mit dutzenden weiteren Tauben bevölkert. Ein gebrechlicher alter Mann mit ausgefranster

Kleidung verkaufte ganz in der Nähe Vogelfutter. Als ich an dem Brunnen vorbeiging, bot er mir eine Packung an, in der Hoffnung, ich würde sie kaufen. Er sagte noch etwas anderes, das ich nicht verstand, weil er die Silben verschluckte. Grundsätzlich beherrschte ich - wegen meiner mazedonischen Abstammung - die lokale Sprache. Problematisch wurde es nur, wenn jemand zu schnell oder undeutlich redete. Dieser Mann schien das Gesagte zu husten.

»*Sebilj* ... «, sagte er erneut, auf den Brunnen zeigend.

»Wer das Wasser aus dem Brunnen trinkt, kommt der Legende nach immer wieder hierher zurück«, übersetzte ein Schüler, der mit zwei anderen Freunden an dem Brunnen saß.

Ich kaufte dem gebrechlichen Mann eine Packung Futter ab und gab sie als Dank den drei Jungs. Diese fütterten damit umgehend die Tauben, die sich mit einem lauten Gurren bedankten. Das Brunnenwasser trank ich nicht, sondern beschloss, meine Erkundung durch die Stadt fortzusetzen. Als ich mich durch das Menschengewirr weiter Richtung *Alte Orthodoxe Kirche* durchschlug, empfand ich schon wieder das Gefühl, beobachtet zu werden. Vielleicht bildete ich mir das alles ein, aber auch dieses Mal sah ich einen Mann mit einer Mütze abrupt in Deckung gehen. Augenblicklich wurde ich ziemlich sauer, denn irgendjemand - glaubte ich zumindest - trieb ein Spielchen mit mir. So eilte ich zu der Stelle, wo ich die Person verschwinden sah, jedoch war niemand da.

Ganz klar, das muss eine Einbildung sein, denn warum sollte mich jemand verfolgen?

Mir fiel einfach kein Grund ein, daher setzte ich den ursprünglich angedachten Weg fort.

Die *Alte Orthodoxe Kirche,* ein schlichtes Bauwerk, das einfach mit Steinen aufgemauert worden war, stammt aus dem sechzehnten Jahrhundert. Das rechteckige Gebäude bestand lediglich aus zwei Stockwerken und hatte einen Turm, der nahezu doppelt so hoch war. Hinter einer mannshohen Mauer befand sich eine schöne Grünanlage, in der man Frieden mit sich und der Welt schließen könnte, wären da nicht die Gier und die Machtsucht der Menschen. Die schlichte Form deutete bereits darauf hin, dass diese Kirche jahrzehntelang eine andere Verwendung hatte. Ein Schild im Innern bestätigte meine Vermutung. Das Gebäude wurde lange Zeit als Schatzkammer der orthodoxen Kirche verwendet. Auf Betreiben des Kirchenpatrons namens Jeffran Despic wurde es dann teilweise in ein Museum umgewandelt und Gläubige wieder in die Gebetsräume hereingelassen. Im Gegensatz zu dem unscheinbaren Äußeren war das Innere der Kirche, nebst Gebetsraum und Altar, üppig mit religiöser Kunst ausgestattet. Das Besondere an dieser Kirche war jedoch, dass sie unter der Herrschaft des muslimischen Vezirs *Gazi Husrev Bey*, kurz nach der Eröffnung der großen Moschee im Jahre 1537 fertiggestellt wurde. Seither gingen Muslime, Christen und Juden eine Symbiose für Jahrhunderte ein.

Als mein Augenmerk auf eine Kindsmumie fiel, verspürte ich wieder dieses unangenehme Gefühl, beschattet zu werden. Dieses Mal bildete ich es mir gewiss nicht ein, da war wirklich ein Schatten, auf der gegenüberliegenden Wand. Als ich mich sodann umdrehte, erkannte ich Gabor Barna mit dem dunkelbraunen *Fedora* auf dem Kopf.

»Wieso folgen Sie mir?«, fragte ich, ohne meine Verärgerung darüber zu verstecken.

»Beruhigen Sie sich. Ich wollte Sie warnen!«

»Waren Sie etwa derjenige, der mir auf dem Weg vom *Sebilj* hierher gefolgt ist?«

»Nein, ich bin Ihnen nachgelaufen, da mir aufgefallen ist,

dass Sie beschattet werden.«

»Wer sollte mich denn beschatten?«

»Leute von der *Roten Pranke*, denke ich«, flüstere Gabor Barna, als hätte er Angst, den Namen auszusprechen.

»Was ist das?«

Er legte den Zeigefinger auf dem Mund. »Nicht so laut. Eine gefährliche Untergrundorganisation, von der Sie sich besser fernhalten sollten! Irgendetwas an Ihrem Auftrag hat deren Interesse geweckt.«

»Ich wüsste nicht was«, antwortete ich und war neugierig darauf, mehr zu erfahren. »Wie meinen Sie das?«

Nach Gabor Barnas Darstellung sei die *Rote Pranke* ein sehr mächtiges, geheimes Syndikat, dessen Mitglieder sich quer durch alle Konfessionen aus Kriminellen, Politikern und reichen Unternehmern zusammensetzen würden. Auch Ausländer seien darunter. Das Einzige, was für die Organisation zähle, sei Profit. Menschenleben würden genauso wenig ein Rolle spielen wie die Zugehörigkeit zu einer Religion oder Partei. Viele Mitglieder seien wahrend des Krieges durch Schmuggel, Waffenverkäufe, Erpressung und Auftragsmorde sehr reich geworden. Wenn man bedenke, dass während der Belagerung Sarajevos eine Packung Zigaretten umgerechnet bis zu sechzig Dollar gekostet habe oder ein Ei bis zu sechs Dollar, könne man sich die riesigen Profitmargen vorstellen, die sie erzielt hätten.

»Als ich Sie an der *Lateinerbrücke* verließ, bemerkte ich, wie jemand Sie von einer schwarzen Limousine aus beobachtete. Es war Tarik, ein Leibwächter und Handlanger des stadtbekannten Kriegshelden Almir.«

»Kennen Sie ihn persönlich?«

»Nicht wirklich, ich habe ihn lediglich bei einer Ehrung durch den Präsidenten flüchtig kennengelernt. Er wurde für seine vermeintlichen Heldentaten ausgezeichnet.«

»Inwiefern vermeintlich?«

»Mir kam Widersprüchliches über ihn zu Ohren. Es gibt Berichte darüber, dass er Kriegsverbrechen begangen haben soll.«

»Wieso läuft er dann frei herum?«

»Almir konnte sich, obwohl er Bosniake ist, selbst während der heftigsten Kämpfe, in serbischen Gebieten frei bewegen und dort Geschäfte machen. Er hat ganz offensichtlich mächtige Beschützer.«

»Glauben Sie, dass Tarik jetzt hier ist?«

»Ja, er lauert draußen vor der Kirche und wird Ihnen bestimmt folgen.«

Den Mann mit dem *Fedora* kannte ich erst seit wenigen Stunden und ich war nicht sicher, ob ich seinen Äußerungen trauen konnte. Mir blieb zum jetzigen Zeitpunkt aber nichts anderes übrig, als sie ernst zu nehmen. Derjenige, den ich in der *Baščaršija* gesehen hatte, trug eine Mütze. Gabor Barna jedoch hatte einen Hut auf, also musste da noch jemand anders sein.

»Haben Sie eine Idee? Gibt es einen Weg, ungesehen aus der Kirche hinauszugehen und Tarik abzuhängen?«

»Der zuständige Priester hier ist ein Freund. Er ist eine sehr zuvorkommende Person. Ich könnte ihn fragen, ob er uns durch den Hinterausgang hinauslässt. Aber wenn Sie schon hier sind, lassen sie mich Ihnen kurz noch ein paar Sätze zu der Mumie sagen.«

Gabor Barna schilderte deren Geschichte. Der Legende nach sei das Kind von seiner Stiefmutter erdrosselt und dann in die *Miljacka* geworfen worden. Als der damalige Priester von dieser schrecklichen Tragödie gehört habe, habe er den Leichnam des Kindes bergen lassen und dafür gesorgt, dass er im Garten hinter der Kirche begraben wurde. Mehr als hundert Jahre später habe eine Erweiterung des Komplexes angestanden. So sollte das Grab versetzt werden und wäre zu diesem Zwecke wieder geöffnet worden. Dabei habe man festgestellt, dass der exhumierte Körper noch in einem sehr guten Zustand gewesen sei. Erstaunlicherweise wären wegen einer Mumifizierung keine Verwesungsspuren festzustellen gewesen. Die Nachricht darüber hätte schnell die Runde gemacht. Als Folge sei die Kindsmumie von der orthodoxen Kirche zu einem göttlichen Wunder erklärt worden. Seitdem wäre sie auf der oberen Etage platziert und hätte eine gewisse Prominenz erlangt. Tatsächlich war sie so positioniert, dass man darunter hindurch krabbeln konnte, bemerkte ich. Auch heute noch würden Frauen, die ihre Fruchtbarkeit erhöhen wollen, oder Mütter, die ihre Kinder schützen wollen, in einem Ritual um die Gebeine herumlaufen und hinterher darunter hindurch krabbeln. Dieser Brauch gäbe ihnen den Glauben, gesegnet zu sein.

Aberglaube hin oder her, ich war diesbezüglich eher ein skeptischer Mensch und hielt gar nichts von derartigen religiösen Bräuchen. Trotzdem faszinierte mich die Geschichte der Mumie mehr als ich zugeben wollte. Derweil verschwand Gabor Barna in das untere Stockwerk und kam kurze Zeit später begleitet von einem vollbärtigen Kleriker mit zerknittertem Gesicht und einer dicken Hornbrille auf der Nase zurück. Vermutlich wurde dieser bei einem Nickerchen unterbrochen und hatte sich schnell seinen Talar übergestreift, der bei orthodoxen Geistlichen üblicherweise schwarz war und bis zu den Fersen reichte. Seine gleichfarbige, zylinderförmige Kappe mit einem Schleier auf der Rückseite saß schief.

»Sie werden verfolgt, wie mir mein Freund berichtet hat?«, fragte der Priester. Er rückte dabei sein Brustkreuz sowie die

Kappe zurecht.

»Ich kann mir momentan nicht erklären, warum, Vater, aber das ist richtig.«

»Es gibt immer einen Ausweg, mein Sohn. Vertrauen Sie auf Gott, denn die Wege des Herrn sind vielfältiger als Sie glauben. Kommen Sie mit!« Er gab uns einen Wink.

Ein kleines Schmunzeln konnte ich mir nicht verkneifen, aber die ruhige Redeweise des Priester löste meine innere Beklommenheit etwas. Er öffnete uns eine Hintertür, aus der wir ungesehen entkamen. Während wir durch mehrere kleine Straßen liefen und so meinem Verfolger das Leben schwer machten, plauderte Gabor Barna über seine Arbeit bei der *OSZE*. Sein Spezialgebiet sei die organisierte Kriminalität.

Das macht Sinn. Daher also das Wissen.

Gabor Barna konnte es nicht lassen, immer wieder betonte er, dass die *Rote Pranke* die gefährlichste von allen Geheimorganisation in Bosnien sei. Durch seine Schilderungen konnte ich ihn besser einschätzen und fasste Vertrauen. Eine unbeantwortete Frage quälte mich jedoch weiterhin.

»Was hat das alles denn mit mir zu tun?«, wollte ich wissen. »Ich muss doch nur meine Aufgabe erfüllen und einen Bericht erstellen.«

»Die haben überall ihre Finger drin. Glauben Sie ja nicht, dass Ihre Bank davon ausgenommen ist«.

»Aber CBB ist nicht meine Bank, sondern ich bin ein Consultant, der im Auftrag des Aufsichtsrates der CBB eine Analyse vornehmen soll. Woher wissen die überhaupt von meiner Ankunft?«

Gabor Barna ließ diese Frage unbeantwortet, denn auch er hatte keine Idee. Ich dachte an Peter Lemming, seinen betont förmlichen Umgang, aber dass er die Quelle war konnte ich mir wirklich nicht vorstellen. Außer ihm jedoch kannte niemand hierzulande meinen Auftrag.

2

Der Alptraum

SCHWEISS läuft mir an den Schläfen herunter, doch mein Körper fühlt sich kalt an. Ich wische mir die Brühe vom Kopf und bemerke, dass sie kein Schweiß ist. An meinen Händen klebt förmlich Blut. Unfähig, irgendwie das Geschehene zu deuten, macht sich ein Gefühl der Angst in mir breit. Lediglich mein Kopf ragt aus dem kaltem Flusswasser. Ich fange an zu zittern. Auf der Wasseroberfläche neben mir treiben drei regungslose Menschen. Der Statur nach Körper von erwachsenen Männern. Meine Pupillen weiten sich, als ich bemerke, dass ihre Köpfe von hinten eingeschlagen sind. Eine Mischung aus rotem Blut und weißer Hirnmasse vermischt sich zusammen mit dem Wasser zu einem Cocktail, den ich aus meiner Stammkneipe in New York kenne. Er nennt sich ›Gehirnblutung‹. Eine eklige Mutprobe aus Baileys, Blue Curacao, Grenadine und Wodka, die es in sich hat. Die Leichen sind nicht aufgedunsen, die Männer können daher nicht lange tot sein. Hinter den Körpern bemerke ich eine Felswand. Ich wende mich von der Felswand ab und erblicke eine schneebedeckte Einbogenbrücke. Ähnlich wie bei der *Lateinerbrücke* befinden sich links und rechts neben dem großen Bogen kleine runde Öffnungen.

An meinem Hinterkopf fühlt sich etwas komisch an. Vielleicht hat das mit dem Blut an meinen Händen zu tun, denke ich, und prüfe nach. Zu meinem Entsetzen ertaste ich dort die Umrandungen einer mächtige Delle, aus der noch reichlich Blut herausfließt. Schmerzen spüre ich jedoch absolut keine. Mein Körper ist durch die Kälte beinahe zum Eisklotz gefroren. Vielleicht daher nicht?

»Warum bist du nicht tot, du Lump!«, höre ich plötzlich den Vodjanoy schimpfen.

Er erholt sich gerade am Ufer neben der Brücke von den Anstrengungen seiner Taten, als er bemerkt, dass ich noch lebe. Der nackte Mann mit dem Hängebauch sowie einem fischähnlichen Kopf springt sofort ins Flusswasser und schwimmt blitzschnell in meine Richtung. Noch bevor ich die kleinste Bewegung machen kann, packen mich seine glitschigen Finger am Hals. Ich reiße den Mund auf und will gerade schreien, doch dann höre ich den dumpfen Schlag einer Keule. Mir wird schwarz vor Augen. Blackout. Lauter kleine Sterne schimmern dezent im Nachthimmel. Manche heller, andere etwas weniger hell.

Was für ein klarer Himmel. Bin ich jetzt tot? Fühlt es sich so an, tot zu sein. Hmm, ich muss doch tot sein oder? Der *Vodjanoy hat mich doch, genauso wie die anderen Männer, mit seiner Keule erschlagen.*

Zum Beweis taste ich meinen Körper ab. Zupfe mal hier und mal da und bemerke, dass es zu meiner Verblüffung weh tut.

Man kann also Schmerzen spüren, wenn man tot ist … Moment mal, treiben Körper von erschlagenen Menschen überhaupt auf der Wasseroberfläche?

Es klopfte an einer Tür, die wohlbekannte ächzende Stimme einer alten Dame drang gedämpft hindurch.

»Sie hatten mich gebeten, Sie zu wecken. Wir haben halb acht!«

Zu meiner Freude entpuppten sich die Sterne als Einschusslöcher an den Wänden. Ich richtete mich auf und realisierte, dass ich im Hotelbett war. Es war bloß ein Alptraum. Am zweiten Morgen in Sarajevo nahm ich mir die Zeit zu frühstücken.

3

Pale

DAVUT holte mich wieder ab. Der Eingang der Kreditabteilung befand sich auf der rechten Seite, während auf der linken Seite die Schalterhalle für die Kassen war. Dutzende Kunden hatten sich dort vor den Schaltern aufgereiht und warteten ungeduldig darauf, bedient zu werden. Im Vergleich dazu war bei den Sachbearbeitern rechter Hand der Andrang relativ gering. Deren Tische waren hintereinander aufgereiht. An der Vorderseite jeweils zwei Stühle, auf denen vereinzelt Kunden saßen.

»Selma«, sagte eine zierliche Stimme in perfektem English, als ich die Glastür zu den Sachbearbeitern öffnete. Die hoch aufgeschossene Frau mit blondierten Strähnen, ihre Haare waren lang und glatt, und einem Eulengesicht hatte mich eintreten sehen und kam mir entgegen. »Ich bin die Leiterin der Hauptfiliale. Wie war Ihr erster Tag gestern?«

»Oh, aufregender als ich vermutet hatte.« Ich erwähnte die Verfolgung bewusst nicht. »Sarajevo ist aus geschichtlicher Sicht nicht ganz unbedeutend.«

»Wir ziehen es vor, uns an die Olympischen Spiele zu erinnern, wenn Sie auf den ermordeten Kronprinzen anspielen. Das ist sehr viel positiver.«

Selma bat mich einzutreten. Sie erklärte, dass die Sachbearbeiter an den vorderen Plätzen für die Kontenführung zuständig waren, während die an den hinteren Tischreihen Kreditanträge bearbeiteten. Auch ein serbischer Mitarbeiter war unter ihnen, ganz hinten am letzten Tisch. Ich bewegte mich auf seinen Arbeitsplatz zu. Er hatte keinen Kunden und war gerade dabei, einen Kreditantrag durchzusehen.

»Bis vor drei Monaten konnte er nicht hierhin kommen«, erklärte Selma, während sie stolz auf ihren serbischen Mitarbeiter deutete. »Für Serben ist es ohne den Schutz der Bank noch immer sehr gefährlich hier in Sarajevo.«

»Wie wurde dann zuvor über Anträge aus den serbischen Gebieten entschieden?«

»Peter Lemming fuhr selbst nach Pale, in den serbischen Sektor. Wir haben dort eine Nebenfiliale.«

»Das ist erfreulich. Die Bank leistet damit einen erheblichen Beitrag zur Versöhnung.«

»Nun ja, hoffentlich können sich die serbischen Angestellten zukünftig frei in Sarajevo bewegen, im Augenblick werden sie stets von unseren Fahrern abgeholt und halten sich nur im Bankgebäude auf.«

Auch in anderen Teilen Bosniens sah es nicht anders aus. Für Einheimische war es noch immer gefährlich, wie ich erfuhr, auf das gegnerische Territorium zu fahren, wegen der Scharfschützen. Die einzelnen Gebiete hatten unterschiedliche Autokennzeichen. So war es selbstmörderisch, mit einem serbischen Kennzeichen in ein muslimisches Gebiet zu fahren und umgekehrt. Viele Menschen starben, weil sie aus Versehen in die feindliche Zone gefahren waren. Darum nutzte die Bank von Anfang an neutrale britische Kennzeichen, denn in der Regel hatten nur Fahrzeuge von internationalen Organisationen solche. Sie wurden von allen Seiten respektiert. Insbesondere die weißen Land Rover der CBB, denn Bankdienste brauchten alle Volksgruppen.

»Das ist Bojan«, erklärte Selma weiter. »Einer unserer serbischen Mitarbeiter.«

Sie zeigte dann auf mich. »Elias. Er ist von der *Foundation* und wird Sie mit Fragen zu Ihrer Arbeit in die Zange nehmen.« Dieses Mal schwang ein Hauch von Erotik in ihrer Stimme. Selma kniff ein Auge zusammen. »Sie müssen ihm jeden Wunsch erfüllen!«

Ich musste lachen. »Na, ganz so würde ich das nicht formulieren.«

»Sie entschuldigen mich?« Selma hatte noch über einen Kreditantrag zu entscheiden und ging zu der wartenden Sachbearbeiterin in ihrem Büro. Bojan, ein Mann mit kurzer, dunkler Haarpracht und einem fülligen Gesicht, schien sehr erfreut über mein Interesse. Die Aviator-Brille mit gelblichen Gläsern auf der Nase gepaart mit dem karierten Hemd, das lässig über der Hose hing und seinen mehr als wohlgeformten Bauch darunter dezent kaschierte, vermittelten einen selbstsicheren Eindruck.

»Keine Angst. Meine Fragen sind harmlos.«

Jetzt musste Bojan lächeln.

»Fühlen Sie sich wohl hier?«, setzte ich fort.

»Angst hab ich schon. Wie unerbittlich, dass die Farbe des Autokennzeichens über Leben und Tod entscheidet? Finden Sie nicht?«

»Das stimmt. Kommen Sie mit Ihren muslimischen Kollegen klar? Ich kann mir vorstellen, dass eine gewisse Distanz vorhanden ist.«

»Freunde sind wir sicherlich nicht, respektieren uns aber. Der Krieg ist vorbei und die Bank zahlt gut. Letztendlich brauchen alle das Geld.«

Bojan erläuterte mir, dass er nur Kunden aus dem serbischen Pale betreute. Die Anträge dazu wurden vor Ort entgegengenommen. Er würde ausschließlich für die Besprechung der Kredite zur Hauptfiliale kommen. Unter seinen Kunden befänden sich Autohändler, Lebensmittelläden, genauso wie Bauern. Er bot mir an, ihn am Nachmittag zu einem Kunden zu begleiten. Es handelte sich um einen Schweinezüchter aus Pale. Ein Prinzip der Bank war es, jeden einzelnen Kunden, der besseren Einschätzung wegen, vor Ort zu besuchen. Ich sagte zu und ging in das Büro von Selma hinüber. Klopfte an ihrer Tür.

»Sie sehen müde aus. Kaffee?«, fragte sie.

Ich nickte. »Gerne, den brauch ich dringend! Ich habe in der letzten Nacht nicht so gut geschlafen.« Es war wohl die Kombination aus großen asiatisch anmutenden Augen und dem kleinen Höckerchen auf der Nase, die mich bei ihr an eine Eule erinnerte. Sie war durchaus nicht unattraktiv und hatte etwas geheimnisvolles an sich. »Sind Sie ursprünglich aus Sarajevo?«

»Nein, meine Eltern kommen aus Bihac, die Stadt liegt im Nordwesten Bosniens. Menschen aus der Region erkennt man an den mandelförmigen Augen. Fremde vermuten oft, dass wir Einwanderer aus dem fernen Asien wären, aber das ist falsch.«

»Stimmt, als eine hübsche Asiatin würden Sie sehr wohl durchgehen«, scherzte ich. »Es gefällt mir gut, dass Sie sich sehr für die serbischen Mitarbeiter einsetzen.«

»Vielen Dank. Für mich ist das eine Herzensangelegenheit. Der Krieg hat aus uns Menschen wahre Monster gemacht.« Selma füllte zwei Tassen mit Kaffee, die sich nebst der vollen Kanne, den Löffeln, Milch und Zucker in einem Schrank neben ihrem Arbeitstisch befanden, und reichte mir eine davon.

Ihre Körperhaltung und Handbewegungen hatten perfektionistische Züge. Überhaupt war das Büro sehr aufgeräumt. Die Mappen auf ihrem Tisch waren exakt übereinander gelegt. Stift, Locher und Heftgerät hatten wie alles andere ihren zugewiesenen Platz. Selma liebte scheinbar Ordnung.

»Stimmt, der Krieg setzt offenbar alle Maßstäbe, die eine Zivilisation mit sich bringt, außer Kraft.«

»Richtig. Es ist so, als würde die Schwerkraft nicht mehr existieren. Menschen verlieren die Erdung.«

»Die meisten waren bestimmt Mitläufer, ihnen blieb keine andere Wahl, als sich zu fügen«, relativierte ich. »Entweder Opfer sein oder Täter, das war die Entscheidung, die sie zu treffen hatten. Liege ich mit meiner Vermutung richtig?«

Selma verfiel unvermittelt in eine traurige Stimmung. »Wissen Sie, unter Tito hatten wir keinerlei Probleme. Es gab so viele gemischte Ehen.«

»Sie haben recht, *dennoch* wer nicht vergeben kann, wird niemals Glück finden!«, sagte ich und wechselte das Thema, um sie auf andere Gedanken zu bringen.

Im Zuge des weiteren Gesprächsverlaufs erfuhr ich, dass zum damaligen Zeitpunkt vor allem Geldtransfers von Verwandten aus dem Ausland einen wesentlichen Beitrag für den Wiederaufbau leisteten. Das erklärte auch die Schlangen vor den Kassen. Viele Menschen konnten ohne diese Gelder nicht ihre Häuser instand setzen oder gar überleben.

»Wie ist die Zahlungsmoral Ihrer Kunden?«

»Wir haben so gut wie keine Ausfälle, weniger als ein Prozent.«

»Wow, und das bei einer Arbeitslosigkeit von über vierzig Prozent? Nicht schlecht!«

»Der Stolz in den Köpfen war zwar der wichtigste Treibstoff für den Krieg, in unserem Falle ist er jedoch nützlich. Es ist hier Ehrensache, Schulden zu begleichen.«

Wir fuhren entlang der *Miljacka* nach Osten und mussten am Stadtrand anhalten. Dort befand sich ein Checkpoint französischer *SFOR*-Truppen. Davut, unser Fahrer, brachte den Land Rover zum Stehen und erklärte den wortkargen Wachposten, dass wir auf dem Weg zur serbischen Filiale in Pale waren. Alle drei mussten aussteigen und die Taschen leeren. Die Soldaten tasteten uns zu meiner Verwunderung auch im Genitalbereich ab. Ich war sauer, da ich nicht wusste, was noch folgen würde.

Davut war entspannt und schmunzelte. »Tja, die französischen Legionäre sind sehr gründlich, aber wenn sie nichts Verdächtiges finden, lassen die einen zügig weiterfahren.«

»So schnell wie bei denen geht es sonst nicht«, stimmte Bojan zu.

Beide kannten offensichtlich das Ritual, schließlich passierten sie mehrmals in der Woche diesen Wachposten. Für sie war es ganz normal, von Bewaffneten durchsucht zu werden. Für mich jedoch absolut nicht.

Sonderbare Menschen, diese Fremdenlegionäre, sie zeigen keine Regung im Gesicht und antworten grundsätzlich nicht auf Fragen.

Davut und Bojan hatten Recht behalten, nachdem ein Soldat noch mit einem Spiegel den Wagen unten abgesucht hatte, durften wir endlich weiterfahren.

»Die lassen sich einfach nicht beirren«, erklärte Davut.

Kurze Zeit später fuhren wir, wenige Meilen weiter östlich, an einer Brücke aus Stein vorbei.

»Das hier ist die berühmte Ziegenbrücke. Sie hatte in der Vergangenheit eine große Bedeutung«, erläuterte Davut.

»Wieso?«, fragte ich.

»Über die führte in früheren Zeiten die alte Handelsroute,

die Konstantinopel mit Europa verband«, antwortete er.

»Kennen Sie die Brücke über der Drina? Sie ist in Višegrad und wurde genauso wie dieses Bauwerk in der Herrschaftszeit von Mehmet Sokullu Pascha erbaut«, sagte Bojan.

Tatsächlich erinnerte ich mich. »Moment mal, sie spielte die zentrale Rolle in einem weltberühmten Roman.«

»Genau, Ivo Andrić hatte für das Buch sogar den Nobelpreis für Literatur erhalten«, ergänzte Bojan.

Ich musterte die Einbogenbrücke und erkannte Ähnlichkeiten zu einer Brücke, die ich kannte. Zu meiner Verwunderung sah sie so ähnlich aus wie die aus meinem nächtlichen Alptraum. Daher bat ich Davut, rechts ranzufahren. Ich wollte von ihr ein Foto schießen und suchte mir dafür eine geeignete Position etwas weiter oberhalb von der Brücke aus. Kaum hatte ich den Auslöser gedrückt, fuhr eine schwarze Limousine auf den Seitenstreifen und hielt an. Bojan wirkte auf einmal sehr angespannt. Seine Gesichtszüge verrieten Angst. Davut hingegen zeigte keine Regung im Gesicht. Tarik stieg aus und öffnete auf der Beifahrerseite die hintere Tür. Einen Lidschlag später stand der kräftige Mann mit Bürstenschnitt vor unserem Wagen. Seine Beine wirkten im Vergleich zum übergroßen Oberkörper kurz, seine Hände hätten die eines Metzgermeisters sein können. Eine fingerlange Narbe zierte auf seiner rechten Gesichtshälfte die wulstige Augenbraue. Davut ließ sich weiterhin nicht beirren. Auf Bojans Stirn lief der Schweiß an den Schläfen herunter. Beide wussten genau, wer der Mann war.

»Habe keine Angst, Serbe! Ich werde dir nichts tun«, sprach der Mann, seine beinahe sanft anmutende Stimme passte so gar nicht zum Äußeren, und schob mit sarkastischem Unterton hinterher: »Schließlich haben wir jetzt Frieden.«

Der Fremde drehte sich in meine Richtung. Wie ich später

erfuhr, hatte er sich durch abscheuliche Gräueltaten - vor allem an Serben - einen Namen gemacht.

»Sie haben ein Faible für gute Motive, Elias«, rief der Mann. Er deutete auf die Kamera in meiner Hand.

Ich hatte nicht damit gerechnet, dass er meinen Namen kannte und marschierte zu ihm hinüber, beäugte ihn kritisch.

»Wer sind Sie? Woher kennen Sie meinen Namen?«, fragte ich.

»Ich bin Almir.« Die wulstigen Augenbrauen des Mannes berührten sich fast. »In der Regel brauche ich mich nicht vorstellen. Sie sind neu und Sie können mich daher nicht kennen, deshalb verzeihe ich ihnen. Willkommen in meiner Stadt!«

Ich insistierte. »Sie haben meine zweite Frage noch nicht beantwortet!«

Er wiegelte ab. »Dies ist meine Stadt. Ich habe überall meine Leute, die mich informieren.«

»Dann wissen Sie bestimmt auch, dass ich nicht vorhabe, mich in Ihre Geschäfte einzumischen. Wer auch immer Sie sind, es ist mir völlig egal.«

»Ich habe grundsätzlich nichts gegen neue Hauskredite«, verblüffte er. Offensichtlich kannte er meinen Auftrag.

»Mein Bericht wird Ihre Belange nicht berühren.«

»Glauben Sie wirklich, dass meine Belange dadurch nicht betroffen sind? Dennoch, ich wollte mich lediglich vorstellen.«

Almir drückte mir eine Visitenkarte in die Hand und forderte mich auf, ihn in seinem Hotel zu besuchen. Dann stieg er wieder in die Limousine und fuhr weiter in Richtung Sarajevo. Die Luxuskarosse hatte genauso wie unser Gefährt britische Kennzeichen. Auf der Visitenkarte war der Uhrturm, die *Saat Kula*, als Logo stilisiert. Darunter die Adresse und

Telefonnummer von seinem Hotel. Bojan atmete auf, als Almir endlich verschwand.

»Im Foyer seines Hotels befindet sich eine exakte Nachbildung des Uhrturms, daher der Name. Selbst die Monduhr funktioniert«, sagte Davut.

Nach seinen Schilderungen sei die Hotelanlage während des Krieges erbaut worden. Sie glänze seitdem mit bester Ausstattung in der Stadt. Keiner habe eine Erklärung dafür gehabt, ein unsichtbares Schutzschild habe sie vor feindlichem Beschuss aus den Bergen geschützt. Nicht eine Granate hätte sich dorthin verirrt. Man munkele, dass das Hotel einer Untergrundorganisationen als Treffpunkt diene, aber auch normale Gäste würden sich dort gerne einquartierten, weil sie sich sicherer fühlen und den Komfort schätzen würden.

»Wundert mich, dass Almir lebend aus Pale rauskam«, bemerkte Bojan. »Einen anderen Muslim würden die da niemals lebend rauslassen.«

Davut nickte zwar zustimmend, fügte aber dann hinzu: »Bei dem weiß man nicht, auf welcher Seite er steht.«

Auf dem restlichen Weg nach Pale gingen mir viele Gedanken durch den Kopf.

Wenn Almir nichts gegen neue Hauskredite hat, warum lässt er mich denn dann beschatten? Wer war die Quelle für seine Informationen? Zu viele Unbekannte in dieser Gleichung. Eine einfach lösbare Aufgabe sieht anders aus.

Keine Antworten zu haben, verunsicherte mich stark. Ich erwog ernsthaft, meine Reise abzubrechen, da sie allmählich unheimlich wurde.

Eine bildhübsche Frau, Ende zwanzig, saß an ihrem Schreibtisch und tippte die Eckdaten von Anträgen in den Computer, als wir die kleine Filiale in Pale betraten. Selbst ihre

Kleidung hatte etwas Besonderes. Sehr individuell würde manch einer sagen. Das dunkelrote, metallisch schimmernde Kleid, welches aus vielen Einzelteilen zusammengenäht war, umhüllte ihren wohlgeformten Körper. Dabei schlängelten sich die Nähte von unten nach oben um ihre Taille herum bis zu der schwarzen Perlenkette am Hals. Für eine Bankmitarbeiterin ein gewagtes Outfit. Es war zwar kein Gramm Stoff zu wenig an ihrem Körper, aber eben auch kein bisschen zu viel.

Bojan stellte sie mir vor. »Tamara, meine Kollegin.«

»Ich hoffe, die Fremdenlegionäre sind Ihnen nicht an die Wäsche gegangen«, witzelte Tamara und reichte mir die Hand.

Über die Anspielung musste ich lachen. Die Amtssprache der Bank war Englisch. Ihr Englisch war nicht so perfekt wie das von Bojan. Der starke serbische Akzent in ihrer Stimme war mehr als dominant. Schlimm fand ich das aber nicht. Ganz im Gegenteil, es klang irgendwie süß. Ich stellte mich ebenfalls vor und drückte ihr meine Visitenkarte in die Hand. Als Haarfetischist konnte ich mir einen zweiten, intensiveren Blick nicht verkneifen. Ihre langen schwarzen Haare reichten bis zur Hüfte und waren an den Spitzen gelockt. Das schmale Gesicht, die schlanke Figur gepaart mit einem langen Hals und dazu noch bernsteinfarbenen Augen, diese Kombination hatte von Anfang an ihre Wirkung bei mir nicht verfehlt. Die Verlockung war riesig. Das Testosteron in meinem Blut machte sich deutlich bemerkbar, selbst bei dem flüchtigsten Blick.

»Kaffee?«, fragte sie in die Runde und zwinkerte mir mit einem Auge zu.

Kaum hatten wir bejaht, bewegte sie sich mit gekonnt ausladendem Hüftschwung auf ihren schwindelerregend hohen schwarzen High Heels in die Küche.

»Ist sie nicht die perfekte Mitarbeiterin?«, fragte ich Bojan und achtete darauf, dass sie mich so gerade noch hören konnte.

»Loben Sie Tamara nicht zu viel, sonst bildet sie sich was darauf ein.« Auch Bojan, sprach laut genug, dass Tamara ihn verstand.

»Gar nicht so einfach bei dem Charme, ihr keine Komplimente zu machen. Ich hoffe, Almir hat Sie nicht zu sehr beängstigt.«

»Sein Erscheinen jagt jedem Serben einen Schrecken ein.«

»Man darf sich von solchen Kerlen nicht einschüchtern lassen.« Dieser Satz war nicht nur an Bojan gerichtet, sondern auch an mich selbst, denn in Wirklichkeit war ich mittlerweile selbst verunsichert.

»Keine Bange. Ich werde weiterhin nach Sarajevo fahren. Nur so kehrt irgendwann Normalität ein.«

Ich hätte ihm keinen Vorwurf machen können, wenn er es nicht mehr getan hätte, schließlich zehrte der blutige Konflikt immer noch an den Knochen der Menschen hier. Tamara kam mit einem Tablett voller Kaffeetassen zurück. Ihre nach oben gezogenen Mundwinkel verrieten, dass Sie mein Kompliment sehr wohl vernommen hatte. Bojan erzählte dann von der Begegnung mit Almir. Tamara riss die Augen weit auf.

»Almir ist ein böser Mensch!«, sagte sie. »Als Sarajevo umkämpft war, hat er verbliebene Serben gejagt und brutal ermordet.«

»Gibt es Beweise dafür?«, wollte ich wissen.

»Ja. Es gibt viele Berichte über seine Untaten. Zum Beispiel haben Zeugen gesehen, wie er einem Serben eigenhändig die Kehle durchgeschnitten hat«, antwortete sie.

Bojan fügte noch hinzu. »Der Mann war bloß ein Zivilist und wurde an der *Sebilj* vor den Augen seines Sohnes und seiner Frau abgeschlachtet!«

»Das soll jetzt keine Rechtfertigung sein, aber sind nicht in Sarajevo auch Zivilisten von serbischen Scharfschützen erschossen worden?«, warf ich ein.

»Trotzdem, vor den Augen seiner Familie? Sowas macht kein normal tickender Mensch«, entgegnete Tamara.

Nach ihrer Darstellung wäre der Serbe wegen seiner muslimischen Frau und dem kleinen Sohn in Sarajevo geblieben. Er selbst käme ursprünglich aus Pale, wo noch Verwandte von ihm lebten. Der Mann habe weder gekämpft, noch mit der serbischen Seite zusammengearbeitet, doch seine serbische Herkunft allein habe Almir als Rechtfertigung gereicht. Das Opfer habe wie ein kleines Kind geweint. Auch sein Wehklagen, dass für ihn Muslime und Orthodoxe Brüder seien, habe nichts an seinem Schicksal geändert. Keiner habe es gewagt, Almir von seiner Tat abzuhalten. Im Gegenteil, das Publikum hätte geklatscht und die Hinrichtung gefordert, als Almir gebrüllt habe, dass der Mann serbisches Blut in sich tragen würde.

Mir war durchaus bewusst, dass Nachrichten bei der Weitergabe von Mund zu Ohr nahezu immer ausgeschmückt wurden, vor allem in Krisenregionen, der Kern des Geschilderten jedoch stimmte in der Regel. Ich war entsetzt darüber, wie brutal Menschen im Krieg sein können. Meine Augen wurden feucht. Dennoch, eine innere Stimme forderte mich dazu auf, unparteiisch zu sein. Ich war ein Consultant und Mitleid war fehl am Platze. Schließlich gab es ja auch Horrorgeschichten über Arkan und seine Tiger, der es sogar bis in die internationale Presse geschafft hatte.

Gräueltaten gibt es auf allen Seiten.

Ja, und das ist so grausam, man sollte nicht eine Abscheulichkeit gegen die andere aufwiegen.

Das ist nicht dein Krieg. Keine der Seiten darf deine Gefühle für sich vereinnahmen.

»Keine Frage, das war ein nahegehendes und schlimmes Ereignis. Dennoch sollte man die anderen nicht gleich alle verteufeln. Denken Sie an die Gräueltaten von Arkan und seinen Tigern.«

Jetzt war Tamara leicht verärgert. »Er hatte aber Gründe. Arkan ist für uns ein Held.«

»Auch bei uns gibt es Fehler, Tamara«, beschwichtigte Bojan. »Im Verlaufe eines Krieges passieren halt Dinge, die keiner zu Beginn wollte.«

Die Hartnäckigkeit, mit der Tamara Arkan in Schutz nahm, irritierte mich. Ich war froh, als wir wieder im Wagen saßen. Trotzdem hatte sie etwas, das mich faszinierte.

Der Bauer, ein kleiner Mann mit kugelförmigem Oberkörper und fleischigen Armen, öffnete uns das Lattentor. Davut steuerte den Land Rover auf einen Bauernhof, der mit einem Gatter eingefriedet war. Es hatte geregnet, der Weg war nicht asphaltiert, daher drehten hin und wieder die Räder im Matsch durch. Wir fuhren an einem verblichenen Bretterverschlag vorbei, der als Scheune diente, und hielten auf das Hauptgebäude zu. Auf der gegenüberliegenden Seite der Scheune befand sich eine offene Stallung, sie wirkte notdürftig errichtet und bot dennoch ausreichenden Schutz vor Regen. Ein paar Schweine und dutzende Hühner lebten darin in Symbiose. Es war kein besonders großer Hof und das Haus des Bauern war in einem passablen Zustand. Im Gegensatz zu der Stallung und der Scheune war es aus Bruchstein gebaut. Vermutlich existierte das Haus bereits seit vielen Jahrzehnten.

Der Strom war ausgefallen. Das kam außerhalb der Städte öfters vor. Im Hintergrund lief daher ein Stromgenerator und machte ohrenbetäubenden Lärm. Davut zog es vor, im Auto zu warten, während Bojan mich dem Bauern vorstellte. Dieser war ganz aufgeregt, da selten ein Fremder seinen Hof besuchte, und bat uns gleich, im Wohnzimmer Platz zu nehmen. Während Bojan seinen obligatorischen Fragenkatalog mit dem Bauern durchging, versorgte uns die Ehefrau mit Kaffee und Orangensaft. Wie sich herausstellte, lebte der Bauer in erster Linie von Schweinezucht, verkaufte aber auch ab und an Geflügel und einen selbstgebrannten Slibovica, den er uns nach dem Kaffee zum Probieren anbot. Ein ziemlich starkes Zeug. Die rote Nase des Bauern ließ anmuten, dass er selbst sein bester Kunde war. Das Gesicht von dem hochprozentigem Zeug verzogen, notierte Bojan gewissenhaft alle Besitztümer des Bauern in sein Heft, denn bei einer Kreditzusage würden diese als Sicherheit verpfändet werden. Die Bank verpfändete grundsätzlich alles. Alles, was irgendeinen Wert hatte.

Schweine als Sicherheiten wären daheim in den Staaten undenkbar.

Als wir uns schließlich verabschiedeten, wünschte der Bauer dem Leiter der Kreditabteilung, Nenad, schöne Grüße. Verwundert darüber fragte Bojan, woher er Nenad kannte.

»Ach, ich hab ihn mal in der Filiale kennengelernt«, entgegnete der Bauer mit einer unsicheren Stimme, während die Farbe seiner Nase ins Violette wechselte.

Die Notlüge war mehr als offensichtlich, denn Nenad fuhr nie nach Pale. Das wäre für einen Muslim zu riskant gewesen. Trotzdem lächelte Bojan freundlich und wir verabschiedeten uns gemeinsam, während der Bauer sich auf die Lippe biss und es bereute, Nenads Namen überhaupt erwähnt zu haben.

Auf dem Rückweg setzten wir Bojan in der Nebenfiliale ab und ich nahm mir noch Zeit, um mich von Tamara zu verabschieden. Unser kleiner Schlagabtausch war zwar meiner

Ansicht nach nicht der Rede wert, aber sie hatte sich in ihrem Nationalstolz angegriffen gefühlt. Ich wollte das geradebügeln und einen guten Eindruck hinterlassen. Wie sich herausstellte, war sie nicht nachtragend. Da waren sie wieder, die bernsteinfarbenen Augen, die mich ansahen, als wäre ich nicht von dieser Welt. Und das dezente Lächeln, das immer da zu sein schien.

Zurück in Sarajevo, bat ich die Sekretärin darum, gleich für den nächsten Morgen einen Termin mit Nenad, dem besagten Manager der Kreditabteilung, zu vereinbaren.

4

Die Botschaft

DAS *Café Violine* befand sich im Theaterviertel unweit der Bank. Dort war ich am Abend um neun Uhr mit Gabor Barna verabredet. Die Straßen quollen über vor jungen Menschen, darunter auffällig viele Frauen. Wohl ein Tribut an den Krieg, dachte ich. Alle waren offensichtlich froh, endlich ohne Risiko ausgehen zu können. Ich erreichte das *Café Violine* etwas zu früh, bestellte einen Espresso und beobachtete von meinem Platz aus die anderen Gäste und das Geschehen draußen in den Straßen.

Während der Belagerung Sarajevos war Feiern nicht ohne Lebensgefahr möglich gewesen. Ohnehin hatten die meisten Cafés in dieser Zeit mangels Kundschaft dichtgemacht. Gefeiert wurde damals nur in geheimen Kellern bei Kerzenlicht. So habe es regelmäßig, wie mir der Kellner beschrieb, inoffizielle Partys und Undergroundkonzerte gegeben, über die man nur durch Mundpropaganda erfahren konnte und zu denen man ausschließlich mit einer persönlichen Einladung hereingelassen worden sei. Trotz des Krieges hätten sich die Menschen den Spaß nicht nehmen lassen und jedes Mal gefeiert, als ob es der letzte Tag für sie gewesen sei. Nur so sei ihnen möglich gewesen, für eine kurze Zeit zumindest, den Frust aus dem Bewusstsein zu verdrängen. Normalität zu erleben.

Ungeachtet der Zugehörigkeit zum Islam trugen die weiblichen Gäste überraschend freizügige Kleidung. Es gab keine Brüder, die als Aufpasser dienten, keine Spur von Kopftüchern oder gar Burkas. Stattdessen kamen Miniröcke und Pumps zum Vorschein, war der Mantel einmal ausgezogen. Ganz im Gegenteil, diese Frauen strotzten nur vor Selbstbewusstsein, sie widersprachen komplett dem Bild, das westliche Medien über muslimische Frauen vermittelten.

Gabor Barna wirkte sehr aufgeregt, als er endlich in das Café eintrat. Er war zu spät dran. Die Haut auf seinem Gesicht glänzte vor Schweiß. Irgendetwas bedrückte ihn ungemein. Den Abend gemütlich zu verbringen, das war ursprünglich mein Ziel. Auf schlechte Nachrichten war ich keinesfalls eingestimmt. Daher verunsicherten mich die unruhigen Handbewegungen von Gabor Barna stark.

»Gut, dass wir uns treffen. Ich habe eine Schreckensmeldung.« Seine Stimme klang nervös. Er musste erst ausatmen, bevor er weitersprach. »Nenad, der Leiter der Kreditabteilung ist tot!«

»Wie … wie … wie ist das passiert?«, fragte ich bestürzt. Das Blut schoß in meinen Kopf. Mein Herz raste, während Gabor Barna das Geschehen schilderte.

»Er hing an einem Strick an der *Lateinerbrücke*. So kurz nach acht hat man ihn entdeckt.«

»Den wollte ich doch am nächsten Morgen treffen.«

»Ich erfuhr über den Mord vom Polizeipräsidenten«. Gabor Barna musste wieder eine Pause einlegen, um durchzuatmen. »Man fand einen Zettel in seinem Mund. Auf der Vorderseite war ein Bild vom Attentat auf Franz Ferdinand und auf der Rückseite ein kurzer Text: ›So ergeht es jedem, der mit Feinden kooperiert. Gestern wie heute. G.P.‹«

Die Bestürzung über die Schreckensmeldung lähmte meine Synapsen. Ich war kaum mehr in der Lage, Gedanken in Worte zu fassen.

»Ja aber … ja aber, er ist doch mit Peter Lemming nach Mostar gefahren.«

»Der kam gerade in das Polizeipräsidium, als ich mich verabschiedete. Er wirkte sehr schockiert.«

»Das hört sich nicht nach Selbstmord an. Wieso sollte Nenad sowas tun?«

»An Selbstmord glaube ich auch nicht.«, stimmte Gabor Barna zu.

»Was hat er dann mit einem Kronprinzen aus längst vergangenen Zeiten zu tun? Das alles macht irgendwie keinen Sinn.«

»Soweit bekannt ist, wurden damals der Kronprinz und seine Gemahlin durch ein Mitglied der Mlada Bosna getötet. Gavrilo Princip, der Täter, war ein Serbe …«

Ich war skeptisch. »Aber es ist doch momentan kaum vorstellbar, dass in Sarajevo Serben eine derartige Tat begehen. Ist das nicht zu riskant für sie?«

»Mlada Bosna bestand nicht nur aus Serben. Zudem gab es mehrere Attentäter. Unter ihnen befand sich auch ein Muslim.«

»Ok, verstehe.«

»Gavrilo Princip, für dessen Namen vermutlich die Initialen auf dem Zettel stehen, war nur der erfolgreiche Schütze. Den Attentätern waren die eigentlichen Hintermänner unbekannt.«

»Nenads Tod bringt meine ganze Planung durcheinander.« Das musste erst verdaut werden, ich bestellte zwei Kurze für uns. Es dauerte dennoch eine Weile, bis ich mich fasste.

Auch ich hatte Neues zu berichten, ich erzählte Gabor Barna von der Begegnung mit Almir und die Einladung ins

Saat Kula Hotel. Beim Revuepassieren des Tages fiel es mir auf, seitdem hatte ich keinen Verfolger mehr bemerkt.

Irgendwie komisch.

»*Saat Kula*«, sagte Gabor Barna. »Das beste Hotel in der Stadt. Überrascht mich nicht, dass er Sie in sein stolzes Hauptquartier einlädt.«

»Keine Ahnung, ob ich auf die Einladung eingehen soll.«

»Ich selbst verbrachte eine Nacht in dem Hotel, um mir einen Eindruck zu verschaffen.«

»Und? Man munkelt, dass dort das organisierte Verbrechen zu Hause ist. Stimmt das?«

»Die Gerüchte sind mir bekannt. Es wird auch von Prostitution berichtet«, sagte Gabor Barna. »Nichts davon konnte ich dort feststellen. Lediglich diese von allen Seiten angeleuchtete, imposante Nachbildung des Uhrturms.«

»Und die Kundschaft?«

»Meist Geschäftsleute, einige wenige Familien. Kinder krabbelten im Foyer. Seien sie trotzdem vorsichtig. Wie sie sehen, passieren momentan seltsame Dinge.«

Am nächsten Tag platzierten alle Zeitungen des Landes die Nachricht über den Mord an dem Kreditmanager der CBB prominent auf der Titelseite und sie schlug ein wie eine Bombe. Für eine Bank, die um das Vertrauen von Kunden warb, ein Fiasko. Unter der Belegschaft herrschte Hektik und Panik. Nenad war äußerst beliebt in der Bank gewesen, folglich war deren tiefe Bestürzung ihren Gesichtern abzulesen. An einen normalen Arbeitstag dachte daher keiner mehr. Nahezu alle Filialleiter waren angereist, um ihre Anteilnahme und Trauer zum Ausdruck zu bringen. Peter Lemming saß gerade mit ihnen im Konferenzraum, als ich eintrat. Er war dieses Mal sehr zuvorkommend. Nachdem ich einen Gruß in die Runde gesandt hatte, nahm ich Platz und hörte seinen unaufhörlichen Besänftigungen zu.

»Dies ist eine Ausnahmesituation«, teilte er den Anwesenden mit. »Die Polizei ermittelt und wird hoffentlich die Schuldigen bald fassen.«

Die Runde aber ließ sich nicht so einfach beruhigen. Alle redeten durcheinander. Es wurde sehr laut im völlig überfüllten Raum. Die Luft sehr stickig.

»Wir müssen möglichst schnell zum Tagesgeschäft übergehen, damit das Ansehen der Bank nicht darunter leidet!«, setzte Peter Lemming verzweifelt fort.

Seine Beschwichtigungen halfen jedoch nicht. Der Schuldige schien schnell gefunden.

Samir, der Filialleiter aus Tuzla, gab sich sicher: »Nenad ist von Serben ermordet worden. Der Text auf dem Zettel und der Bezug auf Gavrilo Princip machen das mehr als deutlich.«

Claudia, die Managerin der Banja Luka Filiale - in serbischen Teilen waren die Filialleiter stets *Internationals* - hielt dagegen. »Wir müssen vorsichtig sein. Schnelle Schuldzuweisungen könnten gravierende Folgen haben. Schließlich können alle möglichen Motive dahinterstecken.«

»Genau, wir dürfen die mühsam aufgebaute harmonische Beziehung zwischen Muslimen, Serben und Kroaten in der Bank auf gar keinen Fall gefährden!« Peter Lemming war besorgt über die aufgeheizte Stimmung.

So ging die Diskussion noch eine ganze Weile weiter. Mehrfach drohte sie außer Kontrolle zu geraten. Peter Lemming hatte immer wieder Mühe, die Gemüter zu beruhigen. Ohne klare Erkenntnisse, zog ich es vor, mich mit einer Stellungnahme zurückzuhalten. Ein Vieraugengespräch mit Peter Lemming war für mich die bessere Alternative, den Vorfall zu verarbeiten.

»Wir sind gegen sechs Uhr nachmittags zurückgekommen«, sagte er. »Ich bin dann noch bis halb neun im Büro gewesen, als mich der Anruf der Polizei erreichte.«

»Hat sich Nenad irgendwie auffällig verhalten?«

»Nein. Es war ein ganz normaler Tag. Wir hatten einen Möbelproduzenten besucht, der einen Antrag auf einen großen Kredit gestellt hatte.«

»Der Vorfall ist nicht gerade förderlich. Ich kann ihn in meinem Bericht nicht unerwähnt lassen.«

»Wir brauchen das Geld von den Anteilseignern.« betonte Peter Lemming. »Es würde uns einen strategischen Vorteil gegenüber der Konkurrenz verschaffen.«

»Das ist richtig«, bestätigte ich.

»Serben gegen Muslime, Muslime gegen Serben, das ist normal hier.«

»Normal hier? Betrachten Sie den Verlust Ihres Managers als Kollateralschaden auf dem Weg zum Erfolg?«

»Der Frieden ist nicht gefestigt und derartige Vorfälle können in Bosnien immer wieder passieren. Wichtig ist, dass der Wunsch nach einem friedlichen Zusammenleben überhaupt steigt.«

»Ihre Argumentation legt nahe, dass auch Sie von Serben als Täter ausgehen. Was aber, wenn Nenad in dunkle Machenschaften verstrickt war?«

Peter Lemming war verblüfft, dass ich diesen Gedanken geäußert hatte. »Er war ein sehr guter Manager. Die Statistiken über das Wachstum unseres Kreditgeschäfts belegen dies.«

»Das ist richtig. Die Ausfallquote liegt bei unter einem Prozent. Dennoch …«

Nach alldem, was ich in Sarajevo bis dahin erlebt hatte, zweifelte ich an Mord aus patriotischen Gründen, begangen von Serben. Meine mysteriöse Beschattung, der Gruß an

Nenad … *Der Gruß an Nenad?* Das alles passte nicht so richtig zu dieser Theorie. Für Serben wäre es schwierig gewesen, unbehelligt in die Stadt zu kommen. Er wurde ja nicht aus größerer Distanz von Scharfschützen in den Bergen erschossen, sondern mit erheblichem Körpereinsatz erhängt. Vielleicht waren es ja auch mehrere Täter.

»Haben Sie schon einen Nachfolger?«, fragte ich ihn.

»Ich bin noch nicht ganz sicher. Erwin, sein Stellvertreter, ist wohl am besten geeignet für die Position, denn er kennt bereits die Aufgaben.«

»Sehe ich genauso«, stimmte ich zu.

Der Kandidat für den Posten des Kreditmanagers würde vom Aufsichtsrat abgesegnet werden müssen. Das sollte möglichst schnell geschehen, da die Kreditabteilung nicht lange führungslos bleiben durfte. Während ich das weitere Vorgehen mit Peter Lemming besprach, klingelte mein Handy. Die eingeblendete Nummer kannte ich nicht, trotzdem nahm ich das Gespräch an. Zu meiner Überraschung war Tamara am anderen Ende der Leitung. Sie war auf dem Weg nach Sarajevo und fragte mich, ob ich Zeit hätte. Ich sagte zu, weil ich die Chance auf Zerstreuung nicht ungenutzt lassen wollte, denn die Vorfälle seit meiner Ankunft nagten bereits an meinem Selbstvertrauen. Ich war nicht mehr sicher, ob ich noch die Kraft hatte, meine kürzlich erst begonnene Analyse fortzuführen. Wir vereinbarten, uns in der Cafeteria der Bank zu treffen, und ich freute mich auf das Wiedersehen mit Tamara sowie den Anblick der bernsteinfarbenen Augen.

Passend zum traurigen Anlass erschien Tamara in dunkler Kleidung. Sie trug ein schwarzes Jerseykleid, welches farblich mit der Ledertasche in ihrer Hand und den schwarzen Ballerinas perfekt harmonierte. Anstelle der hohen Pumps hatte sie dieses Mal Schuhe mit niedrigen Absätzen an. Trotz des bewusst konservativ gewählten Styles fand ich sie sehr sexy. Die Ärmel waren nur oben mit dem Rest des Kleides befestigt, sodass die glatte Haut an ihren Schultern dezent sichtbar war. Tamara wusste sich zu kleiden, eine echte Stilikone eben. Eine wahre Künstlerin darin. Unabhängig vom jeweiligen Dress begleitete obendrein stets noch ein Hauch von Erotik ihre Aura. Über den Tod Nenads war sie sehr traurig.

»Ihr Erscheinen, als Serbin, gerade in diesem aufgewühlten Augenblick, zeigt innige Anteilnahme. Ein schönes Zeichen der Versöhnung.«

»Nenad war ein Freund. Wir haben uns stets sehr gut verstanden. Er zeigte mir oft Videos von seinen Auftritten.«

»Videos?«

»Ja, er war ein guter Entertainer. In seiner Freizeit ist er in Clubs aufgetreten und hat Volkslieder gesungen.«

Tamara holte ein Laptop aus ihrer schwarzen Ledertasche und zeigte mir das Video von Nenads letztem Auftritt. Ein Mann, Mitte dreißig, in einem silbern glitzernden Outfit stand auf der Bühne und sang zu dem tosenden Publikum vor sich. Sein überproportional großer Kragen erinnerte an den Anzug eines Idols aus den Siebzigern. Elvis Presley. Wüsste ich es nicht besser, würde ich beim Betrachten der Bilder nicht auf seinen Managerjob bei der CBB schließen.

»Er singt ein altes bosnisches Lied«, erklärte Tamara. »Kad ja podjoh na Bembasu. Das ist eine *Sevdalinka*.«

»Klingt sehr melancholisch. Erinnert mich an portugiesische *Saudade*.«

»Ja genau. Es ist eins meiner Lieblingslieder, handelt von Liebe und Wehmut. Jeder hier kennt das Lied.« Die Miene von Tamara wurde nun ernster. »Umso trauriger ist, was ihm widerfahren ist. Er war ein sehr guter Mensch.«

»Das sagen alle.«

»Nenad konnte sich zwar immer durchsetzen, machte aber auch oft kleine Scherze, um die Situation aufzulockern. Ich mochte ihn.«

Tamara bekam bald feuchte Augen. Natürlich wusste sie aus der Zeitung über die Textbotschaft in seinem Mund. Am morgen hatte mich Gabor Barna mit zusätzlichen Informationen versorgt. Offensichtlich hatte Nenad Vergiftungserscheinungen am Körper. Laut Vermutung der Ärzte sei er bereits tot gewesen, bevor er an der Brücke hing. Er konnte sich demnach gegen seine Henker nicht mehr wehren. Gewissheit sollte eine Obduktion in den nächsten Tagen erbringen.

»Ist Ihnen in der letzten Zeit etwas an Nenad auffällig erschienen?«

»Nein, absolut nicht. Ich habe ihn ja stets in Sarajevo getroffen, als ich für Kreditkomitees kam.«

»Hatte er direkten Kontakt zu Kunden in Pale?«

»Ich denke nicht. Er war nie in Pale. Das wäre zu gefährlich für ihn gewesen.«

»Kennen Sie Erwin gut?«

»Der ist sein Stellvertreter. Ich hoffe nicht, dass er den Job jetzt übernimmt.«

»Wieso denn?«

»Na, ich komme mit ihm einfach nicht klar. Er schaut stets sehr streng und ist meist spießig gekleidet. Ich habe den Eindruck, dass er mich nicht mag.«

»Und die Kunden in Pale? Wie haben die reagiert?«

»Die haben natürlich auch davon gehört. Ein Bauer rief an, er war besorgt, ob er den beantragten Kredit noch erhalten würde.«

»Ein Bauer? Ich hatte doch mit Bojan einen besucht.«

»Genau der, denke ich.«

Ich bat Tamara, mich auf dem Laufenden zu halten und wechselte das Thema, denn ich konnte kaum erwarten, mehr über diese geheimnisvolle Frau zu erfahren. Sie wirkte in dem eleganten Kleid und den Extensions an den Fingernägeln sehr fraulich. Nicht, dass ich auf Extensions stand, denn bei der Wahl meiner Freundinnen hatte ich sonst auf andere Aspekte geachtet, aber das betont Weibliche gefiel mir in ihrem Falle sehr. Auch sie hatte offenbar Sympathiegefühle für mich. Schließlich wollte sie mich treffen und ich witterte die Gelegenheit.

Komm schon, du brauchst kein schlechtes Gewissen zu haben. Was ist denn schon dabei, mit einer anderen Frau zu flirten? Überhaupt ist Natalie in letzter Zeit oft schlecht drauf, kritisiert dich bei jeder Kleinigkeit. Selbst aus einer nicht abgespülten Kaffeetasse macht sie eine Staatsaffäre und schweigt tagelang bis dein Mitgefühl groß genug ist, um dich bei ihr zu entschuldigen. Wie erniedrigend! Das hast du doch nicht verdient.

Das stimmt, warum bin ich stets derjenige, der nachgibt … Du hast recht.

Tamara erzählte mir, dass sie kurz nach dem Krieg zu Alex, ihrem Verlobten, nach Pale gezogen sei. Sie hatte zuvor in Belgrad Wirtschaft studiert und habe damals mehr Zeit mit dem Verlobten verbringen wollen. Die Beziehung zu Alex sei jedoch nach wenigen Monaten bereits zerbrochen, weil sich die Differenzen als unüberwindbar herausstellten. So hätte sie seit mehr als einem Jahr allein gelebt. Den Kontakt zu ihrem Verlobten hätte sie abgebrochen. Trotz Trennung habe sie sich entschieden, nicht zuletzt auch wegen des sicheren und gut bezahlten Jobs bei der CBB in Pale zu bleiben.

Latent sichtbare dunkle Ränder um ihre Augen verrieten dies, sie hat es nicht immer einfach gehabt. Ein weiterer

Grund nach Pale zu gehen, waren die permanenten Streitigkeiten ihrer Eltern gewesen. Sie hatte es daheim nicht mehr ausgehalten. Für das Examen war sie aus diesem Grund in einen Belgrader Vorort zu ihrer Großmutter gezogen. Nur so konnte sie in Ruhe lernen. Die Großmutter sei ihre eigentliche Bezugsperson. Sie wäre jenseits der Achtzig, dennoch geistig und körperlich fit, von üblichen altersbedingten Wehwehchen abgesehen. Tamara mochte sie wohl sehr gerne und schwärmte sehr von ihr. Während sie aus ihrem beschwerten Leben plauderte, kreuzten sich unsere Blicke auffällig oft. Grundsätzlich mochte ich keine Menschen, die mit langgezogenen Gesichtern durch das Leben wanderten und permanent ihr Leid beklagten. Trotz der Schicksalsschläge, die diese Frau schilderte, bewahrte sie stets ein freundliches Gesicht. Das faszinierte mich wiederum. Ich nutzte jede Gelegenheit, um ihr Lächeln zu erwidern, aber es knisterte irgendwie nicht. Ein Wink ihrerseits, dass sie aufgeschlossen wäre, war nicht zu erkennen. Der Funke wollte einfach nicht rüberspringen und die Gedanken hinter ihren Augen waren unerreichbar für mich.

Vielleicht bin ich auch zu ungeduldig? Schließlich wirft Natalie mir dies oft vor. Vielleicht sind Frauen hierzulande aber auch komplett anders gepolt und ich habe etwas falsch interpretiert?

Insgesamt fiel mir auf, dass Frauen auf dem Balkan gerne ihre Kurven zur Schau stellten und femininer gekleidet waren. In den Staaten hätte Tamara mit ihrem Outfit sicherlich den Vogel abgeschossen, aber hier trugen alle Frauen zu jeder Gelegenheit ihre besten Kleider. Sie zeigten ungeniert, was sie zu bieten hatten.

Vielleicht ist es genau diese Grundhaltung, die ich bei Tamara überinterpretiere? Vielleicht hat sie kein weitergehendes Interesse an mir, vielleicht wollte sie einfach nur mit jemandem reden?

Da waren wieder die Gedanken an Natalie, wie sie traurig an der Tür stand und mein Mitgefühl erzwingen wollte. Keine Frage, ich liebte meine Freundin abgöttisch. Ich kannte sie schon seit meiner Kindheit. Wir sind zusammen in die Schule gegangen. Jahrelang hatten wir uns, als wäre ich ein Mädchen, wie Busenfreunde gesehen. Wir hatten lange keinen Sex miteinander. Nur allmählich, mit der Zeit wurde aus den vermeintlichen Busenfreunden ein Paar. Die Beziehung ist also, ähnlich wie bei einer Pflanze, über Jahre hinweg gewachsen und befände sich gerade in ihrer Blütezeit, wäre da nicht diese ungerechtfertigte Kritik an meinem Verhalten.

Natalie und ich wären dann wie füreinander geschaffen. Sie erdet mich und ich brauche sie. Ich weiß nicht, wie ich auf einen Verlust reagieren würde, trotzdem können wir so nicht weitermachen. Eine Auszeit wäre …

Es fühlte sich daher umso falscher an, die Grenze des über Jahre Gewachsenen zu überschreiten. Allein die Gedankenspiele mit Tamara provozierten quälende Schuldgefühle in mir. Mein Gewissen ermahnte mich, den naturgegebenen männlichen Trieb in mir besser zu kontrollieren. Trotz der Gewissensbisse aber drohte mir beim Anblick von Tamara ein gewaltiger Kontrollverlust. Sie elektrifizierte mich vom ersten Augenblick an ungemein. Das Testosteron in meinem Körper war einfach nicht zu bändigen. Tamara weckte augenblickliches Verlangen in mir.

Ein krasser Unterschied zu der Beziehung mit Natalie.

Beklemmt durch den innerlichen Kampf mit männlichen Hormonen, bemühte ich mich, auf gar keinen Fall meine unzüchtigen Gedanken zu verraten, während ich der süßen Stimme Tamaras lauschte.

Schon gar nicht, wenn von ihr kein klares Zeichen kommt.

Jede falsche Geste, jede Art von Errötung in meinem

Gesicht und der Blick, der zu lange dauerte, wären verräterisch gewesen.

Bloß nicht alles aufs Spiel setzen. Warum sich unnötig aus der Deckung wagen?

Doch dann kam die Frage. Die Frage, die nicht hätte gestellt werden dürfen. Tamaras Augen begutachteten gerade den Ring an meinem Finger. »Sind Sie verheiratet?«

»Nein, nur verlobt«, antwortete ich verdutzt.

Hätte ich doch bloß diesen Ring vorher ausgezogen. Jetzt muss ich mit der Sprache raus.

Tamara zog ihre Augenbraue hoch und verstand nicht, warum auf die Verlobung keine Hochzeit folgte. Ich erzählte ihr von Natalie. Vor zwei Jahren hatten wir uns verlobt. Die Absicht, zu heiraten, hatten wir dabei überhaupt nicht. Die Verlobung war nicht allein eine Bestätigung unserer Liebe. Natalie und ich waren eigentlich der Ansicht, dass das althergebrachte Modell der Eheschließung nicht mehr zeitgemäß war. Dabei spielte keine Rolle, ob es sich um eine kirchliche oder standesamtliche Trauung handelte.

»Früher war es problematisch unehelich zusammenzuleben. Gerade wenn Kinder in die Welt gesetzt wurden«, sagte ich.

»Das ist hier immer noch so!«, bemerkte Tamara.

Wir alle kannten ja Begriffe, wie ›Bastard‹ oder ›Hurensohn‹, die in diesem Zusammenhang benutzt wurden. Diese Begriffe fanden jedoch kaum noch Verwendung. Das uneheliche Zusammenleben war jetzt absolut normal, sollte man meinen. Heutzutage war die Heirat nicht erforderlich.

»Im Gegenteil, nach Natalies Meinung braucht echte Liebe keine Beurkundung«, setzte ich fort. »Sie würde sich eher im Verhalten der Beteiligten zeigen. Ich teile diese Meinung.«

»Ok, aber wieso haben Sie sich dann überhaupt verlobt?«

»Eine berechtigte Frage. Die Verlobung kam auf Druck

meiner Eltern zustande. Ich komme aus einer religiösen Familie, in der eine außereheliche Beziehung verteufelt wird.«

Tamara lachte. »Dann erging es ihnen genauso wie mir.«

»Natalie und ich haben damals lange überlegt, wie wir auf den Druck reagieren sollten. Zum einen wollten wir dem System trotzen, denn nach unserer Ansicht bedurfte unsere Liebe keiner Eheschließung, andererseits aber wollten wir meine Eltern besänftigen.«

»Also beschlossen Sie einen Kompromiss«, vervollständigte Tamara. »Sie verlobten sich mit allem religiösen Tamtam und beließen es einfach dabei. Ganz schön clever.«

»Richtig«, sagte ich. »Die Verlobung ermöglichte uns aus religiöser Sicht das unbeschwerte Leben in einer gemeinsamen Wohnung. Die Gerüchte der Nachbarn über unsere wilde Ehe verstummten und meine Eltern übten keinen Druck mehr aus.«

»Klar, sie mussten sich nicht mehr in der Gemeinde rechtfertigen. Aber wissen die Eltern, dass Sie beide nicht heiraten wollen?«

»Nein, die denken schon, wir würden in der Zukunft irgendwann heiraten.«

Tamara kicherte und verdrehte die Augen, als ob sie sich auf die Antwort der nächsten Frage insgeheim freute.

»Haben Sie Natalie jemals betrogen?« Ein breites Lächeln zierte jetzt ihr Gesicht.

»Oh, das ist aber jetzt eine sehr direkte Frage.« Ihre Offenheit verblüffte mich und ich wusste keine schnelle Antwort.

Ist das ein Zeichen? Oder die Vorstufe eines Zeichens, nach dem ich Ausschau halte.

Sicher war ich mir nicht. Dennoch freute es mich, dass sie das Gespräch auf eine doch sehr private Ebene hob. Das Schamgefühl in mir löste sich allmählich. Artikulieren fiel mir nun deutlich leichter. Meine inneren Grenzen waren jetzt weit weg geschoben und mein Aktionsradius erweitert.

»Ich bin ein treuer Typ!«, bekräftigte ich. »Nur einmal. Es war ein One-Night-Stand mit einer Frau, die ich in Bolivien kennengelernt hatte.«

Als es zwischen Natalie und mir wieder einmal kriselte, suchte ich bei Prostituierten Trost. Ich war damals schlecht drauf und brauchte eine Schulter zum Anlehnen. Der bezahlte Sex erfüllte zwar in keiner Weise die ersehnte Funktion, aber immerhin erleichterte er den Druck in meinen Lenden und verdeutlichte mir dennoch, wie wichtig die beiden essentiellen Zutaten - Zärtlichkeit und Liebe - gerade beim Sex sind. Sex ohne Gefühle ist wie Suppe ohne Gewürze. Sie schmeckt nicht besonders gut. Die Nutten zählten daher nicht. Stattdessen schilderte ich ihr die Geschichte vom einzigen Mal, als ich Natalie wirklich betrogen hatte.

Auch wenn Natalie und ich lange Zeit gut klar kamen, gab es in den letzten Jahren Momente, in denen es gewaltig knallte. Solch eine Situation war vor drei Jahren. Im Nachhinein konnte keiner von uns beiden verstehen, warum eigentlich. Vielleicht war es die dunkle Jahreszeit, es war damals Herbst und wir hatten beide Urlaub. Vielleicht musste aber auch Dampf aus dem Kessel abgelassen werden, ohne triftigen Grund. Quasi als ungeplante Wartungsarbeit für eine Beziehung. Wir konnten uns damals nicht darauf einigen, was wir mit der so seltenen Freizeit anfangen sollten. Natalie wollte mit mir nach Paris fliegen und das Grab von Jim Morrison besuchen.

»Wenn wir mal ein Kind zusammen zeugen sollten, dann nur auf dem Grab von Jim Morrison«, hatte Natalie damals gesagt.

Das war überhaupt das erste Mal, dass sie ihren Kinderwunsch geäußert hatte. In jenen Tagen wussten wir noch nicht, dass sie unfruchtbar war und wir zusammen keine Kinder zeugen konnten. Dieser Wunsch von ihr bewies aber, Natalie war die personifizierte Form von Rebellion und ein riesiger Fan von Jim Morrison dazu. Der *Eiffelturm*, die Kathedrale *Notre-Dame* und nicht zuletzt der Friedhof *Père Lachaise* waren sicherlich Sehenswürdigkeiten, die mich interessierten, jedoch zog ich es zu dem Zeitpunkt vor, mit Tim gemütlich in den *Adirondack Mountains* zu wandern. Wir hatten uns bereits eine schöne Tour zusammengestellt. Sie beinhaltete zehn Tage Wandern und Zelten. Neben Natalie sollte auch Sharon, Tims Frau, mitkommen. Und das war vielleicht das Problem. Natalie mochte die Nähe von Sharon nicht besonders. Schon gar nicht zehn Tage lang. Niemals würde sie ihre Abneigung offen zugeben, aber ich hatte sie zu unterschiedlichen Gelegenheiten gespürt und sie war meiner Ansicht nach nicht gerechtfertigt.

So bestand Natalie darauf, nach Paris zu fliegen und ich freute mich sehr auf die Wanderung. Keiner gab nach. Normalerweise lenkte einer von uns beiden immer ein, meistens übrigens ich. Nicht so damals. Beide beharrten auf den eigenen Plan. Als Resultat blieben wir daheim und sprachen nahezu die gesamten zehn Tage kein einziges Wort miteinander. Unser Zwist ging sogar soweit, dass ich auf der Couch im Wohnzimmer schlief, während sie es sich im gemeinsamen Bett bequem machte. So wurde der Urlaub für beide zur Tortur, denn am Ende war ich froh, wieder arbeiten zu gehen. Zu meinem Glück sandte mich der Boss gleich am ersten Tag nach Bolivien, wo die *Foundation* ein Bewässerungsprojekt für Ackerland finanziert hatte. Das Projekt wurde zusätzlich von einer schwedischen Organisation unterstützt, für die Beatrisa arbeitete. Eine temperamentvolle Frau mit spanischen und schwedischen Wurzeln, die genau wusste, was sie wollte. Ich hatte bis dahin noch nie eine Frau getroffen, die ihren Wunsch auf erotische Abenteuer ganz offen artikulierte. Am Ende der Galaveranstaltung, bei der wir uns kennengelernt hatten, flüsterte sie mir das Angebot ins Ohr, mit auf ihr Zimmer zu gehen. Aus ihrer Absicht machte sie dabei nicht den geringsten Hehl, versteht sich. Es war spät in der Nacht und die halbe Flasche Cognac, die wir den ganzen Abend lang weggenippt hatten, schwemmte alle Barrieren in meinem Kopf hinweg.

»Beatrisas Offenheit beeindruckte mich.« erklärte ich Tamara. »Ein Neinsagen war nicht möglich. Es war ein riesiger Spaß. Vor lauter Lachkrämpfen brauchten wir diverse Anläufe, um zum Geschlechtsakt zu kommen. Aber darauf gehe ich jetzt besser nicht ein.«

Tamara kicherte nun nicht mehr, sondern brach gleich in ein schallendes Gelächter aus. Sie konnte vor Belustigung kaum sprechen.

»Kann … kann ich mir schon vorstellen, wie das ausging. Wie war das Gefühl danach?«

»Ich fühlte mich so leer«, sagte ich. »So leergesaugt.«

Und wieder brach das Gelächter aus, bis sich bei beiden Freudentränen an den Augenrändern rauspressten und wir uns jeweils zur anderen Seite drehen mussten, um sie heimlich abzuwischen. Ich konnte mich selbst kaum halten, als das Kopfkino die Bilder von damals abspielte. Die vielen Anläufe, um die richtige Stelle mit meinem wabbeligen Schwanz zu treffen, hatten Comedycharakter. Man hätte eine dartscheibengroße Markierung an der Vagina von Beatrisa anbringen können und ich hätte dennoch Probleme gehabt, zu treffen. Am nächsten Tag, nachdem sich der Kater verflüchtigt hatte, plagten mich in der Tat starke Gewissensbisse.

»Es war gut, den Seitensprung für mich zu behalten. Mit Beatrisa hatte ich danach keinen Kontakt mehr«, sagte ich.

Tamara zog eine Augenbraue hoch, als würde sie das in Frage stellen.

»Wirklich?«

»Ja! Wirklich!«

»Schaaade.«

Es war wohl die langgezogene Art, wie Tamara das Wort ›Schade‹ aussprach, selbst Stunden später, während ich unterwegs zur *Lateinerbrücke* war, hofierten ihre Laute hartnäckig wie ein Ohrwurm mein Gehör, baten regelrecht darum, so leicht nicht aufzugeben. Erst vor Ort kam ich auf andere Gedanken. Wieder war ich an der Brücke, die es einerseits selbst schaffte, Jahrhunderte zu überstehen, andererseits für viele Menschen Leid und Tod brachte. Ein Symbol für die Ewigkeit und Endlichkeit zugleich. Eine Brücke, die dazu gebaut wurde, zu verbinden, aber gleichzeitig auch Leben vom Tod trennte.

Ich ging bis zum dem Scheitel auf der Westseite. Dort über dem zweiten Bogen hatte vermutlich Nenads lebloser Körper runtergehangen. Weiße Markierungen der Polizei zierten hier das Geländer und den Boden unmittelbar davor. Auf dem Handlauf befand sich ein aufgesprühtes Kreuz, demnach musste das Seil genau an dieser Stelle befestigt gewesen sein. Einen betäubten menschlichen Körper hier runterzuwerfen, war für einen kräftigen Einzeltäter durchaus machbar, wie ich feststellte. Meine Augen schweiften über die anderen Abschnitte der Brüstung und den restlichen Boden, suchten aufmerksam nach irgendwelchen Spuren, aber außer den Markierungen waren keine Auffälligkeiten zu entdecken. Nicht der geringste Hinweis auf mögliche Täter. Der Fluss führte insgesamt wenig Wasser, denn auf beiden Seiten ragte das Flussbett heraus, und entblößte die Steine, mit denen es garniert war. Auch an beiden Ufern schien alles normal zu sein.

Ich wollte schon aufgeben. Frustriert über die erfolglose Suche, bewegte ich mich wieder runter von der Brücke auf die *Obana Kulina Bana* und bog nach links ab. Gleich an der Ecke befand sich eine Straßenbahnhaltestelle, an der einige wenige Fahrgäste auf die nächste Bahn warteten. Zwischen einer Laterne und dem Glasdach der Haltestelle schimmerte etwas Weißes auf dem Boden. Bei näherem Hinsehen entpuppte es sich als eine Visitenkarte. Ich hob sie auf. Auf deren Vorderseite stand: ›Nenad Papic, Director of Credit Department, Commercial Bank Bosnia‹. Doch viel interessanter war der handschriftliche Vermerk inklusive Angabe einer Telefonnummer auf der Rückseite: ›Tomislav Stankovic, Concrete & Cement Wholesale, Brčko District‹. Es war unwahrscheinlich, dass Tomislav Stankovic seinen eigenen Namen auf Nenads Visitenkarte geschrieben hatte. Das musste die Handschrift von Nenad selbst sein, der die Visitenkarte vermutlich als Zettel benutzt hatte, weil er sonst nichts Greifbares zum Draufschreiben hatte. Eins war klar, die Polizei hatte ganz offensichtlich schlampig gearbeitet, da sie die Karte übersehen hatte. Nenad musste die Visitenkarte aus seiner Tasche verloren haben, während er aus einem Fahrzeug rausgezerrt worden war. Das Tatfahrzeug hatte vermutlich in der Bucht von der Haltestelle angehalten. Dieser Stadtteil war abends nicht besonders belebt, da die Cafés und Bars weiter entfernt waren. Zudem wurde es schnell dunkel in der Winterzeit und wegen der Kälte hielten sich Menschen nur unmittelbar bevor die Straßenbahn ankam an der Haltestelle auf, wenn sie denn überhaupt fuhr. Ausfälle wegen technischen Defekten oder mangels Strom waren an der Tagesordnung. Insofern war es durchaus möglich, sich der Brücke unbeobachtet zu nähern.

Ich steckte die Karte ein und eilte dann zu Fuß zum *Café Violine*, wo Gabor Barna bereits auf mich wartete. Wir waren wieder zwecks Austausch verabredet. Er hatte neue Details. Die Resonanz auf Annoncen der Polizei in Zeitungen sowie im Fernsehen war laut Gabor Barna zunächst eher dürftig. Es war anzunehmen, dass sich mögliche Zeugen eher scheuten die Polizei anzurufen, weil diese deren Sicherheit nicht garantieren konnte. Aber dann rief eine alte Dame an. Laut ihrer Beobachtung traf sich Nenad wohl am Abend vor seinem Tod mit Almir. Jedenfalls wurde er von der Zeugin beim Betreten des *Saat Kula Hotels* gesehen.

»Sie sah, wie Nenad um neun Uhr abends in das Hotel reinging«, erklärte Gabor Barna. »Mehr konnte sie nicht sagen.«

»Ok, dann gibt es eine geschäftliche Verbindung zwischen den beiden«, mutmaßte ich. »Vielleicht ein Kreditantrag? Nenad wird sich wohl nicht zu seinem privaten Vergnügen dorthin begeben haben.«

»Denkbar ist sogar eine tiefere Verbindung. Was, wenn Nenad diesem Gangster bei der Kreditgewährung geholfen hat, gegen Bestechungsgelder versteht sich?«

»Durchaus möglich. Als Bonus durfte er sich dann mit seinen Mädels vergnügen. Wer weiß?«

Gabor Barna schlürfte gerade an seinem Kaffee, als ich ihm die Visitenkarte präsentierte. Der Kaffee war wohl noch ein wenig zu heiß für seine schmalen Lippen. Er verschluckte sich und ein Teil der braunen Flüssigkeit lief am Tassenrand runter, befleckte sein Hemd. Es verschlug ihm die Sprache, dass ich gleich mit einem Beweisstück aufkreuzte.

»Tomislav? Der Typ ist ein bekannter serbischer Geschäftsmann. Er dominiert den Markt für Zementprodukte.«

»Oh, kann ich mir vorstellen. Zement ist für den Wiederaufbau des Landes wichtig. Für das zerstörte Bosnien ein großer Markt.«

»Wir müssen mehr über die Verbindung der beiden erfahren«, sagte Gabor Barna. »Ob Tomislav Stankovic einen Kredit bei der CBB laufen hat?«

»Bestimmt. Der wird wohl auch mit anderen Banken arbeiten.«

»Könnten Sie das überprüfen?«

»Ja.«

Zusammen mit der Visitenkarte und dem Hinweis der alten Dame waren gleich zwei Fährten vorhanden. Es musste aber auch eine Querverbindung zwischen Almir und Tomislav Stankovic geben, soweit war ich mir sicher. Vielleicht ließe sich der Fall ja auflösen. Irgendwie packte mich der Eifer, trotz der seltsamen Vorkommnisse weiter an meiner Aufgabe hier in Bosnien zu arbeiten, an der Auflösung des Mordes an Nenad mitzuwirken. Und natürlich Tamara wiederzusehen. Das war sehr aufregend für mich und meine Sicherheitsbedenken hatte ich daher bald in den Hintergrund gedrängt. Unmittelbar nach meinem Gespräch mit Gabor Barna beschloss ich, auf das Angebot von Almir einzugehen und bat ihn um einen Termin in seinem Hotel. Almir war keinesfalls überrascht als ich anrief. Ganz im Gegenteil, er war sich offenbar ziemlich sicher gewesen, dass ich mich früher oder später melden würde und bat mich im Laufe des nächsten Nachmittages vorbeizuschauen.

5

Das Angebot

DIE junge Dame von der Rezeption bat mich, im Foyer Platz zu nehmen. In der Mitte des runden Raumes befand sich tatsächlich, wenn auch in einem kleineren Maßstab, eine originalgetreue Nachbildung des *Saat Kula* Turmes mit Monduhren an den Seiten, darin integriert die Rezeption. Der Uhrturm war von allen Seiten mit Strahlern angeleuchtet und das reflektierte Licht erhellte beinahe das gesamte Foyer mit einem angenehmen Licht. Um den Turm herum befanden sich verschiedene Sitzgelegenheiten für Gäste. Die in dunkelbraunem Leder gehaltenen Sitzgarnituren waren gruppenweise zusammengestellt und umkreisten jeweils einen großen Designertisch mit stilvoll gewölbten Chrombeinen. Nahezu alle Plätze waren belegt. Die Gäste auf ihnen hätten jedoch unterschiedlicher nicht sein können.

In einer Sitzgruppe unterhielten sich zwei Männer in Anzügen mit drei ihnen gegenübersitzenden gut aussehenden Frauen, deren Haarfarbe jeweils eine der Grundfarben weiblicher Haarpracht repräsentierte. Rot, Blond, Schwarz. Für jeden etwas dabei. Ihre Röcke waren kurz gehalten, ziemlich kurz. Ganz offensichtlich Professionelle, die genau wussten, Kraft ihrer weiblichen Kurven und erotischen Gestik zu überzeugen. In einer anderen Sitzgruppe saßen ein älterer

Mann, vielleicht so um die sechzig, und sechs Frauen komplett verhüllt in schwarzen Burkas. Nicht einmal ihre Augen waren zu sehen, denn sie waren hinter einem dicken Netz aus Stoff verborgen. Vielleicht zwei Ehefrauen und vier Töchter, dachte ich. Über die Kombination konnte man letztendlich nur spekulieren. Sie unterhielten sich in einer Sprache, die ich geografisch nicht zuordnen konnte. Nur die Gesichtszüge des Mannes ließen anmuten, dass die Gruppe aus Asien kam. Wiederum eine andere Sitzgruppe war belegt durch ein westlich aussehendes Paar, der Sprache nach waren es Deutsche.

Die Einrichtung des Hotels war insgesamt sehr geschmackvoll zusammengestellt und überraschte positiv. Meine Augen suchten die Szenerie ab und waren bemüht, irgendwas Auffälliges, auf dunkle Machenschaften Verweisendes zu finden. Vergeblich. Bis auf den Turm mit der Monduhr kannte man die Szenerie aus gehobenen Hotels. Die Wahrscheinlichkeit, sich in einem Moskauer Fünfsterne-Hotel im Foyer mit Prostituierten zu unterhalten, war mindestens genauso hoch. Alles schien ganz normal zu sein, als die Frau an der Rezeption zu mir kam und mich hoch in die elfte Etage führte, wo sich das Büro von Almir befand. Gleich nach dem Aufzug bogen wir nach links in einen langen Flur, an dessen Ende sich eine schwere aber stilvoll verzierte Metalltür befand.

»Kommen Sie herein!«, hörte ich Almir sagen. Er bat mich, an seinem monströsen Schreibtisch aus Sheeshamholz Platz zu nehmen. An beiden Ecken des Tisches waren im Neunziggradwinkel Ledersofas angeordnet. Die Rezeptionistin verschwand wieder.

»Es freut mich ganz besonders, dass Sie in diesen schweren Stunden Zeit gefunden haben.« Die Prise Sarkasmus in seinem Unterton war nicht zu verkennen. »Mein tiefstes Beileid.«

»Vielen Dank. Der Mord hat die Belegschaft der Bank stark getroffen. Meinen Aufenthalt in Bosnien habe ich mir anders vorgestellt.«

»Kann ich mir denken. Nenad war nicht nur ein ehrgeiziger Manager, sondern auch ein begnadeter Entertainer.«

»Habe ich gehört. Kannten Sie ihn gut?«

»Was heißt gut? Er hat mich, als Großkunden, mehrmals besucht.« Noch bevor ich Almir fragen konnte, wann er Nenad das letzte mal gesehen hatte, kam dieser mir zuvor. »Er war einen Tag vor seiner Ermordung hier bei mir. Wir sprachen über die Finanzierung eines Hotelbaus in Tuzla. Mein neues Projekt.«

Das hämische Grinsen in seinem Gesicht verriet es, natürlich wusste er bereits von der Zeugenaussage der alten Dame und hatte sich vermutlich eine passende Antwort überlegt. Dennoch war es gut möglich, dass es bei dem Besuch wirklich nur um einen Kredit ging. Zwischenzeitlich ging die Tür auf und eine Bedienung mit einem Tablett voller Getränke spazierte herein. Sie stellte das Tablett auf die Kante des Sheeshamholztisches. Durch die geöffnete Tür konnte ich einen Augenblick lang die Konturen von Tarik draußen erkennen. Er musste später gekommen sein, denn als ich eintrat stand er nicht dort. Es beunruhigte mich, dass Tarik, mein Verfolger, draußen vor der Metalltür wartete. Mein Magen zog sich zusammen und verbreitete eine unwohlige Anspannung in mir. Trotzdem wollte ich nicht, dass Almir meine Angst vor seinem Handlanger spürte und sprach mit demonstrativ kräftiger Stimme.

»Dann scheinen ja Ihre Geschäfte zu laufen. In welchen Bereichen sind Sie noch tätig?«

»Ich betreibe diverse Baumärkte und habe darüber hinaus noch Supermärkte, die ein großes Sortiment an Waren anbieten.«

»Sie sind ziemlich breit aufgestellt. Kein Wunder, dass unsere Bank Sie umgarnt.«

Almirs Brust schwellte vor Stolz. »Probieren sie unbedingt den Kefir, den lasse ich selbst anfertigen.«

Er deutete mit seinem Kinn auf das Glas voller milchigweißer Flüssigkeit neben meinem Kaffee. Es war ein Getränk aus sauer vergorener Milch.

Nach anfänglichem Zögern trank ich. »Schmeckt vorzüglich!«

»Dieser Kefir ist sehr gesund. Von meinem eigenen Bauernhof«, beteuerte Almir.

»Na, dann wollen wir hoffen, dass ich lang genug lebe, um das beurteilen zu können.« Ich trank das Glas leer.

Diese Anspielung erheiterte Almir ganz besonders. Er verschluckte sich beim Lachen und ein Teil seines Kefirs quoll aus seinem Mundwinkel. Er wischte das weiße Zeug mit einem Tuch aus seiner Tasche weg. »Wollen Sie mehr?«

»Nein danke, ich trinke jetzt besser einen Kaffee.« Ich zog eine der vollen Tassen vom Tablett und goss etwas Milch hinzu. »Kommen wir zum eigentlichen Grund meines Besuches.«

Almirs Augenbraue wanderte auf einer Seite hoch. »Und der wäre?«

»Mich würde wirklich interessieren, wieso meine Anwesenheit Ihre Belange berührt.«

Jedes Mal, wenn Almir nachdachte, zog er seine wulstigen, stark behaarten Augenbrauen so zusammen, dass sie sich fast über der Nase trafen.

»Wissen Sie, in Bosnien hängt alles miteinander zusammen. Wir mögen zwar geteilt sein, aber der serbische Teil kann nicht ohne die beiden anderen Teile existieren. Genau so wenig der bosnische oder kroatische Teil ohne den serbischen.«

»Ich kann mir vorstellen, dass das vor allem für die Wirtschaft gilt«, unterbrach ich ihn. »Aber was hat das alles mit mir zu tun?«

»Ganz einfach. Ihre Bank will den Häuserbau finanzieren und das geht nicht ohne Baumaterialien. Meine Firma ist der größte Anbieter dafür.«

»Es ist nicht meine Bank. Ich bin nur ein Analyst.«

»Tun Sie bitte nicht so, als ob Sie keine Rolle spielen. Von ihrem Bericht hängt viel ab.« Almir sprach jetzt lauter. »Gerade in Bosnien, wo viele Maßnahmen nur durch eine Finanzierung möglich sind, hängt die Existenz von Baufirmen stark von Banken ab.« Die Stimme von Almir wurde zunehmend rauher und klang beim nächsten Satz schon fast drohend. »Finanziert Ihre Bank vermehrt Baumaßnahmen der Konkurrenz, würde meine Firma benachteiligt werden. Klar?«

»Hatten Sie das Gefühl, dass Sie benachteiligt wurden?« Ich ließ mich nicht einschüchtern und antwortete ruhig. »Für die Kreditgewährung sollte lediglich das Risiko eine Rolle spielen. Das ist Gebot bei der CBB.«

»So steht es zwar in Ihren Statuten, leider sieht die Realität anders aus.«

»Inwiefern?«

»Ihre Mitarbeiter bevorzugen Freunde und Verwandte. Anfragen von anderen werden erst gar nicht ernst genommen, oder nur wenn für die Angestellten damit ein Nutzen verbunden ist. Ich wurde oft um Hilfe gebeten.«

»Haben Sie etwa Einfluss auf die Entscheidungen der Bank? Sie sprechen von Bestechung?«

»Viele Leute glauben, dass ich Einfluss habe. Ich möchte ganz offen reden. Meine Empfehlungen werden meist befolgt!«

»Hatte Nenad Ihre Empfehlung nicht befolgt. Ist er deswegen jetzt tot?«

»Sie nehmen doch nicht an, dass ich etwas damit zu tun habe?«, schrie Almir.

»Ich versuche ja nur zu verstehen.«

»Er hatte tatsächlich eine Empfehlung ignoriert, aber mit seinem Tod hab ich nichts zu tun.«

»Kommen Sie ...«, hakte ich nach. »Sie haben doch bestimmt eine Idee, wer dahinterstecken könnte.«

»Sein Tod ist die Konsequenz seines Handelns! Mehr möchte ich dazu nicht sagen. Punkt.«

»Haben Sie der Polizei das Gleiche erzählt?«

Almir war jetzt richtig sauer. »Natürlich! Die wissen, dass meine Leute unbeteiligt waren. Jeder hier weiß, dass auf mein Wort Verlass ist. Eine Befleckung meiner Ehre würde ich nicht akzeptieren.«

Ich dachte, dass mein Boss der cholerischste Mensch auf Erden war, aber Almir übertrumpfte ihn. In Anbetracht der Tatsache, dass Tarik vor der Tür wartete und eine Handbewegung für meinen Tod gereicht hätte, zog ich es vor, nicht weiter über Nenad zu reden.

»Verstehe. Ihre Empfehlung sollte man befolgen. Eine Frage noch. Wieso lassen Sie mich durch Tarik beschatten?«

»Hören Sie. Sie sind nach Bosnien gekommen, um einen Bericht zu erstellen. Haben aber keine Ahnung, was im Hintergrund läuft. Es gibt Leute, die Sie nicht lebendig aus Bosnien rauslassen wollen.«

»Wie meinen sie das?« Ich war baff. »Sie wollen doch etwa nicht sagen, dass Tarik mein Schutzengel ist?«

»Oh, doch«, konterte Almir. »Er beschützt Sie.«

Mein Herz pochte. Mir wurde plötzlich warm und ich

musste den Hemdkragen weiten, um besser atmen zu können. Almir und Tarik als Schutzengel? Darauf konnte ich gut verzichten. Etwas ging tatsächlich vor sich, aber ich kam mir so unwissend vor.

Warum bin ich nur in so eine Situation reingeraten. Die Gedanken flogen rasant durch meinen Kopf. *Was jetzt tun? Zurückfliegen und dem Boss die Gefahr für mein Leben erklären. Er würde mir den Kopf abreißen, wenn ich ohne den Bericht heimfliegen würde. Spätestens am nächsten Tag wäre ich den Job los.*

Weicheier konnte er nicht ausstehen, um es in seinen Worten auszudrücken. Auf den Job aber war ich, wegen unserer finanzierten Wohnung, angewiesen. Ich sollte unbedingt einen kühlen Kopf bewahren, war die Devise.

»Schutz … Schutzengel? Wollen Sie mir verraten, wer mich umbringen will? Wieso fühlen Sie sich überhaupt dazu berufen, mich zu beschützen.?«

»Das ist eine schlechte Angewohnheit, mein Lieber. Sie fragen einfach zu viel. Wenn ich Ihnen die Hintergründe erklären würde, müsste ich Sie auf der Stelle erschießen.«

»Also so nicht«, brüllte ich jetzt. »Ich kam hierhin, weil ich Ihrem Wort vertraut habe.«

»Das können Sie auch. Hören Sie jedoch auf, nachzubohren.« Almir regte sich dann ab und sprach wieder im normalen Ton. »Eins möchte ich aber betonen, das zusätzliche Geld für Hauskredite ist wichtig. Die *Foundation* sollte sich besser nicht quer stellen. Ich kann behilflich sein, damit das Programm erfolgreich wird.«

»Wie meinen Sie das? Behilflich sein?« Auch ich fing mich wieder.

»Umsonst kann ich das nicht machen. Alles hat einen Preis«, sagte Almir und setzte fort. »Fünf Prozent. Im Gegenzug garantiere ich für Ihre Sicherheit und die Ihrer

Mitarbeiter.«

»Was glauben Sie bloß, wie groß unsere Marge ist?« Ich schlug die Hände über den Kopf. »Da würde nicht viel übrig bleiben.«

»Die fünf Prozent würden nicht von Ihrer Marge abgehen. Die knöpfen wir den Kreditnehmern ab.«

»Kommen Sie … Sie wissen genau, dass das nicht legal ist. So ein Verhalten widerspricht den Grundsätzen der Bank und wäre schwer vermittelbar.«

»Seien Sie da nicht so sicher. Viele Ihrer Mitarbeiter pfeifen auf Grundsätze. Damit mach ich dann Schluss!«

»Das ist ein Bestechungsversuch. Zudem bin ich nicht die richtige Person, denn ich habe nicht die Befugnisse, darüber zu entscheiden.«

»Ihr Bericht wird aber die Grundlage für eine Entscheidung sein. Sie haben es daher in der Hand!«

»Sie überschätzen die Bedeutung des Berichts, Almir.«

»Ich würde mich sehr erkenntlich zeigen. Ich gebe Ihnen ein Prozent, wenn Sie behilflich sind.«

»Ein Prozent? Hmm ... das muss ich mir durch den Kopf gehen lassen.« Ich konnte kaum glauben, was da gerade über meine Lippen kam.

»Als Mann haben Sie sicherlich Bedürfnisse. Wissen Sie, wie honigsüß bosnische Frauen sein können?« Jetzt hörte sich Almirs Stimme schon fast herzlich an. »Lassen Sie sich auf meine Kosten verwöhnen und geben Sie mir in den nächsten Tagen Bescheid.«

Ich dachte länger nach. »Soll das eine Empfehlung sein?«

»Ja, und befolgen Sie diese besser.«

Es fielen mir die drei hübschen Damen im Foyer ein. Vielleicht hatten die beiden Herren auch eine Empfehlung erhalten und waren gerade dabei, sie zu befolgen. Almir drückte auf einen Knopf, der in seinen Tisch eingelassen war, und Tarik öffnete die Tür. Eine bildhübsche Brünette kam herein und setzte sich neben mich.

»Darf ich vorstellen, das ist Ambera. Sie wird Ihnen in allen Belangen behilflich sein und begleitet Sie wohin Sie wollen.«

Die Frau mit der Figur eines Topmodels reichte mir die Hand. »Ich stehe zu Ihren Diensten. Kommen Sie mit in die Bar. Dort können wir uns ungestört unterhalten.«

Sie stand auf und deutete an, mitzugehen. Ich zögerte jedoch noch.

»Nur zu, gehen Sie mit!«, forderte Almir. »Ambera ist bezaubernd. Ihre Gelegenheit.«

Die Hübsche nahm meine Hand und zog mich galant in Richtung Tür, die wie von selbst aufging. Kaum realisierte ich, was geschah, saß ich mit der in der Tat entzückenden Ambera in der Hotelbar und hielt ein Glas Wein in der Hand. Auf Kosten des Hauses versteht sich. Glasklar, es war ein Fehler, sich darauf einzulassen. Dies war aber eine der wenigen Situationen, in der ein instinktiver Automatismus die Kontrolle über meine motorischen Körperfunktionen übernahm. Ich war einfach machtlos. Aus irgendeinem Grund schaltete mein Gehirn auf Standby. Die Aura, die eine Person umgibt, entzieht sich meist unserer Sehkraft. Sie riecht nicht, sie schmeckt nicht, dennoch ist sie stets da, genau so wie die Atmosphäre, die die Erde umhüllt. Durchbricht man die Atmosphäre versehentlich, ist man gefangen. Keine Chance, sich dann der Gravitationskraft zu entziehen. Von dieser reizenden Dame ging eine mächtige Anziehungskraft aus. Sie überwand meine Kräfte mit meisterhaftem Einsatz ihres Körpers und berauschte meine Sinne mit der richtigen Dosis Charme. Mein Verstand versagte komplett und es war fast illusorisch, mich der prekären Situation entziehen zu können.

Schon nach wenigen Sätzen erkannte ich, Ambera war keinesfalls ein Dummchen, sondern sehr sportlich und hatte einen messerscharfen Intellekt. Als gebildete Person musste sie nicht lange überlegen, um auf Fragen einzugehen. Sie erzählte, dass sie bereits seit mehreren Jahren für Almir arbeite. Es hatte denn Anschein, dass sie mit ihrem Job sehr zufrieden war, auch wenn die Anforderungen oft bis zur Selbstaufopferung führen würden. Nach ihrer Ansicht wirke Almir zwar äußerlich hart, besitze aber im Innern ein generöses Herz. Amberas ganze Familie wäre im Krieg umgekommen und sie hätte nur noch eine schwerkranke Großmutter. Almir kümmere sich vorbildlich um seine Leute und begleiche auch die hohen Behandlungskosten für die Großmutter.

»Sie loben Ihren Chef in höchsten Tönen, aber es gibt auch andere Ansichten. Wie kann ein vermeintlich gutmütiger Mensch, einem Mann kaltblütig die Kehle durchschneiden?«

»Der Mann war ein Verräter«, antwortete Ambera. »Er wurde nur für seine Taten bestraft.«

»Bestrafung ist Aufgabe der Justiz«, warf ich ein. »Zudem gibt es Gerüchte, dass Almir zum inneren Kreis einer mafiösen Organisation gehört. Dann ist da noch der Bestechungsversuch von eben.«

»Glauben Sie wirklich, dass dort wo Krieg und Zerstörung herrschen, normale Maßstäbe gelten? Hier ist alles Mafia. Entweder man ist auf der Seite der Starken oder man überlebt den Kampf nicht.«

Vielleicht hatte Ambra nicht ganz Unrecht, dachte ich. Was richtig und was falsch war, hing davon ab, auf welcher Seite man sich im Krieg befand. Allein die Sieger bestimmten über richtig und falsch.

Dennoch, einen Menschen vor einem Publikum abzuschlachten, das muss doch falsch sein. Verräter hin, Verräter her. Jeder hat das Recht auf einen fairen Prozess, von der moralischen Verwerflichkeit der Todesstrafe ganz abgesehen.

»Es gibt ja auch so etwas wie objektive Richtigkeit«, hielt ich daher entgegen. »Gute Werte, die immer Gültigkeit haben.«

»In der Theorie schon.« Ambera zwinkerte mir zu. »Offensichtlich haben Sie nie Krieg erlebt. Wenn Sie dem Tod ins Gesicht geschaut hätten, würden Sie mich verstehen.«

Ein Mörder, der einem Menschen die Kehle durchgeschnitten hat, kann kein guter Mensch sein. Ist es ratsam, sich auf so jemanden zu verlassen, sein Angebot anzunehmen? Halt, das Angebot war mit Nachdruck! Eine Empfehlung, die man besser befolgen sollte. Oder vielmehr eine Bestechung.

Während die Gedanken nur so ratterten, spürte ich fremde Haut auf meinem Handrücken. Ambera streichelte zart meine Hand. Jedes einzelne Haar richtete sich auf.

»Relaxen Sie«, versuchte sie mich zu beruhigen. »Sie haben Zeit und können in Ruhe über den Vorschlag nachdenken.«

Die Mischung aus Zärtlichkeit, Wut und Hilflosigkeit kombiniert mit dem guten Wein hatte meine Gefühlswelt aus der Balance gehoben. Ambera arbeitete sich derweil zur Innenseite meiner Hand vor und übte dort mit kreisenden Bewegungen einen angenehmen Druck aus. Ich war erregt, blickte in ihre geheimnisvollen blauen Augen. Ihre Wimpern waren bis zum Anschlag aufgezogen, die Regenbogenhaut um die Pupillen vergrößerte sich unaufhörlich und entblößte einen Ozean voller exotischer Farben. Dann bemerkte ich den wachsenden Knutschmund, der sich bedrohlich näherte, um kurz vor meinen Lippen zu stoppen. Es knisterte nur so vor Erotik, ich aber wich aus. Mir ging das alles zu schnell.

Sie kniff, nicht wirklich verärgert, an meinem Arm und

flüsterte in mein Ohr. »Lassen Sie uns auf ein Zimmer gehen, Elias! Bitte!«

Eins war klar, entweder ich ging sofort weg oder es wäre nicht mehr möglich gewesen, der Verführung zu entkommen. Auch wenn sich in meiner Leistengegend etwas mächtig dagegen wehrte, denn Amberas Reize waren umwerfend, musste eine rationale Entscheidung her. Ich blieb standhaft, setzte dem ein Ende, indem ich aufstand. Züchtigende Gedanken an Natalie, meine Freundin, halfen dabei. Wir hatten zwar Probleme, aber ich liebte sie noch immer. Ich schämte mich innerlich für die unsittlichen Gedankenspiele.

»Es war eine große Ehre, Sie kennenzulernen. Dennoch, ich gehe jetzt besser.« Die Tür verschloss ich aber nicht gleich für immer. »Ein anderes Mal vielleicht«, sagte ich und gab ihr einen Gentlemankuss auf die Hand.

Enttäuschung zeichnete sich auf Amberas Gesicht. »Ich erwarte dann einen Anruf.« Sie drückte mir ihre Karte in die Hand und formte ihre Lippen zu einem Luftkuss.

6

Die Warnung

STECHENDE Kälte gefror beinahe meine Füße, als ich durch die vereisten Gassen der *Baščaršija* in Richtung Bank lief. Es war bereits dunkel und ich hatte zuvor an der *Ćevapčinica* gegenüber der *Sebilj* zu Abend gegessen und kämpfte mich, mit aufgestelltem Mantelkragen und dicken Wollhandschuhen bewaffnet, durch münzgroße Schneeflocken. Schwerer Smog verdüsterte zusätzlich den Himmel und raubte mir den Atem. Meine Nase blutete wieder. Von dem geschäftigen Treiben in der *Baščaršija* war nicht viel übrig geblieben. Einerseits war ich damit beschäftigt, die Orientierung nicht zu verlieren - man konnte die Hand vor den Augen kaum sehen - und andererseits das Erlebte im *Saat Kula Hotel* zu verarbeiten. Eine nicht zu verachtende, knifflige Herausforderung, die es in sich hatte. Meine Gedanken waren durcheinander. Die Versuchung groß. Ich dachte an Almirs Empfehlung, an Ambera und ihre wunderschönen Lippen, die sich unaufhörlich näherten.

Wenn ich das unanständige Angebot akzeptieren würde, wäre die gemeinsame Wohnung in New York innerhalb kürzester Zeit bezahlt. *Aber will ich wirklich korrupt sein?* Fragen über Fragen, die meinen Verstand überforderten.

Und die Privilegien? Wie könntest du die Chance ungenutzt lassen?

Wärest du nicht besser mitgegangen?

Aber das wäre doch falsch gewesen … Falsch, was ist das schon?

Gedanken über Gedanken … Und dann, als ob dem Nachdenken ein Schlusspunkt gesetzt werden sollte, hörte ich einen lauten Knall, den ich zunächst überhaupt nicht zuordnen konnte. Vielleicht hatte der imaginäre Wächter meines Geistes mit dem Holzhammer auf seinen Resonanzblock gehauen, genauso wie ein Richter im Gerichtssaal. Als wolle der Wächter sagen: ›Schluss jetzt. Die Sitzung ist vorbei! Sonst überhitzt du deine Gehirnzellen.‹ Aber nein, dieser Knall war nicht von einem imaginären Wächter, er war real. Sehr sogar. Gleichzeitig mit dem darauffolgenden Echo, das in den Gassen reflektiert wurde, hörte ich dann nämlich ein Zischen am linken Ohr. Es pikte leicht an meiner Ohrmuschel. Sie fühlte sich nass an. Spätestens das Anfassen meines Ohres brachte Gewissheit. *Die Kugel hat mich dort getroffen.* Ich hatte Blut an der Hand.

»Schnell! Kommen Sie! Kommen Sie!«, hörte ich die von der Pubertät noch nicht gebrochene Stimme eines Jungen. Blitzschnell zogen mich zwei zierliche Arme in die Gemäuer des *Bezistans.* Es war Lazar, der kleine Junge.

»In diesem Versteck sind sie sicher«, sagte Lazar, während er ein paar leere Kartons beiseite schob und mich dezent eine Treppe runter in einen Kellerraum schubste.

Anschließend sorgte er dafür, dass die leeren Kartons wieder den Eingang zur Treppe kaschierten. Es dauerte nicht lange und wir hörten die Absätze einer Person, die auf und ablief und offenkundig nach mir suchte. Diese bemerkte offenbar nicht, dass hinter den Kartons eine Tür war. Lazar zog eine Taschenlampe aus seiner Jackentasche und leuchtete in die Wunde an mein Ohr.

»Sie haben Glück, der Schuss hat Ihr Ohr nur gestreift. Es

ist nur ein Kratzer.«

»Mensch, du hast mir gerade das Leben gerettet! Ich weiß nicht, wie ich dir danken soll, Lazar.«

»Kein Problem. Wollen Sie vielleicht ein Taschentuch?«

»Ja, bitte.«

Lazar holte eine Packung Taschentücher aus seinem Schulranzen und reichte mir eins davon rüber. Ich streichelte den Kopf des kleinen Jungen und drückte dann schließlich das Taschentuch in die Wunde am Ohr, um den Blutfluss zu stoppen. Lazar erzählte, dass er auf dem Weg nach Hause war, als er mich in seine Richtung kommen sah. Er bemerkte hinter mir im größeren Abstand eine Gestalt in einem dunklen Mantel, der mir folgte. Der Mann verhielt sich auffällig, weil er bemüht war, möglichst nicht gesehen zu werden. Er nutzte ständig Einbuchtungen in den Gassen, um in Deckung zu gehen. Mit der Absicht mich zu warnen, versteckte sich Lazar hinter den Kartons. Für eine rechtzeitige Warnung blieb jedoch keine Zeit mehr, denn einen Augenblick später beobachtete er aus seinem Versteck, wie der Mann eine Waffe zog und auf mich schoss.

»Sie sehen ziemlich bleich aus«, bemerkte Lazar.

»Ich … ich bin schockiert … schockiert über den Angriff auf mein Leben. Ich muss erst einmal zu mir kommen.« Der Schreck steckte mir noch immer in den Knochen. Meine Stimme klang kraftlos und ängstlich.

Abgesehen von dem Piken am Ohr verspürte ich keinen Schmerz, gleichwohl war ich benommen. Eine Erklärung, wer dahinter stecken könnte, fiel mir spontan nicht ein. Eins war klar, Almir strebte eine Kooperation mit der Bank an, und dazu brauchte er meine Hilfe. Tarik oder einer seiner anderen Männer kamen daher nicht in Betracht. Das wäre kontraproduktiv gewesen. Er hätte doch zumindest meine Antwort abgewartet, sagte mein Verstand.

Lazar ging die Treppe hoch und vergewisserte sich, dass der Schütze verschwunden war. Er schob die Kartons wieder beiseite und winkte mich hoch.

»Kommen Sie mit! Meine Mutter ist Krankenschwester.«

»In Ordnung. Das Angebot sollte ich wohl annehmen.«

Schließlich musste die Wunde an meinem Ohr desinfiziert und das Taschentuch durch einen ordentlichen Verband ersetzt werden. Wir liefen an der römisch-katholischen Kathedrale vorbei, über die Mula Mustafe Baseskije, und bogen in eine kleine Straße ein, wo sich das Zuhause von Lazar befand.

Ein Auge schaute durch das Guckloch. Es klackerte, rasselte und klirrte, bis etliche Schlösser aufgeschlossen waren. Milena, die Mutter von Lazar, war über den fremden Gast an ihrer Wohnungstür überhaupt nicht erfreut, und wegen der blutende Wunde an meinem Ohr zudem verängstigt. Nur zögerlich öffnete sie die Tür, ihr Mienenspiel glich einem Epos über Verzweiflung, Zorn und Resignation und war gezeichnet durch das Leben. Sie war ganz offensichtlich nervös, ihre Handbewegungen unsicher. Sie versuchte, den Sinn des Ganzen zu ergründen und ignorierte mich zunächst.

»Du sollst dich nicht mit fremden Männern einlassen! Wie oft soll ich dir das noch sagen?«, schimpfte Milena und schaute dabei vorwurfsvoll ihren Sohn an.

Ich nahm Lazar in Schutz und bemühte mich, ihr die Sorgen zu nehmen.

»Ist schon gut. Ihr Sohn hat mein Leben gerettet. Ich bin ihm sehr dankbar dafür.«

»Wer sind Sie überhaupt?«

»Elias, ich arbeite für die CBB.«

»Jemand hat auf ihn geschossen, Mama«, sagte Lazar.

Spätestens der Name der Bank besänftigte sie und wirkte als Eintrittskarte. Die CBB genoss in der Stadt einen guten Ruf. Der Anblick des mit Blut befleckten Taschentuches an meiner Ohrmuschel weckte ihren Krankenschwesterinstinkt.

»Kommen Sie herein. Ich reinige Ihnen die Wunde. Sie brauchen einen ordentlichen Verband.« Milena bat mich daraufhin, auf der Couch im Wohnzimmer Platz zu nehmen.

Sie verschwand im Nebenzimmer, vermutlich dem Schlafzimmer, und kam mit Verbandsmaterial zurück. Während sie mein verletztes Ohr verarztete, plauderte ich über den Grund meines Aufenthaltes in Bosnien.

»Ja, aber wieso will Sie dann jemand umbringen?«, fragte Milena.

»Keinen blassen Schimmer. Seitdem ich in Sarajevo bin, passieren seltsame Dinge«, erklärte ich, während ich Möbel und andere Einrichtungsgegenstände im Raum musterte.

Es war eine kleine, jedoch zweckmäßig, eingerichtete Wohnung, in der beide lebten. An den Wänden hingen Ölgemälde in reich verzierten Holzrahmen. In den Ecken waren originelle Holzstatuen angebracht, die mich an Persönlichkeiten aus früheren Jahrhunderten erinnerten. Die kunstvoll geschnitzten Statuen wiesen sehr fein ausgearbeitete Details auf. In ihnen steckte eine Menge Arbeit. Dann fiel mir in der Vitrine, neben einer der Statuen, das golden eingerahmte Porträt eines Mannes auf. Bei genauerem Hinsehen war die Ähnlichkeit zu Lazar unverkennbar. Der Mann hatte einen Schnurrbart und mittellange braune Haare. Lazar bemerkte mein Interesse für das Foto und wurde plötzlich traurig, seine Augen tränten. Er wendete sich ab. Es war so, als würde ihn der Anblick des Fotos an traumatische Erlebnisse erinnern. Nun bemerkte auch Milena die Tränen ihres Sohnes. In der Zwischenzeit war mein Ohr einbandagiert und sie hatte sich neben mich auf die Couch gesetzt. Auch ihr Gesichtsausdruck änderte sich schlagartig, spiegelte nun die gleiche Bekümmertheit wider. Sie fasste mit den Händen an ihre Knie, nur so konnte sie ihre aufbauschende Nervosität eindämmen.

»Lazar weint immer, wenn er das Bild seines Vaters sieht«, erklärte sie.

»Wenn ich das gewusst hätte …«

»Schon gut, Sie konnten es ja nicht ahnen. Machen Sie sich keine Vorwürfe.« Ihre Stimme hatte nun einen weinerlichen Klang. »Wir hatten die Trauer eigentlich hinter uns gelassen, aber manchmal holt sie uns einfach wieder ein.«

»Verstehe, wir müssen darüber nicht reden.«

»Sie sollten es wissen …« Milena wischte sich die Tränen aus den Augen.

»Aber nur, wenn es ihnen wirklich nichts ausmacht.«

»Mein Mann war einer der letzten verbliebenen Serben in Sarajevo. Er wurde von einem muslimischen Nationalisten an der *Sebilj* umgebracht. Der Mann hat ihm die …« Milena stockten die Worte, sie konnte sich nicht mehr halten. Sturzbäche aus Tränen rannen ihr nun das Gesicht herunter.

Der Groschen war gefallen. Sofort fiel mir die Geschichte über Almir ein, die mir Tamara geschildert hatte. Daher wurde ich selbst sentimental und empfand tiefstes Mitleid. Ich war mir sicher, der Mann auf dem Foto, der Vater von Lazar, war derjenige, dem Almir die Kehle durchgeschnitten hatte. In dieser Situation war ich der gewaltigen Aufgabe, Trost zu spenden, nicht gewachsen. Eine abscheuliche und äußerst brutale Tat, mit der ich erneut konfrontiert wurde. Keiner konnte diese traumatisierte Familie trösten, halbwegs passende Worte zu finden, war nicht einfach. Schweigen wäre jedoch auch falsch gewesen. Ich wollte die Aufmerksamkeit der beiden auf die Zukunft zu lenken, die hoffentlich viel besser sein würde.

»Sie beide müssen nach vorne blicken. Der Junge ist einfach brillant. Er weiß so viel.« Meine aufbauenden Worte wurden bald gewürdigt. Die traurige Atmosphäre taute etwas auf. Milena umarmte ihren Sohn und ihre Streicheleinheiten besänftigten den Kleinen allmählich.

»Lazar ist der Einzige, den ich jetzt noch habe.«

»Richtig, aber Sie können stolz auf diesen tapferen Jungen sein.«

»Das bin ich auch.«

»An seiner guten Erziehung sind Sie nicht ganz unbeteiligt. Mein Kompliment an Sie.« Milena fühlte sich geschmeichelt.

Die Anteilnahme in mir war groß, schließlich war die Wunde an meinem Ohr eine Kleinigkeit gegenüber dem Schmerz, den diese Familie in der Vergangenheit ertragen musste. Dennoch, die Wunde erinnerte mich daran, dass jemand es auf mich abgesehen hatte und ich musste den Grund dafür herausfinden. Ich überlegte, Rat bei Gabor Barna zu suchen, denn sein Spezialgebiet war die organisierte Kriminalität. Wir kannten uns zwar nicht lange, dennoch war er der Einzige, der mir vielleicht helfen konnte und dem ich in Sarajevo zu dem Zeitpunkt traute.

Der Polizeipräsident, ein Freund von Gabor Barna, sandte umgehend einen Streifenwagen, um uns abzuholen. Auch Lazars Mutter kam mit und wir trafen zeitgleich mit Gabor Barna ein. Der Polizeipräsident beauftragte, laut dem Mann mit dem *Fedora*, einen seiner besten Männer für den Fall. Minuten später stellte sich uns ein kleiner pummeliger Mann mit Halbglatze namens William Shoemaker, ebenfalls ein International, als zuständiger Ermittler vor. Seine Kopfhaut glänzte bläulich unter dem kalten Licht der Leuchtstoffröhren im Büro seines Chefs, während er die Augenbrauen hochzog, um Lazar nach Details zu fragen.

»Wie sah der Täter aus, mein Junge?«

»Ich bin nicht ihr Junge!« Lazar verschränkte die Arme.

»Entschuldigung, Lazar. Eine alte Gewohnheit von mir. Ich werde mich fortan bemühen, feinfühliger zu sein.«

»In Ordnung. Wissen Sie, wegen des Schnees konnte man nicht viel sehen«, erklärte Lazar. »Zudem trug der Mann eine Mütze auf dem Kopf. Auf jeden Fall war er ziemlich groß. Seine krumme Nase ragte deutlich hervor.«

»Eine krumme Nase sagst du?«, wiederholte der Ermittler.

»Ja, sie war nach unten gebogen.«

William Shoemaker machte sich eifrig Notizen, während Lazar und ich den Tathergang beschrieben.

»Wenn jemand Sie ins Visier genommen hat, dann wird er sicherlich auch Ihr Hotelzimmer beobachten, denn die Wahrscheinlichkeit, Sie dort abends anzutreffen, ist groß.« Er blickte mich nachdenklich an. »In dem Zimmer sind Sie nicht mehr sicher!«

»Meinen Sie wirklich?«, hakte ich nach.

»Ich denke schon.«

»Wir sollten jedenfalls kein Risiko eingehen«, postulierte Gabor Barna.«

William Shoemaker ordnete an, dass Lazar und seine Mutter durch einen Streifenwagen nach Hause gebracht werden.

»Kommen Sie, wir überprüfen Ihr Hotelzimmer.«

Die Fahrt zum Hotel bestätigte die Vermutung des Ermittlers. Die Tür war aufgebrochen und das Zimmer zwischenzeitlich durchwühlt worden. Der Reisekoffer geöffnet und meine Kleidungsstücke chaotisch über den ganzen Raum verteilt. Zum Glück hatte ich aus Gewohnheit den Laptop samt Tasche mitgenommen, in deren separater Sektion auf der Vorderseite sich auch alle wichtigen Dokumente befanden. Etwas Verwertbares dürften sie daher nicht gefunden haben. Für die Täter war das bestimmt frustrierend. Die Kriminalbeamten suchten nach Fingerabdrücken und weiteren Spuren, die einen Hinweis liefern könnten.

»Wer auch immer das war, er war zwar grob, aber halt auch ein Profi«, stellte einer der Polizisten fest. »Er hat keine Spuren hinterlassen.«

Auch die Befragung der alten Hotelbesitzerin brachte keine weiterführenden Erkenntnisse. Sie hatte niemandem die Tür des Zimmers aufgeschlossen. Ihre gesprächige Enkeltochter war gegen Mittag zur Uni gefahren. Den Einbruch hatte sie nicht bemerkt. Wie denn auch? Sie hatte am Vormittag zusammen mit ihrer Enkelin alle Zimmer gereinigt, die Betten gemacht und zog sich dann zurück in ihre Wohnung, die sich direkt neben dem Haupteingang im Erdgeschoss befand.

»Vielleicht sollten Sie das Land für eine Weile verlassen, Elias«, sagte William Shoemaker.

»Das kommt überhaupt nicht in Frage. Mein Chef würde ein solches Verhalten als persönliche Schwäche auslegen. Er feuert mich, wenn ich ohne den Bericht zurückkehre, für den er mich hergeschickt hat.«

»Was ist ihnen wichtiger? Der Job oder ihr Leben?«

»Hier sind so viele zerstörte Häuser. Von dem Bericht hängt ab, ob Millionen in den Wiederaufbau fließen.«

»Ich kann schon verstehen, dass der Bericht Ihnen am Herzen liegt, aber Ihr Leben ist doch wichtiger«, sagte nun auch Gabor Barna.

In mir wich dennoch der Schock über die Attacke einer Art Trotzgefühl und ich wurde sogar ziemlich wütend. Jetzt erst recht, dachte ich. Es galt, den seltsamen Geschehnissen seit meiner Ankunft auf den Grund zu gehen. Gabor Barna bot mir ein Zimmer in seiner Wohnung im Westteil der Stadt an. Zumindest eine Option dachte ich. Auch William Shoemaker verstand meinen Standpunkt nach und nach und wollte mit seinem Chef über Polizeischutz sprechen. Jedoch herrschte seinen Angaben nach Personalmangel bei der Polizei und die Zuteilung von Personenschutz konnte, laut dem Mann mit der Halbglatze, ein paar Tage in Anspruch nehmen. Die wöchentlichen Dienstpläne mussten schließlich entsprechend angepasst werden.

Eins wurde mir klar, weder polizeilicher Personenschutz noch eine Unterkunft bei Gabor Barna boten dauerhaft Sicherheit. Nicht in einem Land, in dem Staatsorgane nur das Nötigste regelten. In mir keimte eine viel bessere Idee.

»Ich bleibe hier!«

7

Die Suite

AMBERA hatte nicht mit meiner schnellen Rückmeldung gerechnet. Sie freute sich sehr über meinen Anruf. Ich schilderte ihr die Geschehnisse und bat sie, ein Zimmer im *Saat Kula Hotel* für mich zu organisieren. Ihr Boss selbst war nicht im Haus. Mein Plan war es, in die Höhle des Löwen zu ziehen, denn dort war zum gegenwärtigen Zeitpunkt für mich der sicherste Ort. Sollte der Hausherr hinter der Attacke stecken, könnte er unmöglich in seinem eigenen Hotel einen weiteren Versuch unternehmen, dann wüssten nämlich alle Bescheid. William Shoemaker und Gabor Barna fanden zwar die Idee nicht gut, waren aber eingeweiht und kannten damit meinen neuen Aufenthaltsort. Das Hotel war die erste Adresse, wo sie nach mir suchen würden, sollte ich mich über einen längeren Zeitraum nicht melden.

Almir behauptete, mich beschützen zu wollen, nun hatte er tatsächlich die Gelegenheit dazu, die Wirksamkeit seines Schutzes unter Beweis zu stellen. Wer könnte besser meine Sicherheit gewährleisten, als einer der großen Gangster des Landes? Es war unwahrscheinlich, dass sich ein konkurrierender Verbrecher in sein Revier trauen würde, um einen Schützling zu töten. Wenn Gangster überhaupt jemanden respektieren, dann sind es Ebenbürtige auf der anderen Seite. Vor denen haben sie am meisten Respekt, weil die mit den gleichen Methoden arbeiten. Amberas Reservierungsbestätigung ließ nicht lange auf sich warten, noch am selben Abend setzte mich Davut mitsamt Gepäck vor dem *Saat Kula Hotel* ab.

»Ich habe für Sie ein Zimmer im zehnten Stockwerk reservieren lassen«, erklärte Ambera, während wir den Aufzug bestiegen. Sie zog eine Magnetkarte durch ein Lesegerät, das in die Metallwand gleich unter den Etagennummern eingelassen war und drückte die Nummer zehn. »Dort kommt man nur mit einer speziellen Zugangskarte rein. Auf der Etage sind nämlich nur VIPs untergebracht.«

Auch wenn der Anlass unschön war, freute ich mich über das Wiedersehen. Während sie vor mir herging, konnte ich es mir kaum verkneifen, auf das runterzuschauen, was mir beim letzten Mal entgangen war. Ungleich zum vorherigen Mal trug sie nun kein Kleid, sondern eine hautenge blaue Jeans. Das wohlgeformte, straffe Gesäß, das ihre Jeanshose in die Form einer Nektarine presste, reizte besonders. Ihre langen Haare waren hinten zu einem dicken französischen Zopf zusammengeflochten, er peitschte bei jedem Schrittwechsel auf den beigefarbenen Rollkragenpulli und regte wollüstige Phantasien in meinem Geiste an. Apperzeption. Es knisterte in mir, in der Tat eine klare, sehr bewusste Aufnahme des Sinnlichen. Bei dem Anblick hätte ich nichts dagegen gehabt, wenn der Weg Stunden gedauert hätte, doch leider waren wir nach kurzer Zeit schon oben angekommen, vor der Suite mit der Nummer 1007. Ambera zog mich schließlich an einer Hand durch die Tür und drückte die Schlüssel-Karte in meine Hand.

»Voilà!«

»Wow, ich würde mal sagen, eine deutliche Steigerung zu meiner bisherigen Bleibe.«

»Für Sie nur das Beste«, scherzte Ambera.

»Vielen Dank für die schnelle Hilfe!«, sagte ich und berührte sie zur Bestätigung sanft über der Hüfte, während ihre ozeanblauen Augen meinen Blick erwiderten.

Ihre Wimpern wirkten, verstärkt durch schwarze Tusche, unendlich lang. Was für ein Idiot ich beim letzten Mal doch war, der Aufforderung nicht zu folgen, dachte ich. Nun baute sich jedoch eine neue Gelegenheit auf und ich war dieses Mal nicht abgeneigt. Ganz und gar nicht. Ich spürte den Druck in meiner Hose. Dieses Mal sollte sowas wie Moral uns nicht in die Quere kommen, das hatte ich mir felsenfest vorgenommen. Ambera war nicht entgangen, dass sich gerade etwas in meiner Leistengegend aufbauschte. Sie streichelte zart über meinen Reißverschluss, gab mir einen Kuss auf die Wange und drückte mich dann plötzlich weg.

»Sie hatten Ihre Gelegenheit, mein Lieber. Ich muss weg.«

»Aber das ist wirklich schade.«

»Meine Großmutter ist allein zu Hause. Sie ist Diabetikerin und vergisst ständig ihre Insulin-Spritze.«

»Ok, dann sei Ihnen verziehen. Sehen wir uns morgen?«

Ich war enttäuscht, aber andererseits auch irgendwie froh, dass die Verlegenheit ausblieb. Bei all den Reizen, die von dieser Frau ausgingen, hätte ich dieses mal bestimmt nicht nein gesagt. Ein solches privates Vergnügen gehörte jedoch nicht zu meinen Aufgaben in Bosnien. Mein Gewissen erinnerte mich zudem an Natalie.

»Rufen Sie einfach an, dann können wir uns gerne treffen. Almir wird morgen bestimmt auch wieder im Haus sein.«

Das luxuriös ausgestattete Hotelzimmer war üppig. Einschusslöcher gab es hier nicht. Die Sitzgruppe war durch schwere Samtvorhänge vom Schlafbereich abgetrennt und die große Fensterfront bot bestimmt tagsüber, bei schönem Wetter, einen großartigen Ausblick über das historische Zentrum Sarajevos. Draußen war es jetzt jedoch stockdunkel, der Smog hing wie eine bleierne Glocke über der Stadt. Nur vereinzelt sah man Lichter in den Straßen und Gebäuden. Die Spuren der Verwüstung waren daher unsichtbar. Ich entdeckte im Bad einen Jacuzzi.

Wie ich die Massage meiner Muskeln durch Düsenstrahlen vermisse! Eine Lockerung der latenten Anspannung in mir habe ich zudem dringend nötig.

Am meisten freute ich mich jedoch auf das Doppelbett in der Mitte des Schlafbereichs, es sah sehr bequem aus. So schloss ich die Tür ab, genoss ein ausgiebiges Bad im Whirlpool, schaltete den Fernseher auf CNN und legte mich aufs Bett, um zu entspannen.

Während im Hintergrund Nachrichten über die neuesten Anschläge liefen, ließ ich die vergangenen Tage im Kopf Revue passieren. Noch nie in meinem Leben hatte ich in derart kurzer Zeit so viel erlebt. Erst die Tatsache, dass ich verfolgt wurde, dann Nenads mysteriöser Tod und schlussendlich der Schuss auf mich. Es waren nur wenige Zentimeter, die mein Leben retteten.

Mensch, die Kugel hätte auch treffen können. Dann wäre ich jetzt tot. Mausetot.

Vielleicht will jemand da oben ja deinen Tod nicht? Hast du darüber mal nachgedacht? Nie bist du ein gläubiger Mensch gewesen, hier aber muss ein Schutzpatron die Hände im Spiel gehabt haben.

Zu guter Letzt bin ich im Hotel eines bekannten Mafiabosses gelandet, weil ich auf seinen Schutz angewiesen war. Ein neuer Aspekt beunruhigte mich.

Was wenn die Attacke von Almir selbst inszeniert wurde, damit ich genau hier in seinem Hotel lande und als Folge mir nichts anderes übrig bleibt, als sein Angebot anzunehmen?

Daran hatte ich bis dahin nicht gedacht. Ein berechtigter

Einwand, aber ich redete mir ein, dass er mir nichts tun konnte, nicht hier, selbst wenn ich sein Angebot für einen Deal ausschlagen würde. Die Hotelkosten wollte ich ihm sowieso erstatten, dann wäre ich bloß ein ganz normaler Gast.

Vielmehr solltest du Almir von einer für beide Seiten legalen und fruchtbaren Kooperation überzeugen.

Moment, die Alternative, am nächsten Tag gleich alle Zelte abzubrechen und zurückzufliegen, steht ja auch noch im Raum. Schließlich ist die Aufgabe, einen Bericht abzuliefern, tatsächlich nicht wichtiger als mein Leben.

Wirklich? Bist du dir da ganz sicher? Rücklagen habt ihr keine und ein neuer Job braucht Zeit. Was aber würde dann aus der gemeinsamen Wohnung mit Natalie werden? Sie zu finden, war nicht einfach gewesen, denn ihr hattet lange nach einer geeigneten Wohnung gesucht. Ohne dein Gehalt würdet ihr bald nicht im Stande sein, die monatlichen Raten zu bezahlen.

Stimmt, Natalie liebt die Wohnung und auch ich hänge an ihr. Nein, die kann ich ihr unmöglich wegnehmen.

Aus dem Affekt heraus überlegte ich kurz, Natalie anzurufen und ihr meine Optionen zu erklären, sie in meine Entscheidungsfindung einzubinden, andererseits durfte ich kein Feigling sein und einfach hinschmeißen. Zu viele Fragen und keine eindeutigen Antworten. Ich hatte keine Kraft mehr, darüber nachzudenken, war einfach erschöpft. Sich über unlösbare Aufgaben den Kopf zu zerbrechen, war äußerst anstrengend. Ich sandte einen Liebesgruß an Natalie und schlief bald ein.

8

Die Wiederkehr

DAS Lenkrad meines Mountainbikes rattert gehörig, als Natalie, Tim und ich die holprigen Serpentinen hinunterjagen. Wir gehen bis an die Grenzen unserer gefederten Räder. Der enge Track ist nicht breiter als einen halben Meter und man muss höllisch aufpassen, um nicht den schwindelerregenden Abhang hinunterzustürzen. Der felsige Pfad schlängelt sich aus mehreren hundert Metern Höhe in Richtung eines Tals. Ein kleiner Ausrutscher und es ist unmöglich, einen derart tiefen Sturz in den Abgrund zu überleben. Natalie und Tim radeln abgeschlagen hinter mir her. Sie sind deutlich langsamer als ich. Wir haben uns eine schöne Abfahrt in den *Adirondack Mountains* ausgesucht. Mit der nötigen Dosis an Adrenalinkick versteht sich. Die Strecke ist zeitweise sehr steil und geht insgesamt über dutzende Meilen. Am Fuße des Berges würde uns dann Sharon, die Frau von Tim, mit ihrem Pick-up abholen.

Auf dem letzten Stück werden wir ganz besonders durchgerüttelt. Alle drei müssen unser Körpergewichter stark nach hinten verlagern, um nicht beim Bremsen einen Abflug über das Lenkrad zu machen. Bei langen Gabelfedern, wie unsere Räder sie haben, kann das bereits auf gerader Strecke passieren, vor allem wenn man ungeübt ist. Wegen der

Gewichtsverlagerung, ist die Belastung für meine Handgelenke so groß geworden, dass sie anfangen zu schmerzen.

Ich springe gerade über eine rampenähnliche Bodenerhebung, als hinter mir jemand, begleitet von einem lauten Schrei, stürzt. Der Stimme nach muss es Natalie sein. Wir sind fast am Fuße des Hanges angekommen, dennoch rutscht sie einige Dutzend Meter vom Weg ab und wird durch einen Felsvorsprung aufgehalten. Tim und ich bremsen ab, springen sofort von den Rädern und klettern zu ihr herunter, um zu helfen. Natalie hat bereits ihren Schutzhelm abgenommen und sitzt auf dem Fels. Sie ist dabei, sich ihre Beinschoner abzuziehen. Ich gebe ihr einen Trostkuss auf die Wange und erkundige mich nach ihrem Zustand. Sie deutet mit ihrem Zeigefinger auf ihr rechtes Schienbein, wo eine große Schürfwunde blutet. Glück im Unglück. In Anbetracht der Tatsache, was alles noch hätte passieren können, verkörpern die Abschürfungen die glimpflichste Variante des Möglichen.

Just in dem Moment, als ich dabei bin, die Wunde mit einem Pflaster zu versehen, höre ich einen dumpfen Schlag, dem ein tiefes Stöhnen folgt. Dann vernehme ich, wie Tim hinter mir zu Boden fällt, während sich gleichzeitig ein bestialischer Gestank nach verrottetem Fisch ausbreitet. Als ich mich zu Tim umdrehe, nehme ich unvermittelt erneut einen dumpfen Schlag wahr, dieses Mal jedoch begleitet durch ein hochtöniges Seufzen. Es war der Schlag einer Keule, der nun Natalie traf.

Nachdem ich mich zu ihr umdrehe, sehe ich das schleimige, dunkelgrüne Monster unmittelbar hinter ihr. Die Kreatur, halb Mensch, halb Fisch schiebt einen gigantischen Hängebauch über ihren stämmigen Beinen vor sich her. Ihre gesamte Haut ist stellenweise mit ekelerregenden hellgrauen Pigmenten übersät. Die riesigen Glubschaugen des Vodjanoy fokussieren jetzt mich, das nächste Opfer. Sein Mund geht über die gesamte Gesichtsbreite und teilt den Kopf in zwei gleich große Hälften wie beim Kopf eines Fisches. Das Kinn ist hier und da mit weißen Barthaaren versehen und geht übergangslos in massive Fettringe am Hals über. Die übergroße Kreatur strotzt nur so vor Kraft.

»Dich krieg ich auch noch, du Lump!«, knurrt Vodjanoy.

Seine massiven Arme reichen weit, sehr weit. Mit einer Hand schwingt er die Keule, während er mit der anderen nach mir greift. Nur ein instinktiver, fluchtartiger Satz nach hinten rettet mich. Seine Finger schnappen ins Leere. Ihre Zwischenräume sind mit sehnenartiger Haut benetzt. Auch die Holzkeule verfehlt um Haaresbreite ihr Ziel. Wieder bin ich knapp davongekommen. Es bleibt keine Zeit zum Ausruhen. Wegen der Todesangst in mir weiten sich meine Pupillen. Das Monster wird immer unschärfer und ich sehe im Hintergrund nur noch zwei kreisrunde Öffnungen, die von hellbraunen Steinen umrandet sind.

Nein, ich darf auf keinen Fall das Bewusstsein verlieren. Um Himmels willen, ich darf nicht aufgeben.

Dieser Gedanke geht mir mehrmals durch den Kopf. Nur wenn ich es schaffe, mich zu konzentrieren und bei Bewusstsein bleibe, ist ein Überleben möglich, Hilfe für Natalie und Tim überhaupt denkbar. Mit aller Kraft reiße ich mich zusammen, kann daher wieder etwas schärfer sehen und erkenne nach und nach, dass die runden Löcher zu einer Einbogenbrücke gehören. Es sind die Löcher an der Ziegenbrücke. Natalie und Tim liegen am Ufer neben der Brücke. Sie bluten aus ihren Hinterköpfen und sehen übel zugerichtet aus.

Bei der gewaltigen Kraft des Vodjanoy sind sie bestimmt tot.

Dann sehe ich die barbarische Kreatur noch einmal ausholen. Keine Frage, hier geht es um Leben und Tod und ich renne los, so schnell ich kann. Haste am Ufer entlang, weg vom Geschehen, um das eigene Leben zu retten. An Hilfe für Natalie und Tim ist im Moment nicht mehr zu denken. Von Angst getrieben und in der Hoffnung, dass ein Auto anhält, versuche ich panikartig auf die Straße zu kommen. Aber die mit Gestrüpp bewachsene Böschung ist zu steil, ich rutsche immer wieder ab und fliege auf die Schnauze. Das geht an die Substanz. Dennoch schaffe ich es, nach einem meilenlangen Marsch durch den Wald und mit den letzten verbliebenen Kraftreserven, den Asphaltstreifen in Richtung Stadt zu erreichen.

Im Glauben, den Vodjanoy endlich abgehängt zu haben, kreische ich mir den Frust aus dem Hals. Mein Gesicht ist kreidebleich, die Füße tun höllisch weh und ich stütze mich auf den Knien ab, um besser Luft holen zu können. Die Lungenflügel in mir brennen. Schließlich bleiben meine Rufe nicht unerhört. Schon bald hält eine schwarze Limousine an. Zwei Männer in dunklen Anzügen steigen vorne aus, ein weiterer hinten.

»Seien Sie doch endlich ein Mann!«, spricht der hintere zu mir. Es ist unverkennbar Almir. »Wie oft wollen Sie noch weglaufen?«

Er trifft genau den wunden Punkt. Ich mache mir heftige Vorwürfe, weil ich Natalie und Tim einfach liegengelassen habe. Mein Egoismus ließ den Drang, das eigene Leben zu retten, schwerer wiegen. So ist ein Zurückhalten meiner Schamgefühle nicht mehr möglich. Tränen fließen in Strömen aus meinen Augen.

Plötzlich wird alles wieder unscharf. Mir wird schwarz vor Augen und die Pumpe in meiner Brust pocht wie eine defekte Uhr, die immer schneller tickt. Ich fasse an mein Herz und als ich dann die Augenlider aufschlage, bemerke ich, dass ich im kuschelig warmem Doppelbett liege. Es war die Suite im *Saat Kula Hotel*, in die ich blickte. Draußen war es taghell, wir hatten schon acht Uhr morgens.

Das Frühstück in Almirs Hotel war vorzüglich. Dennoch, der Alptraum beschäftigte mich auch danach weiter. Die Logik sagte mir, man kann und darf die Bilder im Kopf nicht ernst nehmen. Es war zwar wieder einmal nur ein böser Traum, aber ich glaubte, darin ein Zeichen erhalten zu haben.

Vor Problemen soll man nicht davonlaufen, soweit ist die Message von Almir zutreffend. Aber warum sagt gerade Almir sowas? Warum ein Verbrecher und nicht etwa meine Mutter oder Natalie? Ich kann mir daraus keinen Reim machen.

Es war letztendlich egal, jedenfalls wurde es Zeit, jetzt erst richtig loszulegen. Mein Bericht war wichtig für den Wiederaufbau Bosniens und ich wollte ihn vorantreiben. Ein Aufgeben kam nicht mehr in Frage. Dies war eine Entscheidung, die mein Leben auf den Kopf stellen sollte.

9

Der Deal

»SIE müssen unbedingt unsere Fischsuppe probieren!«, sagte Almir.

Bei dem Wort Fisch verschluckte ich mich. Das Wasser, das ich trank, wäre beinahe durch einen Hustenreflex aus meinem Mund gequollen. Fischsuppe? Ich hatte genug von Fischen. Almir war zunächst irritiert, weil ich den Mund zuhalten musste, damit die Flüssigkeit drin blieb.

»Sie ist die beste im ganzen Land.«

»Ja, wenn Sie die so sehr empfehlen, kann ich natürlich nicht nein sagen.« Ich fing mich wieder, schließlich wollte ich nicht gleich zu Anfang unseres Gesprächs unhöflich sein.

Er hatte zu diesem Zweck extra einen Tisch im hinteren Teil seines Hotel-Restaurants reservieren lassen. Zu der Fischsuppe ließ er noch einen Salat und ausreichend Brot servieren.

»Ich hatte Sie gewarnt! Mir war klar, dass die versuchen werden, Sie auszuschalten.«

»Ja, in dem Punkt hatten Sie wohl Recht«, erklärte ich mit ruhiger Stimme, während ich an der tatsächlich köstlichen Suppe schlürfte. »Daher bin ich hier, weil ich Ihren Schutz brauche. Ich habe auch über Ihren Vorschlag nachgedacht … sorry, Ihre Empfehlung, wie Sie es formulierten.«

»Und zu welchem Schluss sind Sie gekommen?«

»Ihren Vorschlag kann ich nicht annehmen.«

Almir nahm den Löffel wieder aus dem Mund und zog die mächtigen Augenbrauen finster zusammen. Auch wenn er zunächst ziemlich verärgert schien, ließ ich mich nicht irritieren.

»Meine Ethik und die Gesetze verbieten es.«

»Ethik??« Almir wollte gerade zum verbalen Gegenschlag ausholen - er kochte innerlich, soweit war klar -, aber ich kam ihm zuvor.

»Bevor Sie sich jetzt aufregen, warten Sie!«

»Vorsicht, wählen Sie ihre Worte mit Bedacht!«

»Ich möchte dennoch eine Kooperation zwischen Ihnen und der Bank anbahnen. Eine ganz legale sogar.«

Die Anspannung in Almirs Gesicht löste sich, er blickte nun überrascht und spitzte die Ohren.

»Vorneweg erwähnt, ich selbst möchte keinerlei finanzielle Vorteile, sondern lediglich ihren Schutz. Die Kosten dafür und für das Hotelzimmer werden sie selbstverständlich von der Bank erstattet bekommen.«

»Kommen Sie zum Thema. Geld für Schutz und Unterbringung? Dafür gehe ich keinen Deal ein!«

»Hören Sie, die Bevölkerung braucht Kredite und es macht keinen Sinn, diese durch die illegale Abgabe von fünf Prozent an Sie zu verteuern. Fünf ist eindeutig zu viel.«

»Was genau macht dann Sinn aus Ihrer Sicht?«

»Sie verzichten darauf und ich sehe zu, dass Sie eine offizielle Partnerschaft mit der CBB eingehen.«

»Wie meinen Sie das?« Almir klang immer noch grimmig.

»Ganz einfach. Als Vermittlungspartner würde Ihre Firma legal eine Provision von zwei Prozent erhalten.«

»Hmm …« Almir rieb sich das Kinn. Während er überlegte,

berührten sich seine wulstigen Augenbrauen. »Glauben Sie, Sie kriegen das durch?«

»Ich denke schon. Und dann würden Sie zum Hauptprofiteur des Hauskrediteprogramms werden«, bekräftigte ich. »Das Einzige, was Sie dafür tun müssen ist, kreditwürdige Kunden zu uns zu schicken.«

Entgegen seiner impulsiven Art, überlegte Almir dieses Mal etwas länger. Der grimmige Blick entspannte sich. Es stimmte, ich wollte seiner Empfehlung nicht folgen, und an Möglichkeiten, mich dafür zu bestrafen, mangelte es ihm sicherlich nicht. Er war der Stärkere und aus der Sicht eines Ganoven hätte ich dafür bezahlen müssen. Alleine schon um Nachahmer abzuschrecken und seinen eisernen Ruf zu bewahren, doch offenbar konnte ich ihn umstimmen.

»Sie sind ein ehrlicher Mensch. Ich wollte sowieso meine Geschäfte vermehrt auf eine legale Basis stellen«, sagte Almir zu meinem Erstaunen. »Ihr Mut imponiert mir. Wir haben einen Deal!«

Er reichte mir seine große Hand. Das erste Mal überhaupt. Und ich kann von Glück reden, dass meine Finger nicht von seinem festen Griff zerquetscht wurden.

»Ok. Deal«, bestätigte ich mit vor Schmerz zusammengebissenen Zähnen.

Ich hatte mit der Ablehnung meines Angebotes gerechnet, oder bestenfalls mit zäheren Verhandlungen. Almir mochte auf den ersten Blick ein grober Mensch sein und machte äußerlich in seiner Art als Ganove keinen schlauen Eindruck, dennoch zeigte die Antwort, dass er weitsichtiger war als andere Mafiabosse.

Am Nachmittag traf ich sodann Peter Lemming und erklärte ihm die Idee. Er war ohnehin auf mein Wohlwollen hinsichtlich des Berichts angewiesen und sah in der Kooperation mit Baustoffhändlern einen Vorteil. Peter Lemming versprach mir, die Idee mit den verantwortlichen Managern und dem Aufsichtsrat zu besprechen. Bei dieser Gelegenheit erfuhr ich, dass zwischenzeitlich der Aufsichtsrat Erwin als neuen Manager für die Kreditabteilung bestätigt hatte, sehr zum Missfallen von Tamara, wie ich annahm. Wir nutzten die Gelegenheit und Peter Lemming bestellte Erwin in sein Arbeitszimmer, um ihn mir vorzustellen.

»Das ist gut. Es wird wieder Ruhe in die Bank bringen«, sagte ich zu Peter Lemming und drehte mich zu Erwin, als dieser reinkam. »Ich gratuliere Ihnen! Dann sind jetzt Sie mein wichtigster Ansprechpartner.«

»Vielen Dank«, erwiderte Erwin, penibel darauf achtend, kein Anzeichen von Freude zu zeigen. »Ich wäre viel lieber unter anderen Umständen aufgerückt, aufgrund des Todes von Nenad bleibt jedoch kein Raum für Freude.«

Erwin war ein schlanker, knochiger Mann. Die olivgrüne Cordhose und das karierte Hemd darüber gaben Tamara Recht. Das Wort ›spießig‹ traf bei Erwin voll und ganz zu, zumindest äußerlich.

»Wie verhielt sich Nenad zu Ihnen?«, fragte ich.

»Nenad wirkte nervös, er war oft gereizt in den letzten Wochen.«

»Wieso war er das? Was glauben Sie?«

»Ich dachte, dass seine schlechte Laune mit dem Kreditantrag von einem Großkunden in Bijeljina zusammenhing«, erläuterte Erwin. »Ein komplizierter Fall mit vielen verschachtelten Firmen. Nenad wollte den Fall erst nicht akzeptieren, da die Analyse Monate in Anspruch nehmen würde. Nun hab ich den Antrag auf meinem Tisch.«

»Welcher Kunde ist das genau?«

»Tomislav Stankovic. Ein Großhändler für Zementprodukte.«

Genau dieser Name stand auf der Rückseite der Visitenkarte, die ich an der *Lateinerbrücke* gefunden hatte. Ich bemerkte, wie Peter Lemming bei dem Namen nervös wurde. Ihm war es nicht recht, dass Tomislav Stankovic mir gegenüber erwähnt wurde.

»Als einer der größten Unternehmer in der Republika Srpska ist Tomislav Stankovic ein wichtiger Kunde«, sagte Peter Lemming. »Er erhielt mehrere Kredite von uns, die problemlos zurückgezahlt wurden. Nenad hatte mir über einen neuen Antrag berichtet.«

»Es ist die größte Kreditsumme, die bei uns je beantragt wurde«, fügte Erwin hinzu.

»Um wieviel Geld geht es?«, fragte ich.

»Es geht um umgerechnet eine Million Dollar«, antwortete Peter Lemming dieses mal mit gerötetem Kopf.

Erwin kaute an seinem Daumennagel. Er blickte vorwurfsvoll in Richtung des Geschäftsführers. »Nenad hielt die Summe für zu hoch.«

»Das ist richtig. Ich bat ihn dennoch, den Antrag zu prüfen, weil ich den Kunden nicht verlieren wollte.«

»Das ist viel Geld«, sagte ich. »In einem Land, wo immer noch Unsicherheiten den Alltag bestimmen. Ich kann die ablehnende Haltung Nenads verstehen.«

Die Nervosität in Peter Lemming war irgendwie seltsam. Wahrscheinlich hatte er sich mit Nenad über den Fall heftig gestritten. Vermutlich verschwieg er weitere wichtige Details. Letztendlich bat ich Erwin, alle verfügbaren Daten über Tomislav Stankovic und Almir für mich zusammenzustellen. Darüber hinaus sollte er mir eine Liste von allen Kunden mit hohen Guthaben und Kreditsummen zumailen.

10

Brčko

EINEN Tag später stand eine Reise in den Norden Bosniens an. Dabei plante ich unter anderem auch ein Treffen mit Tomislav Stankovic. Am Morgen holten mich Davut und Tamara vor dem *Saat Kula Hotel* ab. Ich hatte Tamara gebeten, mich auf meiner Tour nach Brčko und Bijeljina zu begleiten. Mein Serbisch war zwar gut genug, um das Gesagte grob zu verstehen, aber bei einem so wichtigen Kunden wie Tomislav Stankovic sollte mir nichts entgehen. Daher machte es Sinn, eine Assistentin mitzunehmen, worüber Tamara sich sehr freute. Davut hatte sie bereits früh morgens in Pale abgeholt. Zeigen wollte ich es nicht, denn wir befanden uns auf einer Dienstfahrt, aber das charmante Lächeln in ihrem Gesicht gefiel mir sehr.

Wir fuhren zunächst über die Berge, eine Strecke mit vielen Serpentinen, nach Tuzla. An den Straßenrändern sah man hin und wieder sehr spartanisch eingerichtete Raststellen, ausgestattet mit einfachen Holzbänken und -tischen sowie Grills, an denen ganze Lämmer geröstet wurden. Fleisch war hierzulande offensichtlich das Nahrungsmittel Nummer eins. Salate und Gemüse hingegen waren, wenn überhaupt, nur als spärliche Beilage zu erhalten.

Unterwegs erfuhr ich von Davut, dass Tuzla wegen seines

Salzes bekannt war. Das war ein Problem, denn die sehr salzhaltige Erde im Stadtgebiet enthielt große Hohlräume, in die der darüber liegende Boden immer wieder absackte. Täglich entstanden an den umliegenden Häusern neue Risse. So mussten häufig beschädigte Häuser repariert oder gar komplett neugebaut werden. Während des Krieges hatten sich in Tuzla viele Mujahidin niedergelassen. Sie kamen aus islamischen Ländern nach Bosnien, um den bosnischen Brüdern im Krieg zu helfen. Aus diesem Grunde prägten stellenweise Männer in weißen Gewändern und vollverschleierte Frauen das Stadtbild. Laut Davut wohnten die Mujahidin aber in einem separaten Vorort der Stadt, von der restlichen Bevölkerung isoliert. Das Misstrauen der einheimischen Bevölkerung ihnen gegenüber - trotz der gleichen Religion - war in Davuts Schilderung nicht zu überhören. Wir machten eine kleine Pause an der CBB Filiale im Stadtkern, um dann kurze Zeit später die Fahrt nach Brčko District fortzusetzen.

An der Grenze zum District zierte ein großes Reklameschild mit dem Aufdruck ›Arizona Market‹ den Straßenrand. Tamara nahm dies zum Anlass und plauderte über den größten Markt in Bosnien. Hier wurde neben Lebensmitteln, Werkzeug und Kleidung nahezu alles verkauft, auch Waffen und Frauen. Händler aus ganz Bosnien, unabhängig von der Zugehörigkeit zu einer Volksgruppe, boten auf dem Arizona Market ihre Produkte an, vor allem Billigprodukte. Brčko District wurde nach dem Daytoner Abkommen direkt von der UN-Administration verwaltet, da aufgrund der stark gemischten Bevölkerung sonst Unruhen zu erwarten waren. So hatten alle Parteien ungehinderten Zugang zu dem riesigen Markt, der sich aus unzähligen aneinandergereihten Bretterbuden zusammensetzte. Es war kein großes

Geheimnis, ein Großteil der Waren wechselte schwarz und unter dem Ladentisch den Besitzer. Mangels Kontrolle der Behörden konnte hier auch Hehlerware ohne Risiko für den Anbieter an den Mann gebracht werden. Ein rabenschwarzer Markt würde so manch einer sagen. Überflüssig zu erwähnen, dass der Begriff Steuern an diesem Ort zu einem Fremdwort mutiert war.

Das gemeinsame Mittagessen mit dem Manager der CBB-Filiale in Brčko, Giuseppe, einem mageren Italiener mit rundem Gesicht und einer John-Lennon-Brille, bestätigte meine Vermutung. Der wichtigste Kunde der Filiale war Tomislav Stankovic, zu meiner Überraschung dicht gefolgt von einem Chinesen, der billige Tupperware an Händler im Arizona Market lieferte. Das bündelweise eingenommene Geld überwies dieser täglich brav nach China. Tomislav Stankovic ließ die Einnahmen seines Unternehmens, das mit Obst und Gemüse handelte, über diese Filiale laufen. Er importierte das Grünzeug aus Serbien und überwies daher täglich große Summen dorthin. Seine Einnahmen aus dem Zementgeschäft und den Mehlmühlen liefen über die Filialen in Bijeljina und Banja Luka, die sich beide auf dem Territorium der Republika Srpska befanden.

»Können wir sicher sein, dass die Einnahmen wirklich aus dem Handel mit Obst und Gemüse stammen?«, fragte ich Giuseppe.

»Ob alle Gelder daraus stammen, kann ich nicht sagen.« antwortete dieser. »Das ist mir auch völlig egal. Tomislav Stankovic hat schließlich verschiedene Firmen.«

»Wie sieht es mit Geldwäsche aus?«

»Wir übermitteln Daten über alle größeren Transfers an die Zentralbank.« Giuseppe zuckte mit den Achseln. »Es ist deren Aufgabe, zu überprüfen, ob Geldwäsche im Spiel ist.«

»Und das reicht Ihnen?«

»Ohne Anweisung werde ich nicht handeln. Für mich ist er ein guter Kunde.«

Giuseppe war neben der Filiale in Brčko District auch für die in Bijeljina verantwortlich. Dort befand sich das Hauptbüro von Tomislav Stankovic. Ich bat ihn daher, einen Termin mit ihm zu vereinbaren.

Inzwischen war die Mail von Erwin mit den angeforderten Daten angekommen. Aus den Listen waren eindeutige Querverbindungen zwischen Almir und Tomislav Stankovic ersichtlich. Almir überwies regelmäßig größere Summen für den Kauf von Zementprodukten an Tomislav Stankovic. Diese beiden Herren waren demnach Geschäftspartner und dürften sich bestens kennen.

Die Belegschaft in der Brčko Filiale war eine Mischung aus allen drei Volksgruppen. So waren unter ihnen ein Serbe und ein Muslim, Mirko und Dzevad, die beide vor dem Krieg in Tuzla gelebt hatten und sich seit ihrer Kindheit kannten. Sie waren sogar in dieselbe Schule gegangen. Zeitweise waren sie miteinander befreundet. Mit Betonung auf zeitweise, denn während des Krieges hatten beide gekämpft, aber jeweils auf der gegenüberliegenden Front. Die jungen Männer hatten im Zuge der Kämpfe sogar aufeinander geschossen, waren also verfeindet. Nach dem Krieg trafen sie sich, wie der Zufall es wollte, als Mitarbeiter der CBB in der hiesigen Filiale wieder. Sie freundeten sich dann erneut an. Das Interessante an dem Gespräch mit ihnen war die Antwort auf meine hypothetische Frage.

»Was wäre, wenn der Krieg erneut ausbrechen würde?«

Es dauerte keine Sekunde und beide verkündeten im Duett.

»Wir würden wieder aufeinander schießen!«

Das vorgeschobene Grinsen in ihren Gesichtern konnte

über den ernstgemeinten Unterton in ihren Stimmen keineswegs hinwegtäuschen. Ich zweifelte nicht im Geringsten daran und war schockiert. Diese Männer waren emotional so abgestumpft, dass Freundschaft für sie lediglich eine untergeordnete Rolle spielte. Sie wurde zur Nebensächlichkeit degradiert, die das Leben mit sich brachte.

Der Winter verabschiedete sich allmählich und man konnte den blumigen Duft des Frühlings in der Luft riechen. Es war ein herrlich sonniger Nachmittag, nur wenige Wolken zierten den hellblauen Himmel wie Schafe auf einer riesigen Weide. Die weiße Schneedecke hatte sich bereits aufgelöst. Eine positive Wirkung des Jahreszeitenwechsels auf die Psyche der Leute in den Straßen und Geschäften war unverkennbar. Alle strahlten nur so vor Lebensfreude und Unternehmungslust. Der Geruch von nassem Gras, Tulpen und Narzissen kombinierte sich in meiner Nase, ergänzt durch den verführerischen Duft von Tamara, zu einer berauschenden Mischung.

Tamara und ich schlenderten lässig über die Straßen von Brčko, nachdem wir zuvor einen Kunden besucht hatten. Sie machte ihren Job ausgezeichnet, sprang mir stets taktvoll zur Seite, sobald ich den Eindruck erweckte, das Gesagte nicht richtig verstanden zu haben. Alle waren begeistert von ihrem sanftmütigen Frohsinn, der sich immer wieder in Form von niedlichen kleinen Grübchen auf ihren Wangen artikulierte. Körper und Kleidung waren perfekt aufeinander abgestimmt. Der dunkle Lippenstift harmonierte mit dem schwarzen Kleid, über das auf der Rückseite ihre tiefschwarzen Haare in einzelnen Locken bis zur Hüfte fielen. Sie war ein echter Hingucker und ich genoss es, mit einer so bezaubernden Dame an meiner Seite durch die Promenadenstraße von

Brčko zu laufen. Tamara war nicht meine Frau, aber das spielte keine Rolle, denn sie war an meiner Seite. Hierhin kam man in erster Linie, um ungeniert zu zeigen, was man sein Eigen nennen durfte. Hier überprüfte man, auf welcher Stufe der Gesellschaft man sich befand. Die Promenade in der Provinzstadt diente als eine imaginäre Messlatte. Nirgendwo ist mir das so deutlich aufgefallen wie in Brčko. So fuhren unaufhörlich edle Karossen hin und her, die Insassen peinlichst darauf bedacht, von Menschen in den Straßencafés wahrgenommen zu werden. Spätestens wenn man den Eindruck hatte, unbeachtet geblieben zu sein, hupte man, wie selbstverständlich, um zumindest so die Achtsamkeit der Menschen sicherzustellen. Es spielte dabei keine Rolle, ob man tatsächlich jemanden auf den Terrassenplätzen kannte.

Wir suchten uns einen schönen Platz vor einem Café und beobachteten von da aus das rege Treiben auf der Straße. Während wir an unseren Tassen nippten und die heiße, koffeinhaltige Flüssigkeit in die Münder laufen ließen, kreuzten sich unsere Blicke immer wieder. Diese intensiven Momente wurden begleitet durch ein elektrisierendes Gefühl in mir. Doch ich musste sachlich bleiben, galt es doch die Arbeit der hiesigen Filiale zu beurteilen. Als wir uns über den zuletzt besuchten Kunden unterhielten, stand ein Mann vom anderem Ende der Terrasse auf, kam plötzlich auf uns zu und blieb ausgerechnet vor unserem Tisch stehen. Er war sichtlich bemüht, die schöne Atmosphäre zwischen mir und Tamara zu zerstören. Der unfreundliche Typ sprach Tamara mit ihrem Namen an und beide unterhielten sich in einem Dialekt, den ich nur schwer verstehen konnte. Nach einem kurzen heftigen Wortwechsel, schwenkte er seinen Kopf zu mir.

»Hallo!« Seine Stimme klang aggressiv.

Das war definitiv kein freundliches Begrüßen, sondern eher

ein verhöhnendes. Noch bevor ich seinen Gruß erwidern konnte, wandte sich der Fremde erneut Tamara zu, um sich dann mit verabscheuender Gestik zu verabschieden. Er ging auf die Straße und entfernte sich fluchend, ohne einen Blick zurück zu werfen. Ich wollte Tamara nach dem Grund seines seltsamen Verhaltens fragen, sie aber kam mir zuvor. Der Fremde war nach ihren Worten bloß ein verärgerter Kunde aus Pale, der hier im Norden Verwandte besuchte.

»Reiner Zufall also?«, fragte ich Tamara ungläubig.

»Ja. Bosnien ist wirklich ein kleines Land«, war ihre Antwort.

Sie fasste dabei meine Hand und streichelte sie sanft. Über die Wirkung ihrer Berührung war sie sich vermutlich im Klaren. Ich jedoch war ganz und gar nicht sicher.

Will sie damit ihren Worten mehr Kraft verleihen? Ist die Bewegung eher instinktiv? Oder, will sie mir wirklich ein Zeichen ihrer Zuneigung geben?

Im Nachhinein betrachtet war es eine ungenierte Annäherung, aber ich brauchte eine ganze Weile, bis ich sie als solche erkannte. Im Gegenzug streichelte ich ihre Hand, worauf sie wiederum die Innenseite meiner Hand mit kreisenden Bewegungen massierte. Ihre Wangen hoben sich nun durch den Hauch von Rot, der sie überzogen hatte, von der restlichen Partie ihres Gesichtes ab. Sie neigte Ihren Kopf zur Seite. Während die großen Lider ihre Augen halb verdeckten, sie glänzten vor Zärtlichkeit, kamen ihre dunkel geschminkten Lippen meinen gefährlich nahe. *»Jetzt küss mich doch endlich, du Idiot!«,* schienen sie zu sagen. Ich witterte Erotik in der Luft. Etwas in meiner Hose hatte sich mehr Platz verschafft, als es sollte. Es wurde hart und ich musste die Beine übereinander schlagen, um die peinliche Erregung zu kaschieren. Mein Verlangen, Tamara zu küssen, ihre Lippen mit meinem Mund zu tangieren, war in dem Moment unendlich groß. Doch dann bauschte sich in meinem Kopf der inkludierte Skeptiker auf. Ich war nie der Draufgänger, weder bei Frauen noch in anderen Dingen.

Eine Frau könnte das Schild mit der Aufforderung, sie zu küssen, in der Hand halten und ich würde trotzdem noch Zweifel hegen. *Will sie das wirklich? Ist das überhaupt gut? Meint sie das ernst? Will ich das überhaupt? Was ist mit Natalie?* Diese Fragen gingen in derartigen Situationen immer wieder durch meinen Kopf. Andere handelten erst und stellten sich dann Fragen. Ich bewunderte solche Menschen, brauchte selbst jedoch vorab ein todsicheres Zeichen. Der monströse Skeptiker in mir konnte nur so besänftigt und in den Kerker meines Bewusstseins zurückgedrängt werden.

Eine Anekdote aus meiner Collegezeit hatte mich in dieser Hinsicht ein Leben lang geprägt. Es war die Bekanntschaft mit Krisztina, Tochter einer aus Ungarn eingewanderten Familie. Sie war nicht die reinste Schönheit, aber irgendetwas an ihr sagte mir damals zu. Vielleicht war es der Pagenschnitt, vielleicht auch ihre freche und unverfrorene Art, so genau weiß ich das nicht mehr.

Zu der Zeit trug ich noch langes Haar und sie verglich mich stets mit einem Indianer. Indianer war auch das erste Wort, das sie zu mir sagte, als wir uns vor einer Live-Musik Bar das erste Mal trafen. Krisztina war angetrunken, als sie nach Mitternacht mit einer Freundin im Arm vor der besagten Bar auftauchte. Auch wenn ich selbst in mir bei Weitem keinen Indianer sah, fühlte ich mich durch den Vergleich geehrt und amüsierte mich köstlich darüber. Der ungleichmäßig gewachsene, jugendliche Bart und die langen dunkelbraunen Haare in Kombination mit dem Zylinderhut, die Krempe war nach oben gebogen, ließen mich scheinbar wie einen Indianer aussehen. Krisztina machte sich einen Spaß daraus. Sie griff mit einer schnellen Handbewegung nach dem Hut und ehe ich mich versah, war er auf ihrem Kopf. Allerdings saß der Hut falsch, die Vorderseite zeigte zur Seite. Ihre Freundin bemerkte den Fehler und drehte den Hut an der Krempe in die korrekte Position.

»Steht mir besser oder?«, fragte Krisztina.

»Was heißt hier besser?«, entgegnete ich.

Krisztina forderte mit ihrem giftigen Blick eine Bestätigung, doch als sie den despektierlichen Ausdruck in meinem Gesicht sah, stupste sie mich spielerisch an.

»Du bist kein Gentleman!«, sagte sie. »Wo bleibt das Kompliment?«

Sie mimte die traurige Person und wandte sich ab, zog ihre Freundin mit sich und beide enfernten sich vergnügt. Mir blieb nichts anderes übrig, als wie ein Idiot hinterherzulaufen, und ihr ein Kompliment zu machen, damit ich endlich den Hut wiederbekam.

Mehrere Tage später sah ich sie wieder vor der gleichen Bar und lud sie zu einem Bier ein. Ein Friedensangebot. Dieses Mal ging das Gespräch über einen Smalltalk hinaus. Sie erzählte, dass sich ein Jahr zuvor ihr Freund von ihr getrennt hatte. Seitdem hatte er sich nicht mehr blicken lassen, weswegen Krisztina die Welt nicht mehr verstand. Sie wurde gar depressiv und war deswegen in psychologischer Behandlung. Nicht etwa vorrangig, weil sie Liebeskummer hatte, sondern weil sie es war, die verstoßen wurde. Auf der Suche nach einer Erklärung las sie unendlich viele Bücher über die Psychologie des Mannes. Sie hatte sich vorgenommen, endlich die männliche Spezies zu verstehen. Ihren naiven und starrsinnigen Versuch, auf diese Art die Psyche des Mannes zu erkunden, fand ich sehr süß. Für mich jedoch gab es keinen Archetyp. Nicht für den Mann und auch nicht für die Frau. Ihr Versuch war selbstverständlich zum Scheitern verurteilt.

In den darauffolgenden Wochen trafen wir uns oft, und falls nicht, telefonierten wir stundenlang. So hatte ich von Tag zu Tag die Gelegenheit, ein Stückchen mehr hinter ihre Fassade zu schauen. In den ersten Zügen unserer Bekanntschaft war es ihr nämlich gelungen, durch die süße und aufmüpfige Art über ihre schwere Depression hinwegzutäuschen. Sukzessive erkannte ich die latente Unzufriedenheit in ihr. Die Negativhaltung zu allem hatte sich bei ihr bereits als wesentlicher Charakterzug manifestiert. Krisztina war unzufrieden mit sich selbst, mit den vielen Jobs - sie arbeitete in mehreren Cafés und ging zweimal die Woche putzen, um ihr Studium finanzieren zu können - und vielen anderen Dingen. Auch körperlich litt sie. Die Putzjobs hatten ihre Hände stark in Mitleidenschaft gezogen. Sie sahen eher aus, wie die Hände einer zwanzig Jahre älteren Frau. Zudem lag sie mit ihrem Vater im Clinch. Sie fühlte sich durch ihn zu sehr eingeschränkt. Er wollte, dass sie später seinen kleinen Lebensmittelladen, den er zusammen mit seiner Frau betrieb, übernimmt. Krisztina aber hatte andere Pläne und zog mit Vollendung ihres achtzehnten Lebensjahres aus. Als Konsequenz drehte der Vater ihr den Geldhahn zu.

Sicherlich hatte sie es dadurch schwerer, denn das Geld fürs College musste hart erarbeitet werden, was nicht gerade zu ihrer Stimmung beitrug. Ich konnte ihre Probleme durchaus nachempfinden, dennoch war ich schockiert von ihrer launischen Art und dem kalten Ton in ihrer Sprache, ganz speziell am Morgen. Auf die Frage, wie es ihr ging, antwortete sie stets: »Scheiße!«

Bis dahin wusste ich nicht, wie mühsam es war, mit einem Morgenmuffel befreundet zu sein. Es dauerte meist eine

Stunde, bis sie ihre Morgendepressionen überwunden hatte und wieder einigermaßen funktionierte. Dennoch, die trotzige Haltung gegenüber ihrem Vater gefiel mir, sah ich doch Parallelen zum eigenen Leben. Zudem empfand ich Mitleid. Ich suchte Krisztinas Nähe, half ihr, wo es nur ging. Verliebt aber war ich nicht. Meine Anteilnahme ging soweit, dass ich ihr half, Prüfungen zu bestehen.

Als wir uns eines Tages wieder einmal verabredeten, wünschte sie sich einen Liebesbrief und eine Rose. Offensichtlich war mir bis dahin entgangen, dass Liebesbeweise nach einer Aufforderung mitgebracht werden. In der Regel tat ich dies aus eigenem Antrieb, ganz ohne Aufforderung. Krisztina liebte ich nicht, ihre Geschichte jedoch irgendwie schon.

Sind es eigentlich nicht die Stories, in die wir uns verlieben?

Eine Antwort hatte ich nicht, dennoch wollte ich an dem Spiel teilnehmen.

Es war die Art und Weise, wie sie die Liebesbeweise einforderte. Aus dem Klang ihrer Stimme konnte man weder eindeutigen Ernst noch reinen Spaß heraushören. Vielleicht war es ihre Sehnsucht nach Liebe, vielleicht auch die Begierde nach Zärtlichkeit in mir, die mich verunsicherte. Eine feste Beziehung mit Krisztina kam für mich nur bedingt in Frage, weil ich ihre Launen fürchtete. Sexuell reizte sie mich dennoch. So sandte ich ihr einen Brief mit einem Gedicht über die Liebe im Allgemeinen. Der Text war jedoch nicht von mir, sondern von Rumi. Ein schönes Gedicht, wie ich fand, nur ohne jeglichen Bezug auf uns. Ein derartiger Bezug hätte das falsche Signal gesetzt. Im Blumenladen suchte ich über eine Stunde lang nach einer passenden Pflanze. Es war wahrhaftig eine schwere Entscheidung, denn Rosen pflegte ich nur zu verschenken, wenn tatsächlich Liebe im Spiel war. Daher wollte ich auf keinen Fall eine rote kaufen. Erst dachte ich, dass es besser wäre, gar keine Rose mitzubringen oder halt nur eine Tulpe, doch dann entschied ich mich für einen Kompromiss: Eine weiße Rose.

Als wir uns schließlich am Abend trafen, gab ich ihr die Rose. Trotz der Freude, die sie vordergründig ausstrahlte, offenbarte ihr anfänglich skeptischer Blick, dass es eine rote hätte sein müssen. Worte können lügen, aber ihre Augen logen definitiv nicht.

»Mensch, das mit der Rose hab ich einfach nur so gesagt«, sagte sie in einem bagatellisierenden Ton, als wollte sie mich bestrafen. »In Ungarn ist es üblich, einer Frau, mit der man verabredet ist, eine Rose mitzubringen.«

»Einfach nur so?«

»Genau, einfach nur so. Du hättest aber keine mitbringen brauchen.«

»Aha, dann ist es auch üblich, ein Liebesgedicht zu verlangen. Ich meine, einfach nur so …«

Krisztina grinste, blieb aber stumm. Meine klitzekleine Verbitterung über ihre Reaktion - ich fühlte mich bloßgestellt - verbarg ich meisterhaft, so verbrachten wir dennoch einen lustigen Abend.

Eines anderen Abends saßen wir auf einer Parkbank. Krisztina war äußerst euphorisch von einem Treffen mit ihrem Exfreund zurückgekommen. Sie konnte es sich nicht erklären, warum sie ihm so lange hinterhergetrauert hatte, und fühlte sich nun endlich frei. Er wirkte auf sie plötzlich langweilig. Nichts von dem, was sie noch im Kopf hatte, stimmte mehr nach der langen Zeit.

Plötzlich nahm Krisztina meine Hand in die ihre. »Elias, du bist jetzt meine Liebe.«

Aufgrund der bisherigen Erfahrung mit ihr wusste ich, dass zwischen dem, was sie fühlte und dem, was sie sagte, Welten liegen konnten. Ich suchte deshalb durch einen intensiven Blick eine Bestätigung in ihren Augen. Für Bruchteile von Sekunden zeigte sich etwas ganz besonders Ästhetisches, eine zarte und gutmütige Seele, die sich hinter ihren Augäpfeln versteckte.

Sie schien »Küss mich! Küss mich jetzt!« zu sagen und ich glaubte, sicher zu sein.

Für mich gab es keine Bedenken mehr, sie wollte von mir geküsst werden. Augenblicklich ging ich das Risiko ein, auf ihren histrionischen Gefühlswellen so lange mitzureiten, bis ich in der Lage war, die amplitudenartigen Ausschläge sanftmütig zu glätten. So küsste ich sie auf den Mund. Nein, es war kein Zungenkuss, denn ich wollte erst ihre Reaktion abwarten. Von wegen, Augen lügen nie. Meine Sinne hatten mich getäuscht, mich elendig im Stich gelassen.

Krisztina lief schlagartig rot an und schrie fast heulend: »Was fällt dir ein, mich zu küssen? Ich will mit dir doch nur befreundet sein. Nicht mehr!«

Mir fehlten zunächst die Worte, denn ich hatte die Empfindung, das Opfer eines emotionalen Hinterhaltes zu sein. Die List, die sich hinter ihren Augäpfeln ebenfalls befand, hatte ich offenbar übersehen. Mit verheerenden Folgen.

»Und du? Du spielst gerne mit Menschen oder?«, fauchte ich verärgert zurück.

Krisztina stand von der Bank auf und lief hysterisch weinend davon. Ich hielt sie nicht auf, denn auf das Wechselbad der Gefühle, in das sie mich hineingerissen hatte, konnte ich fortan gut verzichten.

»Du … du … ich werde dich nie wieder berühren … «, rief ich hinterher. »… geschweige denn küssen!«

Das war das letzte Mal, dass ich mit Krisztina gesprochen

hatte. Dieses Erlebnis hatte sich in mein Gedächtnis eingebrannt. Eine gute Lektion. Die Wiederholung wollte ich partout vermeiden.

Daher waren die Zweifel in mir immens, dennoch war jetzt wieder dieser eine knisternde Moment da, aber ich wollte mit Tamara nichts Ähnliches erleben. Ich musste irgendwie sichergehen, dass sie wirklich einen Kuss wollte. Daher beschloss ich, ihr eine Hürde in den Weg zu stellen. Erst wenn sie diese Hürde freiwillig nehmen würde, könnte ich sicher sein. Ich hatte dazu einen Plan. Seit meiner Kindheit faszinierten mich alte Burgen und Schlösser. Daher plante ich ohnehin die Umgebung von Brčko zu erkunden. Anhand einer Karte, die ich aus meiner Tasche hervorholte, suchte ich mir die verlassene Burgruine von Srebrenik, vierundzwanzig Meilen südwestlich von Brčko, als Ziel aus. Nur wenn Tamara tatsächlich bereit war, mit mir zu diesem gottverlassenen Ort zu fahren, wollte ich den Skeptiker in mir begraben und sie küssen. In dem Fall, falls sie ablehnen würde, würde ich dennoch hinfahren und die Gelegenheit nutzen, meine Kenntnisse über das Land zu erweitern.

So deutete mein Zeigefinger auf den Punkt in der Karte, den ich mit einem Stift umkringelt hatte und weckte Tamaras Neugier. Ich fragte sie, ob sie mit mir einen Trip dorthin unternehmen würde.

Sie schaute mich ungläubig an. »Wie, jetzt gleich?«

»Jetzt gleich! Und ich würde mich freuen, wenn du dabei wärst.«

Nach einem kurzen Bedenkzeit kam die ersehnte Antwort.

»Ok.«

»Super!«

Sie blickte auf ihre Pumps. »Einverstanden. Ich habe zwar keine passenden Schuhe dabei, aber Lust hätte ich schon.«

11

Der Test

WIR hielten am Fuße des riesigen Felsens, der von der Festungsruine gekrönt wurde. Ich hatte Davut gebeten, eine Auszeit zu nehmen. Ihm war die unerwartete Freizeit recht, er hatte mir bereitwillig die Autoschlüssel übergeben. Es ging steil nach oben. Tamara hatte Schwierigkeiten, mit ihren Pumps den schmalen Pfad hoch zu gehen, erschwerend kamen die kleinen Steine hinzu, mit denen er sporadisch gespickt war. Sie rutschte immer wieder aus und ich musste sie festhalten, damit sie den Abhang nicht runterschlitterte. So kam sie wegen der Höhe ihrer Absätze auf dem unwegsamen Gelände nur mit meiner Unterstützung voran.

Die Außenmauern der Festung aus dem vierzehnten Jahrhundert waren erstaunlich gut erhalten. Gebäude jedoch standen hinter den Mauern kaum noch. Ein Bewohner weiter unten im Dorf hatte erzählt, dass die Festung während des jüngsten Krieges als Waffenlager genutzt wurde. Einige der Schäden rührten daher aus dem neuesten Konflikt. Dennoch schien diese Burg der Zeit zu trotzen. Ich hatte großen Respekt vor dem unverwüstlichen Zeugnis der Vergangenheit. Selbst die enge Holzbrücke, über die der einzige Zugangsweg ging, sah noch intakt aus. Sie war immer noch sicher begehbar. Ich hielt Tamaras Hand fest im Griff und zog sie behutsam über die Brücke in die Festung hinein. Wir waren beide sehr aufgeregt, neugierig auf das, was uns hinter den Mauern erwartete. Drinnen gab es verschiedene Ebenen und wir kletterten ambitioniert bis auf die höchste Ebene in einen Turm hinein. Unsere Mühen wurden dann durch eine sagenhaft schöne Aussicht über die weiten Landschaften ringsherum entlohnt. Wir hatten an diesem Tag Glück, der Himmel war blau und kristallklar. Man konnte den Blick nahezu über den gesamten Norden des Landes schweifen lassen.

»Wie schön!« Tamara atmete tief durch. »Sowas Verrücktes hab ich noch nie gemacht.«

»Viele Menschen kamen und gingen im Laufe der Zeit«, warf ich ein. »Diese Burg aber ist noch da. Ist das nicht irgendwie magisch?«

»Das ist es. Und jetzt sind wir auch da!«

Ich hielt ihr die Augen zu. »Spürst du die Kraft der Lebendigkeit?«

Ein sanftes Lächeln zeigte sich in Tamaras Gesicht. »Ja, in jeder einzelnen Zelle meines Körpers sogar.«

Dann sprang ich vom Turm hinunter, rollte mich auf der Wiese darunter ab und blieb gleich liegen.

»Mensch, pass auf! Du kannst dich verletzen.«

»Keine Sorge, ich habe Übung darin.«

Ich fühlte mich an meine Jugend erinnert, in der ich im Spiel gerne von hohen Mauern runtergesprungen war. Dementsprechend mitgenommen haben meine Beine damals ausgesehen - manche Narben waren heute noch sichtbar - aber das war mir stets egal gewesen.

Tamara traute sich nicht zu springen, weshalb ich ihr half, die Festungsmauer herunterzuhangeln. Wir setzten uns dann zusammen auf die Wiese. Sie hatte sich auf dem Weg nach oben an ihrem rechten Fuß eine Blase zugezogen. Um den

Druck zu lindern, zog sie die Schuhe aus, und wandte sich darauf mir zu.

»Hier oben ist kein Mensch und wir sind umgeben von diesen wundervollen Ruinen.« Dann blickte sie auf ihre hohen Absätze. »Ich bin trotzdem froh, mit dir hier oben zu sein. Elias, ich …«

»Ja, finde ich auch. Hab ja selbst keine Wanderschuhe an.« Ich tastete ihre Wunde ab und tröstete sie.

Meine Geste gefiel ihr. Tamara nahm meine Hand auf ihren Schoß und strich mehrmals sanft drüber. Unsere Blicke verbanden sich. Dies war der ersehnte Augenblick. Jetzt oder nie, dachte ich. Sie war tatsächlich mitgekommen, sie hatte die Prüfung bestanden. Mein Herz flatterte wie ein Weltmeister, erhöhte die hormonale Spannung in mir bis ins Unermessliche. Meine Lippen bewegten sich auf ihren Mund zu und sie wich nicht zurück. Wir küssen uns. Sie schloss die Augen und öffnete ihre Lippen, damit sich unsere Zungen ungehindert berührten. Mehrere tausend Ladungsträger voller freier Emotionshäppchen wechselten dann minutenlang die Seiten, stets dem Bestreben folgend, einen hormonellen Ausgleich zu schaffen. Im Rausch der chaotischen Gefühle wurden unsere Küsse immer heftiger.

Der Allmächtige meinte es zwar gut mit uns, denn die Sonne hatte den Boden etwas aufgewärmt, trotzdem war das Gras noch feucht, sehr feucht. Ganz normal eigentlich zu Beginn des Frühjahres. Aber ungeachtet des klammen Bodens lagen wir einander zugewandt auf dem Gras, auch wenn unsere Kleidung nach wenigen Minuten bereits nass und dreckig war. Tamara drückte meinen Oberkörper unvermittelt weg und starrte mich dann mit einer ernsten Miene an.

»Soll ich dir was sagen?«

»Was denn?«

»Ich hatte bereits im Café einen Kuss von dir erwartet.« Sie kicherte. »Du Idiot, du hast dich aber nicht getraut.«

Ich kniff sie in die Backe. »Verzeih mir.«

Und wieder waren die niedlichen Grübchen an ihren Mundwinkeln zu sehen. Sie waren wunderschön. Sie rüttelte vorwurfsvoll meine Schultern. Ihre Finger wanderten über meine Brustwarzen und massierten sie zart mit den Kuppen. Dann knöpfte sie ungehemmt mein Hemd auf. Ihre Hand schlüpfte darunter. Sie wollte eindeutig mehr und ich erwiderte ihr Verlangen. Während wir uns wieder küssten, massierten meine Finger ihre Nippel, bis sie sich mit Blut füllten. Meine andere Hand schob sich unter ihr schwarzes Kleid und übte durch kreisende Bewegungen einen leichten Druck auf ihre Vulva aus. Tamara atmete schwer. Sie legte eine Hand um meinen Nacken, mit der anderen fuhr sie über meinen Rücken. Ich machte kurz halt, meine Hand entfernte sich von ihrer Lustgrotte, um ihr das Kleid abzustreifen. Daraufhin zog sie auch mein Hemd komplett aus und deutete an, mich auf den Rücken zu legen. Sie streifte mir die Hose runter, strich langsam über den Zwickel meiner Unterhose und ließ dann ihre Hand durch den Eingriff gleiten. Sie rieb behutsam über mein Glied, das nun noch größer wurde. Meine Hände wanderten zärtlich von ihrem Bauchnabel aus bis zu den schwarzen, mit Spitze benetzten Körbchen und machten sich dann auf die Suche nach dem Verschluss des Balconette BHs. Während ihre, auch ohne die Unterstützung des Halters, wohlgeformten Brüste vortraten, strich sie mir über den Haaransatz am Kopf. Anschließend drückte sie mich weg und zog bald meine Unterhose ganz aus.

Es kitzelte ein wenig, als Tamara meine kalte Eichel mit ihrer warmen Zunge berührte. Aber nur kurz, denn dann wurde die Lustkuppel von ihrer Zungenspitze mit Liebkosungen verwöhnt, um schließlich ganz in der Höhle ihres Mundes zu verschwinden. Ihre Lippen glitten unaufhörlich auf und ab und ich konnte mich vor lauter Erregung kaum noch halten. In mir drohte eine emotionale Explosion. *Nein, ich will jetzt noch nicht kommen.* Ich musste mich daher zügeln und zog ihren Kopf sanftmütig hoch, küsste und drehte sie auf den Rücken. Meine Lippen berührten dann ihren Mund, sie nutzte die Gelegenheit und biss dezent auf meinen Lippenrand. Es schmerzte nicht, im Gegenteil, es bereitete mir zusätzliche Lust. Nach einem letzten Kuss wanderte meine Zunge an ihrem Hals herunter, erklomm beide Hügel bis auf die nun felsartigen Gipfel. Deren Nippel hatten sich vor Wonnegefühl weit herausgedrückt und ich küsste beide zärtlich, saugte gefühlvoll an ihnen. Dann ging die Reise steil bergab, mit einer kleinen lustvollen Rast an ihrem Bauchnabel, um schließlich zwischen ihren Oberschenkeln in das Tal der Sünde einzutauchen. Ich streifte ihr den Slip ab. Das geheimnisvolle Tor duftete genauso wie eine ausgereifte Rose. Es öffnete sich und entblößte ihre pralle Knospe, die ich dann mit soften Liebkosungen verwöhnte. Ihr zunächst leichtes Seufzen entwickelte sich allmählich zu einem hemmungslosen und kraftvollen Stöhnen. Derart laut, dass ich befürchtete, Dorfbewohner weiter unten könnten uns hören. Es dauerte daher eine Weile, bis ich genug Mut aufbrachte, den unwegsamen Pfad durch das Tor der Lust in Angriff zunehmen. Die Spitze meiner Zunge nahm dann aber ausgesprochen genüsslich das flüssige Aphrodisiakum, das mir in Strömen entgegen lief, auf. Tamara gefielen meine Liebkosungen sehr, sie bewegte ihre Hüften unterstützend, damit ich den Weg zum richtigen Punkt in den Tiefen ihrer feuchten Grotte fand. An einer Stelle wurde schließlich aus dem Stöhnen ein lustvolles Geschrei.

»Mach weiter so! Mach weiter so!«

Sie ließ mich mit impulsiven Lauten um den ganz besonders ekstatischen Tupfen kreisen. Das Verlangen nach einem koitalen Verschmelzen war jetzt beiderseits unermeßlich groß.

»Ich will dich«, sagte ich.

»Und ich will dich tief in mir spüren«, war die leise aber fordernde Antwort Tamaras.

»Warte, was ist mit Kondomen? Ich hab welche in der Tasche.«, denn in diesem Punkt war ich stets sehr auf der Hut.

»Bloß kein Latex!«, lächelte und zwinkerte sie mir zu. »Ich bin ein natürliches Mädchen. Aber komm bitte nicht in mir!«

Ich zögerte. Darauf war ich nicht eingestimmt.

»Wegen Baby. Ich vertraue dir«, fügte sie hinterher.

Das Risiko musste ich wohl eingehen. Tamara setzte sich nun rittlings auf mich und führte behutsam meinen stahlharten Phallus in das mit Körperflüssigkeit benetzte Paradies der Begierde. Sie machte weiter, bis er komplett verschwand. Sie bestimmte das Tempo, während ihr Unterleib ekstatisch über die Wellen der Lust auf und ab glitt. Ab und an jedoch musste ich sie zügeln, um ein Kentern vor dem Erreichen des Ziels zu vermeiden. Das Gras fühlte sich nun sehr viel kälter an. Es dämmerte. Mir wurde klar, dass die Natur gerade erst von ihrem Winterschlaf aufgewacht war. Meine Körperhaare hatten sich aufgestellt. Eine Gänsehaut in doppelter Hinsicht.

Der Duft des Frühlings vermischte sich zusammen mit dem Geruch von Tamara in eine äußerst explosive emotionale Mischung. Gerüche waren für mich überhaupt sehr wichtig. Diverse Momente in meinem Leben rasten blitzschnell durch meine Phantasiewelt. So sah ich als Kind eine prachtvolle, geschlossene Muschel an einem Sandstrand in Ägypten. Neugierig, wie ich war, öffnete ich sie. Urplötzlich stach ein bestialischer Gestank in meine Nase. Damit hatte ich absolut nicht gerechnet. Selbst das Zuhalten der Nasenflügel half nicht. Diesen üblen Geruch verspüre ich heute noch ab und an, in der gleichen Intensität wie damals, versteht sich. Tamara dagegen duftete sehr angenehm. Ich liebte es, an ihr zu schnuppern. Es war unter anderem auch ihr Geruch, in den ich mich verliebt habe.

Tamara wurde bald in ihren Bewegungen schneller. Sie glitt wild auf und ab. Drohte, außer Kontrolle zu geraten. Erst recht als der Strahl ihrer Liebesdrüse, begleitet von stürmischen Kontraktionen, meinen überhitzten Lustteufel mit erfrischender Flüssigkeit berieselte. Das erregte uns beide ins Unermessliche. Wir drehten uns zur Seite und dann weiter, bis ich wieder oben war. Ich wollte tief in den Ozean voller erotischer Körperflüssigkeit eintauchen, vordringen bis zur geheimnisvollen Quelle des Aphrodisiakums. Meine Gänsehaut war nun gänzlich weg. Der Verstand aber auch. Automatismen kontrollierten die Schwingungen meines Beckens. Sie ließen es immer schneller werden. Durch das permanente hin und her kochte mein Blut bereits. Bei Tamara jedoch richteten sich die Härchen an den Armen auf. Schließlich war sie es nun, die auf dem kühlen Boden lag. Das wiederum steigerte die Spannung in mir noch weiter.

Etwas wollte mit aller Kraft heraus, rausfließen in die dunklen Tiefen. Nur mit Mühe konnte ich die Klappe der Lustkuppel zudrücken. Eine kurze Pause für den Stellungswechsel verhinderte den finalen Knall. Tamara kniete vor mir, stützte sich ab und drückte ihre festen Hüften nach oben. Auch hier wurden zwei Grübchen sichtbar. Sie schienen mich wollüstig zu fordern. Eine kurze Bedenkzeit hatte die Spannung in ihm reduziert, nun jedoch begehrte der Lustteufel neue erotische Abenteuer. Der Drang nach Erlösung war ungebrochen. Aufgeputscht durch einen Hormonschub jagte er wagemutig in die phantasievolle Welt der Ekstase.

Wie leicht das ging? Ich erinnerte mich an das erste Mal mit Natalie. Natürlich hatte ich auch mit ihr diverse leidenschaftliche Momente erlebt. Damals aber, war sie trocken. So trocken, dass ich glaubte ein Quietschen zu vernehmen. Natalie wollte mich damals zwar, war aber noch unerfahren und ein bisschen ängstlich dazu. Nicht so Tamara. Diese Frau war hemmungslos und genoss lüstern unsere körperliche Vereinigung. Der Allmächtige mochte mir die Sünde verzeihen, aber ich war nicht mehr Herr meiner Sinne. Natürlich liebte ich Natalie sehr, mehr als die Vorstellungskraft erlaubte sogar. Und das trotz unserer Beziehungsprobleme. Dieser Moment aber ließ keinen Spielraum für ein schlechtes Gewissen. Jemand forderte bedingungslosen Sex und ich musste liefern. Ich wollte liefern. Instinktiv beschleunigten sich die Bewegungen meiner Hüften. Da war sie wieder, die Hochspannung in unseren Körpern. Die Begierde nach Ekstase. Meine Beine spreizten Tamaras Oberschenkel noch weiter auseinander. Mit den Händen hielt ich unterstützend ihre Hüften fest. Jetzt konnte ich noch tiefer in sie eindringen. Der Druck in meinem Phallus wurde gigantisch. Beharrlich versuchte ich, das eigene Stöhnen unter Kontrolle zu bekommen. Auch Tamaras Seufzen war jetzt sehr laut. Ihre Atemzüge flinker. Meine Hand berührte Tamaras Mund. Sie aber nahm sich die Zeit, biss spielerisch in meinen Zeigefinger und lutschte daran. Zur Strafe bündelte ich ihr kräftiges Haar zu einem langen Pferdeschwanz, um sanft daran zu ziehen. Das steigerte ihr sexuelles Begehren noch weiter. Ihr Gesäß unterstützte instinktiv meine flinken ekstatischen Bewegungen.

Auch wenn ich immer noch fürchtete, gehört zu werden,

die gigantische Spannung in mir erlaubte keine Beherrschung mehr. Ein Moment, in dem alles egal war. Die Lunte an dem Stab brannte. Der Funke war nur eine Haaresbreite von der Explosion entfernt. Kontraktionen in Tamaras Unterleib taten ihr übriges dazu. Ich spürte, wie das Blut schlagartig in meinen Kopf schoss. Plötzliche Schwerelosigkeit lähmte meine Sinne. Da ist doch noch was. Vier Worte fliegen blitzschnell durch Raum und Zeit. Es sind Tamaras Worte: *»Komm nicht in mir!«*

Ich muss die Lustkuppel rausziehen noch bevor die weiße Flüssigkeit rausschießt.

Mit Ach und Krach schaffe ich es schließlich, meine Ejakulation bis zu den Grübchen auf ihrem Hinterteil zurückzuhalten. Der lustvolle Bengel ist jetzt komplett außer sich geraten, zieht sich rasant zusammen und wieder auseinander, bis er letztendlich vor Müdigkeit erschlafft.

Das Gefühl von emotionalem Chaos in uns löste sich auf und formte sich zu einem unbeschwerten Glücksgefühl. Unsere Hormone tanzten Samba miteinander. Unsere Herzschläge normalisierten sich nur langsam. Tamara verrieb das Sperma auf ihrem Körper, bis es nicht mehr zu sehen war. Am Ende lagen wir völlig entspannt in embryonaler Stellung auf der kalten Wiese. Voller Zärtlichkeit hielt ich Tamara in meinen Armen, bis die Kälte an Kleidung erinnerte. Es war stockdunkel geworden.

12

Bijeljina

MEIN Gegenüber war ein hochgewachsener, schmächtiger Mann, Ende fünfzig, mit markanten Gesichtszügen. Kräftiges weißes Haar bedeckte seine überproportional breite Stirn. Während sein Augenmerk von mir auf Tamaras Dekolleté schweifte, tätschelten die langen Finger an seiner Rechten eine kupferne Wolfsstatue auf dem edlen Schreibtisch vor ihm. Das bedrohlich weit aufgerissene Maul des Raubtieres war gegen den Himmel gerichtet. Als ich die dünne Hand mit den zierlichen Fingern genauer beäugte, wanderte sein Blick zurück auf mich.

»Willkommen in meiner Heimatstadt!«

»Vielen Dank, dass Sie sich die Zeit genommen haben«, entgegnete ich mit heiserer Stimme. Ich hatte mir am Tag zuvor auf dem nassen Gras eine Erkältung zugezogen.

»Keine Ursache. Schließlich kann ich von einer guten Beziehung zu Ihrer Bank nur profitieren.« Er gab sich übertrieben freundlich.

»Wenn Sie auf Ihren Kreditantrag anspielen, darauf habe ich keinen Einfluss.«

Tomislav Stankovic ging auf meine Anmerkung nicht ein, ignorierte sie einfach, und gab mir damit das Gefühl, fehl am Platze zu sein. Seine Aufmerksamkeit war vielmehr auf Tamara gerichtet. Trotzdem, obwohl ich leise gesprochen hatte, musste er mich gehört haben.

»Wofür benötigen Sie den beantragten Kredit?«, hakte ich lauter nach.

Er drehte sich wieder zu mir um. »Für eine Mühle in Banja Luka. Zwei habe ich bereits, eine davon hier in der Stadt, gleich hinter diesem Gebäude.«

»Wie hoch sind die Gesamtkosten für die Mühle, wenn ich fragen darf?«

»Anderthalb Millionen. Ich brauche von der Bank eine Million.«

»Den Rest haben Sie?«, fragte nun Tamara ungläubig.

»Das ist nicht der Punkt. Wenn es darauf ankommt, habe ich sogar die Gesamtsumme, Liebste.« Tomislav Stankovic verhielt sich so, als ob er in seiner Ehre verletzt war, stand auf, ging zu einem eingelassenen Tresor in der Wand hinter seinem Arbeitstisch und öffnete demonstrativ die Tür. Darin war bündelweise Geld gestapelt. Eine Menge Zaster.

»Sehen Sie selbst.« Voller Stolz zeigte er auf die Geldbündel.

Dabei grinste er beschwichtigend, als ob Geld für ihn keine Rolle spiele und sein Antrag auf Gewährung eines Kredites bloß eine Nebensächlichkeit wäre, die mehr aus Bequemlichkeit herrührte, denn aus wirklichem Bedarf.

»Wieso bewahren Sie soviel Geld in ihrem Tresor auf? Ist das nicht viel zu unsicher«, fragte Tamara.

»Glauben Sie mir, einen sichereren Platz gibt es nicht.«

»Kannten Sie Nenad gut?« Für mich war sein Kreditantrag nur ein Vorwand, vielmehr interessierte mich Tomislav Stankovics Verbindung zu dem toten Kreditmanager.

»Eine traurige Geschichte, der Mord an Ihrem Kreditmanager. Auch wenn ich mich nicht immer gut mit ihm verstanden habe.«

Ich spitzte die Ohren. »Inwiefern?«, warf ich ein, aber er überhörte erneut meine geschwächte Stimme.

Überhaupt galt sein Interesse eher Tamara. Kein Wunder, war sie doch ein Ausbund an weiblicher Attraktivität. An diesem Tag waren ihre Haare glatt gekämmt und sie hatte ein metallisch-grünes Jacket an. Ein echter Hingucker. Bei dem Gedanken an unser Liebesspiel tags zuvor erwachte der kleine Teufel in meiner Hose. Eine Blamage wäre das Allerletzte, was ich jetzt gebrauchen konnte. Daher versuchte ich mich krampfhaft auf das wichtige Gespräch mit dem zähen Mann mir gegenüber zu konzentrieren und schlug die Beine übereinander. Meine diesbezügliche Sorge war jedoch unbegründet, denn selbst wenn ich die Hose komplett ausgezogen hätte, die Bredouille in meiner Leistengegend wäre Tomislav Stankovic nicht aufgefallen. Wie denn auch, wenn er permanent Blickkontakt zu meiner Begleiterin suchte?

»Elias möchte wissen, wieso?«, hakte nun Tamara nach. Sie hatte bemerkt, dass die Situation für mich äußerst unangenehm war.

Tomislav Stankovic starrte mich daraufhin lustlos an. »Er machte dauernd Schwierigkeiten, wollte einen hohen Zins, weil er an meiner Liquidität zweifelte … Ich weiß nicht, ob ich es sagen soll …« Er hielt inne, schien zu zögern.

»Nur zu! Wir können über alles offen reden«, forderte ich ihn auf. Meine Stimme klang nun viel kräftiger.

»Wissen Sie, sein Spitzname lautete hier Mr. Fünf Prozent.«

»Sie meinen, er kassierte Bestechungsgelder?«

»Oh ja, und wie. Für jeden Kredit knöpfte er von Kunden der Bank unter der Hand fünf Prozent ab. Das war einfach viel zu viel, fand ich. Und glauben Sie mir, nicht nur ich.«

Tamara verdrehte die Augen und fasste mit ihren Händen

an die Schläfen. »Das kann ich mir irgendwie nicht vorstellen!« Sie wirkte schockiert.

Mich jedoch überraschte die Neuigkeit nicht sonderlich. Sofort kam mir das seltsame Verhalten des Schweinezüchters aus Pale in den Sinn. Hatte er doch bereut, Nenads Namen überhaupt erwähnt zu haben. Der Manager der Kreditabteilung machte offenbar illegale Absprachen über Provisionszahlungen. Für seine Dienste ließ er sich scheinbar gut bezahlen. Mein Anfangsverdacht erhärtete sich.

»Herr Stankovic, glauben Sie, dass er deswegen umgebracht wurde?«, wollte ich wissen.

»Kann schon sein.« Er zuckte genervt mit den Schultern. »Ich jedenfalls hätte ihn deswegen nicht gleich umgebracht. In diesem Land ist jeder korrupt. Nur, bei Nenad stimmte die Verhältnismäßigkeit nicht.«

Tomislav Stankovic stützte nun den Kopf mit seinem linken Ellenbogen auf dem Schreibtisch ab, während die rechte Hand dabei erneut genüsslich mit der Kupferfigur spielte.

»Ok, verstehe. Haben Sie vielleicht eine Ahnung, wer die Mörder sind?«

»Was weiß ich? Er hatte viele Feinde«, war die knappe Antwort, während er Tamara anlächelte. »Kommen Sie, ich zeige Ihnen beiden die Mühle.«

Als wir das Bürogebäude verließen entging mir nicht, dass seine Hand beiläufig Tamaras Hüfte berührte. Ein gezielter Affront. Sein machohaftes Gehabe wurde langsam unerträglich und ging mir gehörig auf die Nerven. Ich musste die Wut in mir zügeln, um die Beherrschung nicht zu verlieren.

Auf dem Areal hinter dem Büro stand ein dreigeschossiges Gebäude, an dem sich links ein großer Silo befand. Viele Teile bestanden gar aus Holz. Die angelieferten Kornsäcke gelangten noch über Seilaufzüge auf die oberste Etage und wurden dort in den Silo entleert. In der Einfahrt am anderen Ende des Gebäudes füllten geschäftige Arbeiter das fertig gemahlene Mehl in neue Säcke ab und luden diese auf die Ladefläche eines alten Lastwagens. Auf dem Weg dorthin durchlief das Korn dreizehn verschiedene Stationen, die über die einzelnen Etagen verteilt waren. Förderschnecken, Transportbänder, vibrierende Holzkästen und die Walzen machten einen ohrenbetäubenden Lärm und störten unsere Verständigung. Ein Film aus feinem Mehlstaub erschwerte zudem unsere Atmung - ich wollte nicht in der Haut der Arbeiter stecken, die hier ohne Schutzmasken ihr alltägliches Brot verdienten - und säumte alle Wände. Die Anlage war in einem desolaten Zustand, die Spuren der Zeit mehr als deutlich. Trotzdem funktionierte sie einwandfrei. Für den Betrieb der Maschinen wurde Strom benötigt. Stromausfälle, die hierzulande an der Tagesordnung waren, wurden über einen Generator aus vorherigen Jahrzehnten abgepuffert.

Tomislav Stankovic hoffte mit einer moderneren Mühle einen Großteil des Marktes für Mehlprodukte in Bosnien kontrollieren zu können. Schließlich brauchten die Menschen Brot auch in der Zukunft. Insofern würde sich die Investition sicherlich innerhalb kürzester Zeit amortisieren, daran hatte ich absolut keinen Zweifel. Als er über die technischen Details der geplanten Mühle schwärmte, wohl auch um Tamara zu beeindrucken, unterbrach ich zu seiner Verärgerung den überschwänglichen Monolog. Da war noch eine Frage, die ich unbedingt beantwortet haben wollte. Der eigentliche Anlass meines Besuches.

»Sagen Sie, Herr Stankovic, wann haben Sie Nenad das letzte Mal gesehen?«

Auf diese Frage war er scheinbar nicht vorbereitet. Ein längeres Grübeln folgte. »Das war eine Woche vor seinem Tod. Er hatte mich hier besucht.«

»War er alleine?«

»Nein, war er nicht. Mirko, der zuständige Sachbearbeiter aus Brčko war auch dabei.« Sein Ton klang jetzt wütend.

»Hatte er in Mirkos Beisein über die fünf Prozent gesprochen? Das kann ich mir nicht vorstellen.«

»Ist das jetzt etwa ein Verhör? Mir ist gerade eingefallen, dass er einen Tag später mich nochmals hier besucht hat.«

Ich zog die Augenbrauen hoch, blieb hart und bohrte nach. »Allein?«

»Ja!«

»Allein in den serbischen Sektor? Das wäre für einen Muslim sehr mutig gewesen.«

»Entschuldigung, er war beim zweiten Mal in meinem Büro in Brčko«, beeilte sich Tomislav Stankovic, den Patzer zu kaschieren. Er kochte innerlich vor Verärgerung.

In Brčko schon eher.

Mein Bauchgefühl und die Visitenkarte sagte mir, dass er log. Ganz offensichtlich verschwieg er etwas. Für mich stand fest, die beiden mussten sich auch kurz vor dem Mord gesehen haben. Höchstens ein bis zwei Tage vorher, mehr nicht. Wie zu seiner Rettung klingelte das Handy. Er nahm das Gespräch an und entfernte sich rasch. Erst nach mehreren Minuten kam er wieder zurück.

»Ich habe jetzt keine Zeit mehr für Sie. Sie beide können sich gerne hier noch ein wenig umschauen«. Verkniffen begab Tomislav Stankovic sich zurück ins Büro.

Auf dem Weg zu der CBB Filiale in Bijeljina fiel mir auf, dass Davut ziemlich wortkarg wurde. Normalerweise plauderte er während der Fahrt gerne. Diesmal bedrückte ihn etwas und ich wollte wissen, was es war. Eine Unruhe, die ich in ihm bis dahin nicht kannte.

»Was ist los, Davut?«

»Hab jedes Mal ein komisches Gefühl im Bauch, wenn ich mich der Filiale hier nähere. Das Gebäude hat eine traurige Geschichte …«

»Und? Was ist damit?«

Das Sprechen fiel ihm offenbar schwer. Ich musste jedes Wort einzeln aus seinem Mund fischen.

»… unten im Erdgeschoss … da wurde eine ganze Familie ausgelöscht … in der jetzigen Schalterhalle. Die Menschen … Frauen und Kinder … wurden einfach an die Wand gestellt und abgeknallt. Arkan und seine Tiger …« Er sah betrübt aus, vorwurfsvoll sah er Tamara an, als ob sie etwas dafür konnte. Sie war halt eine Serbin, genauso wie Arkan.

»Warum schaust du mich so vorwurfsvoll an?«, fragte Tamara die Schuld von sich weisend. »War ich das etwa?«

Davut schüttelte den Kopf und steuerte den Wagen auf den Parkplatz vor der Filiale. Am Eingang des Gebäudes filzten Securities Kunden. Wegen der heiklen Vergangenheit gab es hier stärkere Kontrollen als bei den anderen Zweigstellen. Beim Betreten der Bank spannten sich sodann meine Bauchmuskeln an, meine Anteilnahme war groß. Davuts traurige Stimmung an diesem Ort konnte ich gut nachvollziehen. Ivana, die stellvertretende Filialleiterin, empfing uns an der Tür.

Auf eine Nachfrage meinerseits erklärte Ivana: »Manche Leute denken, dass es in diesem Haus spuken würde. Viele meiden heute noch das Gebäude. Die Leute glauben, dass die Seelen der Toten im Gebäude umherirren würden.«

Mit dem Wissen über ihre Vergangenheit im Kopf war

auch für mich der Aufenthalt in dieser Filiale irgendwie unheimlich. »Das kann ich mir gut vorstellen.«

Auch Ivana hatte, genauso wie alle anderen Mitarbeiter, die latente Anspannung in der Luft verinnerlicht. Ich deutete dies als Zeichen der Betroffenheit. Obwohl es sich bei den Ermordeten um Muslime gehandelt hatte, war sie zweifellos da. Die naturgegebene Moral in ihnen sagte - und zwar unabhängig von ihrer Religion und serbischen Volkszugehörigkeit - es war großes Unrecht geschehen. Genau deswegen, weil hier Menschen unendliches Leid zugefügt wurde. Genau deswegen, weil es falsch war, glaubten die Einwohner, dass dieser Ort verflucht war, dass die Seelen der Toten noch immer in dem Haus umhergeisterten. Nichts konnte diesen unsichtbaren - aber dennoch gravierenden - Makel übertünchen, auch nicht die erstklassige Einrichtung. Keine Farbe wäre stark genug dafür gewesen.

»Warum hat Giuseppe dieses Haus dann ausgesucht?«, wollte ich wissen.

»Guiseppe wusste ja nichts davon«, antwortete Ivana. »Er hatte zuvor vergeblich nach einem geeigneten Objekt gesucht. Und der Vermieter hat ihm die schreckliche Vorgeschichte verschwiegen, da er froh war, nach Jahren endlich wieder einen Mieter gefunden zu haben.«

»Verstehe. Kommen wir zu einem anderen Thema. Was können Sie mir über Tomislav Stankovic sagen?«

»Ein sehr angesehener Geschäftsmann. Er ist für uns ein Held.«

»Wie? Wieso?«

»Weil er im Krieg unsere Soldaten kostenlos mit Backwaren versorgt hat.«

»War er selbst in Kriegshandlungen involviert?«

»Nein, das glaube ich nicht. Er kommt aus gutem Hause.

Sein Vater war ein hochdekorierter General in Serbien.«

»Dann ist er gar nicht von hier?«

»Doch, doch. Seine Wurzeln sind schon in Bijeljina. Sein Vater war wegen seiner Karriere beim jugoslawischen Militär mit der Familie nach Belgrad gezogen.«

Gabor Barna rief an, als ich gerade aus der Dusche kam. Er übermittelte Neuigkeiten. William Shoemaker, der Kriminalbeamte, habe ihm berichtet, dass jemand wegen des Schusses auf mich verhaftet worden sei. Ein großer Mann mit einer markanten krummen Nase wäre in der Tatnacht auf dem Weg nach Pale in seinem Fahrzeug von der Straße abgekommen und in eine Straßensperre der *SFOR*-Soldaten gerast. Er wäre sehr angetrunken gewesen und hätte sich verdächtig verhalten. Bei der Durchsuchung seines Fahrzeuges hätten die französischen Soldaten eine geladene Waffe gefunden, die sofort beschlagnahmt worden sei. Der Mann sei vorsorglich festgesetzt worden.

In Folge einer kriminalistischen Untersuchung seien an seiner Hand mikroskopisch kleine Schmauchpartikel entdeckt worden, wie sie üblicherweise bei dem Gebrauch einer Waffe entstehen. Ballistische Analysen hätten zudem ergeben, dass es sich um die gleiche Waffe handele, mit der auf mich geschossen worden war. Polizisten hätten den Tatort am Abend des Vorfalls abgesucht und eine Kugel aus den Wänden des *Bezistans* gezogen. Auch eine zugehörige Patronenhülse, die in der Gasse auf dem Boden lag, sei gefunden worden. Kugel und Hülse hätten den passenden Fingerabdruck zu der beschlagnahmten Pistole geliefert. Auch würde die inhaftierte Person dem angefertigten Phantombild sehr ähneln. Lazar hatte offenbar eine gute Beschreibung geliefert.

»Hat er etwas gesagt?«, fragte ich Gabor Barna.

»Nein, er schweigt eisern. Es kam aber heraus, dass er für die Firma Concrete & Cement arbeitet.«

»Ein Unternehmen von Tomislav Stankovic«, entgegnete ich. »Den Mann habe ich heute noch getroffen.«

»Die Polizei möchte mit Ihnen und Lazar eine Gegenüberstellung vornehmen, um ganz sicher zu gehen.«

»Ich würde ihn zwar nicht erkennen, dennoch freue ich mich darauf, seine Visage zu sehen. Bin aber erst morgen Abend wieder in Sarajevo.«

»Ok. Ich vereinbare dann einen Termin für morgen Abend.«

Es klopfte an der Tür und ich legte auf. Tamara kam herein, sah mich nackt in einen Bademantel eingehüllt, näherte sich und roch an meinem Kragen.

»Hmm, du riechst so gut.« Sie gab mir einen Kuss.

Ich ließ mich rückwärts auf das Bett fallen und zog ihren Körper mit, sodass wir beide auf der weichen Matratze landeten. Sie streichelte dann sanft meinen Arm, mit dem ich ihren Bauch berührte.

»Wie fandst du Bijeljina?«

»Dein Outfit war sexy!« Ich küsste sie auf die Wange. »Sehr sexy, denn es war gar nicht leicht, mich auf die Arbeit zu konzentrieren«, flüsterte ich ihr ins Ohr.

»So ging es mir auch«, flüsterte sie zurück und befingerte dann ungeniert meinen Schritt.

Sie fasste meine Wangen mit beiden Händen und küsste mich leidenschaftlich. Ich schloss die Augen und genoss das sinnliche Spiel ihrer Zunge, bis mir ein Schauder über den Rücken lief. Gabor Barnas Nachricht schwirrte weiterhin in meinem Kopf. Der flammende Zorn in mir über diesen Bastard musste erst besänftigt werden. Ich versuchte vergeblich den Mistkerl aus meinem Bewusstsein zu verdrängen.

Wollte die Küsse der Frau neben mir erwidern, denn mein Körper war bereits nach dem ersten Mal süchtig. Süchtig nach dieser weiblichen Droge. Aber das Ding zwischen meinen Beinen wurmte nur herum, weigerte sich, steif zu werden. Obwohl das körperliche Verlangen in mir nach sexueller Befriedigung groß war, lähmten widersprüchliche Gedanken meinen Leib. Ich konnte einfach nicht.

Verdammt, er hätte mich töten können, womöglich wollte er das auch.

Tamara spürte, dass etwas mit mir nicht stimmte. »Was ist? Magst du mich nicht mehr.«

»Nein, nein. Natürlich mag ich dich. Es ist nur dieser Anruf …«

»Welcher Anruf?«

»Meinst du, ich kann dir wirklich trauen?«

»Hey, was für eine blöde Frage! Warum schläfst du mit mir, wenn du mir nicht vertraust?« Sie war beleidigt und drehte sich demonstrativ um.

Ich versuchte, sie mit Streicheleinheiten zu besänftigen. »Natürlich trau ich dir, Schatz!«

»Geh weg! Lass mich in Ruhe.«

»Ach, komm bitte! So war das nicht gemeint.«

Tamara wandte sich mir erneut zu, musterte mich mit ihren bernsteinfarbenen Augen, inwiefern ich es ernst meinte.

»Jemand hat auf mich geschossen. Nun wurde der Täter verhaftet. Verstehst du, wie ich mich fühle?«

»Wie? Warum um Gottes Willen sollte dich jemand töten wollen?«, fragte sie. Sie taute wieder auf.

»Das würde ich auch gerne wissen.«

»Keiner kann dir etwas antun. Du bist mein! Jedem Kerl, der dir auch nur ein Haar krümmt, reiße ich den Kopf ab.« Sie versuchte mich aufzuheitern.

Ich kniff sie an der Hüfte. »Hey, und was ist mit Weibern,

die mir an die Gurgel wollen?«

»Da misch ich mich nicht ein! Das musst du selbst klären.«

»Spaß beiseite. Es gibt anscheinend Leute, die nicht möchten, dass mein Bericht in New York ankommt.«

»Du Ärmster.« Tamara tröstete mich mit zarten Liebkosungen. Ich spürte ihren heißen Atem, ihren galoppierenden Herzschlag, ihr Verlangen nach mehr, aber an diesem Abend war mein Geist nicht dazu in der Lage.

13

Die Jagdhütte

DIE Wolken zogen sich zu, als wir Tuzla passierten. Davut lenkte unser Gefährt flink, aber sicher durch die Kurven in den zugeschneiten Bergen. Tamara und ich waren am Abend plaudernd in einen friedlichen Schlaf entglitten. Nach langer Zeit konnte ich endlich wieder durchschlafen. Davut hatte sich vermutlich seinen Teil gedacht, als er Tamara morgens aus meinem Hotelzimmer kommen sah. Mein Bauchgefühl sagte mir aber, auf seine Diskretion war Verlass.

Auch wenn es für mich das erste Mal sein würde, einem Killer gegenüberzustehen, ich konnte es kaum erwarten, dem Dreckskerl mit der krummen Nase in die Augen zu schauen. Die Kaltblütigkeit musste ihm als Kind bereits ins Gesicht eingemeißelt worden sein.

Wer ohne Skrupel auf einen Menschen schießt, hat doch einen an der Waffel.

Eine Bemerkung von Davut unterbrach die Stille im Auto und mich bei meinen Gewaltfantasien, was ich alles mit dem Täter anstellen würde, um mich zu rächen. Ihm ins Gesicht zu spucken, war dabei die glimpflichste Variante.

»Elias, ich glaube, der schwarze Discovery hinter uns hat es auf uns abgesehen«, sagte er. »Der versucht ständig dicht an uns dran zu bleiben.«

Ich vergewisserte mich selbst und sah, wie der Discovery hinter uns mit aufheulendem Motor bedrohlich nah aufrückte. Aufgrund der getönten Scheiben waren die Insassen nicht zu sehen. Der Wagen beschleunigte immer wieder aggressiv. Dann fuhr plötzlich das Fenster auf der Beifahrerseite herunter. Von da an dauerte es nicht lange und ich sah den Lauf eines Sturmgewehres durch das Fenster kommen.

»Gib Gas, Davut!«, schrie ich.

»Oh mein Gott!« Auch Tamara, die auf der Rückbank saß, bemerkte nun die Waffe, sie zog den Kopf ein. Die werden gleich auf uns schießen!«, kreischte sie ängstlich.

Davut beschleunigte zwar sofort, doch im selben Augenblick prügelten die Kugeln auf unser Fahrzeug ein. Das Fenster hinten zerbrach in tausend kleine Stücke. Die Kugeln hatten sich zudem durch das Verbundglas an der Frontscheibe durchgebohrt, spinnwebenartige Risse behinderten die Sicht ungemein. Das Gaspedal war bis zum Anschlag durchgedrückt, unser Motor heulte ebenfalls auf. Davut fuhr Schlangenlinien in der Hoffnung, dass die tödliche Munition ihr Ziel verfehlte. Der Abstand zu dem Schützen vergrößerte sich dennoch nur schleppend. Tamara und ich zogen aus Angst vor den Kugeln unsere Körper gänzlich zusammen und kauerten soweit es ging auf dem Fahrzeugboden. Davut aber behielt einen kühlen Kopf, völlig unbeeindruckt von der Attacke. Er schlängelte sich mit rasender Geschwindigkeit durch die immer schmaler werdenden Straßen. Der schwarze Discovery hinter uns gab nicht auf, schaffte es wieder aufzurücken, um ein neues Magazin auf uns abzufeuern. Die Kugeln machten bald ein Sieb aus der Karosserie, doch Davut schaffte es erneut zu entkommen. Die Straßen waren glatt, aus dem Gemisch von Schnee und Regen war Glatteis geworden, und unsere Hinterräder rutschten permanent zur Seite aus.

Irgendwann rasten wir einen steilen Abhang herunter, an dessen Ende sich eine enge Kurve befand. Unser Gefährt glitt eher die Straße abwärts, als dass es fuhr. Dann lief alles wie im Zeitraffer ab. Die Rutschpartie wurde endlos lang.

Tamara schrie zuerst auf, als wir auf die Gegenfahrbahn schlitterten, so laut hatte ich sie noch nicht schreien gehört. »Pass auf! Pass auf!«

»Vorsicht! Ein Bus kommt uns entgegen!«, brüllte ich hinterher.

Dem Bus knapp entronnen, verlor Davut komplett die Kontrolle über das Fahrzeug. Von da an übernahmen Automatismen das Geschehen. Wir rutschten in der Kurve eine Böschung herunter, bis wir schließlich von einem Baumstumpf an der Frontpartie aufgehalten wurden. Der Lärm, der sich zusammendrückenden Karosserie, glich dem eines gewaltigen Donnerschlages, der durch abgewürgtes Wolfsgeheul begleitet wurde. Die immense Wucht des Aufpralls schleuderte alle Personen im Wagen durch die Windschutzscheibe. Blackout.

Alles fühlte sich eiskalt an. Schmerzen spürte ich jedoch nicht. Im Gegenteil, ich empfand eine gewisse Leichtigkeit, mein Körper schwebte in endloser Finsternis. Ganz weit entfernt sah ich nun einen winzigen Lichtschimmer. Der kleine Punkt spendete Wärme. Dann vernahm ich ein weit entfernt klingendes Gemurmel. Die Laute kamen gleichwohl immer näher. Jemand sagte etwas, ich aber verstand nicht das Geringste. Indifferente Wortfetzen wiederholten sich mehrmals und kamen gleichzeitig noch näher, bis ich Atemgeräusche ganz nah an meinem Ohr vernahm. Die Worte klangen jetzt geläufiger, ich aber konnte den Sinn hinter ihnen nicht ergründen. Sie entfernten sich dann wieder. Permanent hallten die gleichen Laute durch den kalten Raum.

Plötzlich spürte ich, wie eiskaltes Wasser über meinem Kopf und dann den Oberkörper hinunterlief. Ich fröstelte. Als ich letztendlich die Augen aufriss, sah ich den Mann mit dem leeren Eimer unmittelbar vor mir. Ich bemerkte, dass ich auf einem Stuhl saß. Meine Hände waren an die Rückenlehne festgebunden, die Füße an die Stuhlbeine. Neben mir erkannte ich Davut, der ebenfalls auf einen Stuhl gefesselt war. Sein Kopf hing zur Seite. Ihm rann Blut an der Schläfe herunter, er war offenbar bewusstlos.

»Wo ... wo ist Tamara?«, stammelte ich.

Im selben Moment spürte ich die kräftige Hand im Gesicht. Der Schlag saß, mein Gesicht brannte, als hätte jemand flammendes Benzin darauf geschüttet.

»Hier stelle ich die Fragen, verstanden?«, brüllte der Peiniger in gebrochenem Englisch. Seine Stimme klang irgendwie vertraut.

Allmählich konnte ich wieder schärfer sehen und den Mann, der gerade den Eimer in der Ecke des Raumes abstellte, bildete ich mir ein zu kennen. Die Atmosphäre in dem Raum mit Wänden aus massiven Rundholzstämmen beängstigte mich sehr. Alle Fenster waren mit schweren Vorhängen verdeckt. An der Wand mir gegenüber befand sich eine Petroleumlampe, die den Raum erleuchtete. Dann dämmerte es in mir. Er war der Mann aus Brčko, der den kurzen Schlagabtausch mit Tamara geführt hatte. Außer ihm waren noch zwei andere Männer mit dicken Wollmützen auf den Köpfen im Raum, sie bewachten die Tür.

»Jetzt zum letzten Mal!«, sagte Alex wütend. »Hast du mit Tamara gevögelt?«

»Tam … Tamara, wo ist sie?« Ich war zwar nun bei Bewusstsein, begriff aber noch nicht den Ernst der Lage.

Und wieder spürte ich die zornige Hand auf meiner Wange.

»Verdammt noch mal, ich hab's doch gesagt, die Fragen stelle ich!«, schrie Alex erneut. »Noch eine Gegenfrage und ich bringe dich um, du Bastard.« Er lief wie ein tollwütiger Hund um meinen Stuhl. »Also noch ein Mal. Hast du mit Tamara ein Verhältnis?«

Ich blieb still. Glasklar, das war die Stimme eines vor Wut tobenden, eifersüchtigen Mannes. Sein persönliches Interesse an meiner Antwort war nicht zu überhören. Innerlich zerrissen, ob ich die Wahrheit sagen sollte - ich befürchtete sein völliges Ausrasten -, bekam ich kein Wort aus dem Mund raus. Ich hatte Angst um mein Leben, auch sorgte ich mich, dass er Tamara etwas antun könnte.

»Bring mir eine Säge!«, rief er zu einem der Männer an der Tür. »Ich schneide dem Mistkerl neben ihm einen Finger nach dem anderen ab. Vielleicht redet er dann.«

Der Mann mit der Wollmütze fischte aus einer Schublade in der Werkzeugbank an der Wand einen Seitenschneider. Sein hämisches Grinsen war nicht zu übersehen, als er Alex das Werkzeug in die Hand drückte.

»Der geht doch auch, Alex? Oder?«, fragte er.

»Noch besser. Her damit!«

»Warten Sie! Warten Sie!«

»Sieh mal an, auf einmal will der Kerl doch noch reden.«

»Ja, ich habe mit Tamara geschlafen«, schoss es aus mir raus, aber im selben Moment bereute ich meine Ehrlichkeit.

»Dieser Bastard, kommt einfach ins Land und vögelt gleich meine Frau.« Das sadistische Gelächter, das auf seine Worte folgte, war nur ein Vorgeschmack auf das, was noch kommen sollte. »Na warte, ich zeig's dir!«

Es trat ein, was ich befürchtet hatte. Er griff nach meinen Haaren und zog an ihnen, während er mit der zur Faust geballten Hand auf meinen Kopf einschlug. Der dumpfe

Schlag betäubte mich urplötzlich und riss etliche Haare von der Kopfhaut. Für einen Augenblick spürte ich die Ewigkeit. Zeit spielte absolut keine Rolle mehr. Erinnerungen an meine Kindheit blitzten durch meinen Kopf; ich sah, wie ich mich als kleiner Junge auf der Ranch meines Großvaters in der staubigen Scheune versteckte. Die Eltern waren damals nach den Sommerferien gekommen, um mich abzuholen. Großvater hatte mir eingeredet, bei ihm zu bleiben. Ich mochte ihn sehr. Die Scheune jedoch war als Versteck ausgesprochen ungeeignet, denn sie war lange nicht mehr benutzt worden und war folglich mit einer Zentimeter dicken Staubschicht bedeckt, daher musste ich nach wenigen Minuten schon niesen. Die nasalen Laute verrieten leider meine Position, so lief Vater schnurstracks auf die Scheune zu. Ich saß in der Falle.

Das Brennen auf meiner linken Wange brachte mich wieder zurück in die Gegenwart. Augenblicklich waren Schmerzen die einzige Verbindung zwischen Bewusstlosigkeit und ihr. Wie viel Schmerz konnte ein Mensch noch ertragen? Der erste Schlag war am schlimmsten, empfand ich. Die Platzwunde an der Wange klaffte, das Blut suchte sich an meinem Hals entlang seinen Weg zum Boden. Ich spürte die Lebendigkeit in mir so wie nie zuvor.

»Es tut mir wirklich Leid, wenn ich Ihre Freundin verführt habe«, sagte ich mit weinerlicher Stimme.

Alex aber zeigte kein Mitgefühl. »Das fällt dir früh ein!«

»Ich wusste es nicht. Bitte, hören Sie auf, mich zu schlagen.«

»Ahhh … Mist.« Davut machte stöhnend auf sich aufmerksam. Er war endlich zu sich gekommen.

»Sieh mal einer an!« Alex' Aufmerksamkeit war nun auf Davut gerichtet, für mich bedeutete das eine kleine Atempause. »Der Fahrer ist aufgewacht. Flüchten wolltest du? Hier, das ist für dich!« Und wieder sauste die unerbittliche Hand durch die Luft.

Der Mann, der den Seitenschneider geholt hatte, hielt Davuts Stuhl fest, während Alex wild auf ihn eindrosch. Mein Fahrer blieb still, trotz der höllischen Schmerzen, die er erleiden musste. Zu unserem Glück riss jemand die quietschende Tür auf und ein übergewichtiger junger Mann stürmte herein.

»Hör auf damit, Alex! Der Boss will beide lebendig! So bringst du sie um!«, brüllte er aufgeregt und ging wieder aus dem Raum.

Alex drehte sich daraufhin wieder zu mir.

»Glaub ja nicht, dass du so leicht davon kommst. Dich knöpfe ich mir noch vor! Wenn du Tamara noch einmal anfasst, bringe ich dich um!« Enttäuscht sowie Gift und Galle spuckend verließ Alex den Raum.

»Komm, wir müssen noch was tun«, sagte dann einer der Wachmänner zum anderen. Zusammen kontrollierten sie unsere Fesseln auf festen Sitz und trappten ebenfalls aus dem Zimmer.

Quälende Stille erfüllte den Raum. Ich hatte Angst, die Kidnapper würden wieder zurückkommen. Um nicht deren Aufmerksamkeit zu provozieren, zog ich es vor, stumm zu bleiben. Auch Davut sagte nichts. Ich musterte den Raum, soweit die geschwollenen Augen dies zuließen, sie schmerzten ungemein. Es gab nicht sonderlich viel in dem kargen Zimmer. Außer der Werkbank und den Stühlen, auf denen wir festgebunden waren, befanden sich dort keine anderen Möbelstücke, auch keine Bilder oder Ähnliches. Davut hing ungefähr eine Körperlänge von mir entfernt regungslos auf seinem Stuhl. Er war durch die Wucht der Schläge aufs Neue in die Besinnungslosigkeit entglitten.

Ob er je wieder aufwachen wird?

Aus Minuten wurden Stunden. Eine Uhr gab es nicht. Lediglich die abnehmende Stärke des Lichts, das durch Lücken an den Seiten der schweren Vorhänge durchschien, verriet, dass die Sonne dabei war unterzugehen. Mit fortschreitender Dauer wurde der Stuhl sehr unbequem, denn seine Kante drückte die Adern in meinen Kniekehlen ab, sodass kaum noch Blut in die Unterschenkel fließen konnte. Das eng um meine Gliedmaßen gewickelte Seil tat sein Übriges dazu. Bald schliefen mir die Beine ein. Meine Angst verwandelte sich allmählich zu einer Wut gegenüber den Männern, denen wir die missliche Lage verdankten. Nach und nach setzte sich in mir eine Alles-Egal-Haltung durch, zudem waren von draußen keine Geräusche zu hören, die Gelegenheit war also günstig. Erstaunlicherweise war Davut inzwischen zu sich gekommen und babbelte Unverständliches.

»Davut, Davut!«, flüsterte ich. »Geht es ein wenig besser?«

Seine Stimme klang zwar kraftlos, war aber klar. »Etwas. Ich schaff das schon. Sie haben den Jackpot geknackt, Elias!«

»Wieso?«

»Na, es gibt nichts schlimmeres als eifersüchtige Folterknechte.« Davut lächelte, verschluckte sich jedoch dabei und musste fürchterlich husten. Er spuckte mit Blut versetzten Rotz aus.

Poltergeräusche und das Quietschen der Tür, die sich anschließend öffnete, unterbanden unsere kleine Konversation. Der übergewichtige Mann stand wieder im Raum.

»So meine Lieben, der Boss ist da«, sagte er, während Alex uns harsch Säcke über die Köpfe zog, um uns die Sicht zu nehmen.

Dann folgten weitere Schritte und zwei bis drei andere Personen kamen herein. Sehen konnten wir zwar nicht mehr, aber der Geruch eines intensiv süßlichen Parfüms deutete es an, es war eine weibliche Person, die sich meinem Gesicht näherte.

»Tsck, Tsck, … Sie haben Alex die einzige Frau weggenommen, die er jemals geliebt hat, Elias.« Dem Klang ihrer Stimme nach, handelte es sich um eine reifere Dame jenseits der Sechzig. »Aber das ist ja weniger mein Problem.« Sie lachte verhöhnend. »Kommen wir zu dem, was mich interessiert. Was für einen Deal haben Sie mit Almir ausgetüftelt?«

»Es gibt keinen Deal!«, antwortete ich.

»Alex!«, befahl die reife Stimme.

Wieder fühlte ich jene unerbittliche Hand im Gesicht. Es tat höllisch weh, trotz der Kopfbedeckung aus Leinen.

»Verkaufen Sie mich für dumm? Ich weiß, dass Sie im *Saat Kula Hotel* wohnen. Almir würde nichts ohne Gegenleistung unternehmen.«

»Dort bin ich ein ganz normaler Gast. Ich bezahle für das Zimmer. Die einzige Gegenleistung ist Miete«, konterte ich. »Wenn er mich beschützen würde, säße ich jetzt nicht hier.«

Die flinke Hand traf erneut meine Wange. Dieser Sadist konnte es kaum abwarten, mich zu quälen, jede Sekunde, in der ich Schmerzen spürte, war eine wohltuende Genugtuung für seine Rachegelüste.

»Haben Sie jetzt verstanden, in welcher Situation Sie sich befinden?«, fragte die Virago. »Ich lasse Ihrem Fahrer einen Finger nach dem anderen abschneiden! Für jede Lüge einen. Kommen Sie auf den Punkt!«

Verdammt, das hatten wir schon mal.

Der Betroffene, Davut, schwieg. Es war makaber von mir so zu denken, aber er wirkte gelassen und fürchtete sich scheinbar nicht. Anders als ich.

»Arrgh … hmmm« Davuts schmerzlicher Klang verriet,

dass er bereits den Seitenschneider am Finger spürte.

»Nein, bitte nicht!«, schrie ich. »Es stimmt, Almir wollte fünf Prozent von jedem Kredit, aber ich habe mich nicht darauf eingelassen.«

»Schon besser, aber das reicht mir nicht.«

»Ich habe ihm erklärt, dass er eine ganz legale, deutlich geringere, Provision für die Vermittlung eines Kredites kassieren kann. Das können Sie auch, genauso wie jeder andere.«

»Alex! Stop!«, rief die Virago. »Ich hoffe, dass Sie die Wahrheit sagen und Almir die Mitglieder nicht hintergehen will.«

»Was für Mitglieder? Das ist die Wahrheit, ganz sicher.«

»Was glauben Sie denn, was Ihr Leben Wert ist? Wieviel ist Ihre Bank bereit, dafür zu bezahlen?«

»Ich arbeite nicht für die Bank, sondern für einen Aktionär der Bank, die *Foundation*.«

»Dann wird Ihr Arbeitgeber bei der Bank sicherlich ein gutes Wort für Sie einlegen.« Ihre Empathielosigkeit war abscheulich. »Alex, ruf bei der CBB an. Eine Million sollten ausreichen.«

Bei dem Betrag schlackerten mir die Ohren. Wusste ich doch, dass die Bargeldvorräte der Bank aus Sicherheitsgründen limitiert waren. Selbst, wenn die Bank zahlen wollte, konnte es bis zu drei Tage dauern, das Bargeld bei der Zentralbank zu organisieren. In Anbetracht der Kälte im Raum und der Bewegungslosigkeit war es schwierig, so lange zu überleben. All das interessierte sie nicht, sie setzte noch einen drauf.

»Und für den Mistkerl von Fahrer da drüben sollten Zehntausend reichen. Mehr ist der nicht wert«, spottete die Frau mit dem intensiven Duft.

Die quietschende Tür öffnete sich wieder und ich hörte, wie die Entführer aus dem Raum schritten. Wohltuende Stille war wieder eingekehrt. Die unangenehme Geruchswolke aber haftete noch eine ganze Weile im Raum. Mir kam die Galle hoch. Ich benutzte selbst ein Parfüm, aber dieser dominante süßliche Geruch, der alles im Raum übertünchte, widerte mich nur an. Ganz besonders schlimm war es zudem, keine Möglichkeit zu haben, dem Gestank auszuweichen.

»Ich bin froh, dass die Duftwolke sich langsam auflöst«, zischelte Davut.

Offensichtlich war ich nicht der Einzige, den der intensive Geruch anekelte. Die Schmerzen an der Platzwunde an meinem Kopf lenkten meine Aufmerksamkeit schon bald zurück auf das gravierendere Problem, schließlich waren wir beide noch an Stühle gefesselt und konnten nichts sehen. Wieder schien die Zeit stehengeblieben zu sein. Minute um Minute, Stunde um Stunde verging, aber nichts passierte. Wir waren gefangen in dieser ungeheizten Holzhütte an einem geheimen Ort. Unsere Körper waren beinahe durchgefroren. Jeder Versuch, dem Seil auch nur einen Millimeter Freiheit abzuringen, schien zum Scheitern verurteilt. Wir beide versuchten durch Bewegungen an Händen und Füssen eine Lockerung zu erreichen, die Fesseln jedoch gaben partout nicht nach. Ein Entkommen aussichtslos. Ich war völlig verzweifelt. Panikschübe und Resignation wechselten sich in mir ständig ab. Meine Gliedmaßen waren nach und nach durch Kälte und Druck eingeschlafen. Ich spürte sie nicht mehr. Es war so, als wären sie nie da gewesen, aber damit kam ich noch klar. Das Allerschlimmste war die mangelnde Sicht. Die Finsternis. Der Sack über dem Kopf behinderte zudem meine Atmung. Durch den Mund konnte ich deutlich besser atmen, als durch die Nase. Die Sonne musste schon lange untergegangen sein. Sie hatte die Hütte zumindest ein bisschen erwärmt.

Einzige Verbindung zwischen Körper und Geist wurde jetzt der Schmerz, der sich von Zeit zu Zeit meldete. Mein Körper war zwar gefangen, konnte der ausweglosen Situation nicht entfliehen, aber dennoch, umso freier schien nun mein Geist zu sein. Ich verfiel in ein Delirium, das keine körperlichen Grenzen kannte. Die Symbiose zwischen meinem Körper und meiner Seele, sie war einfach nicht mehr da. In mir herrschte absolute Gleichgültigkeit.

War dies die prophezeite göttliche Unendlichkeit?

Es war mir egal, dass ich Teile meines Körpers nicht mehr spürte. Es war mir egal, was unsere Peiniger mit mir noch anstellen würden, und es war mir egal, ob die Bank Lösegeld zahlte oder nicht. Ja, mir war sogar egal, ob ich lebte oder nicht! Ein mir bis dahin unbekanntes Gefühl …

Ganz weit draußen am Rande meines biologischen Universums, an meiner Kopfhaut, spüre ich den dumpfen Schlag eines harten Gegenstandes … vielleicht eines Holzbalkens … oder Moment … vielmehr einer Keule. Sie trifft meinen Kopf, aber es tut nicht weh. Ich öffne die Augen. Der Mann mit dem fischähnlichen Kopf und dem Hängebauch steht vor mir, die Keule noch in seiner Hand. Meine Synapsen sind anscheinend durch Kälte zu sehr gelähmt und funktionieren nur langsam. Den bestialischen Fischgestank rieche ich erst allmählich. Meine Augen wandern entlang der Kette in seiner Linken und sehen Tamara. Die schwere Kette ist mit einem Schloß an einen Eisenring um ihren Hals befestigt. Tamara hat sich mit ihrem Schicksal abgefunden und wehrt sich keineswegs. Ihr Wille ist offenbar gebrochen, genauso wie meiner.

Oder … oder geht es über das hinaus?

Ihre langen schwarzen Haare sind nass und hängen in dicken Strängen am Kopf herunter. Um ihre Arme und Beine ist Quellmoos gewickelt, als wäre es kunstvolle Zierde. Eine dicke, durchsichtige Schleimschicht hält das Grünzeug mit dem Körper verklebt. Die einzelnen Stränge treffen sich auf ihrem Genitalbereich. Der Knoten verdeckt ihre Blöße, wie das Feigenblatt die von Eva. Durch die Pflanze auf ihrem Körper schimmert Tamara grünlich. Ihr Gesicht ist bleich, ihre Augen leer, die Augenränder beinahe schwarz. Die Lippen sind blutlos und bläulich, sie wirken daher blaß. Zwischen ihren Fingern ist sehnige Haut gewachsen.

»Tamara! Tamara!«, rief ich.

»Tamara?«, fragte sie mit einer benommenen Stimme. »Die bin ich jetzt nicht mehr. Ich bin Rusalka. Vodjanoy ist jetzt mein Gebieter.«

Vodjanoy zieht sie an sich ran und tätschelt sie, als würde er ein Enkelkind kraulen.

»Ha ha ha har … ha ha ha hah.« Vodjanoys Lachanfall hört nicht mehr auf, seine Stimme ist durch übermäßigen Konsum von hochprozentigem Slibovica angeraut. »Sie hat sich entschieden, bei mir zu bleiben. Sie ist jetzt mein!«

Ich weiß nicht, welcher Teufel mich reitet. Besser wäre es abzuhauen, wegzulaufen, soweit es nur geht. Im krassen Gegensatz zu meinem bisherigen Leben, verhalte ich mich jedoch irrational. Ich habe die Schnauze voll, will nicht mehr feige weglaufen. Nicht mehr der Analyst sein, der sich niemals die Hände dreckig macht, und schleunigst verschwindet, wenn es brenzlig wird. Ich bleibe einfach stehen.

»Ach ja, wenn sie so freiwillig bei Ihnen ist, wieso ist sie dann in Ketten?« Innerlich bebe ich dennoch vor Angst, während die Frage meine Lippen verließ.

Der Vodjanoy wird außerordentlich wütend. Zweifle ich

doch an seinem Wort. Sein fischförmiges Gesicht läuft rot an. Vielleicht bin ich im Augenblick doch über mich hinausgewachsen? Vielleicht ist es das erste und letzte Mal zugleich, dass ich wirklich Mut beweise. Auch wenn ich nach außen hin versuche, tough zu wirken, bebt jede einzelne Körperzelle in mir … Ich spüre, wie etwas an meiner Hand knabbert. Es beißt sogar hinein! Die Hand tut sehr weh. Plötzlich wird es dunkel vor meinen Augen. Da waren sie wieder, die Fesseln, und der Sack über dem Kopf.

»Elias, Elias, wachen Sie auf!«, hörte ich Davuts Stimme flüstern. »Ich habe Ihre Fesseln fast durch.«

Er hatte es irgendwie geschafft, mit seinem Stuhl umzufallen, sich des Sacks über dem Kopf zu entledigen und bis zu mir zu robben. Nun knabberte er mit seinen Zähnen an dem Seil, das meine Hände verband. Probierte tatsächlich, die einzelnen Fasern an einer geeigneten Stelle durchzubeißen. Was für ein befreiendes Gefühl es war, zu spüren wie das Seil dünner wurde und immer mehr nachgab. Das permanente Ziehen und Reißen seines Mundwerks wurde schließlich durch Erfolg gekrönt. Schon bald waren meine Hände gänzlich frei und konnten endlich die Fesselung an den Beinen lösen, doch durch das lange Sitzen und dem Druck waren sie von der Blutzufuhr so abgeschnitten, dass sie komplett eingeschlafen waren. Ich fühlte nichts in ihnen und konnte sie absolut nicht kontrollieren. Schon seltsam, wenn die Muskeln versagten, wo es darauf ankam. Davut erkannte rasch das Problem, welches mich daran hinderte, ihn loszubinden.

»Kneifen Sie in die Beine! Beeilen Sie sich. Wir müssen hier schnell verschwinden. Kommen Sie!«

Ich kniff, zupfte und massierte wie ein Weltmeister, bis es in meinen Beinmuskeln anfing zu kribbeln. Dann dauerte es nur noch einen Moment und ich hatte wieder Gefühl in ihnen und konnte vom Stuhl aufstehen. Auch bei Davut stellte sich das gleiche Problem heraus, aber bei ihm war zusätzlich noch ein Arm eingeschlafen. Ich massierte seine Gliedmaßen, damit es schneller ging. Daraufhin schoben wir unsere Köpfe zwischen die schweren Vorhänge und das Glas, um hinauszuschauen. Draußen war es stockdunkel und man konnte nicht viel erkennen. Drinnen in der Hütte behalfen wir uns mit einem Feuerzeug, welches auf der Werkbank lag. Wir hielten die Flamme möglichst tief, damit das Licht von draußen nicht zu sehen war. Vier Augen, die sich kurz anschauten und anschließend in die gleiche Richtung deuteten. Es machte Sinn, uns nach Werkzeug umzusehen, das sich als Waffe nutzen ließe. Fast gleichzeitig zeigten wir beide auf die Schublade, aus der der Seitenschneider zuvor entnommen wurde. Davuts Objekte der Begierde waren ein Hammer und ein großer Schlitz-Schraubenzieher. Ich entschied mich für einen massiven Schraubenschlüssel und ein Stecheisen. Bevor wir rausgingen, wollte ich ein letztes Mal sichergehen, dass die Luft rein war. Beim erneuten Blick durch das Fenster sah ich einen der Bewacher mit Wollmütze auf dem Kopf auf einer Bank sitzen. Das Display seines Handys leuchtete dabei sein Gesicht aus. Die Umgebung war nur schemenhaft zu sehen. Vermutlich tippte er eine Kurznachricht ein. Neben ihm schimmerte etwas metallisches, wahrscheinlich sein Sturmgewehr, welches an die Rückenlehne der Sitzbank angelehnt war, damit er zum Tippen die Hände frei hatte.

»So ein Mist!«, flüsterte ich zu Davut rüber. »Das ist gar nicht gut. Die bewachen die Hütte.«

Davut öffnete daraufhin leise eines der Fenster. Durch den fingerbreiten Spalt konnten wir das Gesprochene hören.

»Bei so vielen SMS, die du an deine Alte schreibst, könnte man glatt glauben, dass sie ihr Handy als Vibrator missbraucht«, sagte ein Mann, dessen Kontur wir erst sahen, als er neben dem Mann mit dem Handy stand. »Das Ding vibriert doch nahezu pausenlos.« Er deutete mit seinem Gewehr auf das Gerät.

»Red' keinen Scheiß!«, antwortete der Kollege mit dem Handy. »Meine Tochter hat hohes Fieber. Die Alte fragt, was sie machen soll.«

»Ja ja, das hätte ich an deiner Stelle auch gesagt, Kumpel«, knurrte der Andere und ging wieder zurück in die dunkle Ecke.

»Komm, sei bitte nicht …«, begann der besorgte Mann zu sagen, jedoch unterbrach ihn ein leises Zischen. Dem Zischen folgte unmittelbar ein seufzendes »Heeh …« Er kippte leblos auf der Bank zur Seite.

Sein noch witzelnder Kumpan auf der anderen Seite bemerkte dies. »Was zum Teufel …«

Auch er konnte den begonnenen Satz nicht vollenden. Stattdessen war ein qualvolles »Arrgh!« zu hören, das aber im Moment seines Hinfallens verstummte. Hinter ihm erkannte ich die Gestalt von Tarik, der von der gegenüberliegenden Seite mit einer Taschenlampe angeleuchtet wurde. Tarik hielt ein großes, mit Blut getränktes Bowiemesser in der Hand. Er hatte tatsächlich damit dem Mann zu seinen Füßen die Kehle durchgeschnitten.

»Tarik, versteck die Leichen im Gebüsch!«, befahl dann Ambera. Sie kam aus ihrem Versteck, stand urplötzlich mit der Taschenlampe in der einen und einem Blasrohr in der anderen Hand vor der Sitzbank, zog daraufhin den Giftpfeil aus dem Körper des Toten und steckte ihn ein, bevor sie in die Hütte kam.

»Hallo zusammen, wir müssen hier schleunigst weg«, sagte sie ungerührt, als ob sie gerade Picknicken war.

Zum Durchatmen blieb keine Zeit. Wir rannten im Gebüsch einen einige hundert Meter langen Abhang hinunter. Unten wartete bereits der Geländewagen. Nachdem auch Tarik das Fahrzeug erreicht hatte, fuhr der Fahrer zügig auf die Straße Richtung Sarajevo. Erst als wir sicher waren, dass keiner uns verfolgte, machte sich Erleichterung in mir breit.

14

Der Stolz

GABOR Barna hatte sich Sorgen gemacht, weil ich nicht zur Gegenüberstellung am Abend erschien. Auf Peter Lemmings Schreibtisch lag bereits das Fax mit der Forderung nach Lösegeld, als Gabor Barna eintrat und persönlich nach mir fragte. Der CEO der Bank hatte die Aufsichtsratsmitglieder über die Geiselnahme informiert und deren Zustimmung für eine diskrete Lösegeldzahlung erhalten. Mit Betonung auf diskret. Informationen diesbezüglich sollten auf keinen Fall an die Presse gelangen. Die Bank wollte schnellstmöglich zahlen, ohne die Polizei einzuschalten. Andernfalls befürchtete man das Schlimmste. Sowohl für mich als auch für die Bank. Erpressbarkeit seitens der CBB könnte schnell die Runde machen und andere Kriminelle ebenfalls auf wilde Gedanken bringen - und an denen mangelte es in Bosnien gewiss nicht. Zur allgemeinen Überraschung war ich am Morgen in der Bank erschienen, somit wurden die Vorbereitungen für die Geldübergabe abgebrochen. Gerade noch rechtzeitig.

Gabor Barna begutachtete die angeschwollenen Augen und die Platzwunde in meinem Gesicht, als wäre er ein Arzt. »Meine Güte! Sie sehen ja übel zugerichtet aus.«

Er war sehr neugierig auf meine Schilderungen. Insbesondere auf Einzelheiten über die hinterhältige Virago, die ich wegen dem übergestülpten Sack nicht gesehen, sondern nur gehört und gerochen hatte.

»Allem Anschein nach war die alte Schachtel der Kopf der Bande. Versuchen Sie sich genau zu erinnern«, forderte er.

»Meine Augen waren verbunden. Mir ist immer noch kotzübel von den vielen Schlägen. Da war nur dieses aufdringliche Parfum und ihre tiefe Stimme.« Dann fiel mir doch noch was ein. »Sie faselte irgendwas von anderen Mitgliedern. Äußerte die Befürchtung, dass Almir sie hintergehen könnte.«

»Ok, wo es Mitglieder gibt, ist zwangsläufig auch eine Organisation vorhanden. Dann sind wohl die mysteriöse Frau und Almir Mitglieder derselben Organisation.«

»An welche denken Sie?«

»Es gibt nur eine, die mir in den Sinn kommt«, entgegnete Gabor Barna.

»Aha, und die haben eine Frau in der Führungsriege? Eine perfekt Englisch Sprechende dazu? Englisch war ganz klar ihre Muttersprache.«

»Ach? Echt?«

Almir streckte seine Brust heraus und beteuerte seinen Willen - ganz der Barmherzige - mir weiterhin Unterschlupf zu gewähren. Vorausgesetzt, es kam irgendwann zu einem Deal mit der Bank. Seinen Stolz über die gelungene Befreiung konnte und wollte er kaum verbergen. Nährten doch ähnliche Aktionen das Heldenepos um seine Person. Die einzig wahre Währung in der Unterwelt. Vor allem Heldengeschichten sind es, die einen Mafiaboss groß machen. Sie steigern das Vertrauen der Untergebenen in die eigene Macht und nähren das Ego. Geld kommt dann wie von selbst, meist aus dubiosen Quellen, aber das spielt ja in der Unterwelt keine Rolle.

»Ja, da haben sie sich in was reingeritten, Elias«, sagte

Almir, während er sich auf seinem kolossalen Sheeshamholztisch abstützte.

»Wer konnte das ahnen? Ich kann gar nicht beschreiben, wie dankbar ich bin.«

»Seien Sie in der Zukunft vorsichtiger, denn so eine Befreiung geht nicht immer gut«, mahnte er.

»Woher wussten Sie überhaupt, wo wir waren?«, hakte ich nach. Kam es mir doch seltsam vor, dass Ambera und ihr Team uns an der abgelegenen Jagdhütte gefunden hatten.

»Ein Maulwurf gab mir den Hinweis über Ihre bevorstehende Entführung und beschrieb die Lage der Hütte.« Almir zeigte auf Ambera. Sie hockte mir gegenüber vor dem riesigen Sheeshamholztisch. »Und Sie hatten Glück, dass ich zu dem Zeitpunkt keine bessere Verwendung für meine Leute hatte.«

»Was ist mit den beiden Leichen im Gebüsch?«, wollte ich wissen. »Wenn die verwesen, könnten durch den Geruch Spaziergänger auf sie aufmerksam werden.«

»Darüber mache ich mir keine Sorgen. Liz wird die schneller verschwinden lassen, als Sie denken können.« Ambera äußerte sich zum ersten Mal in der Gesprächsrunde. »Sie will bestimmt nicht die Einschaltung der Polizei riskieren, auch wenn die Toten ihre Männer sind.«

»Liz?«, fragte ich.

»Genau, es waren ihre Männer, die Sie entführt haben. Unausstehlich, diese Hexe«, entgegnete Ambera. Offenbar hasste sie Liz. Wen wundert das?

Ihre Haare waren wie am Tag zuvor zu einem Pferdezopf zusammengeflochten. Sie war wieder ganz die Soldatin mit Tarnhose und Militärstiefeln. Erst jetzt, nachdem sich die Aufregung in mir gelegt, sich der Schock allmählich aus meinen Sinnen verflüchtigt hatte, bemerkte ich die zwei gegensätzlichen Persönlichkeiten in ihr. Bis zu unserer Befreiungsaktion sah ich in Ambera vor allem eine hübsche Brünette, die zudem wegen ihrer schlanken Figur zerbrechlich wirkte. Keineswegs erkannte ich die Kämpferin, die kaltblütige Killerin in ihrem Wesen. Am Vortag waren die weichen, weiblichen Züge in ihrem Gesicht komplett in den Hintergrund getreten. Eine bessere Tarnung könnte es de facto nicht geben. In ihrem apathischen Wesen zeigte sie für die Toten kein Erbarmen. Ganz anders ist es mir ergangen, denn noch nie zuvor hatte ich Menschen unmittelbar vor meinen Augen sterben sehen. Sowas konnte ich nicht teilnahmslos hinnehmen, daher empfand ich sogar Mitleid für die Gestorbenen, insbesondere für den Mann mit der kranken Tochter. Nachts im Hotelzimmer hatte ich mich mehrmals übergeben. Leichte Übelkeit spürte ich weiterhin.

Es stimmt, die Männer waren eine Gefahr, sie mussten erledigt werden, versuchte ich mein Gewissen zu beruhigen. *Hierbei handelte es sich schließlich um den Schutz deines eigenen Lebens.*

Dennoch, mussten sie gleich sterben?

Mein Verstand sagte ja, aber meine Moral verneinte diese Frage.

Die Art wie Ambera diese Operation geplant und durchgeführt hatte, ließ es vermuten: Sie hatte reichlich Erfahrung im Liquidieren von Menschen. Zärtlichkeit und Abgebrühtheit sind sehr gegensätzliche Charakterzüge und passen zusammen nicht zum Bildnis eines Auftragskillers. Dieses Phänomen empfand ich als abstoßend und anziehend zugleich. Es machte Ambera durchaus interessant. Mein Blick wanderte zu ihren Augen und verharrte dort. Ein Moment voller Fleischeslust ebenso wie Entsetzen.

»Vielen Dank … für den mutigen Einsatz, Ambera.« Der Satz verlies nur zögernd meine Lippen.

»Es war nur die Ausführung eines Befehls. Nichts weiter«,

antwortete sie tonlos. »Das ist meine Aufgabe, auch auf Kosten meines Lebens, wenn es sein muss.«

Weitere Schmeicheleien für Almirs Ego. Der bedingungslose Gehorsam seiner Leute führte sicherlich mit zu seinem übersteigerten Selbstbewusstsein. So wunderte mich das breite, zufriedene Grinsen in seinem Gesicht überhaupt nicht. Ich musste meine Gedanken wieder sammeln, mich auf das Wesentliche konzentrieren: meinen Auftrag.

In der kurzen Zeit meines Aufenthaltes hatte man Nenad ermordet, auf mich geschossen und mich entführt. Ich hatte die ganze Palette an Instrumenten durchlebt, die ein Filmregisseur sonst verwendet, um bei Horrorfilmen Spannung zu erzeugen. Was sollte noch passieren? Der glückliche Ausgang war meiner Entscheidung zu verdanken, Almir, einen Syndikatsboss, um Schutz zu bitten. Aus der gegenwärtigen Perspektive war sie definitiv richtig gewesen. Instinktiv spürte ich aber, dass mein Beschützer keineswegs wichtige Informationen an mich weitergab. Trotzdem wollte ich nichts unversucht lassen.

»Wer ist diese Liz überhaupt? Die Entführer haben sie als Boss bezeichnet?«

»Eine Gesandte des Teufels«, antwortete Almir. Es war makaber, diese Worte aus dem Mund eines Ganoven zu hören. »Sie hat im Bosnienkrieg ein Vermögen mit Waffenverkäufen verdient.«

»Wenn es um den eigenen Profit geht, kennt diese Person keine Rücksicht«, fügte Ambera hinzu, als ob ihr eigener Boss sich in diesem Punkt anders verhalten würde.

»Stimmt, sie wird zunehmend zu einer Gefahr für mich und für die anderen. Wir müssen das Biest im Auge behalten.«

»Was meinen Sie mit anderen?«

Almir fuchtelte mit seiner Handinnenfläche vor meinem

Gesicht herum. »Moment, Moment, Elias. Ich habe Ihnen zwar mein Wort gegeben«, würgte er meinen Versuch cholerisch ab. »Damit ist jedoch eine Bedingung verknüpft. Seien sie bloß nicht zu neugierig! Konzentrieren Sie sich lieber auf unsere Abmachung, verdammt nochmal.«

Dennoch, mein Wissensdrang überwog, ich wollte mich nicht schon wieder einschüchtern lassen. Schließlich brauchte er mich genauso, wie ich ihn brauchte. Mit dem Unterschied, dass er seine Machtposition ständig ausspielte, ich jedoch bis dato meine Trumpfkarte nicht benutzt hatte.

»Gegen einen Deal mit Ihnen hat Liz etwas. Sie fühlt sich übergangen«, führte ich an.

»Ach, wann fühlt die sich denn nicht übergangen? Manche Dinge ändern sich halt nie«, entgegnete Almir genervt.

Die Fänge der *Roten Pranke* erstreckten sich über alle Lebensbereiche in Bosnien. Ohne Zweifel genoss die Organisation enormen wirtschaftlichen sowie politischen Einfluss. Als Geschäftsmann kooperierte man besser mit ihr oder wurde böse überrascht. So kam mir die Geschichte über einen Händler zu Ohren, der sich stark genug gefühlt hatte, sich der Organisation zu widersetzen. Unmittelbar nach dem Krieg war sein kleiner Lebensmittelladen innerhalb kürzester Zeit zu einem großen Supermarkt herangewachsen, denn die Menschen hatten wieder mehr Geld zum Ausgeben. Ermutigt durch seine hohen Einnahmen und dem damit verbundenen Einfluss in der Stadt, beschloss er von heute auf morgen, Schutzgeldzahlungen an die Organisation einzustellen. Der Mann baute gänzlich auf seine gehobene Stellung und sein umfangreiches Sicherheitspersonal im Supermarkt. Die Quittung kam prompt. Nur eine Woche später raste ein Auto, das zu einem ferngesteuerten Fahrzeug umgebaut worden war und mit einer ordentlichen Sprengladung beladen war, in seinen Laden hinein. Nachdem alle Kunden vor lauter Panik rausgerannt waren, drückte jemand aus der Ferne auf den Knopf. BÄNG! Innerhalb von Sekunden steht die Hälfte seines Supermarktes nicht mehr. So etwas ist sicherlich eine Lektion, die man ein Leben lang nicht vergisst.

Es wurmte mich sehr, dass Almir immer wenn es interessant wurde abblockte. Auf jeden Fall wollte ich mehr über die *Rote Pranke* erfahren. Ich glaubte nur so die Hintergründe über Nenads Ermordung ergründen zu können. Auch die Attacken auf mein Leben hatten offenbar mit den Mitgliedern dieser unheimlichen Organisation zu tun. Davon war ich felsenfest überzeugt. Allem Anschein nach verfolgten die Mitglieder mitunter auch gegensätzliche Ziele.

Lazar und ich schauten durch das einseitig durchsichtige Glas. Mitten in einem hell erleuchteten Raum an einer weißen Wand stand der Mistkerl. Die Personifikation des Unansehnlichen. Ein ziemlich großer bulliger Mann, die krumme Nase übertrumpfte die meisten anderen Merkmale in seinem Gesicht. Lediglich die kleinen, fahlgrauen Augen konnten mithalten. Sie schienen durch den Spiegel hindurch zu starren, als wollte er uns einschüchtern. Um die Gegenüberstellung zu erleichtern, musste er genau die Kleidung mitsamt Mütze und Mantel tragen, die er bei seiner Festnahme an hatte.

»Und was meinst du, Lazar?«, wollte William Shoemaker wissen.

»Das ist er«, kam prompt die Antwort.

Nochmals schaute ich durch den Spiegel. Seine Augen verengten sich und erneuerten die unausgesprochene Botschaft. Eine Drohung. *Auch wenn ich dich verfehlt habe, beim nächsten Mal bist du dran*, schienen sie zu sagen. Seine zusammengeballten Fäuste verliehen einen glaubhaften Nachdruck.

Sie waren aber keinesfalls die Hände eines smarten Auftragskillers, sondern eher die einer muskelbepackten Marionette in der Gestalt eines Totengräbers. Vermutlich musste ihm jeder Schritt, den er tun sollte, gleich drei mal erläutert werden.

In einer Hinsicht irrte sich meiner Meinung nach Charles Darwin: Nicht der Stärkere, sondern der Cleverere siegt am Ende. Das wiederum gab mir Zuversicht.

15

Die Rote Pranke

DIE Sonne war fast untergegangen und mit Einbruch der Dunkelheit kühlten sich die Straßen in Sarajevo merklich ab. Aufgrund des schönen Wetters tagsüber war ich noch sommerlich angezogen. Kalter Wind blies durch mein Hemd und ließ die Haut darunter wie die einer gerupften Gans aussehen. Zum Glück war das *Saat Kula Hotel* nicht weit entfernt. Ich legte einen Zahn zu.

Pausenlos luden Luxuslimousinen, fast alle in Schwarz, ihre Passagiere vor dem Haupteingang aus und fuhren wieder weg, als ich endlich das Hotel erreichte. Es war ganz schön viel los, draußen wie drinnen. Die Monduhr zeigte auf 11.50 Uhr. Das Foyer quoll über, war belegt mit Gruppen aus Männern in dunklen Anzügen. Wachsame Augenpaare, versteckt hinter dunklen Sonnenbrillen, spähten nervös in jede Richtung. Viele trugen hautfarbene In-Ear-Kopfhörer, von denen ein durchsichtiges, spiralförmiges Kabel zum Kragen führte, um dann unter dem schwarzen Sakko zu verschwinden. In der Mitte eines jeden Sonnenbrillenkollektivs befand sich stets ein Egozentriker mit selbstbewusstem Ausdruck im Antlitz. Hotelpagen flitzten unaufhörlich hin und her und geleiteten die Grüppchen nach und nach in den Aufzug.

»Haben Sie eine Ahnung, was hier los ist?«, fragte ich einen der Pagen.

Unter der Hotelbelegschaft hatte sich innerhalb weniger Tage herumgesprochen, dass ich ein Günstling Almirs war. Daher sahen die Bediensteten einen Vertrauten in mir und scheuten sich nicht, mit mir über Interna zu plaudern.

»Heute Abend ist hier großer Auflauf«, flüsterte der Page in mein Ohr. »Die Sitzung des Hohen Rates der *Roten Pranke.*«

»Verstehe. Sie meinen, die Bosse treffen sich?«

Der Page nickte. »Genau. Einmal im Monat und nur bei Vollmond. Die Sitzung beginnt stets zum Sonnenuntergang, also wenn die Monduhr zwölf schlägt.«

»Dann geht es ja gleich los.«

»Yep. Sie treffen sich auf der zehnten Etage im großen Saal.«

»Oh, auf der bin ich untergebracht.«

»Ja richtig, aber der große Saal ist im anderen Flügel in der Rotunde über dem Foyer«, ergänzte der Page.

Eins war klar, dies war die seltene Gelegenheit, die ich unbedingt nutzen musste. Hier waren alle wichtigen Mitglieder der *Roten Pranke* an einem Ort versammelt. Oben auf meinem Zimmer überlegte ich, wie ich mir ohne gesehen zu werden Zugang zum Versammlungsraum verschaffen konnte. Mir fiel dabei das Lüftungsgitter an der Decke ein. Als ich in die Suite eingezogen war, wollte ich sichergehen, dass dort keine Kameras versteckt waren und hatte alle Ecken abgesucht. Dabei hatte ich festgestellt, dass sich das Lüftungsgitter über der Kommode im Schlafbereich abnehmen ließ. Kameras und Wanzen konnte ich jedoch keine in der abgehangenen Decke darüber finden, sondern es befand sich ein mannshoher Schacht darin.

Die Öffnung war geräumig und es war kein Problem hindurchzuschlüpfen. Ich benutzte die Kommode als Trittstufe und kletterte hinein. Der Schacht war an den Seiten über zwei eckige Kanäle an ein Belüftungssystem angeschlossen, das offenbar Frischluft zu allen Bereichen des Stockwerks führte. In den verzinkten Kanälen war Platz genug, um sich darin krabbelnd zu bewegen.

Das Schild an der Tür rasch auf ›Bitte nicht stören‹ gewendet, die Lautstärke des Fernsehers aufgedreht, das Diktiergerät in die Tasche gesteckt, robbte ich achtsam in Richtung des linken Flügels.

Über jedem Zimmer befand sich stets ein Schacht mit einer Gitteröffnung, der mit dem Kanalsystem verbunden war. Insofern war es problemlos möglich, in diese einzusehen. Die meisten Räume, an denen ich vorbeikam, waren aber leer. Lediglich in einem Zimmer sah ich einen Mann aus der Dusche kommen, der in einen Bademantel eingehüllt war. Er ließ den Frotteemantel auf den Boden gleiten, stellte sich nackt vor den Spiegel an der Wand, spreizte die Beine, um einen sicheren Stand zu haben, und streckte abrupt die Arme nach oben. Wegen der plötzlichen Bewegung erschrak ich, aber zum Glück konnte er mich nicht sehen, vielmehr schien er ein Ritual einzuüben. Die Spannung in seinen Körpermuskeln und seine Nervosität, etwas falsch zu machen, waren nicht zu übersehen. Worauf er sich auch immer vorbereitete, es schien ihm sehr wichtig zu sein. Immer wieder übte er die gleichen Bewegungsabläufe.

»Ich schwöre dem Hohen Rat meine ewige Treue.« Der Mann wiederholte den Satz immer wieder, während er das Ritual einstudierte.

Dann klopfte es an der Tür.

»Ja … kommen Sie herein!«, befahl er in Richtung Tür.

Er nahm seinen Bademantel wieder auf, stülpte ihn über seine Schulter und steckte die Hände durch die Ärmel, während zwei Männer in blauen Uniformen und mit hohen Filzhauben auf dem Haupt einmarschierten. Vorne an den roten Filzhauben war jeweils eine Metallhülse angebracht, in der eine Straußenfeder steckte. Passend zu der Kopfbedeckung trugen die Männer rote Samthandschuhe. Die Uniformierten neigten ihre Köpfe, als sie zum stehen kamen, und mieden einen zu lange dauernden Blickkontakt. Sie schienen Ehrfurcht vor dem Mann im Bademantel zu haben. Sie nahmen ihn behutsam in die Mitte und hielten jeweils den zu ihm gewandten Arm waagerecht, so dass dieser sich beim Gehen an ihnen festhalten konnte. Als sie zusammen in gleichmäßigen und langsamen Schritten hinausmarschierten, krabbelte ich weiter, bis ich über einem Vorraum ankam. Genauso wie im Foyer unten waren dort elegante Ledergarnituren zu Sitzgruppen zusammengestellt. Auf ihnen saßen mehrere Leibwächter, teilweise hatte ich sie auch unten schon gesehen. Andere mit In-Ear-Kopfhörern im Ohr starrten aufmerksam aus den Fenstern hinaus. Gesprochen wurde, wenn überhaupt, nur sehr gedämpft.

Zentrales Element des Warteraums war eine schwere zweiflügelige Bronzetür. Zum Raum dahinter hatte man nur mit einer speziellen Magnetkarte Zugang. Neben den reich verzierten Türflügeln befand sich ein in die Wand eingelassenes Regal. Es hatte viele Einzelfächer. Sie waren für die Waffen und Handys der Bosse gedacht. Diese mussten hier abgelegt werden. Jeder Einzelne wurde von Uniformierten mit roten Filzhauben und Metalldetektoren in den Händen durchsucht, bevor ihm Zutritt gewährt wurde. Die hohen Sicherheitsauflagen verrieten es, die Bosse wollten auf jeden Fall unter sich bleiben, aber vor allem trauten sie sich gegenseitig nicht. Mit einem flauen Gefühl im Bauch - ich hatte Angst davor, entdeckt zu werden - bewegte ich mich weiter zum

Ende des Lüftungskanals. Durch die Reibung an den Blechnieten scheuerte ich mir teilweise Knie und Ellenbogen auf. Der Lüftungskanal endete mit einem seitlich abschließenden Gitter, durch das ich in einen Saal hineinschauen konnte. Der großzügige, runde Raum ging über zwei Etagen. Er war zwar durchgehend verglast, die Fenster jedoch größtenteils mit roten Samtvorhängen verblendet. In der Mitte des Saales befand sich eine unter Sicherheitsglas in den Boden eingelassene riesige Monduhr. Sie war von einer großen Tischrunde umgeben. Die Runde bestand aus elf gleich breiten Sektionen; in jeder saßen drei Personen. Die Sektion auf der sechs Uhr Position fehlte. Diese Stelle diente offenbar als Zugang in die Mitte der Tischrunde. Die zwölf Uhr Position war erhöht und mit einer roten Decke überzogen - die Farbe Rot spielte ganz offensichtlich eine gewichtige Rolle -, sie war für das Präsidium des hohen Rates reserviert, die Bosse der Bosse sozusagen. Hier genau, auf diesem erhöhten Tisch, liefen vermutlich alle Fäden der Unterwelt in Bosnien zusammen. Ich war sehr aufgeregt, bekam ich doch zu sehen, was nur wenige Menschen sehen konnten. Drei alte Greise, jeweils mit einem schwarzen Dreispitz auf dem Kopf, allesamt jenseits der Siebzig, bestimmten nahezu alle wichtigen Dinge im Lande. Der in der Mitte schien älter zu sein, seine überaus zittrigen Hände verrieten es. Alle drei trugen über dem Herzen jeweils einen großen Orden. Dieser hatte die Form einer Monduhr mit Symbolen aus vergangenen Zeiten. Die Ordensuhren zeigten jeweils 12.00 Uhr. Auch auf der rechten Brust trugen die Greise Ordensuhren, jedoch kleinere. Davon zeigte eine 10.00 Uhr und die zweite 11.00 Uhr. Der Greis in der Mitte trug zusätzlich noch eine rote Schärpe um den Oberkörper, der von der linken Hüfte zur rechten Schulter hochging.

Die Geräuschkulisse ebbte sich zu einem leisen unverständlichen Gemurmel ab. Offenbar sollte die Sitzung gleich anfangen. Der Mann mit der Schärpe blickte auf die eingelassene Monduhr in der Mitte der Runde. Sein rechter Zeigefinger schwebte bereits über der Tischklingel vor ihm. Wohl altersbedingt zitterte sein Finger gehörig, denn er versuchte ihn krampfhaft auf Position zu halten. Genau als der Minutenzeiger der Monduhr auf die 12.00 Uhr Position wechselte, betätigte sein Finger die Klingel. Ein lautes »Pling« schrillte durch den Raum und das Gemurmel der Anwesenden hörte unverzüglich auf. Stille. Alle Blicke waren nun auf den Greis in der Mitte gerichtet. Ich schaltete schnell das Aufnahmegerät ein, das ich zuvor aus meiner Tasche gezogen hatte.

»Meine Dame und meine Herren, die Sonne ist in diesem Augenblick untergegangen und wir haben wieder Vollmond. Sonne und Mond stehen in Opposition zueinander, so wie sie das seit Jahrtausenden schon tun. Die Finsternis bietet dem Herrn des Lichtes die Stirn. Für uns beginnt damit eine neuer Zyklus. Ich eröffne hiermit die Sitzung des Hohen Rates.«

Die Stimme des Greises war kraftlos und daher kaum hörbar. Als er das Wort ›Dame‹ sagte, wanderte sein Blick zu der einzigen weiblichen Person in der Runde; sie saß auf der linken Seite. Eine reife Frau mit kurzem, gescheiteltem weißen Haar, sauber zurechtgezupften Augenbrauen und grauen Augen. An ihren Ohren trug Sie große, mit Diamanten bestückte Silberringe. Sie saß zwischen Almir und Tomislav Stankovic auf der 11.00 Uhr Position. Alle drei trugen auf der rechten Brust zwei goldene Monduhren, identisch mit denen der Greise mit der 10.00 Uhr und 11.00 Uhr Zeit. Am Jackett der restlichen Anwesenden hing lediglich eine Uhr mit der 10.00 Uhr Zeit.

»Da«, entgegnete die Runde im Chor, was aus dem Serbischen übersetzt soviel wie ›Ja‹ bedeutete.

»Wie mir zu Ohren gekommen ist«, fing der Greis an zu reden. » … gibt es Probleme mit zwei Mitgliedern des hohen Rates. Einer davon bist du Dragoslav!« Die Stimme des Greises wirkte urplötzlich kraftvoller, sie klang bedrohlich.

»Ehm, ich?«, hörte man den überraschten Mann aus der 3.00 Uhr Position verwundert fragen.

»Ja genau … du … Dragoslav. Komm bitte … in die Mitte der Runde«, befahl der Greis jetzt mit einer lauteren Stimme. Seine abgewetzten Stimmbänder flatterten wie vom Winde zerfetzte Segel. Ich hatte das Gefühl, dass der Alte wegen der für ihn größeren Anstrengung jeden Augenblick zusammenbrechen würde.

Dragoslav, ein hagerer Mann Mitte fünfzig, die linke Gesichtshälfte von einem übergroßen haarigen Geburtsmal gekennzeichnet, stand auf und schlich zögerlich in die Mitte der Runde. Seine Segelohren standen wegen der Aufregung noch weiter ab, als sie dies ohnehin schon taten. An seinem Kragen trug er eine goldene Anstecknadel in Form einer Vogelspinne. Er richtete das spitze Kinn zu dem Greis.

»Es ist mir zu Ohren gekommen, dass du durch das Schleusen von Flüchtlingen nach Europa beträchtliche Einnahmen erzielt hast«, sagte der alte Hitzkopf. »Du hast sogar entlang der Schmuggelroute nach Österreich geheime Rastplätze mit Pizzerien eingerichtet. Stimmt das?«

»Ja, ehrenwerter Vater, aber glauben Sie mir …«

»Sei still!«, schrie nun der Greis. Alle schraken zusammen. Die Anstrengung überstrapazierte seine Stimmbänder, er musste fürchterlich husten. Als er sich wieder fasste, setzte er fort: »Diese … diese Infrastruktur bedurfte sicherlich monatelanger Vorbereitungen. Nun ja, gegen die horrenden Preise, welche die geschleusten Menschen für Transport und Verpflegung zahlen mussten, habe ich absolut nichts einzuwenden. Das ist bestimmt sehr profitabel …«

»Vater, bitte glauben Sie mir …«, Dragoslav war nun beinahe am heulen. »… ich … ich wollte Sie informieren.« Daraufhin brach der Greis in ein schallendes Gelächter aus, verschluckte sich jedoch dabei erneut, aber dieses Mal hustete er so heftig - sein Gebiss wäre ihm beinahe aus dem Mund geflogen -, dass es eine ganze Weile dauerte, bis er sich wieder fing. Er schob sein Gebiss wieder in den Mund zurück.

»Du … du … das wolltest du bestimmt!«, der Greis bebte nun vor Zorn. »Dein Versuch, mich während unseres Abendessens in deinem Restaurant zu vergiften, ist mir auch nicht entgangen. Nur ein Hinweis deines Leibwächters, der mir treu geblieben ist, hat mich davor bewahrt, den vergifteten Wein zu trinken.«

Schweiß stürzte sintflutartig an den Schläfen von Dragoslav hinunter. Er senkte seine Augen auf die eingelassene Monduhr, tunlichst darauf bedacht, einen Blickkontakt mit dem Alten zu vermeiden. Dann kniete er sich weinend nieder und bettelte um sein Leben.

»Bitte, bitte vergeben Sie mir. Sie können alles haben, was ich besitze.«

Lautes Gerede machte plötzlich die Runde. Viele der Mitglieder waren von der Neuigkeit offenbar komplett überrascht.

»Die beiden größten Gefahren, vor denen wir uns fürchten müssen, sind Untreue und … Geiz!« Geiz, das letzte Wort des alten Mannes hallte mehrfach durch den Raum und wurde von den Wänden zu einem alles durchdringenden Echo reflektiert. Ich fuhr erschrocken zusammen. Das Gemurmel hörte abrupt auf und es herrschte eine unheimliche Stille. Eine

Todesstille.

Der eiserne Blick des Greises richtete sich nun auf zwei übergroße, mit roten Sturmhauben vermummten Männer, die zu beiden Seiten der Tür standen. Sie waren ansonsten genauso uniformiert wie diejenigen, die den Nackten abgeholt hatten. Über den Hauben trugen die Männer jeweils mit einer Feder geschmückte rote Filzhüte, passend zu den Samthandschuhen in der gleichen Farbe an ihren Händen. Die Anwesenden unten wussten es, ich hingegen ahnte nur, was passieren sollte. Wie auf Kommando positionierten sich die blau Uniformierten rechts und links von dem weinenden Mann und verharrten so. Sie waren gut vorbereitet, um auf jedwede unerwartete Bewegung Dragoslavs reagieren zu können.

»Du weißt, was das bedeutet?«, sagte der Greis jetzt wieder mit ruhigerer Stimme. Dann blickte er die vermummten Männer an. »Nehmt ihm seinen Orden weg!«

Einer der Männer riss Dragoslav die Monduhr von der Jacke.

»Nein, bitte nicht …«, winselte dieser.

Kaum hatte der Mann mit den Segelohren den Satz angefangen, hing er schon in der Luft. Die beiden Vollstrecker hatten ihn am Hals gepackt und hochgehoben. Ihre in Samthandschuhe gehüllten Hände drückten dem Verurteilten dabei die Luft ab. Ihnen war nicht das geringste Zeichen einer Anstrengung anzusehen. Dragoslav wurde blass im Gesicht und schnappte verzweifelt nach Luft, war aber nicht in der Lage zu atmen. Seine Beine fingen bald an unkontrolliert zu zappeln, bewegten sich immer schneller, bis sie schließlich komplett erschlafften. Bald hing sein Körper reglos zwischen den roten Händen. Er war tot. Erst dann ließen die Henker ihn zu Boden fallen. Voller Genugtuung schaute der Hitzkopf mit der roten Schärpe wieder in die Runde.

»Dieser Mann hier war ein Verräter. Er hat die Prinzipien des Hohen Rates hintergangen und dem Präsidium die zustehende Gewinnbeteiligung vorenthalten.«

Seine beiden Beisitzer auf dem Präsidiumstisch nickten und brachten damit ihre Zustimmung zum Ausdruck.

»Unsere Tradition schreibt vor, dass Verräter des Hohen Rates durch Erwürgen bestraft werden«, sagte der Greis mit der Schärpe.

»Ein viel zu ehrenvoller Tod für einen, der versucht hat, unseren Präsidenten umzubringen«, ergänzte nun einer der Beisitzer.

»Dennoch, Tradition ist Tradition«, sagte der Präsident. »Schafft ihn hier raus!«

Die Rederei brach wieder los. Die Mitglieder waren sichtbar bestürzt. Erst jetzt fiel mir auf, dass mein Herz die ganze Zeit pochte, denn noch nie zuvor hatte ich einen Menschen gewaltsam sterben sehen.

Verdammt, ich bin Zeuge eines Mordes geworden! Das war kein schöner Anblick. Dem Kerl lief die Brühe aus dem Mund. Was habe ich hier überhaupt zu suchen?

Unabhängig davon, ob Dragoslav schuldig war oder nicht, sein Todeskampf schlug mir auf den Magen. Gesetze und die uns gewohnte Ordnung spielten hier absolut keine Rolle. Einzig und allein der Wille des alten Mannes mit der roten Schärpe war das, was wirklich zählte. Keiner hatte es gewagt, ihm zu widersprechen. Die Angst der Mitglieder vor dem körperlich so schwach wirkenden Greis musste unermesslich groß sein, denn keiner wollte seine Missgunst provozieren. Hier bestimmte ein zittriger Greis über Leben und Tod. Seine Stellung und der damit verbundene Respekt gaben ihm die Kraft dazu. Er allein verfügte über die roten Hände der Vollstrecker.

»Pling«, schrillte es erneut durch den Raum. Kaum hatte sich der Finger des Greises von der Klingel gelöst, kehrte Ruhe ein. Derweil schleiften die Männer mit den roten Händen Dragoslavs Leiche aus dem Raum hinaus.

»Jetzt, wo ein Sitz in der Runde frei geworden ist, ernenne ich Viktor zum neuen Mitglied des Hohen Rates.« Der Greis schaute in die Runde. »Gibt es Einwände?«

Als kein Einspruch kam, vergewisserte er sich auch der Zustimmung seiner beiden Vertreter, die dies mit einem Nicken signalisierten.

»Gut, dann bitte ich alle, aufzustehen! Die Herren mögen aufrücken und Platz eins für Viktor freimachen.«

Die Tür ging auf und der Mann im Bademantel marschierte, immer noch geführt durch die beiden Helfer, in die Mitte der Runde. Seine Augen waren nun mit einem roten Band verbunden. Ihm folgte ein Musiker mit einer Saz in der Hand. Ein anderer Mann schob eine mobile Feldschmiede mit glühender Kohle sowie einem langen Stück Eisen darin hinterher. Kurz darauf setzte das Sazspiel ein. Ausnahmslos fingen alle Mitglieder an zu singen:

Unschuldig wie ein Kind,
aber wissend wer wir sind,
schwört er seine Treue
und ewige Liebe ohne Reue.

Das Licht weicht dem Schatten
und niemand wird gestatten,
zu brechen seinen Eid,
ohne das Fühlen von großem Leid.

Mit Einbruch der Dunkelheit,
erloschen die Sünden der Zeit.
Der Schatten ist unser Mantel,
die *Rote Pranke* die Tarantel.

Der Rhythmus erinnerte an die Sevdalinka, die Nenad gesungen hatte. Ein Volkslied über Leidenschaft und Liebe wie Tamara mir erklärt hatte. Hier ging es jedoch eher um die bedingungslose Liebe zur *Roten Pranke*.

Der Schmied fing an, das Eisenstück durch gleichmäßige Bewegungen mit dem Blasebalg zum Glühen zu bringen. Die Musik passte sich dem Brausen der komprimierten Luft an. Die Mischung aus Sazspiel, dem Gesang der Anwesenden und dem rhythmischen Blasen erzeugte eine mystische Atmosphäre. Viktor schien dadurch in Trance versetzt worden zu sein.

Die beiden Männer mit den roten Handschuhen schritten mit ihm zusammen um die Feldschmiede. Dann brachten sie ihn vor dem Präsidenten zum Stoppen, worauf dieser verlangte: »Entblöße dich, so wie dich der Allmächtige erschaffen hat!«

Die Begleiter traten zur Seite und Viktor ließ seinen Bademantel fallen. Wie zuvor war er darunter nackt. Seine Genitalien waren zu sehen, aber das interessierte hier niemanden. Auch die einzige Dame in der Runde störte sich nicht daran, ganz im Gegenteil, sie sang eifrig mit; sie kannte offenbar das Ritual. Ich fragte mich, ob sie es genauso machen musste. Nun ging Viktor in die Knie, berührte mit seinen Händen den Boden, krabbelte im Kreis über die riesige Monduhr und starrte anschließend voller Erwartung zu den Greisen.

»Bist du bereit, dem Hohen Rat die ewige Treue zu schwören?«, fragte der rechte Beisitzer. Er stand auf und ging dann in die Mitte der Tischrunde zu Viktor hin. »Bist du bereit, deine Vergangenheit hinter dir zu lassen?«

»Da!«, antwortete der Auserkorene.

Die Feldschmiede fauchte ein letztes mal, bevor der Schmied das Eisenstück herauszog. Er postierte sich unmittelbar neben Viktor. Am Ende des Eisenstiels befand sich ein feuerrot glühendes Brandzeichen. Der Auserwählte erhob sich, spreizte die Beine und streckte die Arme nach oben, die Hände jeweils zu einer Faust zusammengeballt. Seine Daumen zeigten dabei nach Innen.

»Ich schwöre dem Hohen Rat meine ewige Treue«, gelobte Viktor.

»Nun bist du voller Demut und Ehrfurcht zu uns gekommen, so wie du geboren wurdest«, sagte jetzt der Greis mit der Schärpe. »Hast dich entblößt, denn wir haben keine Geheimnisse voreinander.« Mehrere kurze Atemzüge folgten. »Ich erhebe dich hiermit zum Mitglied des Hohen Rates.«

Auf Viktors Gesicht war keine Freude zu sehen, sondern pure Anspannung.

»Als Zeichen deines Standes erhältst du nun das goldene Abzeichen«, sagte der Beisitzer neben Viktor und stülpte ihm ein Band mit einer Monduhr über den Hals. Sie zeigte 10.00 Uhr. Viktor trat einen Schritt zurück. Das Präsidiumsmitglied neben ihm nahm das glühende Eisen aus der Hand des Schmieds und brannte auf die Innenseite seines rechten Oberarms die Umrisse einer Monduhr. Das Branding mit der 10.00 Uhr Zeit war offenbar ein Signum der einfachen Mitgliedschaft im Hohen Rat. Viktor blieb tapfer stehen. Lediglich als es zischte und sich der Geruch von verbrannter Haut im Raum ausbreitete, war seinen zusammengebissenen Zähnen ein »Arrgh« entronnen.

»Nun bist du zum zweiten Mal geboren worden. Du darfst

die Augen öffnen«, sagte der Präsident.

Der Beisitzer entfernte das rote Band von Viktors Augen und begab sich zurück auf seinen Platz. Der Sazspieler stimmte wieder das Lied an und alle begannen erneut die gleichen Strophen zu singen. Die Helfer hüllten Viktor wieder in den Bademantel ein - sein Gesichtsausdruck war noch immer gekennzeichnet durch das Branding - und geleiteten ihn zum leeren Sitz. Als er schließlich den zugewiesenen Platz eingenommen hatte, marschierten die beiden Helfer, der Schmied sowie der Musiker in Reih und Glied aus dem Raum.

»Pling«, der Präsident klingelte ein weiteres Mal. »Nun ja, da wir wieder vollzählig sind, fahren wir mit dem nächsten Punkt fort.«

Schweißperlen auf Viktors Stirn und der verzogene Mund verrieten, dass die Brandwunde wirklich sehr schmerzte, aber nach Schmerzmitteln zu fragen wäre sicherlich verpönt gewesen.

»Nenad Papic, der Kreditmanager der CBB, ist ermordet worden. Es ist nicht ratsam, sich mit einer internationalen Bank anzulegen. Hat einer von euch etwas damit zu tun?«

Die Runde blieb still. Keiner sagte etwas.

»Almir, war er nicht einen Tag zuvor bei dir?«, hakte der Greis nach.

»Ja, ehrenwerter Präsident«, antwortete Almir in einem unterwürfigen Ton. »Das stimmt, aber ich war es nicht. Im Gegenteil, ich hätte seine Hilfe bei der Finanzierung meines Hotelbaus in Tuzla gebrauchen können. Jetzt, wo er tot ist, wird es schwieriger für mich.«

»In der Tat, Nenad war unser Mann bei der CBB«, sagte dann Tomislav Stankovic. »Er wurde jedoch zu gierig und verlangte immer mehr Prozente. Dennoch, mit seinem Tod haben meine Leute auch nichts zu tun. Erwin, seinen Nachfolger, müssen wir noch zurechtbiegen.«

Der Greis mit zittrigen Händen starrte jeden Einzelnen in der Runde an, die allesamt mit ihren Schultern zuckten.

»Gut, wir bleiben dran«, sagte er sodann, murmelte noch ein paar Sätze zu den Männern neben sich, die aber sonst keiner verstand.

»Dann ist da noch das Problem mit Elias …«, schoß dann plötzlich aus ihm heraus. Mein Herz raste aufs Neue, als das Echo meines Namens durch den Raum hallte. Ich versuchte durch tiefe und langsame Atembewegungen meine Aufregung unter Kontrolle zu bekommen.

»Ganz richtig«, warf die reife Dame ein. »Ich habe Grund zu der Annahme, dass Almir mit Elias einen heimlichen Deal ausgehandelt hat.« Sie blickte umher und sprach dann mit ihrer rauen Stimme erneut zu dem Greis. »Nicht umsonst gewährt Almir ihm Schutz.«

»Auf Verrat und Hinterhältigkeit reagieren wir hier sehr empfindlich«, antwortete der Greis.

Die Strafe dafür war den Mitgliedern nur allzu gut bekannt.

»Almir, kommen Sie in die Mitte der Runde!«

Überrumpelt von der Aufforderung des Greises stand Almir auf und begab sich auf die eingelassenen Monduhr. Man konnte den Zorn in ihm spüren. Dann schaute er ungläubig den Präsidenten an.

Plötzlich drehte er sich zu den anderen Mitgliedern und sprach mit erhobenem Zeigefinger: »Sie alle wissen, dass ich niemals den Hohen Rat verraten würde! Es ist richtig, ich gewähre Elias Schutz und er bleibt in meinem Hotel. Er versprach, einen Deal mit der CBB zu vermitteln. So könnten meine Einnahmen aus Kreditvermittlungen auf eine legale Basis gestellt werden. Wir bräuchten nicht mehr Kunden zu erpressen, sondern würden eine legale Provisionszahlung von der Bank erhalten.«

»Legal oder illegal, das ist mir völlig egal, solange du unseren Anteil abführst«, sagte der greise Hitzkopf.

»Natürlich. Natürlich«, entgegnete Almir und wandte sich dann der Virago zu. »Erzähle dem Präsidenten doch, dass deine Leute Elias entführt haben, um Geld von der Bank zu erpressen! Du hast meinen Plan durchkreuzt, ihn für die Dienste des Hohen Rates zu gewinnen.«

Almir starrte Liz wütend an. Die Mitglieder waren uneins über den schwerwiegenden Vorwurf, ihr Geflüster hörte sich an wie das Summen eines Bienennestes, das immer lauter wurde.

»Pling, Pling!«

»Genug davon!«, brüllte der Mann mit der Schärpe. »Ich glaube dir, Almir. Zu guter Letzt gehört Erpressung von je her zu unserem Geschäft. Ihr beide solltet eure Streitigkeiten besser woanders austragen. Verschwendet nicht meine Zeit damit!« Dann fügte er noch hinzu: »Eine legale Basis ist vielleicht nicht schlecht. Almir geh wieder auf deinen Platz zurück.«

Der Alte hatte anscheinend einen siebten Sinn. Und so blieb Almir Dragoslavs Schicksal erspart. Dennoch böse Blicke in beide Richtungen verrieten es, diese Fehde würde in die nächste Runde gehen. Vor allem Liz hätte es wohl gerne gesehen, dass Almir verschwände.

Langsam dämmerte es in mir, sie musste diejenige mit dem penetranten Parfümgeruch gewesen sein, die in der Jagdhütte zu mir sprach. Durch den Lüftungskanal strömte permanent Frischluft, daher war ihr markanter Geruch darin nicht wahrzunehmen.

Wie unterschiedlich doch Düfte sein können. Ich vermisste den angenehmen, süßlichen, nach Jasmin duftenden Körpergeruch von Tamara. Von ihr hatte ich seit Tagen nichts gehört. Die Sorge, wo sie abgeblieben war, brannte nahezu ein Loch in mein Herz. Ich vermisste ihre zarten Lippen, die mich so sehr zur Ekstase gebracht hatten. Es waren die schönen Momente mit Tamara, die mich für einen kleinen Augenblick von der gefährlichsten Verbrecherbande Bosniens ablenkten. Die Realität hierzulande war aber nicht immer schön. In der Runde unter mir saß nun die Furie, die meine Geiselnahme zu verantworten hatte, und ich fühlte mich so machtlos.

Die dümmste Option wäre, zur Polizei zu gehen. Diese Leute hatten sicherlich gute Verbindungen dorthin. Meine einzige Hoffnung war Almir, einer ebendieser Verbrecher, denn er brauchte mich, weil er einen Deal benötigte. Wer weiß, was er mit mir machen würde, wenn kein Deal zustande käme? Außerdem musste ich zwangsläufig meine Beobachtungen für mich behalten, denn ansonsten wäre ich augenblicklich ein toter Mann. Noch nie zuvor wurde mir klar, wie schmal der Grat zwischen Leben und Tod sein konnte. Hierzulande konnte ein sorglos existierendes Leben im nächsten Augenblick schon ausgelöscht werden. Dazu bedurfte es nur eines Zeichens des körperlich labilen Greises.

Der Alte besprach mit seinen Beisitzern den nächsten Punkt. Vertieft in meine Sorgen hörte ich irgendwo im Raum die Melodie von Beethovens ›Für Elise‹ ertönen. Aufgrund der Geräuschkulisse - die Mitglieder nutzten die Pause und unterhielten sich wieder miteinander - konnte man sie zunächst nur erahnen. Ich liebte dieses Lied. Es erinnerte mich an meine Kindheit, in der meine Mutter es mir so oft auf dem Piano vorgespielt hatte.

»Irgendwann wirst du es vor einem noblen Publikum spielen und alle werden klatschen«, pflegte sie stets zu sagen.

Ihre Versuche, mich für das Piano zu begeistern, waren

jedoch vergeblich, stattdessen lernte ich später das Gitarrenspiel. Die Melodie wurde sehr bald hörbarer und gleichzeitig vibrierte etwas an mir. Nun vernahm auch die Runde die Töne. Panik ergriff mich urplötzlich. Ich griff blitzartig in meine Hosentasche und realisierte den Patzer, denn ich hatte vergessen, mein Handy auszuschalten.

Verdammt.

Hastig würgte ich das Lied ab.

Das Publikum unter mir war zwar auserlesen, es war aber keineswegs nobel. Und geklatscht haben die Mitglieder auch nicht.

Ganz im Gegenteil, der Greis warf einen eiskalten Blick in die Runde, nachdem die Melodie abrupt aufhörte. Alle anderen schauten ratlos umher. Keiner wusste woher die Töne kamen.

Mit Höllenangst musste ich schleunigst zurück in meine Suite, noch bevor Sicherheitsleute mich entdeckten. Fluchtartig kroch ich nun in entgegengesetzter Richtung durch den Kanal. Im Hintergrund konnte ich hören, wie der Greis mehrmals hintereinander im Gewirr die Klingel betätigte. Es war ein sehr wütendes Läuten.

Endlich in meinem Hotelzimmer angekommen, montierte ich schnell das Gitter an seinen Platz, löschte geschwind alle Anruflisten auf dem Handy, änderte den Anrufton, versteckte zudem das Aufnahmegerät und meine verstaubte Kleidung unter der Matratze, bevor ich mich ins Bett legte. Im Fernseher lief gerade ›Spiel mir das Lied vom Tod‹ mit Henry Fonda und Charles Bronson. Eine Hitzewallung erschlug mich innerlich als es klopfte. Schließlich hatte ich schreckliche Angst, sie könnten dahinter gekommen sein, dass die Melodie von meinem Gerät stammte.

Mit dem schläfrigsten Blick, den ich produzieren konnte, und nur mit einer Unterhose bekleidet, machte ich erst beim dritten Klopfen auf. Tarik kam herein, musterte meinen Körper und ließ dann seinen skeptischen Blick durch die gesamte Suite wandern. Als seine Augen zufällig auf das Lüftungsgitter an der Decke gerichtet stehen blieben, fühlte ich ein schmerzhaftes Stechen in meiner linken Brust. Mein Herz drohte aus meinem Körper zu springen, dennoch versuchte ich normal zu wirken. Almirs Bodyguard kombinierte allerdings nicht richtig, trotzdem trat ein, was ich befürchtet hatte. Er überprüfte die Anruflisten und den Klingelton auf meinem Handy. Zum Glück hatte meine diesbezügliche Vorsorge die Katastrophe verhindert. Im Anschluß überlegte Tarik eine Weile, wohl ob er doch nicht etwas übersehen hat, und ging durch die Tür hinaus. Er hatte mir scheinbar den Ahnungslosen abgenommen. Der Anruf, der mich in die Bredouille brachte, kam von Tamara.

16

Die Trumpfkarte

»HALLO Tamara«, sprach ich. »Wo steckst du? Ich hab mir Sorgen gemacht.«

»Ihr Beiden wart bewusstlos. Als ich aufgewacht war, sah ich die Männer kommen und bin geflüchtet.«

Tamara berichtete, wie sie sich versteckt habe und später von einem Mann, der sie mit seinem Skoda am Straßenrand bemerkt hatte, nach Pale mitgenommen worden sei. Das Display ihres Handys sei durch die Wucht des Unfalls eingedrückt worden und sie habe sich erst ein neues Mobiltelefon besorgen müssen. Daher sei es ihr nicht möglich gewesen, früher anzurufen.

»Ich vermisse dich, Schatz«, sagte sie.

Ich jedoch ging darauf nicht ein. »Wer ist dieser Alex? Du kennst ihn besser, als du zugegeben hast!«

Es war harsch von mir, aber ich wollte die Wahrheit wissen. Natürlich war ich froh, sie unversehrt zu wissen. Vermisst hatte ich sie ebenfalls, doch es gab zu viele offene Fragen in Bezug auf ihre Person. Alex, dieser Wahnsinnige, schien jedenfalls sehr stark an ihr zu hängen. So sehr, dass er mich am liebsten kalt gemacht hätte.

Ihr Tonfall war ebenfalls rau. »Psst, darüber reden wir später.«

Sie war nun beleidigt, dass ich auf ihre Zärtlichkeitsbekundung nicht eingegangen war. Das Gespräch wurde abrupt beendet. Entweder weil ihr Akku leer war oder weil sie es so wollte. Das wiederum brachte mich zum Kochen. Ich hatte ein Recht zu erfahren, was vor sich ging.

Manchmal wünschte ich, dass ich per Knopfdruck meinen Kopf in den Ruhemodus senden könnte. So aber war es unmöglich, im Bett Ruhe zu finden, zu meinem Leidwesen. Es gab einfach zu viele Dinge, für die ich keine Antworten hatte. Schweiß perlte auf meiner Stirn.

»Ich bin nicht Tamara. Ich bin jetzt Rusalka«, schrillte es immer wieder durch meinen Kopf.

Da waren zudem die Bilder von Dragoslav, wie er verzweifelt versuchte, nach Luft zu schnappen und wie Speichelflüssigkeit aus seinem Mundwinkel lief. Dann noch der Seitenschneider, mit dem man Davut die Finger abschneiden wollte. Er erschien in meinem Geiste doppelt so groß, wie er eigentlich war.

Nein, an Schlaf war nicht zu denken. Daher setzte ich mich an den Schreibtisch, um an meinem Bericht über das Hauskrediteprogramm zu arbeiten. Dies brachte mich endlich auf andere Gedanken, auf den eigentlichen Sinn meines Aufenthaltes in Bosnien. Der Bedarf für Kredite war definitiv da, denn ich hatte genug zerstörte Häuser gesehen. Zudem war nach vorliegenden Zahlen das Risiko gering. Erstaunlich, aber wahr: Weniger als ein halbes Prozent aller Kredite fielen aus. Eine sehr gute Quote, von der Banker zuhause nur träumen konnten. Und außerdem sagt man ja, der Zins sei der Preis für das Risiko … und die Verzinsung war mehr als hoch genug für die Bank.

Listen, Daten, Zahlen - das beruhigende Futter für meine Seele - wurden im Kopf zersetzt und die gewonnenen Informationen in Form von Impulsen an meine Hände über der Tastatur weitergegeben. So entstanden aus Wörtern ganze Sätze, aus Sätzen Seiten, die sich wiederum allmählich zu einem, wie ich meinte, gelungenen Bericht formten. Ich schrieb beinahe die ganze Nacht durch, bis schließlich die Bewegungen meiner Finger immer langsamer wurden und ich vor lauter Erschöpfung auf der Tastatur einschlief.

Peter Lemming staunte nicht schlecht, als ich ihm über die illegalen Provisionszahlungen an Nenad berichtete. Ihm waren die Korruptionsvorwürfe gegen seinen wichtigsten Mitarbeiter unangenehm. Er beteuerte, nichts davon gewusst zu haben und versicherte, der Sache auf den Grund zu gehen. Er versprach, mit Erwin sowie den anderen Managern über geeignete Maßnahmen für die Zukunft zu sprechen. Die Vorwürfe waren brisant und ein Artikel über sie in den Zeitungen hätte den Ruf der Bank ruinieren können. Daher musste die Angelegenheit diskret behandelt werden. Folglich bat er mich, mein Wissen für mich zu behalten, vor allem nicht mit den Aufsichtsratsmitgliedern darüber zu sprechen. Und das war meine Trumpfkarte, damit hatte ich ihn in der Tasche. Nichts ist schlimmer für eine Managerkarriere, als seine Mitarbeiter nicht unter Kontrolle zu haben.

Die Korruptionsvorwürfe würden bei Bekanntwerden vermutlich das Ende seiner Karriere bedeuten. Peter Lemming wusste das nur allzu gut. Für mich bot dies die Gelegenheit, meine Idee eines Provisionsmodell für vermittelte Baukredite anzusprechen. In dieser Situation blieb ihm keine andere Wahl, als mir bei der Einführung eines solchen Modells entgegen zu kommen. Seine anfängliche Skepsis war wie verflogen. Ich konnte nun einen Deal mit Almir und anderen Baumarktbesitzern in die Wege leiten. Wir vereinbarten eine

Provision von zwei Prozent auf die Kreditsumme für den Vermittler. Die Belohnung war aus Bankensicht geeignet, um der Konkurrenz Kunden abzujagen. Im Gegenzug versprach ich, das korrupte Verhalten von Nenad nicht zu thematisieren. Der Dankbarkeit Peter Lemmings waren keine Grenzen gesetzt.

Endlich mal ein Erfolgserlebnis. Welch ein guter Start in den Tag.

Ich beauftrage Erwin, den neuen Kreditmanager, mir weitere Daten für meinen Bericht zuzusenden und verließ die Bank, um mich mit Gabor Barna im *Café Violine* zu treffen.

»Dragoslav? Er überlegte kurz. »Oh, der war kein unbeschriebenes Blatt. Da hat es sicherlich nicht den Falschen getroffen.«

»Wie meinen Sie das?«

»Ich erinnere mich an einen Kühllaster mit dutzenden Flüchtlingen darin, der in Österreich gefunden wurde. Die Menschen waren während der Fahrt erstickt, weil die Luft nach kurzer Zeit schon verbraucht war. Der Fahrer war geflüchtet.«

»Wie schrecklich!«

»In der Tat. Als die Toten aus dem Lastwagen gezogen wurden, waren sie durch die Kälte so hart geworden wie Marmorstatuen. Dragoslavs Männer sind für dieses Verbrechen verantwortlich. So weit bekannt wurde, hatte er horrende Gelder für die Überfahrt kassiert, scherte sich aber wenig darum, ob die Flüchtlinge lebendig ankamen.«

»Was für ein rücksichtsloser Mensch. Trotzdem gehen mir die Bilder von seinem Tod nicht aus dem Kopf. Im Angesicht seines bevorstehenden Todes wirkte er wie ein gewöhnlicher Mensch.«

»Ansehen wollte ich mir das auch nicht, aber bemitleiden Sie diesen Kerl nicht«, sagte Gabor Barna.

»Haben Sie eine Ahnung, wer der Greis auf dem Präsidentenstuhl gewesen sein könnte?«, fragte ich.

»Leider nein. Sie wissen mehr als ich. Wer auch immer das gewesen ist, muss einer der mächtigsten Männer Bosniens sein. In all den Jahren, in denen ich hier arbeite, habe ich nicht ansatzweise so viel über die *Rote Pranke* herausgefunden wie Sie innerhalb von wenigen Tagen.«

Ich holte ein Aufnahmeband aus meiner Tasche. »Ich weiß nicht, ob das eine gute Idee war.«

»Das ist ja der Wahnsinn!« Er konnte sein Glück kaum fassen. »Sie haben die Sitzung mitgeschnitten?«

Ich nickte und gab ihm das Band. Gabor Barna notierte in sein Notizbuch alle Details, die ich ihm über den Greis und die anderen Mitglieder des Hohen Rates schilderte. Das Notizbuch war in braunes Leder eingefasst. Seine Farbe der Wahl.

Er sicherte mir zu, dass er das Geschilderte für sich behalten würde, bis ich Bosnien verlasse, denn es war eindeutig zu gefährlich, als Zeuge enttarnt zu werden. Vor allem Almir würde sich verraten fühlen.

»Was ist aus der Gegenüberstellung geworden?«, fragte ich. »Irgendwas Neues?«

»Gut, dass Sie fragen. Es gibt wahrlich Neuigkeiten.«

»Und das wäre?«

»Der Mann mit der krummen Nase, den Lazar wiedererkannt hatte, ist heute morgen tot in seiner Zelle aufgefunden worden.«

»Kommen Sie. Sie veräppeln mich!«

»Ganz und gar nicht. Er sei bei einem nächtlichen Toilettengang ausgerutscht und habe sich dabei den Hinterkopf auf dem Klosett derart fest gestoßen, dass er unmittelbar danach an einer Gehirnblutung verstarb.«

»Wie kann das passieren?«, fragte ich ungläubig.

»Die Polizei sagt, dass er vielleicht auf die Seife getreten sei, die auf dem Boden lag. Letzte Nacht hätte es in dem Bezirk, wo sich das Gefängnis befindet, einen Stromausfall gegeben. Vielleicht habe er daher die Seife nicht bemerkt und sei darauf ausgerutscht.«

»Das finde ich sehr seltsam! Ganz ehrlich, ich glaube nicht an einen Unfall.«

»Ich kann es selbst kaum glauben, aber genauso hat William Shoemaker es mir geschildert«, entgegnete Gabor Barna.

17

Die Heiligen

MILENA, Lazars Mutter, öffnete die Schlösser an der Tür und bat mich, in der Küche am Esstisch Platz zu nehmen. Sie hatte nach der Gegenüberstellung im Polizeipräsidium zum Essen eingeladen. Ein Herzenswunsch von ihr, den ich nicht ablehnen konnte. Sie war an diesem Abend, im Gegensatz zu unseren sonstigen Aufeinandertreffen, ausgesprochen gelassen und zuvorkommend. Nebenan im Wohnzimmer erblickte ich Lazar, der in ekstatisch kreisenden Bewegungen eine Art Tanz einstudierte. Er trug ein Gewand mit einem Sakko darüber, beides in Weiß. Der untere Teil seines Gewands spannte sich durch die Drehungen kegelförmig auf. Der beigebraune Filzhut auf seinem Kopf glich einem Kegel. Lazars Augen waren verschlossen, während er im Trancezustand kreiste. Er hatte nicht bemerkt, dass ich bereits in der Küche saß. Erst nachdem Milena ihn am Arm zupfte, wurde er auf mich aufmerksam, unterbrach seine Übungen und kam in die Küche, um mich zu begrüßen.

»Hmm, das sieht aber sehr lecker aus!«, ich zeigte auf den Inhalt im Suppenteller vor mir.

»Das ist Bosanski Lonac, ein Fleischeintopf mit gekochtem Gemüse und Tomatensoße«, erklärte Milena. »Und das hier ist Sogan Dolma, mit Hackfleisch gefüllte Zwiebeln. Dazu gibt es noch Sopsku Salata, ein Salat mit Gurken, Zwiebeln und Paprika und das Wichtigste, reichlich Schafskäse darüber.«

»Normalerweise haben wir noch Weißbrot, das mit dem Eintopf zusammen gegessen wird«, fügte Lazar hinzu. »Aber Mama sagt, dass es nicht gut ist, so viel Brot zu essen.«

»Stimmt, ich bin froh, dass wir nicht mehr soviel Brot essen wie früher. Wissen Sie, mein Mann wollte immer Brot zur Suppe. Er hatte stets geschimpft, wenn es fehlte.«

Milena schmunzelte und setzte fort: »So ganz ohne Teig, kommen Sie mir heute aber nicht davon.« Sie zwinkerte mit einem Auge.

Ich musste lächeln und blickte sie fragend an. Sie holte ein Backblech aus dem Ofen. Darauf befand sich ein schneckenförmiges Teiggebilde.

»Vorsicht, heiß!«

»Das ist Burek, Pita mit Fleisch. Auch sehr beliebt bei uns«, erklärte Lazar.

Milena schnitt mit einem Messer den Burek in kleinere Stücke. Lazar lief dann um den Tisch herum und fing an, die Stücke auf einem flachen Teller aufzutürmen. Er machte dies so präzise, dass die einzelnen Burekstücke von oben betrachtet ein kreisförmiges Muster ergaben. Allerdings neigte er dabei den Kopf zu sehr nach vorne, der Hut auf seinem Kopf drohte runterzufallen, daher nahm seine Mutter ihm diesen ab. Als er sich dann wieder nach vorne beugte, um weiter Teigteilchen auf dem Teller zu stapeln, rutschte aus seinem T-Shirt ein Lederband mit silbernem Amulett hervor. Ich hatte ein derartiges Schmuckstück bis dahin nicht gesehen. Es sah geheimnisvoll aus und war vermutlich ein Unikat. Das Amulett bestand aus einer Blume mit einem großen Edelstein in der Mitte und fünf Strahlen, die fächerförmig nach unten weggingen und auf denen sich Diamanten befanden. Am

Ende jeder der Strahlen befand sich - etwas abgesetzt - ein weiterer Diamant.

»Ein schönes Amulett hast du da.«

»Ja, finde ich auch.«

»Wo hast du das her?«

»Das hab ich von meinem Vater. Er wollte unbedingt, dass ich das Amulett immer bei mir trage. Es werde mir Glück bringen, mich und meine Mutter vor Unheil bewahren, waren seine Worte.«

»Naja, zumindest fühlst du dich damit besser, Lazar«, sagte Milena. »Das Amulett hat dir geholfen, über den Verlust von Papa hinwegzukommen. Du trägst etwas von ihm ganz nahe an deinem Herzen.«

»Ja … stimmt, Mama.«

»Darf ich fragen, woher Ihr Mann das Amulett hatte?«

»Mein Mann war Zimmermann. Aber nicht nur, er hat sich stets auch für Kunst interessiert. Er schnitzte diese Figuren aus Holz, die er dann auf dem Markt verkaufte. Immer von Heiligen.« Milena zeigte auf eine der Statuen an der Wand, die mir bereits zuvor aufgefallen war. »Das ist Nikolaus von Myra, der Schutzpatron von Kindern und Seeleuten. Er ist auch unser Schutzpatron.«

»Papa wusste soviel über die Heiligen. Er konnte immer eine Geschichte über sie erzählen«, erklärte Lazar. »So ranken sich um Nikolaus von Myra viele Legenden. Papa hat gesagt, dass er sein gesamtes Vermögen unter den Armen verteilt hatte. Eine Geschichte, die er hin und wieder erzählte ging so: Ein verarmter Mann hatte kein Geld für die Mitgift seiner drei Töchter und konnte sie daher nicht verheiraten. Er spielte ernsthaft mit dem Gedanken, sie zu Huren zu machen …«

»Na, na! Hab ich dir nicht gesagt, dass du dieses Wort nicht in den Mund nehmen sollst, Lazar«, unterbrach ihn seine

Mutter.

»Entschuldigung, ich meinte Freudenmädchen.« Lazar grinste und setzte fort. »Naja, jedenfalls bekam Nikolaus dies mit und wollte helfen. Auch er hatte damals nicht viel Geld, denn er war zu der Zeit noch kein Bischof, weißt du?« Lazar zog an meinem Ärmel. »Also verkaufte Nikolaus sein geerbtes Haus, um an Geld heranzukommen. Mit dem Erlös wollte er verhindern, dass die Töchter des Mannes entehrt wurden. In den darauffolgenden Nächten warf er jeweils ein Goldstück durch die Fenster der drei Jungfrauen. Auch wenn Nikolaus anonym bleiben wollte, wurde er dabei vom Vater der Mädchen beobachtet. Der konnte sein Glück nicht fassen und versicherte Nikolaus ewige Dankbarkeit. Er erzählte fortan allen, die er traf, von der Wohltat des edlen Herrn. So wurde Nikolaus zu einer der meist geachteten Personen seiner Zeit.«

»Woher weißt du denn, was Jungfrauen sind?«, unterbrach Milena.

»Mamaaa! Papa hatte mir das erklärt, dass sind …«

»Psst! So genau wollte ich das nicht wissen. Lazar!«

Erstaunt darüber, was der Junge alles wusste - war sein Geist doch seinem biologischen Alter um Jahre voraus -, kam ich zur Hilfe. »Milena, ich glaube, Ihr Sohn ist viel schlauer als seine Altersgenossen.« Ich tätschelte Lazar am Kopf. »Er weiß mehr als ich. Ein bisschen was habe ich aber auch gelernt.« Ich kniff das Auge zusammen. »Die Statue da drüben stellt Isaak Luria Ashkenazi dar, auch *Ha Ari Hakadosh* genannt. Strenggenommen ist er kein Heiliger. Für mich ist er eher die Personifikation eines Asketen.«

»Elias, was ist denn ein Asket?«, fragte Lazar.

»Das ist ein sehr enthaltsam lebender Mensch, mein Sohn«, antwortete seine Mutter.

»Genau. Als solcher deutete er die Kabbala neu. Im Judentum wie auch im Islam gibt es im klassischen Sinne nämlich keine Heiligsprechungen, dennoch wird Isaak Luria sehr verehrt, insofern hat dein Papa ihn völlig zurecht als Heiligen verewigt. In Israel wird er aufgrund seines Wirkens sogar ›heiliger Mann Gottes‹ bezeichnet. Jetzt passt auf! Die Schöpfung beginnt nach Isaak Luria mit der Selbstbeschränkung des unendlichen göttlichen Seins. Durch diese Selbstbeschränkung entsteht ein Urtyp des Menschen, den er Adam Qadnon nennt. Adam Qadnon seinerseits ist Schöpfergott für die nachfolgenden Menschen. Er hat zwar alle wichtigen Eigenschaften wie Schönheit, Stärke, Liebe und Weisheit, die ein Mensch haben sollte, aber er ist dennoch unvollkommen. Sein Körper ist zu schwach, um die gigantische göttliche Energie zu beheimaten. Folglich platzen seine Gefäße und in dem kosmischen Chaos entsteht auch dämonisches Leben. Wir Menschen sind daher nicht perfekt und müssen den chaotischen Kräften Liebe und Barmherzigkeit entgegensetzen. Isaak Luria nennt diesen Prozess Restitution. Nach ihm sollte alles im Leben darauf ausgerichtet sein, ein reines Ich zu schaffen. Und das geht nur, indem man das Böse bekämpft.«

»Wow, so viel wussten wir über Ha Ari Hakadosh nicht. Mein Mann sagte aber stets, dass alle drei Heiligen eines gemeinsam hätten, nämlich Liebe und Barmherzigkeit für ihre Mitmenschen.«

»Drei?«, fragte ich.

Lazar zeigte nun auf die dritte Holzfigur an der gegenüberliegenden Ecke, die ich nicht gesehen hatte. »Das da drüben ist Rumi. Auch er liebte alle Menschen unabhängig von ihrem Glauben und ihrer Kultur, da seiner Meinung nach alle vom selben Gott geschaffen worden seien. Papa erzählte, dass Rumi die Liebe als wichtigste Kraft im Universum ansehe, in der jedes elementare Teil mit allen anderen Teilen in einer

Liebesbeziehung stehen würde. Demzufolge könne der Mensch Harmonie mit sich selbst und dem Universum nur erreichen, wenn er lerne Gott und alles was Gott geschaffen habe zu lieben. Eines seiner Zitate geht so: ›Komme, komme, wer auch immer Du bist. Ob Wanderer, Götzenanbeter, Liebhaber des Verlassens, es ist völlig egal. Dies ist keine Karawane der Verzweiflung. Auch wenn du deinen Eid tausendmal gebrochen hast, komme, komme und noch einmal komme!‹«

»Stimmt, darüber habe ich gelesen«, sagte ich. »Rumi wurde daher auch Sultan der Liebenden genannt. Er war der geistige Stifter des Derwisch-Ordens in Konya. Jetzt weiß ich auch, was du vorhin geübt hast. Willst du Derwisch werden?«

»Nein, das nicht. Aber der Tanz hilft mir, Dinge zu vergessen.« Lazar erhob sich vom dem Stuhl, setzte seinen Hut wieder auf den Kopf und fing an, sich im Kreis zu drehen, bis sein Gewand sich aufblies. Sein Kopf neigte sich dabei leicht zur Seite.

»Mir wird schwindelig, wenn ich dir zuschaue«, sagte ich.

»Hoch mit dem Arm«, sagte Milena zu ihrem Sohn. »Du musst die rechte Handfläche nach oben in Richtung Himmel halten. Damit nimmst du mit ihr Gottes Segen und verteilst ihn mit der linken Hand hier unten in der Welt.«

Ihre Augen huschten zu mir rüber und sie setzte fort: »Rumi respektierte alle Menschen, daher vergossen neben Muslimen auch zahlreiche Christen, Juden und sogar Ungläubige Tränen an seinem Todestag. Sowas kann man von den Menschen hier nicht behaupten.«

Dann schaute Milena zu ihrem Sohn hinüber, der sich wieder in Trance gedreht hatte.

»So, jetzt aber genug meditiert, Lazar. Komme wieder an den Tisch, das Essen wird kalt!«

Nach dem vorzüglichen Essen fragte ich Lazar, ob ich ein Foto von seinem Amulett machen dürfe. Das war kein Problem für ihn.

18

Eine Leise Ahnung

NATALIE rief an, als ich spät abends im Hotelzimmer an meinem Bericht arbeitete. Sie hatte sich zwischenzeitlich damit abgefunden, dass mein Job die Bosnienreise erforderte und war wieder gut gelaunt. Während wir uns über Geschehnisse in der Heimat unterhielten, fiel es ihr ein.

»Weißt du was? Dein Boss hat angerufen und nach dir gefragt. Es schien so, als ob er sich Sorgen machte. Er konnte dich wohl nicht erreichen und die von der Bank wussten auch nicht genau, wo du warst.«

»Ich war unterwegs und muss ja schließlich einen Bericht anfertigen.«

»Du Ärmster. Und mich hast du dabei gänzlich vergessen?«

»Nein, natürlich nicht! Wann hat er angerufen?«

»Am Abend vor drei Tagen.«

Über meine Geiselnahme und die Schussverletzung am Ohr verlor ich kein Wort, denn ich wollte nicht, dass sie sich Sorgen machte. Nach der zeitlichen Zuordnung musste der Chef an dem Abend, als ich an den Stuhl gefesselt war, also noch vor dem Bekanntwerden der Geiselnahme, angerufen haben.

Das ist seltsam, denn Sorgen über seine Mitarbeiter hat er sich sonst nie gemacht. Dazu hat er keine Zeit, wie er selbst zu sagen pflegt.

Warum fühlt er sich denn jetzt dazu genötigt? Ich habe ja noch mehr als genug Zeit für die Ablieferung des Berichts.

»Hey, ich habe ein Geschenk für dich!«, sagte Natalie. »Du musst dich aber gedulden, bis du wieder zurück bist.«

»Echt? Komm, sag schon! Was ist es? Ich kann kaum erwarten, es zu sehen. Hoffentlich hast du dafür nicht zu viel Geld ausgegeben.«

»Gedulde dich! Außerdem, für dich nur das Teuerste, Liebling. Fragt sich bloß, teuer für wen?« Sie unterdrücke ihr Lachen.

Meine Bemerkung war nicht ernst gemeint und spielte darauf an, dass wir uns einmal wegen der teuren Wohnung gestritten hatten. Während ich weiter ihrer Stimme im Telefon lauschte, musste ich an Tamara denken. Unser letztes Gespräch war nicht so gut gelaufen. Solch ein abruptes Ende hatte unsere Affäre nicht verdient. Tamara hatte sich seitdem nicht mehr gemeldet. Zugegeben, ich war harsch zu ihr und vielleicht war sie deswegen sauer auf mich, aber es war doch ihr Handy, das ausgegangen war. Meiner Meinung nach hätte sie sich erneut melden müssen. Ihr hinterher telefonieren, das wollte ich nicht. Dennoch interessierte mich schon brennend, ob sie mit diesem Sadisten Alex ein Verhältnis hatte. Mittlerweile überstieg Neugier den Stolz in mir. Ich beschloss, sie am nächsten Tag anzurufen, wenn sie sich nicht doch noch von selbst melden würde.

»Hey, hörst du mir überhaupt zu?«, fragte Natalie.

»Natürlich.«

»Und weißt du, was noch?«

»Was denn?«

»Ich bin mit dem Fahrrad gestürzt. Auf dem Weg zur Arbeit.«

»Das glaub ich ja nicht.«

»Warum?«

»Ich hab sowas geträumt. Ist dir etwas passiert?«

»Nur eine Schramme am Bein, nichts weiter.«

»Puh, dann bin ich froh. Ich vermisse dich, Schatz!«

Am nächsten Morgen versuchte ich den Boss in New York anzurufen. Er hatte viele Termine und es dauerte lange, bis ich ihn endlich an der Strippe hatte. Irgendwie war er nicht glücklich darüber, meine Stimme zu hören. Zumindest hatte ich dieses Gefühl. Peter Lemming hatte ihn über meine Schussverletzung und die Entführung unterrichtet. Auch wenn er am Telefon den Betroffenen spielte, berührt hörte er sich nicht an. Dafür hatte ich ein ziemlich gutes Gespür, auf das ich mich meist verlassen konnte.

So hatte mir mein Bauchgefühl sogar einmal das Leben gerettet. Eines Tages, als ich mich mit Lorenzo, einem Arbeitskollegen von der *Foundation*, unterhielt und er behauptete, dass Menschen, die keine Drogen konsumieren würden, Spießer seien - sie könnten das Leben nicht in vollen Zügen genießen - hatte ich ein ähnlich unwohles Gefühl im Bauch. Er würde sich täglich mehrere Joints drehen. Das Gespräch fand am Vortag einer Reise nach Thessaloniki statt. Wir arbeiteten damals beide für ein Projekt im mazedonischen Skopje. An Wochenenden unternahmen wir hin und wieder Kurztrips an die griechische Küste. Meine Frage, ob er sich denn auch während der Arbeit Joints drehen würde, verneinte er zwar, aber etwas in meinem Bauch sagte mir, dass er log.

Während meines Studiums hatte ich selbst beinahe alle Arten von Drogen ausprobiert. LSD, Kokain, Speed, Ecstasy. Alle diese Substanzen habe ich reichlich konsumiert. Nur gespritzt hatte ich nie. Damals wollte ich meine Grenzen austesten. Ganz bewusst sogar. Irgendwann nach dem Studium wurde mir jedoch klar, dass Drogen nur eine temporäre

Flucht aus der Realität ermöglichen. Für Menschen, die mit dem reellen Leben nichts anfangen konnten, ein scheinbarer Ausweg. Ich hingegen hatte von da an begriffen, wie wertvoll das eigentliche Leben war. Für mich war das Hier und Jetzt die beste Droge. Vielleicht auch deswegen, weil ich es einmal mit der Einnahme von psilocybinhaltigen Pilzen, auch Magic Mushrooms genannt, übertrieben hatte. Ich hatte von den selbstgepflückten Zauberpilzen - ganz unbeabsichtigt - eine Überdosis eingenommen, die meine Atmung derart lähmte, dass ich von Glück reden konnte, am nächsten Tag noch am Leben zu sein. Damals hatte ich geschworen, nie wieder Drogen anzufassen. Auch dann nicht, wenn die Realität unangenehm werden sollte.

Nun, am Tag nach meinem Gespräch mit Lorenzo erfuhr ich, dass sich alle auf ihn als Fahrer geeinigt hatten. Lorenzo hatte sich seinem egozentrischen Wesen entsprechend geradezu aufgedrängt. Die Reise sollte gleich nach der Arbeit am späten Nachmittag beginnen. Eine Stimme in mir sagte jedoch: *Du darfst da auf keinen Fall mitfahren.* Ich erinnerte mich an das Gespräch vom Vortag. Mein Koffer stand zwar gepackt an der Ecke des Bürozimmers, die Freude auf Thessaloniki war groß, ich aber entschied, nicht mitzufahren und entschuldigte mich mit einem Vorwand.

Die Nachricht über das Unglück kam kurz vor Mitternacht und zeigte wie richtig ich mit meinem Bauchgefühl lag. Der Mitsubishi Pajero geriet in der Dunkelheit auf die Gegenfahrbahn und wurde regelrecht von einem entgegenkommenden Bus zermalmt. Keiner der Insassen überlebte. Die Obduktion der Leichen bestätigte meine Befürchtung: Lorenzo hatte vor der Fahrt reichlich gekifft.

Natürlich machte ich mir noch lange Zeit danach Vorwürfe, aber ich wollte damals Lorenzo nicht denunzieren.

Mit einem derartig schlimmen Ausgang der Wochenendreise hatte ich partout nicht gerechnet. Dennoch: Ratio und Bauchgefühl in mir hatten gegensätzliche Signale gemeldet und ich hatte mich in letzter Sekunde für das letztere entschieden. Ich verhielt mich oft wie ein scheues Reh. Einerseits war meine Eingebung groß genug, um selbst nicht mitzufahren, andererseits zu klein, um aus Sorge die anderen zu warnen. Welch ein kapitaler Fehler, den ich mir heute noch vorwerfe.

Genau wie damals hatte ich eine leise Ahnung. Sie war sehr vage und nicht richtig dingfest zu machen. Ich glaubte, dass mein Bericht dem Boss womöglich egal sei.

Er interessiert ihn nicht. Ich interessiere ihn nicht wirklich - sind doch aus seiner Sicht Mitarbeiter stets ersetzbar. Für ihn zählt vor allem der Machterhalt.

»Oh, das sieht aber interessant aus«, sprach der ergraute Mann hinter dem Tresen. Trotz seines hohen Alters hatte er noch die gesamte Haarpracht auf dem Kopf.

Gabor Barna hatte die Idee, einen versierten Kunsthändler zu konsultieren, um mehr über das Amulett zu erfahren. Sein Laden befand sich südlich der *Miljacka* in der Nähe der Synagoge. Der Experte holte eine große Lupe aus einer Schublade und betrachtete damit das Bild des Amuletts genauer.

»Soweit ich erkennen kann, handelt es sich bei diesem Schmuckstück um einen *Tschelenk*«, sagte der Mann und entspannte seine Augenbrauen, so dass sich die Falten darüber ein wenig glätteten.

»Ein *Tschelenk*? Was ist das?«, fragte Gabor Barna.

»Nun ja, er wird normalerweise nicht an einem Band getragen, sondern als Abzeichen auf einem Turban. Die Herrscher aus dem Orient hatten stets einen *Tschelenk* an ihren Kopfbedeckungen und verliehen auch hohen Würdenträgern solche Abzeichen, selten jedoch ausländischen Personen. Sie waren meist mit Diamanten und anderen wertvollen Edelsteinen besetzt.«

»Ist das Amulett echt? Dann muss es ja sehr wertvoll sein oder?« Ich war sehr aufgeregt.

»Es sieht sehr authentisch aus«, sagte der alte Mann. »Warten sie kurz.«

Er ging zu einem kolossalen Bücherregal an der Wand und zog daraus einen Buchband über die Sammlung des *National Maritime Museum* in Greenwich heraus. Dann blätterte er darin, bis er fand, was er gesucht hatte. Sein Finger zeigte auf ein Foto mit einem unverkennbar ähnlichen Schmuckstück.

»Sehen Sie, das hier ist ein Bild des an Lord Horatio Nelson verliehenen Exemplars.«

Nach den Angaben des Kunsthändlers sei das Original im Jahre 1951 aus dem Museum entwendet worden und seitdem nicht mehr auffindbar. Es habe einen unschätzbaren Wert, da Nelson die erste westliche Person war, die einen *Tschelenk* erhalten hatte. Das Abzeichen hatte Nelson im Jahre 1798 für seinen ruhmreichen Sieg bei der Seeschlacht in Abukir gegen die französische Flotte vom Sultan erhalten. Es enthielt vierzig perfekt aufeinander abgestimmte Diamanten. Sie waren verteilt auf insgesamt dreizehn Strahlen, die von einer Blume in der Mitte nach oben weggingen. Admiral Nelson war sehr stolz auf seinen *Tschelenk* und trug es oft bei feierlichen Anlässen an seinem Dreispitz. Der Kunsthändler erzählte, dass je nach dem, in welchem Winkel das Licht auf den großen Diamanten in der Blume fiel, dieser hell oder weniger hell funkelte.

»Manche munkelten gar, dass der Effekt durch einen

Drehmechanismus bewirkt wurde, der hinter dem großen Diamanten angebracht war«, setzte der Mann fort. »Das Exemplar auf Ihrem Bild hat jedoch nur fünf Strahlen und der Edelstein in der Mitte ist kein Diamant.« Der Alte Mann legte den Band auf den Tisch und verschwand in einem Nebenraum, der durch den Türrahmen wie ein kleines Archiv aussah.

»Wir müssen unbedingt mehr über Lazars Vater herausfinden«, sagte Gabor Barna mit gedämpfter Stimme.

»Stimmt, nur so können wir herausfinden, wo er den *Tschelenk* her hat«. Ich war seiner Meinung.

Es war sicherlich gut, Lazar dem Experten gegenüber unerwähnt zu lassen, um das Kind nicht unnötig in Gefahr zu bringen. Der Alte war minutenlang weg und wir wurden allmählich ungeduldig. Ich nahm den Buchband vom Tisch und blätterte darin, bis ich auf Nelsons Porträt aus dem Jahre 1798 stieß. Das Ölbild stammte vom englischen Maler Lemuel Francis Abbott, der es kurz nach der großen Seeschlacht von Abukir gemalt hatte.

Lemuel Abbott hatte seinerzeit viele Würdenträger auf Leinen verewigt. Anscheinend genoss er einen guten Ruf als Porträtmaler. An Nelsons Dreispitz funkelte der Tschelenk vom Sultan. Hoch oben auf seiner linken Brust eine Medaille vom *Orden des Halbmondes*. Auffällig war das makellos und jugendlich wirkende Gesicht Nelsons. Keine Spur vom blinden rechten Auge, jedoch war sein rechter Ärmel leer und mit einer Nadel an der Brustpartie seiner Uniform befestigt. Korsika, Santa Cruz, der fehlende Arm und das blinde Auge waren Tribute an die vielen Schlachten, die Nelson erlebt oder sogar befehligt hatte.

Ich fragte mich, ob Lemuel Abbott seine Kunden stets jünger gemalt hatte, als sie in Wirklichkeit waren oder Nelson tatsächlich so aussah. Dann las ich, dass er einige Monate nach Fertigstellung des Portraits für verrückt erklärt wurde, als der Kunsthistoriker ganz aufgeregt aus dem Nebenzimmer zurückeilte. Er hielt ein vergilbtes Buch aus dem 19. Jahrhundert in der Hand und blätterte darin. Seine Augen glänzten.

»Hier. Das ist er.«

In dem Buch befand sich eine Zeichnung, die mit dem *Tschelenk* von Lazar exakt übereinstimmte.

»So wie ich das sehe, ist der *Tschelenk* aus dem Jahre 1826 und gehörte Jakov Aga, einem der Anführer der Janitscharenrevolte.«

Die Janitscharen waren die schlagkräftigste militärische Einheit des Sultans. Sie wurden in den unterworfenen Gebieten als Knaben meist christlicher Eltern rekrutiert und unterliefen erst eine religiöse Umerziehung und dann eine elitäre Ausbildung. Die Janitscharen waren für den Schutz des Sultans zuständig und daher stets in seiner Nähe stationiert. Sie wurden größtenteils mit erbeuteten Schätzen bezahlt. Damals stockte aber die Eroberung neuer Gebiete und ihre Bezahlung wurde schlechter. Daher machte sich Disziplinlosigkeit, Korruption und Gier nach einem größeren Anteil an den erbeuteten Schätzen unter ihnen breit. Mahmut II, der Sultan seinerzeit, sah deshalb dringenden Handlungsbedarf und löste das Janitscharenchorps auf. Und dann fingen die Probleme an, denn die Janitscharen waren mit ihrer Auflösung ganz und gar nicht einverstanden und revoltierten. Die Antwort des Herrschers darauf war hart. Dieser ließ die Revolte brutal niederschlagen und Tausende von ihnen hinrichten. Nur wenige konnten fliehen. Einige Deserteure schafften es, in den Untergrund zu gehen und sich in Bosnien zu verstecken. Sie erkoren Jakov zu ihrem neuen Anführer und nannten ihn fortan Jakov Aga. Als Zeichen seiner Macht wurde ihm von seinen Männern der hier abgebildete *Tschelenk* geschenkt. Das Abzeichen wurde im Zuge der Kämpfe mit den Soldaten des Sultans erbeutet und stammt von einem seiner Turbane.

Ich fasste mir an die Wange. »Dann müsste der *Tschelenk* ja in der Tat einen unschätzbaren Wert haben.«

»Wenn er ein Original ist, dann schon. Und das ist auch meine Vermutung«, antwortete der Kunsthändler. »Ich müsste das Exemplar auf dem Bild untersuchen, damit ich das beurteilen kann.«

»Leider können wir Ihnen den *Tschelenk* nicht zeigen, da wir ihn nicht besitzen«, sagte ich.

»Wie sind Sie dann an das Foto gekommen?«

»Tut mir Leid, das können wir Ihnen nicht sagen«, erwiderte ich.

Gabor Barna und ich verabschiedeten uns und verließen den Laden. Es war ratsam, die über das Amulett erhaltenen Informationen für uns zu behalten, denn ein derart kostbarer Gegenstand konnte Begehrlichkeiten in gefährlichen Leuten wecken, darin waren wir uns einig. Jetzt musste noch geklärt werden, warum Lazars Vater tatsächlich umgebracht wurde. Vielleicht steckte mehr als nur Hass gegenüber Serben dahinter. Auch wenn in Bosnien Nationalisten viele bestialische Morde begangen hatten, glaubte ich jetzt nicht mehr, dass Almir Lazars Vater aus rassistischen Gründen umgebracht hatte. Sein Tod schien irgendwie mit dem Amulett verknüpft zu sein.

Tamara hatte sich immer noch nicht gemeldet und ich versank in Schwermut. Unsere Affäre verdiente ein solch abruptes Ende nicht. Daher rief ich an und bat sie um ein Treffen am nächsten Tag. So vereinbarten wir einen Spaziergang entlang der *Miljacka*. Unser Ziel war es, von der Ziegenbrücke aus zur

Bank zu wandern. Ich lud sie bewusst nicht in das *Saat Kula Hotel* ein, da ich nicht wollte, dass Almir von unserer Affäre Wind bekommt. Die Bank war als Ort für ein vertrauliches Treffen auch nicht geeignet, denn dort waren die Wände hellhörig. Schließlich hatten die Mitarbeiter ihre Ohren überall.

Davut setzte uns an der Ziegenbrücke ab. Spätestens nach dem Verhör durch Alex wußte er von unserem Verhältnis und ich vertraute ihm. Wir beide hatten während der Geiselnahme viel durchgestanden. Sowas schweißt zusammen, ein unsichtbares Band hatte sich zwischen ihn und mir gespannt. Vorzeichen einer echten Freundschaft. In einer so kurzen Zeit war dies sonst bei mir nie der Fall. Er versicherte mir, auf Abruf uns jederzeit wieder aufzugabeln, wenn wir es denn so wollten.

Tamara saß hinten und hatte im Auto ihre Jacke ausgezogen, weil ihr warm geworden war. Ich nahm ihre Jacke in die eine Hand und half ihr mit der anderen aus der Tür auf der Beifahrerseite hinaus. Die Straßenseite war für einen Ausstieg viel zu gefährlich, denn noch kurz zuvor war ein anderes Auto an unserem Land Rover vorbeigebrettert.

Eins stand fest, auch wenn ich sauer auf sie war, hatte ich sie sehr vermisst und konnte es kaum erwarten, sie zu küssen. Wir wanderten zur Mitte der Brücke. Tamara war gut gelaunt und hatte mich bereits während der Fahrt mit einem Blick voller Sehnsucht angeschaut. Sie trug an diesem Tag, als Kontrast zu ihrem perlweißen Sakko in meiner Hand, eine schwarze Bluse aus Seide. Unter dem dünnen Stoff ohne Ausschnitt zeichneten sich die Konturen ihres Körpers ab. Ihre Nippel, steif vor Kälte, verformten den Stoff. Die Bluse steckte in einer Jeanshose, die mit einem schwarzen Gürtel zugebunden war. Ihre Figur glich einer Vase mit bezaubernden Orchideen darin. Der Anblick erregte mich. Ihr Duft ebenfalls. Sie war mindestens genauso fiebrig wie ich, ich spürte es. Aus dem Affekt heraus entledigte ich mich der Aktentasche sowie der Jacke. Ich nahm ihre Hand in die meine und hob sie an, um sie zu küssen.

Sie kam mit ihren Lippen näher, schmunzelte und schaute mich an. »Und nun?«

»Frieden vielleicht?« Jetzt musste ich schmunzeln.

Ich zog sie noch enger an mich heran, so eng, dass ich ihre Nippel auf meiner Brust spürte. Es knisterte. Unsere Münder berührten sich. Der Rhythmus ihrer Atmung hypnotisierte mich. Tausende unsichtbare Fangarme greifen nach meinem Körper und lähmen mich mit ihrem Liebesgift. In diesem Moment hätte sie alles mit mir machen können, denn Widerstand meinerseits war nicht zu erwarten. Unvermittelt entfernten sich ihre Lippen wieder.

Tamara wiederholte ihre Frage, dieses Mal mit mehr Nachdruck. »Und?«

»Ich habe dich sehr vermisst«, sagte ich.

Sie packte an meinen Hosenschlitz und zwinkerte mir zu, rieb daran. Dann entfernte sie sich noch einmal.

»Das reicht mir nicht!«

»Ok, ok … entschuldige, dass ich laut geworden bin.«

Der Wurm in meiner Hose bäumte sich als Folge ihrer Fingerbewegungen auf und drückte gegen den oberen Rand meiner Unterhose. Er schmerzte dort ein wenig. Dann küsste Tamara mich mit leidenschaftlichen und zugleich stürmischen Bewegungen ihrer Zunge. Aber nur kurz, sie ging erneut auf Blickweite.

»Das hört sich doch ganz anders an.«

»Und?«, fragte ich jetzt. »Was bedeutet das?«

»Ich habe dich auch vermisst.«

Ihr wurde kalt, wie ich merkte. Sie hatte ihre Jacke immer noch nicht angezogen. Ich half ihr. Der Druck in meiner Hose entspannte sich. Ich nahm die Aktentasche vom Boden und hakte mich bei ihr ein.

»Komm, lass uns wandern«, sagte ich. »Du bist mir eine Erklärung schuldig.«

»Also gut … Alex war mein Verlobter. Wir waren kirchlich verheiratet, aber zu der standesamtlichen Heirat kam es nicht. Wir hatten uns zerstritten und seitdem leben wir getrennt.«

»Wieso hast du mich angelogen?«

Tamara errötete verlegen. »Sorry. Es war eine Notlüge.«

»Liebst du ihn noch?.«

Sie starrte mich entsetzt an. Fasste mir sacht an die Wange.

»Nein, auf keinen Fall! Das Thema ist für mich durch. Als er mir eines Tages ins Gesicht schlug, war es für mich aus und ich verließ unsere gemeinsame Wohnung.«

»Habt ihr danach noch Kontakt gehalten?«

»Er entschuldigte sich zwar am nächsten Tag, als ich meine Sachen abholen wollte, aber mein Entschluss stand fest. Ich hielt Abstand und habe fortan nicht auf seine Nachrichten geantwortet. Monatelang sah ich ihn nicht, bis wir zusammen in Brčko auf der Terrasse saßen.«

»Ich hatte den Eindruck, Alex hängt noch an dir und ist ziemlich eifersüchtig. Fast hätte er mich zu Tode geprügelt.«

Ich erzählte Tamara von der Hütte. Sie war entsetzt über ihren Exfreund und tröstete mich, während wir am Ufer entlang schlenderten.

»Schluss damit!«, sagte Tamara plötzlich und zog mich in ein Gebüsch. Dann flüsterte Sie in mein Ohr: »Ich will dich. Ich … will dich jetzt!«

Daraufhin öffnete sie meinen Reißverschluss.

»Hey, nicht hier. Was ist, wenn uns jemand sieht?«

»Psst … entspann dich!« Sie saugte, bis er hart wurde.

Wir genossen die Zweisamkeit in vollen Zügen und schwelgten wie beim ersten Mal von einem Höhepunkt zum anderen.

Gerade noch rechtzeitig, dachte ich, als ich den Knaben rauszog. Sicher war ich mir nicht. Nein, sagte das Korrektiv in meinem Kopf, es war noch rechtzeitig. Meine Hände zerrieben derweil die weiße Flüssigkeit an ihren Hüften.

»Wir sind vielleicht ein Paar!«, sagte ich.

Tamara drehte sich um und gab mir einen weiteren Kuss auf den Mund. »Ich hätte dich gerne länger gespürt.«

»Sorry, du bist einfach zu sexy.«

Sie gab mir einen Klaps auf die Pobacke. »Rede du dich nur raus.«

Wieder aus dem Versteck raus, zurück auf dem Wanderweg, kamen uns Spaziergänger entgegen. Darunter eine Mujahidinfamilie. Ein bärtiger Mann, sein Sohn und drei komplett in schwarz vermummte Frauen.

»Ups«, sagte ich und zog Tamara näher an mich ran.

Wir wanderten den Weg entlang bis zur *Vijećnica*, der Nationalbibliothek. Unterwegs gingen mir diverse Gedanken durch den Kopf. Der Mord, die Entführung, Lazar und natürlich Tamara. Ich mochte sie sehr. Sie war nicht bloß eine Sexpartnerin, aber liebte ich sie auch? Dazu fiel mir keine eindeutige Antwort ein. Natalie liebte ich. Hin- und hergerissen von widersprüchlichen Gefühlen, ja sogar beschämt darüber, dass ich untreu gewesen war, versuchte ich mein Verhalten zu verstehen.

Manche Dinge passieren halt, einfach so aus der Situation heraus. Vielleicht ist der Mensch auch von Natur aus nicht dafür gemacht, treu zu sein? Vielleicht redeten uns Religion und Moral ein, dass Treue gut ist, ja von Gott so gewollt. Aber, warum … warum lässt Gott dann

Polyamorie zu? Vielleicht sind es auch zufällige chemische Abläufe, welche, durch Gegebenheiten am jeweiligen Ort katalysiert, die Biologie in unseren Körpern steuern? Vielleicht gibt es einen Zusammenhang zwischen der Sonne, ihren Strahlen und meinem sündigen Verhalten? Wer kann diese Frage schon beantworten?

Niemand! Niemand weiß, welche Prozesse die Lichtstrahlen in unserem Körper beschleunigen und welche sie verlangsamen. Jeder kennt schließlich den Begriff ›Frühlingsgefühle‹. Wärme, Kälte, Feuchtigkeit, Trockenheit … das alles könnte als Katalysator für Prozesse im menschlichen Körper dienen.

Nun ja, ich hatte Wichtigeres zu erledigen, als mir den Kopf darüber zu zerbrechen. Meist bringt Zeit die Lösungen. Sehr viel Zeit, und ich hatte keine Zeit. So nahm ich mir vor, herauszufinden, welche Verbindung zwischen Lazars Vater und der *Roten Pranke* bestand. Daher musste ich unbedingt in den linken Flügel des Hotels. Ich war mir sicher, dort Hinweise finden zu können, durfte aber mich dabei auf keinen Fall erwischen lassen, denn das wäre mein Todesurteil.

19

Der linke Flügel

SOWEIT mir vom Pagen erzählt wurde, fand die Versammlung der *Roten Pranke* nur bei Vollmond statt, also einmal im Monat. Die Rotunde im linken Flügel wurde ausschließlich für dieses Treffen benutzt. Bis es wieder einmal soweit war, würde noch dauern. Während ich manchmal auf dem Hotelzimmer an meinem Bericht gearbeitet hatte, war mir aufgefallen, dass die Putzfrau immer gegen Mittag zur selben Zeit auf die Etage gekommen war. So hatte ich sie einmal beobachtet, wie sie mit der Chipkarte in der Hand in den linken Flügel gegangen war. Ihre Karte konnte offenbar alle Türen im Stockwerk öffnen, auch die Türen im linken Flügel.

Eine einfache Rechnung. Die Putzfrau öffnete stets zu Beginn alle Türen auf der Etage, mit Ausnahme derer des linken Flügels. Danach stecke sie üblicherweise die Schlüsselkarte in ihren Arbeitskittel, den sie sodann an ihren Putzwagen hing. Für ein Zimmer benötigte sie ungefähr zehn Minuten. Bei zehn Zimmern pro Seite entlang des rechten Flurs hätte ich mehr als drei Stunden Zeit, die Karte wieder in die Seitentasche ihres Kittels zu stecken. Wie an jedem Tag würde sie erst, nachdem sie mit ihrer Arbeit fertig sein würde, die Türen abschließen und in andere Bereiche des Hotels auf den tieferen Etagen weiterziehen. So nutzte ich die Gelegenheit und nahm beim Vorbeigehen unbemerkt die Karte aus ihrer Kitteltasche heraus.

Ein leiser Piepton ertönte, als ich die Chipkarte an den Kartenleser neben der rechten Flügeltür hielt. Die rote LED wechselte ihre Farbe zu Grün. Es summte. Daraufhin ließ sich eine der Bronzetüren öffnen. Mein Herz pochte nun. Ich hatte mich vergewissert - dem redseligen Pagen sei Dank -, jegliche Art von Aufzeichnung war in diesem Teil des Hotels verboten, daher waren hier keine Kameras installiert. Zur eigenen Sicherheit wollte man nicht, dass Aufzeichnungen über die Sitzungen des Hohen Rates in die Hände von Dritten gelangten. Das wiederum spielte mir in die Hände.

Drinnen bemerkte ich an der Wand zwei Holzskulpturen, jeweils rechts und links in den Ecken der Wand mit dem Gitter, durch das ich zuvor die Sitzung beobachtet hatte. Aus dem Lüftungskanal heraus hatte ich diese nicht sehen können. Sie waren von der gleichen Machart wie die Skulpturen in der Wohnung von Lazar und seiner Mutter, nur deutlich größer. Die Statue rechts stellte einen muskulösen Mann mit einem angsteinflößendem Gesichtsausdruck dar. Sein Bart erinnerte an den eines mächtigen Wikingers. Er schwang gerade mit der rechten Hand eine Axt und hielt einen Blitz in der anderen. Der Mann stand auf einem Streitwagen, der sich wiederum auf einem Fels befand und von zwei Ziegenböcken gezogen wurde. Offenbar war er ein Jäger.

Auch die Figur auf der linken Seite stilisierte einen eindrucksvollen Mann. Er hatte einen langen, weißen Bart und hielt mit beiden Händen ein Schwert fest, das nach unten gerichtet war und dessen Spitze den Boden berührte. Sein Rüstungshelm aber war nicht der eines Edelmannes, im Gegenteil, eher schlicht und nicht mit Edelsteinen verziert. Auf seiner rechten Schulter thronte ein Adler, dessen Augen erhaben die Umgebung beobachteten. Trotz seiner Stärke schien dieser Mann ein Gejagter zu sein und brauchte Schutz, den er offenbar in einem Bündnis mit Tieren fand. So bewachten ihn zu seinen Füßen drei ausgewachsene Wölfe, die aufmerksam in alle Richtungen blickten.

Ich stellte mich in die Mitte der Tischrunde, genau dorthin, wo Dragoslav erwürgt worden war und sich die Monduhr befand. Aus der Nähe konnte man erkennen, wie ausgeklügelt die Technik war, mit der die Zeiger unter meinen Füßen bewegt wurden. Ein Uhrwerk, wie ich es in dieser Größe nie zuvor gesehen hatte, sorgte dafür, dass die Kraft einer Feder durch unterschiedlich große Zahnräder übersetzt und dann schließlich mittels Unruh und Hemmung in gleich große Drehbewegungen verwandelt wurde. Faszinierend, dem Hin und Her des Ankerrades zuzuschauen und vor allem dem Ticken, das dabei entstand, zu lauschen. »Tick, tack, tick, tack …« Das immer gleichmäßige Ticken und die etappenweise Drehung der Zeiger versetzten mich in einen Trancezustand. Die Uhr tickte zwar fortlaufend, aber für mich schien die Zeit stehengeblieben zu sein, während meine Augen den Weg erkundeten, den die Energie durch das Räderwerk nahm. Bekanntlich eignet sich das Ticken einer Uhr, um Menschen in Hypnose zu versetzen. Auch dieses Ticken war hervorragend dafür geeignet. Ich konnte mir bildlich vorstellen, wie Energie durch die gesamte Mechanik floss, mal hier ein Zahnrad antrieb, mal da das Ankerrad bewegte oder eine Feder spannte. Genauso wie das Wasser eines Flusses, das durch die Landschaft strömt und bei Wasserfällen in den freien Fall übergeht, also abgebremst wird, um dann entlang der Abhänge wieder beschleunigt zu werden, floss die Energie durch die von Menschenhand geschaffenen Unwegsamkeiten der Monduhr und trieb so ihre Zeiger an.

»Hmm … «, dachte ich laut. »… aber irgendwoher muss doch die Ursprungsenergie kommen.« Es war schließlich kein Motor da, der die große Feder, die als Energiespeicher diente, hätte spannen können.

»Ganz richtig!«, erschreckte mich eine feminine Stimme von hinten. Sie war mir wohl bekannt. Ambera sprach entspannt, während ich mich mit kreidebleichem Gesicht zu ihr umdrehte. »Ich ziehe die Uhr täglich auf.«

Mein Herz schlug um sich und drohte aus der Brust zu springen. Ambera versuchte, mich zu beruhigen. »Keine Angst, ich bin allein und ich werde es für mich behalten.«

Dann näherte sie sich und griff nach meinen Händen. »Die sind ja eiskalt.« Sie nahm sie zwischen ihre, um sie zu wärmen.

»Das hier ist eine ganz besondere Uhr. Sie wurde von einem Uhrmacher aus dem 19. Jahrhundert gebaut und funktioniert rein mechanisch. Sie wäre vollkommen, würde da nicht …«

»Wie …«, ich unterbrach sie, kämpfte aber noch darum, meine Stimme wiederzuerlangen. »wie … wie mei … meinen Sie das?«

»… ein Teil fehlen«, vervollständigte Ambera ihren Satz. »Der *Tschelenk* an der Spitze des Minutenzeigers wurde vom Künstler entwendet, der die Statuen dort an der Wand geschnitzt hatte. Jakov Aga trug den *Tschelenk* stets an seinem Dreispitz.«

»Wer ist Jakov Aga?« Auch der Kunsthistoriker hatte diesen Namen erwähnt, aber ich spielte den Ahnungslosen.

»Er ist der Gründer der *Roten Pranke*, ein desertierter Janitschar. Seinen Turban hatte er im Zuge der Revolte gegen den Sultan durch einen Dreispitz ersetzt. Für die *Rote Pranke* ist der *Tschelenk*, mit der Monduhr zusammen, ein sehr wichtiges Insigne der Macht.«

»Wie sah denn das Insigne aus?«

»Es hatte fünf Strahlen in der Länge Ihres Mittelfingers. Sie waren besetzt mit Diamanten und trafen sich in einer Blume, die einen grünen Jadestein enthielt.«

Die Beschreibung passte. Für mich war nun klar, das Amulett von Lazar war identisch mit dem *Tschelenk* von Jakov Aga.

»Verstehe, und was ist mit dem Künstler passiert?«

»Almir stellte ihn vor die Wahl, entweder das Wahrzeichen zurückzugeben oder zu sterben. Er jedoch behauptete, den *Tschelenk* in die *Miljacka* geworfen zu haben und bezahlte dies mit seinem Leben.«

Lazars Vater war also doch nicht ganz unschuldig. Auch wenn letztendlich Kriminelle bestohlen wurden, ist Diebstahl dennoch kein Kavaliersdelikt. Aus irgendeinem Grund musste er sich für den Tod entschieden haben, denn er hätte den *Tschelenk* zurückgeben können, anstatt ihn seinem Sohn zu schenken.

»Wofür stehen die beiden Statuen?«

»Elias, ist Ihnen schon aufgefallen, dass in der *Roten Pranke* Christen, Muslime und Juden seit jeher vereint sind? Diese Leute sind in Wirklichkeit keine Anhänger der Religionen, die sie vorgeben zu sein, sondern glauben an viele Götter. Wie damals bei den alten Griechen. Ihr Leben wird insbesondere bestimmt vom Kampf zweier Götter: Veles und Perun. Veles, ihr Beschützer, …« Sie zeigte zu der Statue auf der linken Seite. »… verleiht ihnen die Fähigkeit, im Untergrund zu bleiben und in Rollen zu schlüpfen, die für das Überleben dort wichtig sind.« Dann blickte sie nach rechts. »Perun hingegen symbolisiert den Zorn der Aristokratie, welche die Mitglieder jagt. Perun sorgt dafür, dass sie nicht aus der Übung kommen. Die Balance zwischen Veles und Perun ist die Basis für die Existenz der *Roten Pranke*.«

»Daher also konnten die Mitglieder der *Roten Pranke* sich während des Krieges frei bewegen und Geschäfte machen.« Mir wurde einiges klar. »Ganz unabhängig von ihrer Abstammung, und sie können das immer noch.«

»Genau.«

»Aber wie kommen sie auf Veles und Perun?«

»Das sind bloß zwei slawische Gottheiten, noch aus vorchristlicher Zeit, und in Kombination mit dem Kult um den Mond hat Jakov Aga mit denen quasi seine eigene Religion kreiert. Sie wurde zu seinem wichtigsten Machtinstrument.«

»Welche Rolle spielt der Mond dabei?«

»Ganz einfach. Der Mond ist der Erdtrabant. Wie Sie wissen, kann die Erde ohne den Mond nicht existieren und umgekehrt. Diese beiden Himmelskörper sind eine immerwährende Symbiose eingegangen ...«

»Jetzt ist mir das klar.« Ich legte die Hand an meine Stirn. »Genauso kann der Staat nicht ohne die Unterwelt, also ohne die *Rote Pranke*, existieren. Richtig?«

Ambera nickte und flachste. »Hey, Sie sind schlauer als ich dachte?« Sie sah irgendwie reizvoll dabei aus.

Auch ich musste schmunzeln. »Was ist mit Ihnen, Ambera? Glauben Sie daran?«

Sie wich aus. »Das spielt doch kein Rolle. Der Kult um die beiden Götter bestimmt mein Leben, egal ob ich daran glaube oder nicht.«

Ambera hob dann leicht bekümmert ihr Haupt. »So, jetzt möchte ich es aber wissen. Was machen Sie hier eigentlich?«

»Ehm ... ja ...«, fing ich wieder an zu stottern, es kam kein vernünftiger Satz aus meinem Mund. Egal, was für einen Vorwand ich genannt hätte, sie hätte mir ohnehin nicht geglaubt.

»Ich könnte Sie auf der Stelle töten.«, sagte Ambera in einem gleichgültigen Ton. »Wie wäre es mit der Wahrheit?«

So blieb mir nichts anderes übrig. Ich schilderte ihr, dass es mein Handy gewesen war, welches während der Sitzung des Hohen Rates geklingelt hatte, beteuerte aber, die Sitzung nur in der Absicht bespitzelt zu haben, um mehr darüber zu erfahren, wer es auf mein Leben abgesehen hatte. In der Unterwelt war dies ein legitimes Anliegen, so hoffte ich, schließlich ging es um mein Leben. Lazar und sein Amulett erwähnte ich dabei nicht.

Amberas Gesichtsausdruck verriet Wohlwollen. »Auf Bespitzelung steht Almir nicht, schon gar nicht, wenn er Ihnen sein Vertrauen schenkt.«

Ich senkte den Kopf. Ich kam mir wie ein kleiner Junge vor. »Werde ich jetzt sterben?«

»Aber nein, heute nicht.« Urplötzlich küsste Sie meinen Mund und bat mich leise, die Chipkarte möglichst unbemerkt in die Tasche der Putzfrau zurückzustecken.

20

Der Amoklauf

PERUN und Veles, das waren die zwei Götter, die Ambera erwähnte und die mir auch während des Gesprächs mit Peter Lemming durch den Kopf gingen. Er hatte um ein Gespräch gebeten, weil er mich über den Ausgang der Aufsichtsratssitzung informieren wollte. Der Aufsichtsrat hatte das Provisionsmodell durchgewunken, damit hatte ich eine Trumpfkarte gegenüber Almir in der Hand. Lediglich mein Boss von der *Foundation* war skeptisch und hatte dagegen gestimmt, aber der war ohnehin selten für neue Ideen zu begeistern. Auch Erwin, der Leiter der Kreditabteilung, fand die Idee gut, da damit das Volumen der Hauskredite schneller wachsen würde.

»Erst recht, wenn die Anteilseigner noch mehr Geld in den Topf gießen würden!«, stellte Erwin begeistert fest.

»Dennoch, es gibt Hindernisse. Der Mord an Nenad hat Unruhe in die Belegschaft gebracht. Eine Aufklärung würde da sehr helfen«, betonte ich.

Die Freude in Erwins Gesicht verflog, sobald der Name seines Vorgängers fiel. Ich glaubte, ein Zusammenzucken bemerkt zu haben und vermutete bereits, dass er in der Nacht wenig geschlafen hatte. Er sah jedenfalls übermüdet aus. Seine Augen waren gerötet und dunkel schattiert, zudem war er unrasiert. Für ihn sehr ungewöhnlich. Auch das fein säuberlich gebügelte Hemd konnte über den Schlafmangel nicht hinwegtäuschen. Nenads Tod war vielen nahegegangen. Erwin vielleicht umso mehr. Die Verarbeitung eines so schrecklichen Ereignisses benötigte Zeit. Das war verständlich, denn auch mich verfolgte der Mord bis in den Schlaf hinein, als ob ich nicht schon genug andere Probleme hatte. Mit diesem Eindruck verließ ich die Runde.

Im Anschluss recherchierte ich über die beiden Götter. Im Internet gab es nicht viel zu diesem Thema, aber ich fand heraus, dass sie sinnbildlich für den Gegensatz von Gut und Böse standen. Es handelte sich bei den Figuren um zwei rivalisierende slawische Götter noch aus der Zeit vor der Christianisierung, wie auch Ambera erwähnt hatte. Damals glaubten Slawen an ein Pantheon voller Himmelsfürsten, genauso wie die Griechen und die Römer. Demnach war Veles ein Waldgott, der sich oft in der Gestalt eines Bären zeigte. In der Region wurden Bären als Könige der Wälder angesehen. Als jedoch diese im Laufe der Zeit aus den Wäldern verschwanden, nahmen Wölfe die Königsposition in der Tierwelt ein. Folglich wurde bald, vor allem in der südslawischen Mystik, Veles als Herr der Wölfe verehrt.

Einem Mythos nach stiehlt Veles das Hab und Gut von Perun, nebst Vieh, Frau und Kind. Er verwandelt sich dann in eine Schlange, um sich besser verstecken zu können. Von da an jagt der Bestohlene den Waldgott rund um die Erde. Überall dort, wo er ihn sichtet, versucht Perun den Erzfeind mit seinen Blitzen zu töten. So glaubt man, wo auch immer ein Blitz einschlägt, dass sich dort Veles zuvor versteckt hat. Diese Hatz endet nie, dank der Verwandlungsfähigkeit des Gejagten.

Folglich steht Perun für Ordnung und Veles für Chaos.

Perun für das Gute und Veles für das Böse. Interessanterweise bezieht der eine Gott seine Daseinsberechtigung erst durch die Existenz des Anderen und umgekehrt. Ordnung und Chaos bilden zusammen eine Einheit, denn Ordnung ist ohne Chaos - oder sollte ich besser Unordnung sagen - nicht denkbar. Wie passend fand ich. Zwei elementare Zustände bestimmen den Gang der Dinge in der Welt. Denken wir an all die Kriege mit den chaotischen Zuständen, die sie verursachen, und die Ordnungskräfte, die dann das Chaos beenden. Zerstörung, Morden, Flucht oder das Hungern hören auf, sobald Ordnung einkehrt. Der Zustand der Ordnung jedoch ähnelt einer labilen chemischen Verbindung und ist nicht von Dauer. Er wird stets schon bald durch Gier, Neid und korruptes Verhalten auf die Probe gestellt, um dann wieder durch Chaos abgelöst zu werden. So schließt sich der Kreislauf. Die Schlussfolgerung ist erschreckend: Früher oder später ist jede Art von Ordnung zum Zerfallen verurteilt. Ich kam mir auf einmal so machtlos vor.

Veles, dass sich die Rote Pranke diesen Gott ausgesucht hat, kann man ja gut nachvollziehen. Repräsentiert sie selbst doch die Unterwelt, sprich Chaos. Aber warum Perun? Vielleicht ist der Sachverhalt ja auch nicht so einfach gestrickt, wie ich eingangs dachte? Vielleicht spiegelt die Rote Pranke nicht nur Unordnung wieder, sondern verkörpert auch Ordnung? Vielleicht sind Ordnung und Unordnung die zwei Seiten ein und derselben Medaille. Die Rote Pranke sorgt zwar durch Waffenhandel, Erpressung oder Morde für Chaos, aber eben nicht nur. Sie stützt auch politische Parteien, baut mit viel Geld Armenhäuser oder andere soziale Einrichtungen.

Mir fielen wieder Amberas Worte ein.

»Darf ich mich zu Ihnen setzen?«, hörte ich Selma fragen.

In der Zwischenzeit hatte ich mich in die Cafeteria der Bank begeben und schlürfte an meinem Espresso. Den brauchte ich auch dringend, um meine Gedanken zu sortieren.

»Na klar!«, antwortete ich.

»Die Idee mit dem Provisionsmodell ist bei den Filialleitern gut angekommen.«

Offenbar hatten Peter Lemming und Erwin das Provisionsmodell zwischenzeitlich den Mitarbeitern vorgestellt.

»Schön, dass ihnen mein Vorschlag gefällt. Jetzt fehlt nur noch das Geld. Ich hätte schon längst den Bericht in New York abliefern können, wären da nicht diese Fragen.«

»Darf ich Ihnen etwas verraten? Sie sind der Einzige, dem ich hier vertraue.«

Der Ausdruck in Selmas Eulengesicht änderte sich schlagartig, ihre großen, mandelförmigen Augen wurden feucht und Tränen drohten an den Wangen herunterzulaufen. Die geraden Linien ihres Kajals wurden bald zackig.

»Kann ich Ihnen wirklich vertrauen?«, hakte Selma mit leiser und verlegener Stimme nach. Offensichtlich wollte sie nicht, dass andere ihre Worte verstanden.

Ich bejahte ihre Frage, aber wunderte mich, was jetzt kommen würde.

»Ich … ich weiß nicht, was ich machen soll.« Ihre Tränen waren jetzt nicht mehr zu halten.

Selma wischte sie mit dem bloßen Handrücken vom Gesicht, was überhaupt nicht zu ihrer übertriebenen Ordnungsliebe passte. Daraufhin bot ich ihr ein Taschentuch an.

»Also ich … ich …« Sie hatte Mühe, die richtigen Worte zu finden.

»Jetzt beruhigen Sie sich doch.« Ich streichelte ihren Oberarm, um sie zu besänftigen. »Sie können mir alles anvertrauen.«

»Also gut, ich muss es jemandem erzählen, sonst drehe ich durch. Nenad und ich … ehm Erwin und ich, wir hatten ein

Verhältnis.«

»Außerehelich? Sie sind doch verheiratet oder?«

»Ja«, war die zaghafte Antwort.

»Und Ihr Mann weiß nichts davon?«

»Nein, ich wollte es ihm sagen, aber unser Kind … Ich will nicht, dass dadurch unsere Beziehung kaputt geht.«

»Ok, das kann ich verstehen.«

»Ja, aber das ist nicht alles.«

»Wieso?«

Das Eulengesicht fing wieder an zu weinen. Jetzt hatte sich das Make-up auf ihrem Gesicht angefangen aufzulösen und ich tupfte ihre Wangen mit einem neuen Taschentuch sauber.

»Mein Mann und ich, wir streiten uns andauernd, seitdem unser Sohn in die Schule geht. Der Einzige, der uns zusammenhält, ist der Junge. Zwischen uns klappt es im Bett schon lange nicht mehr. Dann trat auf einmal Erwin in mein Leben. Er bemühte sich so sehr um meine Gunst, tröstete mich und uberschüttete mich mit Liebesbotschaften. Anfangs war ich ihm gegenüber eher abweisend, doch nach einigen Monaten wurde ich schwach. So passierte es irgendwann und wir schliefen miteinander. Damit hatte ich jemanden zum Anlehnen, aber ich liebte ihn nicht.« Selma sah mich verschämt an. »Wir hätten es niemals tun sollen. Es war nur eine Frage der Zeit, bis wir uns trennen würden. Eigentlich wartete ich nur auf den richtigen Zeitpunkt, doch dann kam die Jubiläumsfeier der Bank dazwischen.«

»Wann war das?«

»Vor zwei Monaten. Wie immer bei den Belegschaftspartys war Nenads Auftritt das Highlight des Abends.«

»Ja, davon habe ich gehört.«

»Die Geschäftsführung hatte Bonuszahlungen versprochen, wenn die Statistiken den Erfolg der Bank belegen würden.

Das taten sie, denn die Zahlen waren ausgezeichnet.

»Es gab also mächtig was zu feiern oder?«

»Ja, in der Tat. Wir hatten alle reichlich getrunken. Ich stand gerade auf der Veranda des Hotels, als neben mir Nenad in seinen glitzernden Bühnenklamotten auftauchte. Das Hemd weit aufgerissen, ein Whiskyglas in der einen und die Havanna in der anderen Hand.«

»Das kann ich mir durchaus vorstellen, schließlich liefert sein Bereich den größten Beitrag zum Erfolg der Bank«, unterbrach ich Selma.

»Er sah sehr süß aus. So schauten wir uns an. Ich war neugierig, denn noch nie zuvor hatte ich an einer Zigarre gezogen. Nenad reichte die Zigarre rüber, warnte mich jedoch davor, den Rauch in die Lunge einzuatmen. Ergo war der erste Versuch zum Scheitern verurteilt, denn als Raucherin zog ich intuitiv den Rauch über die Lunge. Ein fürchterliches Husten war die Folge. Er lachte sich kaputt und erklärte mir, dass ich viel langsamer ziehen sollte, fast ohne Kraft dahinter. ›Du atmest durch die Nase, ziehst aber unmittelbar danach auch ein wenig Luft durch die Zigarre. Komm her ich zeig's dir‹, waren seine Worte. Anschließend bat er mich einzuatmen sowie die Augen zu schließen, was ich dann auch tat. Nenad füllte heimlich seinen Mund mit Rauch. Seine Lippen berührten dann meinen Mund und …« Selma hielt für einen Augenblick inne, als würde sie sich erneut für ihr Verhalten schämen.

»Es hat ihnen nichts ausgemacht, stimmt's? Er war hübsch, talentiert und dazu noch erfolgreich. Viele Frauen in der Bank begehrten ihn, soweit ich mitbekommen habe.«

»Ja, ich weiß. Sein Annäherungsversuch kam dennoch überraschend. Aber ich konnte einfach nicht widerstehen und erwiderte seinen Kuss. Der Rauch strömte zwar durch meine

Lippen, nicht jedoch in meine Lunge. Dieses Mal hatte es tatsächlich funktioniert.« Ein schwärmerisches Lächeln deutete sich an Selmas Mundwinkeln an. Dann setzte sie fort: »Daraufhin küssten wir uns wieder und hatten später in meinem Hotelzimmer Sex. Allerdings wollten wir beide nicht, dass unsere Affäre publik wird. Insbesondere mein Mann und Erwin sollten davon nicht erfahren. Nenad war so einfühlsam, ich werde ihn vermissen.«

»Wie haben sie sich danach gefühlt? Haben Sie ein schlechtes Gewissen gehabt?«

Selmas Seitensprung erinnerte mich an meine Gefühle nach dem ersten Mal mit Tamara und ich wollte unbedingt wissen, wie es ihr erging.

»Nein, das nicht. Dennoch, wissen Sie, ich komme aus einer gläubigen Familie. Bin ja selbst Muslima. Daher ist mir schon daran gelegen, dass die Nachricht über mein unzüchtiges Verhalten nicht die Runde macht. Auch für Nenad hätte es nicht gut ausgesehen, wenn ein Verhältnis mit einer Angestellten zu Tage gekommen wäre, die zudem verheiratet war. Wir vermieden daher tunlichst eine Vorlage für Diffamierungen. Erwin aber wurde zunehmend eifersüchtiger, er registrierte jeden Augenblick, in dem ich und Nenad uns länger ansahen. Außerdem durchwühlte er sogar meine Schreibtischschublade.«

»Oh, das hört sich ja nach einer krankhaften Eifersucht an. Sowas hätte ich ihm nicht zugetraut.«

»Ja, es ist aber wahr. Ich hatte gar den Eindruck, dass er an mich adressierte E-Mails über die IT besorgt und fleißig mitgelesen hatte. Nur so konnte er Wind von unserem Spaziergang an einem Wochenende bekommen haben. Als wir uns bei unserem Spaziergang entlang der *Miljacka* an einer versteckten Stelle hinter einem Gebüsch küssten, stellte er uns als Jogger getarnt nach. Erwin ging sonst nie joggen, soweit ich weiß. Er tat zwar so, als ob er uns nicht bemerkt hätte. Ich bin mir aber sicher, dass Erwin uns beobachtet hatte. Nur so lässt sich sein seltsames Verhalten danach erklären.«

»Inwiefern? Welches Verhalten?«

»Er fühlte sich offenbar in seiner Ehre verletzt und hielt Abstand zu Nenad. Zudem wirkte er oft nervös und war vielleicht auch unsicher, wie er auf das Ausspannen seiner Geliebten durch den Chef reagieren sollte.«

»Haben Sie sich danach noch einmal mit ihm verabredet?«

»Erwin wollte dies zwar, aber ich wich aus. Bis gestern. Ich wollte endlich reinen Tisch machen und sagte ihm, nichts für ihn empfunden zu haben, genauso wenig wie für meinen Mann. Den hatte ich nur auf Bestreben meiner Familie geheiratet. Unsere Beziehung ist von Anfang an eine Zweckehe gewesen.«

»Haben Sie mit Erwin auch über Nenad geredet?«

»Ja, ich sagte ihm sogar, dass Nenad der einzige Mann war, für den ich so etwas wie Liebe empfand.«

»Wie hat er darauf reagiert?«

»Das gefiel ihm ganz und gar nicht, er war sehr enttäuscht. Zumal er sich Hoffnungen gemacht hatte, dass meine Affäre mit Nenad von kurzer Dauer sein würde. Am liebsten wollte er die Scheidung von meinem Mann, um mit mir ganz offiziell zusammen sein zu können.«

»Aber was hat er konkret gesagt? Er muss sich doch geäußert haben.«

»Gestern trat eine Seite von ihm zum Vorschein, die ich bis dahin nicht kannte. Erwin wurde hysterisch und äußerst aggressiv im Ton. ›Wenn Du wüsstest, welches Risiko ich auf mich genommen habe. Ich habe alles für dich getan!‹, schrie er und fing gleich an zu heulen. Ihn zu beruhigen war nicht möglich. Seine Stimme machte mir Angst. So ging ich weg.«

»Glauben Sie, dass er Ihnen etwas antun würde?«

»Ja, das auch. Elias, ich habe noch mehr Angst, wenn er mich bei meinem Ehemann denunzieren würde.«

Es passte alles zusammen. Das schäbige Aussehen von Erwin heute und was ich gerade hörte. Insbesondere beschäftigte mich die Frage, welches Risiko er meinte.

Hatte er etwa Nenad umgebracht, um Selma für sich allein zu haben? Schließlich ist Eifersucht ein plausibles Motiv, wenn nicht sogar das häufigste für einen Mord.

»Glauben Sie, dass Erwin etwas mit Nenads Ermordung zu tun hat? Meinte er vielleicht das mit Risiko?«

»Er hat nicht erklärt, welches Risiko er meinte, aber ich kann es mir seit gestern vorstellen. Was soll ich machen, Elias? Aus Angst vor Konsequenzen habe ich mich nicht getraut, mit der Polizei zu sprechen. Beweise habe ich nicht. Es ist eben nur ein Gefühl.«

Selmas Bedenken waren nachvollziehbar, aber Schweigen wäre auf jeden Fall die falsche Antwort. Wenn Erwin tatsächlich in Nenads Ermordung verstrickt wäre, sollten das die Behörden wissen.

Nach dem Gespräch mit Selma traf ich mich mit Gabor Barna im *Café Violine*, um seinen Rat einzuholen. Er gab mir Recht. Auch wenn keine Beweise vorlägen, wäre jeder Hinweis wichtig. Selma müsse nach seiner Ansicht unbedingt aussagen, selbst wenn damit für sie Konsequenzen verbunden wären. So könne die Polizei am Tatort gefundene DNA-Spuren abgleichen. Tatsächlich habe man Hautspuren an Nenads Kleidung und an dem Strick entdeckt, welche Experten nicht zuordnen könnten. Auch Fasern von fremden Kleidungsstücken hätten sich am Strick verfangen. Nach seinen neuesten Informationen wäre Nenad zudem betäubt worden. An seinem Gesäß wäre ein Einstich vorhanden gewesen, vermutlich der einer Spritze. Jedoch hätte man am Tatort keine Spritze gefunden. In dem Moment fielen mir die Giftpfeile von Ambera ein.

Ist sie eventuell in den Mord verwickelt? Gibt es eine Verbindung zwischen Ambera und Erwin?

Nein, das konnte ich mir absolut nicht vorstellen. Das wäre verrückt. Ohne das Wissen von Almir würde sie eine solche Aktion niemals durchziehen. Almir jedoch hatte versichert, nichts mit der Tat zu tun zu haben. Dann war ja noch die Karte von Tomislav Stankovic am Tatort.

»Ich kann mit dem Polizeipräsidenten sprechen und ihn um Diskretion gegenüber der Presse bitten«, bot Gabor Barna an. »Ihre Aussage würde dann anonym bleiben.«

»Das ist eine gute Idee. Und ich überrede Selma.«

Auf mein Betreiben hin ging Selma gleich am nächsten Morgen zum Präsidium. Unmittelbar danach wurde Erwin telefonisch gebeten, noch am Vormittag vorzusprechen. Entgegen der Bitte, auch in seinem eigenem Interesse, diskret zu sein, wurde Erwin sehr wütend. Ich saß gerade in Peter Lemmings Büro und besprach mit ihm eine Vorabversion meines Berichtes, als laute Poltergeräusche aus seinem Büro ertönten. Ganz offenbar randalierte er.

»Ich mach sie fertig, ich mach sie fertig, diese Wanderhure!«, brüllte er dabei andauernd.

Alle Mitarbeiter auf der Etage wunderten sich über die ungewöhnlichen Laute. Sie gingen raus in den Flur, vor die geschlossene Bürotür von Erwin. Drinnen flogen Gegenstände an die Wände. Alle bekamen es mit der Angst zu tun, denn ein derartiges Verhalten kannte niemand von ihm. Peter Lemming alarmierte die Polizei.

Ein an sich ruhiger Typ, wenn auch in Zügen spießig, hatte sich auf einmal in ein Monster verwandelt. Er brüllte, heulte, führte pausenlos Selbstgespräche und schien eine Gefahr für sich und andere zu sein. Er war regelrecht ausgetickt. Erwin musste das Gemurmel vor der Tür vernommen haben. Für einen kurzen Moment öffnete er sie und streckte seinen Kopf heraus. Der Kragen seines karierten Hemdes war weit aufgerissen. Die Adern an seinem Hals quollen hervor und sein Gesicht wirkte entstellt. Ein zerstörerisches Urgefühl schien die Kontrolle über seinen Körper übernommen zu haben. Das Animalische, das in uns allen steckt, das er aber nicht mehr bändigen konnte, kam zum Vorschein. Seine Augen starrten uns zwar an, er aber nahm uns nur am Rande wahr. Sein Blick schweifte über die Ansammlung vor der Tür, fand jedoch kein Interesse an den dortigen Kollegen. Für mich war offensichtlich, wonach er suchte: Das Eulengesicht. Sie war in höchster Gefahr.

»Was glotzt Ihr denn so! Ihr solltet besser an die Arbeit gehen!«, schrie Erwin mit heiserer Stimme.

Die Anwesenden waren verdutzt, keiner traute sich etwas zu sagen. Selbst Peter Lemming blieb still.

Ich musste das Eulengesicht warnen. Die Aggressivität kochte in Erwin wie Wasser, das gerade dabei war, den Deckel des Topfs hochzudrücken. Sie drohte auszuströmen. Meine Versuche, Selma zu warnen, waren nicht vom Erfolg gekrönt, denn Ihr Handy war abgeschaltet. Wo mochte sie stecken? Sie hätte schon längst vom Polizeipräsidium zurückkommen müssen.

Alle Anstrengungen, den Aufgebrachten zu besänftigen, waren zum Scheitern verurteilt. Gewaltsam riss Erwin seine Bürotür auf, schubste die Umstehenden zur Seite. Spätestens als diese die Waffe in seiner Hand bemerkten, flüchteten sie in die umliegenden Büros. Keiner konnte mehr sein Benehmen mit rationalen Ansätzen erklären. Komplett von Sinnen konnte das Monster ungehindert über die Treppe in das Erdgeschoss hinunter, an den Arbeitsplätzen der Sachbearbeiter vorbei, vor Selmas Zimmer gehen. Davut und ich waren die beiden einzigen, die hinterherliefen.

»Ich bringe sie um. Wo ist sie, diese Gesichtsnutte? Sie wird mich nie wieder bei der Polizei anschwärzen!«

Erwin trat die Bürotür auf, war aber enttäuscht, Selma nicht vorgefunden zu haben. Dann lief er Richtung Ausgang. Kunden sprangen sofort unter Tische oder blieben kreidebleich im Gesicht stehen. Selbst die zwei Sicherheitsbeamten an der Tür, die sonst Kundschaft mit einem Metalldetektor abtasteten, flüchteten nach draußen.

Es kam, wie es kommen musste. Just in dem Moment, in dem Erwin auf der Straße stand, erschien Selma auf der gegenüberliegenden Seite. Davut half mir währenddessen die Eingangstür zu verbarrikadieren, damit Erwin nicht in die Bank zurückkehren konnte. Als wir fertig waren, hörte man die Durchsage von William Shoemaker.

»Lassen Sie die Waffe fallen! Ich wiederhole, lassen Sie die Waffe fallen!«

In der Zwischenzeit war das Gebäude von Sicherheitskräften umstellt. Dutzende Streifenwagen sowie einige Militärfahrzeuge dienten als Hindernis und Schutz zugleich. Doch Erwin blieb davon unbeeindruckt. Es war unklar, ob er überhaupt die Aufforderung des Beamten registriert hatte. Jedenfalls hob er die Pistole in der rechten Hand und zielte auf Selma, die sich noch geistesgegenwärtig auf den Boden warf, während sich der Schuss löste. Trotzdem war sie getroffen worden. Ihre Schulter blutete. Das Donnern von Polizeiwaffen bereitete dem Drama schließlich ein Ende. Eine der

Kugeln bohrte sich dabei in Erwins Stirn und sprengte seinen Hinterkopf regelrecht in tausende Fetzen. Der Banker sackte in sich zusammen und kippte zur Seite. Das Blutmuster auf dem Asphalt hinter dem leblosen Körper glich dem einer Wassermelone, die aus großer Höhe fallengelassen wurde.

21

Der Nächtliche Besuch

IM Fernseher liefen Nachrichten. Alle Kanäle berichteten nur über ein Thema, die Vorgänge am Vormittag in der CBB. Die Kommentatoren und Kriminologen gingen von Erwin als Täter aus. Überschriften wie ›Kreditmanager dreht durch‹ oder ›Mutmaßlicher Mörder von Nenad Papic getötet‹ zierten das Laufband auf dem Bildschirm. In der Tat deutete vieles darauf hin, dass Erwin aus Eifersucht gehandelt hatte. Demnach wäre der Zettel an der Leiche nur ein Ablenkungsmanöver gewesen, um eine falsche Fährte zu legen, so William Shoemaker, der live zugeschaltet wurde. Alle Beteiligten wollten endlich mit dem Thema abschließen und zur Tagesordnung übergehen. Da kam die Aussage von Selma wie gerufen und die Polizei konnte eine Erfolgsmeldung präsentieren. Aus kriminalistischer Sicht wäre sogar das Bestreben Erwins, schneller auf der Karriereleiter aufzurücken, ein legitimes Motiv.

Auch für mich war der Fall abgehakt. Das war auch gut so. Zu viel Input in zu kurzer Zeit, ich musste meine Systeme runterfahren, denn mein Kopf glühte bereits vor lauter Nachdenken.

Es macht keinen Sinn, alles zu hinterfragen. Manchmal muss man Dinge so nehmen, wie sie kommen. Nun ist Entspannung angesagt. Sich einfach auf schöne Dinge im Leben konzentrieren und negative Eindrücke meiner Sinne zügig in eine imaginäre Schublade einsortieren.

Gedanken, die zu keiner Schublade passen, schaufelst du dabei besser aus dem Kopf.

Nur auf diese Weise erreichte ich einen Zustand der Erleichterung. Bald zeigten sich erste Anzeichen von Müdigkeit in mir, folglich legte ich mich auf das Sofa und schloss die Augen. Zum Ausziehen meiner Kleidung fehlte mir einfach die Kraft und ich nickte sofort ein, glitt in einen Trancezustand ab. Dabei schien meine Seele nicht mehr in meinem Körper zu sein, sondern schwebte im leeren Raum. Es musste kurz vor Mitternacht gewesen sein, als ich ein leises Klopfen vernahm. Erst beim dritten Klopfen konnte ich das Geräusch der Tür meines Hotelzimmers zuordnen. Es war Ambera und ich war überrascht.

»Darf ich reinkommen? Ich wollte nachschauen, wie es Ihnen geht.«

»Klar.«

Ich bat sie, auf dem Sofa Platz zu nehmen, ging dann zum Kühlschrank und griff nach der Flasche Lagavulin darin.

»Auch einen?«

Ihre Antwort wartete ich jedoch nicht ab, sondern nahm mir gleich zwei Tumbler aus der Vitrine und goss den Whisky in beide ein, bevor ich mich mit ihnen in der Hand neben sie setzte und ihr einen hinüberreichte.

»Mir bleibt wohl nichts anderes übrig.« Ambera zwinkerte mit einem Auge und sprach weiter: »Eine krasse Story. Der Kerl muss ziemlich eifersüchtig gewesen sein. Die arme Selma.«

Eigentlich hatte ich mit dem Thema abgeschlossen, aber der rauchige Whiskygeschmack im Rachen erleichterte das Reden ungemein. Meine überstrapazierte Seele war spätestens nach dem zweiten Glas betäubt und die Wörter flutschten mir wieder leichtgängig über die Lippen. »Selma ist zwar traumatisiert, sie hat aber lediglich einen Durchschuss. Die wird schon wieder.«

Zumindest hatte Gabor Barna mir dies am Abend berichtet. Wenigstens eine positive Meldung an diesem Tag. Wir unterhielten uns weiter über die Ereignisse des Abends. Das überforderte mich allerdings dann doch. Mein Körper fror, ich fühlte mich schwach. Wahrscheinlich war eine Erkältung im Anflug. Ambera bemerkte die Gänsehaut auf meinen Unterarmen und streichelte sie, um Trost zu spenden. Unsere Haltung auf dem Sofa wurde daraufhin etwas entspannter, wir lagen schon fast darin. Dann trank sie einen gehörigen Schluck Whisky, bevor sie sich zu mir wandte.

»Sie Ärmster, Sie mussten viel durchmachen«, sagte Ambera. »Ich finde, wir sollten uns ab jetzt duzen, denn ich hab Sie sehr gern, Elias.«

»Einverstanden.«

Dann berührte sie meinen Stoppelbart. »So kenn ich dich gar nicht?«

»Ist den Umständen geschuldet«, gab ich lachend zu.

Sie näherte sich und küsste meine Wange. Ihre Lippen auf meinen Bartstoppeln fühlten sich wie Wattebäusche an. Nicht nur ich hatte Freude daran. Tatsächlich begleiteten mich auf dieser Reise schöne Momente genauso wie Erlebnisse, auf die ich gerne verzichtet hätte. Die Mischung aus Whisky, Amberas Streicheln und dem Kuss gaben mir die Wärme, die ich in dem Moment brauchte. Da war aber auch die Furcht vor Ambera. Der Gedanke daran, wie sie kaltblütig jemanden umgebracht hatte. Mit dem Opfer hatte ich zwar kein Mitleid mehr, aber dennoch.

Amberas Haare waren zu einem Pferdeschwanz zusammengebunden. Ihre mit Mascara getuschten Wimpern wirkten unendlich lang und waren sehr verführerisch, die Pupillen dazwischen erweckten den Anschein, sich stetig zu vergrößern, um jeden einzelnen meiner Blicke aufzufangen. Es war unmöglich, ihnen auszuweichen. Sie paralysierten mich geradezu, genauso wie das Gift einer schwarzen Witwe, die ihren Beglücker nach der Paarung auffrisst. Wahrscheinlich wird sie mich töten, nachdem sie mit mir gevögelt hat, spottete ich im Geiste. So ähnlich fühlte ich mich, denn für eine kognitive Abwägung war ich einfach zu schwach. Obwohl ich zunächst keine gesteigerte Lust auf Sex hatte, lies ich es daher zu. Die Wärme, die mich durch Amberas Körpernähe und ihre Zärtlichkeit einhüllte, nahm ich dann aber dankbar an.

Ungeachtet dessen ist sie sehr zielstrebig, überrumpelt mit cleveren Zügen meine gelähmte Reaktionsfähigkeit und küsst mich dieses Mal auf den Mund. Ich aber blieb noch passiv. Sie streichelte dann solange die Innenseiten meiner Hände, bis ich ihre hartnäckigen Liebkosungen erwiderte, jedoch noch zaghaft. Die Erwiderungen waren keine Absicht, sondern eher späte Reflexe meines Körpers. Vielleicht wollte ich ihr nicht das Gefühl der Ablehnung geben, das ich selbst immer als zutiefst verletzend empfand. Schon einmal hatte sie mich aufgefordert, mit ihr zu schlafen, ich aber war damals nicht bereit. Auch jetzt waren Bedenken da. Gleichwohl wurde hier meine Männlichkeit gefordert, mein Körper jedoch fühlte sich schwer an. Mein Frieren hatte sich inzwischen zu einem Schüttelfrost verwandelt.

Hmm, schon wieder kneifen wäre nicht angebracht.

»Vielen Dank übrigens, dass du mich nicht verraten hast.«

»Das wird für immer unser Geheimnis bleiben. Ich versprech's dir.« Ihre Lippen waren jetzt ganz nah an meinem Ohr.

Ihr Atem war mehr als deutlich zu hören, spendete warme Luft. Der emotionale Frost in meinem Gesicht taute dadurch etwas auf. So kam ich endlich auf den Geschmack. Meine Neugier war geweckt, denn jetzt wollte ich mehr davon. Ich wollte alles, alles was sie an Wärme zu bieten hatte und nahm meine Unterwerfung billigend in Kauf. Ambera erkannte die Hingabe. Sie küsste mich erneut auf den Mund, dieses Mal jedoch fester. Ich erwiderte ihren Kuss, sie bestimmte das Tempo. Ihre Zunge bewegte sich zunächst langsam, wurde dann heftiger. Sie hielt mich dabei in ihren Armen und kraulte meine Brust. Es dauerte keine Ewigkeit, mit einem Ruck ließ sie das Textil, das ihre Hand und meine Brust voneinander trennte, und die Hose weiter unten verschwinden. Im Gegensatz zu ihren Lippen fühlte sich ihre Haut fest an, als ob sich darunter nur stählerne Muskeln ohne ein Gramm Fettgewebe befänden. Das waren keineswegs die Hände einer zartbesaiteten Frau, wie ihre Figur anmuten ließ. Ganz und gar nicht, sie fühlte sich anders an als alle Frauen, die ich bis dahin kannte. Ambera wusste ihre Kraft dosiert einzusetzen. Neben dem Zupacken bis hin zur Schmerzgrenze schwebten ihre Hände auch mal seicht über meine Brusthaare und kaschierten, wann immer sie es wollte, den eisernen Kern. Aber über eine Körpereigenschaft konnte auch sie nicht hinwegtäuschen. Ihre Hände wurden feucht. Es war keinesfalls die Feuchte, die man als Schweiß definieren würde. Nein, damit signalisierte ihr Körper, dass sie bereit war. Aus meiner anfänglichen Lähmung wurde schon bald ein starkes Verlangen.

Ambera zog zunächst ihre Jeans aus, dann die Unterhose darunter. Ihr weißes Hemd und der BH folgten. Die Statur vor mir war mehr als ansehnlich, die Kampfmaschine, vor der ich so viel Angst hatte, darin meisterhaft verborgen. Nackt kam sie wieder zu mir, streifte nun auch meine Boxershorts ab und legte sich dann auf meinen enthüllten Körper. Jetzt konnte ich ihre ganze Wärme aufnehmen, welch eine Wohltat! Meine Körperbehaarung wollte in die Vertikale, wäre da nicht das Gewicht ihres Leibes gewesen. Zusätzlich zum Gänsehauteffekt des Frierens kam nun die der Erregung als neuer Faktor hinzu. Tausende kleine Erhebungen auf meiner Hautoberfläche verwandelten sich in nahezu vulkanartige Gebilde. Hinzu kam deren rötliche Farbe, die einen bevorstehenden Ausbruch indizierte. Mein Korpus glich dem eines gerupften Gänserichs. Eine ganze Weile lag Ambera auf mir und spielte mit meinem Körper an den unterschiedlichsten Stellen. Bald spürte ich ihre festen Nippel auf meiner Brust. Spätestens dann war mein Wille gebrochen und aus meiner Passivität ein aktives Mitwirken geworden. Ich hielt mich an ihrem Rücken fest und drückte mein Glied gegen ihren Körper. Dann wanderten meine Hände abwärts und fanden an ihren Hüften Halt. Ich packte kräftig zu, um den Druck ein wenig mehr zu erhöhen. Jetzt spürte sie, dass ich ebenfalls bereit war, denn er war nun hart und wurde von ihren Lippen in der Schamgegend durch kreisende Bewegungen gleitfähig gemacht.

»Ich will Dich. Jetzt!«, befahl Ambera und ließ ihn ungefragt in ihre Vulva gleiten.

Das Überziehen eines Kondoms war ihr völlig egal. So hoffte ich, dass sie zumindest die Pille eingenommen hatte. Nachzufragen traute ich mich jedoch nicht. Sie ging auf die Zehen, stützte sich an meiner Brust ab und ritt, begleitet durch ein lauter werdendes Stöhnen, auf meinem Unterleib. Ihr Pferdeschwanz schwang wie das Pendel einer Uhr von einer Seite zur anderen. Ich kochte allmählich vor Erregung. Energie, die sie durch das Auf und Ab in Wärme umwandelte, nahm ich dankbar auf und verteilte sie als Hitze im ganzen

Körper, solange bis alle Vulkanporen auf meiner Haut die Kraft hatten, sich zu entladen. In Form von Schweiß. Dann dauerte es nicht mehr lang, die Explosion folgte. Sie spürt, wie die Schleuder in ihrer Vagina schlapp macht. Körperflüssigkeiten vermischen sich. Die Gänsehaut an meinen Gliedmaßen ist jetzt verschwunden, mir ist gewiss nicht mehr kalt.

»Hey du, du wirst doch jetzt nicht aufhören oder?«, seufzte Ambera. »So einfach kommst du mir nicht davon, denn ich bin noch nicht gekommen.«

»Sorry, man hat es nicht immer in der Hand. Die Psyche macht mir gerade einen Strich durch die Rechnung.«

Aber Ambera wollte nicht aufgeben, denn im nächsten Atemzug nahm sie mein Glied in ihren Mund und saugte daran, versuchte es wiederzubeleben. Vergeblich. Ich war einfach zu erschöpft und wollte relaxen. Sie aber verhielt sich wie ein Kind, dem man das Spielzeug weggenommen hatte. Das blieb nicht ohne Wirkung. Schuldgefühle kamen in mir auf. Ihr stand eine Entschädigung zu und ich wollte nicht der Fiesling sein, der ihr das Spielzeug genommen hatte. Ich deutete Ambera an, sich auf den Rücken zu legen, was sie dann auch bereitwillig machte. Ihre Vulva war zwar komplett rasiert, aber ich konnte Stoppeln an meiner Zunge spüren. Ich ertastete mit der Zungenspitze vorsichtig den Weg in ihr Inneres. Die Mischung aus eigenem Samen und ihrer Feuchte verbreitete einen süßlichen Geschmack auf meinen Rezeptoren. Ambera lenkte meinen Kopf durch leichte Impulse ihrer Hände. Eine kleine Stelle bereitete ihr ganz besondere Lust. Ihr Stöhnen war jetzt lauter und die Bewegungen ihres Beckens heftiger.

»Mach weiter! Mach weiter, Elias!«

Ich ließ meine Zungenspitze schneller kreisen und spürte, wie die Schwellung durch noch mehr Blut anschwoll. Ambera konnte sich kaum noch halten. Sie kreischte meinen Namen, bevor eine Flut ihrer geheimsten Tinktur meine Rezeptoren überschwemmte. Wellen von Kontraktionen folgen. Von der Wucht völlig überrascht, verschluckte ich mich. Ich musste eine Pause einlegen und sie klopfte mir auf den Rücken. Dann küssten wir uns innigst. Sie hatte gefordert und erhielt was sie wollte, genoss sehr den Moment des Triumphs. Und ich, ich war frei von Schuldgefühlen.

Aber nun war Ambera eine ganz andere Frau. Keine Spur mehr von der eiskalten Kämpferin. Sie wirkte wieder weich und verwundbar, genauso wie im ersten Augenblick, als wir uns einst kennengelernt hatten. Dies gefiel mir wiederum. Ich nahm ihren Zopf in die Hand und wunderte mich, wie kräftig die Strähnen sich in meinen Fingern anfühlten, sie waren dick wie die Saiten eines Basses. Dann wanderten meine Finger zu ihrem Nacken, bis zu den Umrissen einer stilisierten Katze, einer Tätowierung auf ihrer linken Nackenseite. Die Augen der Katze waren proportional größer als der Rest, irgendwie niedlich. Ich umrandete die Zeichnung mit meinem Finger.

»Eine Sache würde mich interessieren. Hast du jemals einen Mann geliebt?«

»Nein, einen Mann nicht wirklich.«

Ich blieb hartnäckig. »Und eine Frau?«

Ambera schmunzelte. Sie antwortete nicht.

»Komm schon, wie war es mit einer Frau?«

»Anders, aber darüber möchte ich jetzt nicht sprechen. Lass uns bitte kuscheln.«

Arm in Arm wärmten wir uns auf dem Sofa, ihre Streicheleinheiten trösteten meine Seele, bis der Schlaf uns einholte. Vergessen waren die schrecklichen Ereignisse des letzten Tages. Zumindest für ein paar Stunden.

Am nächsten Tag war an Arbeit nicht zu denken. Die Realität beanspruchte erneut meine Gedankenwelt. Dennoch, so schlimm der Ausraster von Erwin geendet hatte, die Belegschaft der Bank wirkte irgendwie erleichtert. Erleichtert darüber, dass der Mord an Nenad aufgeklärt worden war. Er war ja nicht zuletzt wegen seines musikalischen Talents sehr beliebt gewesen. Erwin dagegen war vielen zu spießig und langweilig. Wenn nicht gerade geschäftliche Dinge zu besprechen waren, saß er stets allein in der Kantine. Andere hielten bewusst Abstand zu ihm.

Gerüchte über Selmas Dreiecksbeziehung zu Erwin und Nenad verbreiteten sich schnell, obwohl dies offiziell so nicht kommuniziert wurde. Die Äußerungen Erwins waren für die meisten Beweis genug. Jeder der eins und eins zusammenzählen konnte, musste es wissen. Alle waren überrascht. Wie denn auch nicht? Nie hatte man Selma mit einem von den beiden in einer kompromittierenden Situation beobachtet, die Anlass zu Vermutungen gab. Ihr Mann dürfte auf die Gerüchte bestürzt reagiert haben. Schiefer hätte der Haussegen vermutlich nicht hängen können. Selma meldete sich auf Empfehlung der Polizei krank, damit die Aufregung Zeit hatte abzuklingen.

Die Führung der Bank um Peter Lemming legte peinlichst Wert darauf, in ihren Äußerungen entsprechende Vermutungen nicht weiter zu nähren. Bojan wurde dem Aufsichtsrat als neuer Kreditmanager vorgeschlagen. Der Vorschlag erhielt Rückendeckung von den Mitgliedern. Die Ernennung eines serbischen Mitarbeiters zum Manager der Kreditabteilung war ein cleverer Schachzug, gerade weil die CBB stets vorgab, durch ihre Dienste einen Beitrag zur Vereinigung des Landes zu leisten. Er würde zwar von Muslimen misstrauisch beäugt werden, aber wenn es um Geld geht, war die ethnische Zugehörigkeit selten ein Hindernis.

»Das wird Ruhe in die Bank bringen, da der Mord nun aufgeklärt ist«, meinte mein Boss, der aus New York angerufen hatte, um die Entscheidung des Aufsichtsrates bekanntzugeben.

Er ließ auch durchklingen, dass er für die Entlassung Selmas sorgen würde. Peter Lemming sollte einen Monat später, nachdem sich die Situation beruhigen würde, die Kündigung aussprechen. Sollte Selma dann Schwierigkeiten machen, würde die Bank ihr die Zahlung einer Ablösung anbieten. Beziehungsgeflechte zwischen den Mitarbeitern waren dem Boss schon immer ein Dorn im Auge, behinderten sie doch aus seiner Sicht die Geschäfte. Am liebsten hätte er nur enthaltsame Singles als Angestellte, genauso wie die katholische Kirche nur im Zölibat lebende Priester beschäftigt. Alles, was die Einsatzbereitschaft der Mitarbeiter hemmte, war ihm zuwider. Diverse Male zuvor hatte er die Kündigung der betroffenen Mitarbeiter bewirkt, sobald ein Liebesverhältnis bekannt wurde. Wie makaber eigentlich, dachte ich. Eine *Foundation*, die sich auf die Fahne geschrieben hatte, Entwicklungshilfe zu leisten, und ihren sozialen Charakter bei jeder Gelegenheit herauskehrte, versuchte mit allen Mitteln zu verhindern, dass Menschen Beziehungen eingingen oder gar Kinder in die Welt setzten. Nur die Maximierung des Gewinns zählte. Nicht zu vernachlässigen die hohen Zinsen, die den Kunden abverlangt wurden. Es ging hier nicht um Entwicklungshilfe, sondern vielmehr um ein knallhartes Finanzgeschäft. Dieses moralisch verwerfliche Verhalten ärgerte mich schon länger, wurden doch unter dem Vorwand der Entwicklungshilfe Millionen verdient, ohne auch nur einen Dollar unter dem Strich auszugeben. Gerade ich musste es ja durch meine Analysen wissen, denn ich war ein Teil des

Systems. Aber es machte keinen Sinn, sich darüber zu ärgern, war ich doch nur ein kleines Rädchen in einer riesigen Maschinerie. Und wieder fühlte ich mich so machtlos.

Im Angesicht der harten Winter hierzulande war aus der Sicht des Betroffenen ein teurer Kredit für die Reparatur des eigenen Hauses besser als überhaupt keine Finanzierung. Mein Bericht war fast fertig und er befürwortete die Ausweitung des Kreditportfolios mit Hilfe von zusätzlichen Geldern, trotz der Tragödien in der CBB. Mein Boss in New York war nicht unbedingt an einem positiven Bericht interessiert. Das spürte ich, denn ich konnte es während unseres Gesprächs an seiner Reaktion und der Art erkennen, wie er Fragen stellte. Alle anderen Aufsichtsratsmitglieder waren von den Vorabinfos zu meinem Bericht begeistert. Sie befürworteten die Ausweitung. Für den Abschluss meiner Untersuchung plante ich nur noch einen weiteren Trip. Dieses Mal nach Banja Luka, in die Hauptstadt der Republika Srpska. Aber vorher war die Auseinandersetzung mit den Auditoren der CBB geplant, der unangenehme Teil meines Auftrages. Für das Klischee von emotionslosen Erbsenzählern - und wenn ich als Consultant das glaubte, hieß das schon etwas - konnte man kein besseres Paradebeispiel finden als diese beiden Herren. Aber da musste ich durch. Mindestens eine Woche lang stupide Diskussion über Zahlen.

Am Abend traf ich mich mit Almir zum Essen. Seine wulstigen Augenbrauen waren vor Neugier hochgezogen und berührten sich fast in der Mitte. Ich verkündete ihm, dass mein Provisionsmodell für die Vermittlung von Krediten akzeptiert wurde. Demnach würde die Bank mit allen Händlern für Baumaterialien Verträge aushandeln. Almirs Freude darüber war nicht zu verkennen, war er doch als größter Händler Profiteur Nummer eins. Er hatte angenommen, dass nach den Geschehnissen des Vortages die Aktionäre das Projekt auf Eis legen würden.

Außerdem hätte ihn eine Ablehnung in eine unangenehme Situation gebracht, da er vor dem Hohen Rat seinen Schutz für meine Person mit meinem Nutzen für die Organisation begründet hatte. Ich konnte seine Gedanken erahnen. Schließlich musste er liefern und damit würde er liefern. Er wusste ja nicht, dass ich die Sitzung beobachtet hatte. Die Erleichterung in seinem Gesicht war für mich daher sehr nachvollziehbar.

22

Die Stecknadel

Neun Tage später

BANJA Luka, eine im Nordwesten Bosniens gelegene Stadt, war die Hauptstadt der serbischen Regionen. Berühmtheit erlangte die Stadt im Zuge des zweiten Weltkrieges. Der damalige orthodoxe Bischof namens Platon Jovanovic wurde von kroatischen Einheiten zu Tode gefoltert und dann in den Fluss *Vrbas* geworfen. Die Revanche kam Jahrzehnte später. So wurden während des Jugoslawienkrieges nahezu alle Kroaten sowie Bosnier aus der Stadt vertrieben.

Als wir in die Stadt einfuhren, wirkte sie aufgrund der vielen Plattenbausiedlungen Träumen kommunistischer Städteplaner entrissen. Trost spendeten die Grünanlagen entlang des Vrbas. Neben Davut als Fahrer begleiteten mich Tamara und Mirko, der Sachbearbeiter für den Kreditantrag von Tomislav Stankovic. Auch in der hiesigen Filiale waren Erwins Tod und das, was mit Nenad passiert war, Gesprächsthema Nummer eins. Nenad war hier gleichermaßen beliebt gewesen, alle zeigten die gleiche Betroffenheit wie in Sarajevo. Der einzige Unterschied war, dass die hiesige Belegschaft von Anfang an nicht daran geglaubt hatte, dass Nenad von Serben umgebracht worden war.

Der Grund meines Besuches in Banja Luka war der Kreditantrag von Tomislav Stankovic. Zusammen mit Mirko wollte ich mir das Gelände anschauen, wo die neue Mühle gebaut werden sollte. So trafen wir uns mit ihm auf dem Gelände eines alten Bauernhofes, versteckt in einem idyllischen Waldgebiet. Wäre da nicht der Lärm, hätte man bestimmt Vogelgezwitscher hören können. Arbeiter waren gerade dabei eine marode Stallung mit Presslufthämmern abzureißen. Ein Bagger lud unentwegt Schutt auf den Lastwagen, der auf dem Platz vor dem Bauernhaus geparkt war. Das Bauernhaus, ein Fachwerkhaus, sollte laut dem Bauherrn renoviert werden und später als Präsentationsraum für Produkte aus der Mühle dienen.

Einst war der Hof der ideale Ort gewesen, um mit einem Buch in der Hand die Seele baumeln zu lassen, weit weg von Lärm und Hektik der Stadt. Tomislav Stankovic hatte ihn vor fünf Jahren günstig erworben. Günstig ist gelinde gesagt eine Untertreibung. Unterlagen nach hatte der Hof ursprünglich einem kroatischen Bauern gehört, dem nichts anderes übrig geblieben war, als Hals über Kopf zu verkaufen. Er hätte um Leib und Leben fürchten müssen, wäre er geblieben. So hatten in Banja Luka während des Bürgerkrieges viele Immobilien den Besitzer gewechselt, meist zu einem Spottpreis. Aus Kroaten, die in Banja Luka Hab und Gut aufgeben mussten, waren in der Herzegowina Hausbesetzer geworden. Aus Opfern waren Täter geworden. Aus Leid Genugtuung. Umgekehrt genauso. Der Krieg kannte keine Gnade, mit niemandem.

Tomislav Stankovics ursprünglicher Plan war gewesen, hier eine Schweinezucht aufzubauen, um serbische Territorien mit Fleisch zu versorgen. Jedoch war ihm ein anderer Geschäftsmann zuvorgekommen und somit der Markt mit Fleischprodukten überflutet. Er hat die Konkurrenz gescheut und sich stattdessen entschlossen, die Mehlproduktion weiter auszubauen.

Sein Finger zeigte auf die teilweise geebnete Fläche der Scheune. »Hier wird das Hauptgebäude für die Mühle entstehen.«

Mein Blick wanderte zu der Stelle, wo der Bagger immer noch Schutt auflud. Dabei erlangte ein kleines Objekt meine Aufmerksamkeit. Es steckte in der Erde und schimmerte im Sonnenlicht. Ich ging hin und zog es aus dem Boden. In meiner Hand hielt ich eine Anstecknadel. An ihrem Pin befand sich eine goldene Vogelspinne. Erinnerungen blitzen auf. Die Stecknadel ähnelte der von Dragoslav, die sich im Moment seines Todes an seinem Kragen befand. Wieder sah ich den Schaum aus seinem Mund laufen.

Oh mein Gott, sie werden den doch nicht etwa hier verscharrt haben.

»Die hat jemand verloren«, sagte ich zu dem Bauherrn und gab ihm die Anstecknadel. Mir war plötzlich nicht mehr wohl bei der ganzen Sache.

Tamara bemerkte, dass etwas mit mir nicht stimmte. »Was ist mit dir? Du siehst so bleich aus?«

»Ach nichts. Habe vergessen, meine Schilddrüsentabletten einzunehmen. Mein Kreislauf.«

Hoffentlich hat Tomislav Stankovic die Furcht in meinem Gesichtsausdruck nicht bemerkt. Nein, er darf auf keinen Fall wissen, dass ich die Anstecknadel erkannt habe. Diesen Gedankengang will ich nicht weiter verfolgen. Aber was, wenn er daraus tatsächlich auf meine Anwesenheit während der Ermordung Dragoslavs schließen würde? Ich wäre dann in höchster Gefahr.

So war ich erleichtert, als Tomislav Stankovic mit den Erörterungen zu der geplanten Mühle fortfuhr und auf den Plan in seiner Hand zeigte. Offensichtlich schöpfte er keinen

Verdacht. Der Mann hörte sich selbst gerne reden, so sprach er unaufhörlich und ging dabei kaum auf Fragen von Mirko ein, sondern blickte lediglich hin und wieder Tamara an, wenn auch nicht ganz so wollüstig wie bei unserer ersten Begegnung. Mir aber wurde übel. Der Gedanke, unter meinen Füßen die Leiche eines Mannes vergraben zu wissen, dessen Tötung ich beobachtet hatte, behagte mir überhaupt nicht.

Vielleicht hat er es verdient, so zu enden.

Ich erinnerte mich an die Schilderungen von Gabor Barna über den Kühllaster mit toten Flüchtlingen. Eine Mutter mit ihren zwei Kindern. Junge Männer, die das Erwachsenendasein gerade erst begonnen hatten. Vielleicht hätten sie bald neue Jobs gefunden und wären in der Lage gewesen, ihre Familien daheim mit Geld zu unterstützen, gar eine eigene Familie zu gründen. Alte Menschen, deren einzige Hoffnung es gewesen war, sich im Zielland einer dringend benötigten Operation zu unterziehen, um ein paar Jahre länger leben zu können. All diese Menschen hatten ein gemeinsames Motiv: die Hoffnung auf ein besseres Leben. Ihre Hoffnungen jedoch endeten im gleichen Zuge, mit dem die Atemluft im überfullten Kühlkoffer zuneige ging.

Dragoslav hatte gewiss viel Schuld auf sich geladen, rechtfertigte diese Schuld aber seinen grausamen Tod?

Eine klare Antwort dazu hatte ich nicht. Dann kam mir eine schreckliche Vorstellung in den Sinn.

Was, wenn hier weitere Menschen verschwunden sind? Was wenn hier Gebeine hunderter Menschen liegen. Schuldige wie Unschuldige im gleichen Loch verscharrt. Nein, das will ich mir nicht vorstellen. Die Realität ist manchmal unerträglich.

»Elias, hörst Du mir überhaupt zu?«, flüsterte Tamara in mein Ohr. »Hast Du noch Fragen?«

»Nein.« Weg wollte ich, einfach weg von diesem friedlich

anmutenden Bauernhof, der sich von einer Sekunde auf die andere in einen Ort mit schrecklicher Aura verwandelt hatte.

Im Gegensatz zu uns blieb Mirko für einen weiteren Tag in Banja Luka. Auf dem Rückweg nach Sarajevo hatte ich das Bedürfnis, mit jemandem reden zu müssen, und vertraute mein Geheimnis Tamara und Davut an. Beide wollten wissen, warum ich so seltsam auf den Fund der Anstecknadel reagiert hatte. Außer Gabor Barna kannte bis dahin keiner meine Beobachtungen im *Saat Kula Hotel.* Meinen Begleitern vertraute ich mindestens genauso, zumal ich das dringende Bedürfnis hatte, darüber zu reden. Tamara war aufgeregt, schnallte sich von der Rückbank ab, um mich besser verstehen zu können. Davut ließ sich durch meine Schilderungen nicht aus der Fassung bringen und lenkte ungerührt den Wagen. Er wollte wissen, wie die Greise aussahen, insbesondere der Präsident. Mit meiner Beschreibung konnten die beiden allerdings nichts anfangen. Offenbar waren die Greise in der Öffentlichkeit nicht bekannt.

»Das ist ja fürchterlich!« Tamara streichelte meinen Nacken, als ich schilderte, wie Dragoslav starb. Kalter Schweiß kroch mir den Rücken herunter. »Du Ärmster.«

»Dieses Schwein hat es nicht anders verdient«, war Davuts Kommentar. »Gut, dass Sie dennoch einen kühlen Kopf bewahrt und die Anruflisten gelöscht haben. Zeugen sind das Letzte, was diese Leute gebrauchen können.«

»Ja, das war in der Tat meine Rettung.«

»Sicher ist sicher. Du solltest heute besser nicht im *Saat Kula Hotel* schlafen, Schatz.«

Tamara bot mir an, die Nacht bei ihr in Pale zu verbringen. Das Angebot nahm ich an. Zurück in Sarajevo warteten sie und Davut in der Bank, während ich mich noch mit Gabor Barna zu einer Verabredung im *Café Violine* traf.

»Sind Sie sicher, dass die Anstecknadel Dragoslav gehört hat?«

»So ziemlich. Die Nadel sah schon sehr individuell aus, ist so was wie ein Abzeichen seines Clans. Es wäre ein riesen Zufall, wenn jemand anderes die gleiche Nadel haben und nicht zu seinem Dunstkreis gehören würde.«

»Sie haben Recht. Höchstwahrscheinlich ist er auf dem Bauernhof verbuddelt worden. Ich vermute schon länger, dass Tomislav Stankovic der Leichenbeseitiger der *Roten Pranke* ist.«

»Davon gehe ich jetzt auch aus. Auch der Kerl mit der krummen Nase war einer seiner Männer.«

»Dennoch, wir haben keine handfesten Beweise. Daher sollten Sie bei der Polizei aussagen, Elias. Nur dann würden die den Boden auf dem Bauernhof untersuchen.«

Er wusste, eine derartige Entscheidung würde für mich nicht einfach sein. Er nahm seinen Hut vom Kopf, um die blanke Haut darunter zu kratzen. »Dann wären Sie allerdings nirgendwo mehr sicher. Sie müssten in ein Zeugenschutzprogramm. Wissen Sie, was das heißt?«

»Natürlich.«

Das implizierte nicht nur die Umkrempelung meines Lebens. Die Arme der *Roten Pranke* waren lang, sie reichten vermutlich auch über den Atlantik. Jeder, der mit mir in einer engen Beziehung stand, wäre dann gefährdet. Es war fraglich, ob Natalie ebenfalls in ein Zeugenschutzprogramm aufgenommen werden konnte und ob sie überhaupt zustimmen würde. Dann waren da noch Tamara und Ambera, die mir wichtig waren. Auszusagen stellte sich als eine Entscheidung mit schwerwiegenden Folgen dar, die ich zu dem Zeitpunkt nicht ganz abschätzen konnte. Ich war innerlich zerrissen.

»Es gibt noch einen weiteren Grund, weshalb Sie Zeuge sein sollten«, fuhr Gabor Barna fort und holte einen Bericht aus seiner Aktentasche. »Unweit von Sarajevo, im Waldgebiet zwischen der Ziegenbrücke und Pale gibt es ein verstecktes Haus. Es wird auch das *Haus des Doktors* genannt. *SFOR*-Truppen haben dort in der vergangenen Woche eine Razzia durchgeführt. Sie nahmen einen Arzt und zwei Assistenten fest, die gerade dabei waren, einem Getöteten das Herz zu entnehmen.«

»Abscheulich! Spielen Sie auf den Handel mit menschlichen Organen an? Ich habe einen Artikel dazu gelesen.«

»Ganz genau. Der Geschändete war ein Ganove namens Alex. Er hatte für Liz gearbeitet und ist mit nur einem Kopfschuss getötet worden.« Gabor Barna schlug die Seite mit dem Bild des Leichnams auf, der auf einer Tragbahre lag.

»Was sind das für violette Verfärbungen an den aufliegenden Körperpartien?«

»Die werden Totenflecke genannt, sie entstehen ungefähr eine halbe Stunde nach dem Herzstillstand in Folge der Schwerkraft.«

Das Gesicht des Toten wirkte versteinert, sein Blick leer, aber ich erkannte ihn sofort. »Ist ja nicht zu fassen! Der Kerl hätte mich fast umgebracht! Jetzt ist er selbst tot.«

»Naja, vielleicht ist dann sein Herz bei dem Empfänger besser aufgehoben«, spottete Gabor Barna. »Auch wenn der sicherlich eine Menge dafür bezahlt hat.«

»Wieviel bringt ein Herz denn so?«

»Auf dem Schwarzmarkt bis zu siebzigtausend Dollar, eine Niere immerhin noch dreißigtausend.«

»Das ist eine Menge Geld.«

»Jetzt halten sie sich fest! Aus dem Keller des Hauses wurden zudem mehrere Geiseln befreit.«

»Oh mein Gott, Sie meinen, diese Menschen dienten als lebendiger Vorrat?«

Gabor Barna nickte.

»Das ist nicht alles, es wird noch interessanter!«

»Ich bin gespannt, was jetzt noch kommt.«

»Das Gebäude war ursprünglich als Schlachthaus verwendet worden. Raten Sie wem es gehört?«

»Tomislav Stankovic?«, fragte ich.

»Noch nicht, dem hat es aber zuvor gehört. Es ist Eigentum von einem seiner Mitarbeiter, dem mit der krummen Nase, der Sie umbringen wollte.«

»Und der in seiner Zelle tödlich verunglückt ist. Wann wurde denn das Haus auf ihn überschrieben?«

»Kurz nach dem Ausbruch des Krieges hatte Tomislav Stankovic das Haus einem serbischen Bauern abgekauft.«

»So wie ich den kennengelernt habe, zu einem Spottpreis oder?«

»Ja. Nur wenige Wochen später hat er das Haus an die krumme Nase übertragen. Eine Schenkung. So, und jetzt wird es wirklich interessant: Der hat offenbar keine Nachkommen. Laut seinem Testament ist das Anwesen seinem Chef vermacht worden.«

»Also geht das Haus wieder zurück an Tomislav Stankovic«, vervollständigte ich.

Nach Gabor Barnas Bericht wurden um das Gebäude herum altes Operationsbesteck und Spritzen gefunden. Das Anwesen diente schon länger als Ersatzteillager für menschliche Organe. Die Opfer wurden dabei solange am Leben gehalten, bis sich Abnehmer für alle wichtigen Organe fanden, und schließlich per Kopfschuss getötet. Makaber, aber so blieb die Ware bis zur Lieferung frisch und brachte am Ende einen höheren Preis ein.

»Für Tomislav Stankovic ein riesen Geschäft. Das Haus lag zentral zwischen den beiden Enklaven. Der Konflikt lieferte genug Opfer, sodass ein guter Teil der weltweiten Nachfrage von ihm gedeckt wurde.«

»Wieso klagt man ihn deswegen nicht an?«

»Aus Mangel an Beweisen.«

»Ok stimmt. Er war nicht direkt involviert, denn das Haus gehörte ihm ja nicht persönlich.«

»Deswegen wäre es umso wichtiger, wenn sie aussagten. Das Gelände für die Mühle gehört ihm persönlich.«

Der Gedanke, dass Organe von Menschen wie Teile einer Maschine verkauft wurden, beängstigte mich sehr. Ich merkte, wie sich Muskeln in meinem Körper anspannten. Aber ich wurde auch wütend. Undenkbar, dass Tomislav Stankovic ohne Wissen der Führung seiner Organisation handelte. Auch wenn ich gerne helfen wollte, denen das Handwerk zu legen, zur Zielscheibe der *Roten Pranke* mochte ich nicht werden.

»Geben Sie mir bis morgen Bedenkzeit.«

Ich verabschiedete mich und ging zurück zur Bank, vor der Davut und Tamara bereits im Land Rover warteten.

23

Der Hinterhalt

ENTSPANNT. Wir hatten gevögelt. Als wäre es das letzte Mal gewesen, lagen Tamara und ich im Bett. Für mich zwar eine dringend benötigte Abwechslung, gleichwohl auch ein Wechselbad der Gefühle. Natalie, Tamara, Ambera und wieder Tamara, mein Liebesleben stand noch nie vor einer derartigen Zerreißprobe. Ich mochte alle drei sehr. Jede der Frauen hatte eine Besonderheit, die mich faszinierte.

Liebe ich nicht mehr allein Natalie? Niemals, niemals würde ich die Beziehung mit ihr aufgeben wollen, denn wir haben zu viel miteinander erlebt.

Die unsichtbaren Fäden, welche uns verbanden, waren nicht so einfach zu kappen. Allerdings hatten sich auch Tamara und Ambera in mein Herz eingenistet. Die Sorge beschäftigte mich sehr, sie nicht mehr sehen zu können, sie zu verlieren.

Ein Freund sagte einst, er bräuchte nur eine einzige Sache, die ihm gefällt. Wenn dies der Fall wäre, könnte er mit jeder Frau schlafen. Und sei es nur ein Piercing an ihrer Nase, scherzte er damals. Deswegen schlief er fast jeden Abend mit einer neuen Frau, schließlich fand er immer das gewisse Etwas, das ihm gefiel. Bei mir verhielt es sich ganz anders, denn ich war in diesem Punkte sehr wählerisch, bei mir musste gleich ein ganzer Fragenkatalog abgearbeitet werden, bis ich zu dem Entschluss kam, mit einer Frau zu schlafen. Und dieser Prozess brauchte Zeit. Aber genauso lange dauerte es, eine Freundin gehen zu lassen. Ein Charakterzug, der sich übrigens nicht nur auf Frauen, sondern auch auf meine männlichen Freunde bezog.

Nun hatte sich meine Gefühlswelt in eine ausweglose Situation katapultiert, so gab es keine Möglichkeit zu entkommen. Jetzt schon fürchtete ich den Moment, wenn Natalie über meine Affären in Bosnien erfahren würde; hatte ich sie doch hintergangen und die Gefühle zwischen uns verraten; war ich doch gefangen im Gefängnis meiner eigenen Gelüste.

»Ich tendiere dazu, gegen Tomislav Stankovic auszusagen«, sagte ich zu Tamara.

»Aber bringst du dich damit nicht in Gefahr?«

»Schon. Nun, es gibt die Möglichkeit, in ein Zeugenschutzprogramm zu gehen.«

Sie streichelte meine Brust, während ihre Augenränder feucht wurden. »Das wäre dann wohl deine einzige Chance.«

»Leider. Komm doch mit? Ich könnte mit Gabor Barna sprechen. Er würde bestimmt eine Möglichkeit finden.«

»Nein, das geht nicht. Ich kann nicht einfach den Job bei der Bank kündigen.« Ihre Stimme klang jetzt traurig. Sie hatte ja vollkommen Recht, war es doch nicht klug, einen sicheren Job aufzugeben und zusammen mit mir in die Ungewissheit zu flüchten.

»Wirklich schade, aber wir sehen uns bald wieder. Ich verspreche es dir.« Ich küsste sie.

»Wehe nicht!«

»Wirst schon sehen, ich komme zurück.«

Es war schön, den Abend sanft ausklingen zu lassen, die Wärme Tamaras zu spüren. Wir umarmten und liebkosten uns bis wir schließlich einschliefen.

Ein harter Luftzug rauscht an meinem Kopf vorbei, als ich meinen erschöpften Körper an einem Ast, der in das kalte Nass ragt, aus dem Flusswasser ziehe. Der Knüppel verfehlt um Haaresbreite meinen Kopf. Ohne das tragende Wasser fühlt sich mein Leib schwer an. Ich bin nackt und großflächig mit einer grünen Masse bedeckt, spüre die Kälte, die das schleimige Quellmoos auf meiner Haut verbreitet. Ein Blick nach hinten macht deutlich, wie ernst die Situation ist. Die außer sich geratene Kreatur mit einem Fischkopf hätte mich beinahe erwischt. Ich nutze meine Kraftreserven, um wegzurennen. Entferne mich zunehmend vom Ufer und versuche so, dem tollwütigen Wesen zu entkommen. Eisiger Wind peitscht dabei auf meine Haut. Ich fange an, heftiger zu frieren, was sich im Klappern meiner Zähne manifestiert. Aber da ist doch noch was. Ich fühle es. Oder bilde ich mir das nur ein? Etwas fühlt sich noch kälter an, baumelt, während ich renne, immer wieder gegen meine Brust.

Erst als ich glaube, ausreichend Abstand zu dem schleimigen Monster, das mich unaufhörlich verfolgt, erlangt zu haben, hebe ich den Gegenstand um meinen Hals an, damit ich einen Blick darauf werfen kann. In der Dämmerung kann ich jedoch nicht viel erkennen. Er ist an einem Band befestigt und fühlt sich wie Metal an. Glitzert und blendet meine Augen im Lichte des Mondes. Das exotische Objekt zieht jetzt meine volle Aufmerksamkeit auf sich. In dem Moment, in dem ich die Umrisse erkenne und mir klar wird, dass es sich um das Amulett von Lazar handelt, verfange ich mich in einer Baumwurzel und fliege mit voller Wucht gegen den mächtigen Stamm. Das Lederband um meinen Hals reißt. In meiner Hand befindet sich dieses wunderschöne *Tschelenk*. Ich musste ihn der fischköpfigen Kreatur, dem Vodjanoy, entrissen haben. Wo? Wo aber ist dann Lazar, und was ist überhaupt mit Tamara passiert?

Starker Schmerz deutet es an, die Verletzung an meinem Fuß ist mehr als bloß eine Schürfwunde. Der große Zeh blutet und sieht entstellt aus. Wahrscheinlich gebrochen, denke ich. Ich beiße die Zähne zusammen und der Druck lindert ein wenig meine Qual. Die Pein auf diese Weise verdrängt, schießt eine Erinnerung in mein Bewusstsein. So sehe ich vor meinem geistigen Auge, wie Tamara und Lazar sich am Ufer der *Miljacka* unterhalten. Dabei präsentiert der Junge in seiner kindlichen Naivität ihr stolz das Amulett seines Vaters, jedoch stimmt irgendetwas mit Tamara nicht. Sie wirkt so verändert. Ihr Gesicht ist länglicher, leicht eingefallen und verfärbt sich allmählich grün. Ihre Nägel wachsen im Zeitraffer zu Krallen heran. Während sich die Zwischenräume der Finger mit sehniger Haut füllen, breitet sich auf ihrem nackten Körper schleimiges Quellmoos aus.

»Gibst du mir das, Kleiner? Komm schenk es mir! Schenk es Rusalka.« Tamara ist offensichtlich nicht mehr sie selbst, sondern bezeichnet sich als Rusalka. Ihre Stimme klingt rau.

»Aber das kann ich nicht machen. Es ist ein Geschenk meines Vaters.«

Kaum sind seine Worte abgeklungen, entreißt Rusalka den *Tschelenk* aus der Hand des Jungen und springt in die Tiefen des Flusswassers. Dem so überlisteten Jungen laufen Tränen an den Wangen herunter. Machtlos wie er da sitzt, beklagt er mit weinerlicher Stimme den Verlust des Amuletts.

»Sie ist böse! Sie ist böse! Sie ist böse!«

Lazar wiederholt den Satz permanent. Immer wieder höre ich das Echo dieser Worte im Kopf bis ich schließlich die Augenlider aufreiße, mein Körper klitschnass vor Schweiß.

Es dauerte einen Augenblick, nur langsam realisierte ich,

dass ich geträumt hatte. Dies war die letzte gemeinsame Nacht mit Tamara, zumindest für eine Weile, und ich wollte sie wieder umarmen, ihre Wärme spüren. Als ich mich umdrehte, war aber der Platz neben mir leer. Tamara lag nicht mehr im Bett, sie reagierte auch nicht auf Rufe. Außer mir befand sich keiner mehr in der Wohnung. Sie musste während ich schlief ihre Kleidung angezogen haben und gegangen sein. Vielleicht wollte sie nur ein paar Sachen zum Frühstück kaufen, schoss mir durch den Kopf. Doch ein Blick auf die Uhr verriet, es war viel zu früh dafür. Die Uhr zeigte erst kurz nach drei in der Nacht. Geschäfte waren mit Sicherheit noch zu. Und wieder hallten dieselben Worte durch meinen Kopf.

»Sie ist böse! Sie ist böse! Sie ist böse!«

Das war doch nur ein Alptraum, versuchte ich mich zu beruhigen. Tamara konnte gar nicht böse sein. Im Lichte der Zärtlichkeiten, des ekstatischen Sex', den wir stets zusammen hatten, konnte ich mir das einfach nicht vorstellen. Das alles war doch nicht gespielt. Sie liebte mich, davon war ich felsenfest überzeugt, und ich empfand ebenfalls starke Gefühle für sie.

»Nein. Das kann nicht sein. Aber, wo ist sie?«, dachte ich laut. *Selbstgespräche führe ich immer nur dann, wenn ich sehr intensiv nachdenke. Tamaras Verschwinden macht einfach keinen Sinn.*

»Vielleicht hat sie einen Anruf von einer Freundin erhalten, die in eine Notlage geraten ist?«, murmelte ich.

Ich war ratlos. Die Kombination aus Alptraum, Tamaras Fehlen und der Stille in der Wohnung behagte mir ganz und gar nicht. Skepsis überwog allmählich in meinen Gedanken.

Was, wenn Lazars Worte im Traum eine Warnung an mich waren? Und was, wenn Tamara mit der Roten Pranke verbandelt ist?

Nach ersten Schamgefühlen, wie ich Tamara Böses unterstellen konnte, poppten auf einmal neue Aspekte auf. Auch andere Punkte in Tamaras Verhalten erschienen nun seltsam. Schließlich war dieser Sadist Alex, der mich und Davut sogar töten wollte, ihr Exfreund. Ihr Verschwinden damals nach dem Unfall und das eigenartige Benehmen danach warfen weitere Fragen auf. Es gab so vieles, was bei Tamara merkwürdig war. Als ich gründlicher darüber nachdachte, fielen mir einige kuriose Verhaltensweisen auf.

Selbst wenn sie nicht böse wäre, würde jede Querverbindung zu der *Roten Pranke* eine Gefahr für mich bedeuten. Tamaras Verschwinden, kurz nachdem ich ihr erklärt hatte, gegen die *Rote Pranke* auszusagen, passte einfach nicht. Sie hätte nicht, ohne ein Wort darüber zu verlieren, weggehen dürfen. Nicht in einem so wichtigen Moment.

Meine Mutter war ein sehr abergläubischer Mensch. Sie glaubte fest daran, dass Ereignisse in Träumen eine direkte Verbindung zum realen Leben haben. Nach ihrer Ansicht konnte man sogar aus Träumen Rückschlüsse ziehen, auf das, was zukünftig im Leben passieren würde.

»Nimm jede Warnung in einem Traum ernst«, wiederholte ich ihre Worte laut.

So war es besser, diesmal auf den Rat meiner Mutter zu hören. Dies war wirklich selten der Fall. Noch während ich mich anzog, vernahm ich von draußen Motorgeräusche. Daher schaltete ich das Licht wieder aus und lief in das Wohnzimmer. Ein Blick aus dem Fenster bestätigte meine Vermutung. Der Lieferwagen hatte am Fuße der Steigung angehalten und mehrere dunkel gekleidete Männer liefen bereits den schmalen Weg hoch, hoch zu dem Haus in dem ich mich befand. Es war zu dunkel, ihre Gesichter konnte ich leider nicht erkennen. Das Haus war nur über diesen ungefähr hundert Meter langen Fußweg zu erreichen. Mir wurde klar: Die Fremden kamen, um mich zu holen. Und es gab nur zwei

Personen, die meinen Aufenthaltsort kannten. Tamara und Davut.

Natürlich war sie es. Wie konnte ich nur so blöd sein! Davut haben die doch ebenfalls auf dem Kieker. Er wird meinen Aufenthaltsort wohl kaum verraten haben. Ihm wollten sie sogar die Finger abschneiden. Na super, den Vorderausgang des Hauses kann ich jetzt nicht mehr nehmen.

Ich musste schnell verschwinden, sehr schnell. Dann kam mir der Balkon des Schlafzimmers in den Sinn. Der befand sich auf der Hinterseite des Hauses und war die einzige Möglichkeit zu entkommen. Daher kletterte ich über das Geländer und hangelte mich an der Regenrinne entlang zu Boden. Mein Anzug war danach ruiniert, aber darauf kam es jetzt nicht mehr an.

Am Abend hatte ich auf diesem Balkon noch in romantischer Atmosphäre mit Tamara einen Weißwein getrunken. Wie antagonistisch? Dieses Haus so zu verlassen war besonders erniedrigend und ärgerte mich sehr. Noch nie zuvor wurde ich von einer Person dermaßen enttäuscht. Noch nie war ich so blind, warf ich mir nun vor. Bei Tamara hatte das männliches Begehren meinen sonst gut ausgeprägten Verstand überlagert und sogar komplett ausgeschaltet. Ich lief weg, rannte durch Sträucher und Brennesseln in ein Waldstück hinein, das an den Garten des Hauses angrenzte und suchte dort hinter einem Gebüsch Schutz. Meine Beine brannten. In meinem Geiste gingen dabei neue imaginäre Lichter an. Jetzt wurde klar, warum Tamara nie wollte, dass wir auf demselben Foto abgebildet waren. Sowas hatte ich nie zuvor bei einer Freundin erlebt. Alles reimte sich nun.

»Mist, er ist weg. Er ist entkommen«, schallte es vom Balkon herunter.

»Sucht das Gelände ab! Schnell«, befahl ein Anderer.

Aus meinem Versteck sah ich die Lichter in der Wohnung

der Reihe nach angehen. Ein Mann hielt vom Schlafzimmerbalkon aus nach mir Ausschau und gab Kommandos. Darauf bedacht möglichst unauffällig und vor allem leise zu sein, bewegte ich mich tiefer in den Wald hinein. Erst als ich glaubte, nicht mehr hörbar zu sein, rannte ich mit aller Kraft. Je weiter ich in den Wald hinein lief und mich von der Siedlung entfernte, umso dunkler wurde es. Eine massive Decke aus Wolken spannte sich über den gesamten Himmel und gab dem Mond keine Chance, sich zu zeigen. Umrisse von Bäumen, Gestrüpp und Steinen verwischten sich und waren kaum mehr vom Schwarz der Nacht zu unterscheiden. Eine Orientierung nur rudimentär möglich. Dass es regnete, fehlte noch. Meine Füße sackten ständig in den weichen Waldboden ein, was mir das Laufen nicht gerade erleichterte. Es war zum Verzweifeln. Ab und an überquerte ich kleinere Waldwege und Bäche. Ich lief, bis mich die Blasen an den Füßen ermahnten. Dieses Tempo konnte ich unmöglich noch lange durchhalten.

Spätestens als ich das laute Plätschern von Wasser neben mir hörte, machte ich einen Satz zur Seite und vernahm ein dezentes Klicken beim darauffolgenden Schritt.

Eins war klar. Das war kein Laut, der üblicherweise in der Natur vorkam. Es hatte sich eher metallisch angehört. Mein Puls stieg auf gefühlte zweihundertachtzig. Ich spürte, wie das Adrenalin von der Nebenniere aus, entlang der Hauptschlagader, nach oben in mein Gehirn schoss und war gelähmt vor Angst, als hätte man mich in Bruchteilen von Sekunden schockgefroren. Ich konnte und wollte mich nicht mehr bewegen, da ich nicht wusste, worauf ich getreten war. Schließlich sah ich ja nicht viel. Das Plätschern im Wasser könnte vielleicht von einem Tier stammen. Der Lautstärke nach müsste es ein größeres Tier gewesen sein. Vielleicht ein

Bär, Wolf oder ein Wildschwein. Wildschweine konnten ja sehr gefährlich werden. Auch eine giftige Viper war denkbar. In dieser Gegend sind sie bestimmt keine Seltenheit, überlegte ich. Aus meiner Zeit bei den Pfadfindern wusste ich, dass wilde Tiere Menschen nicht mögen und sogar Angst vor ihnen haben. In der Regel entfernen sie sich, sobald sie die Tritte eines Menschen wittern. Es sei denn sie spüren unmittelbare Gefahr, dann nämlich greifen sie an. Ruhe bewahren, dachte ich.

Bloß keine abrupten Bewegungen. Am besten gar keine Bewegung und das Denken abschalten. Dies ist ja händelbar.

Nach dem Abklingen der Schockstarre fiel es mir wieder ein. Da war doch noch was, da war doch noch dieses metallische Klicken. Eine neue Welle von Adrenalin überschwemmte mein Gehirn. Ich zitterte am ganzen Körper. Dann fiel mir plötzlich ein, dass ich ja noch das Handy in der Hosentasche hatte. Ein Blick mit Hilfe der Displaybeleuchtung nach unten bestätigte meine Befürchtung. Ich bin auf eine Mine getreten. Plötzlich ertönte ein Grunzen neben mir. Aufgeschreckt fuchtelte ich mit der Displaybeleuchtung umher. Entwarnung. Eine Wildschweinmutter führte ihre Frischlinge, der Größe nach geordnet, an mir vorbei und verschwand mit ihnen in der Dunkelheit.

Also halten wir mal fest. Ich bin auf der Flucht, denn irgendwelche Männer wollen mich fangen oder gar töten. Etwas sehen kann ich nur minimal mit Hilfe der Displaybeleuchtung. *Wer weiß, wie lange noch?* Dann sind da noch die Tiere, die sich durch furchterregende Geräusche bemerkbar machen und sehr gefährlich sein können. Und jetzt auch noch das angsteinflößende Ding unter meinem rechten Fuß.

»Eine Mine, verdammt«, beklagte ich die ausweglose Situation.

An Bewegung war jetzt erst recht nicht mehr zu denken. Meine Augenwinkel feuchteten sich vor lauter Verzweiflung, aus dieser misslichen Lage nicht mehr lebendig rauszukommen. Kalter Schweiß perlte auf meiner Stirn und drohte, sich mit Tränen zu verbinden. Ich war stets ein besonnener Typ, pflegten Freunde zu sagen. Bewahrte immer die Fassung. Aber wie sollte ich jetzt noch Ruhe bewahren?

»Sie haben die Wahl«, schwirrte die markante Stimme eines Moderators in meinem Kopf herum. Wie ich diese Game-Shows hasste.

Richtig, ich habe die Wahl zwischen genau drei Optionen: Von meinen Verfolgern gerettet und dann bis zum Tod gefoltert werden; von wilden Tieren angefallen und gefressen werden, bis ich meinen Fuß nicht mehr auf der Landmine halten kann. Aber am besten ist die dritte Option. Sarkastischerweise empfinde ich diese als ein Privileg, das nicht viele Menschen haben. Einfach den Fuß von der Mine nehmen, um in Millionen Stücke pulverisiert zu werden und in Bruchteilen von Sekunden ins Jenseits zu fliegen. Eine Schadenbegrenzung für die Natur, versteht sich, weil ich damit die Mine unschädlich gemacht hätte. Quasi ein ›Bio-Tod‹.

In den Kriegsjahren wurden um Sarajevo herum von allen Parteien Minen verlegt, viele tausend Minen. Entsprechende Hinweisbänder hatte ich zuvor bei meinem Spaziergang mit Tamara bemerkt. Ich hätte aber niemals gedacht, dass ich selbst schon bald auf einer Landmine stehen würde. Es war eine Ironie des Schicksals, denn wer konnte sich das schon aussuchen. Meine abwechslungsreiche Reise durch den Irrgarten des Lebens war hier und jetzt zu Ende. Aber das Ende konnte ich mitbestimmen, wie ein Künstler, der gerade dabei war, den Weltuntergang zu porträtieren. Damit auch seinen Untergang. So musste in diesem Moment eine Entscheidung her.

Der Frühling hatte gerade erst angefangen und es war ganz besonders nachts eiskalt. Ich fror. Das dünne Jackett bot nur unzureichenden Schutz. Durch die Bewegungslosigkeit kühlte sich mein Körper zudem weiter ab. Nach Minuten voller Panik beruhigte sich allmählich mein Puls. Ich konnte wieder rational denken, aber ich zitterte am ganzen Leib.

Da gibt es noch eine andere Option. Quasi die Joker-Option. Nämlich erfrieren und dann erst in die Luft fliegen.

Doch dann machte das Handy in meiner Hand mit einem Alarmton auf sich aufmerksam, denn die Batterie war fast leer.

Ok, ein letzter Anruf, noch bevor das Handy den Dienst quittiert.

Der Einzige, der meine geistigen Qualen jetzt nachvollziehen konnte, war Davut. Schließlich waren wir beide zusammen in dieser Hütte gefangen, gemeinsam mussten wir dort viel durchstehen. In Anbetracht der fortgeschrittenen Uhrzeit war nicht damit zu rechnen, dass er überhaupt ranging.

»Sie sind auf eine Mine getreten?«, fragte er mit schläfriger Stimme. »Und es hat Klick gemacht?«

»Ja, es hat Klick gemacht verdammt. Ich habe es genau gehört!«

Dann fing er plötzlich an zu lachen, was mich stark irritierte und wütend machte. Ich war nicht in der Stimmung und nicht in der Lage, das lustig zu finden. Bei weitem nicht. Ich wollte das Handy gerade wegwerfen. Das, was ich dann aus dem Handy hörte, hielt mich jedoch davon ab.

»Sie können sich sehr glücklich schätzen. Wenn sie das Klicken nicht gehört hätten, wären sie jetzt tot!«

»Wie, wie meinen Sie das?«

»Sie sind auf eine der wenigen Landminen getreten, die versagen. Das ist nur bei fünf Prozent der Minen der Fall.«

»Wie kommen Sie darauf?«, fragte ich mit unsicherer

Stimme.

»Naja, Landminen explodieren für gewöhnlich in dem Moment, in dem man auf sie tritt. Die Zündung funktioniert auf Druck. Nur in Hollywoodstreifen explodieren Minen erst, wenn man den Fuß wegnimmt.«

»Das heißt, ich kann von dem Ding runtergehen?«

»Ja! Nur zu.«

Ein Gefühl der Erleichterung breitete sich in mir aus. Ich nehme den Fuß von der Landmine und nichts passiert. Keine Explosion. Ich lebe noch!

Davut versprach, sich sofort auf den Weg zu machen. Eine Suche nach mir machte keinen Sinn, da uns meine genaue Position nicht bekannt war. So sollte ich versuchen, mich nach Norden bis zu dem Nebenfluss der *Miljacka* durchzuschlagen, der sich in erreichbarer Nähe befand. Zu einer Stelle, an der die Straße nach Sarajevo den Nebenfluss in einer Kurve überquerte; für nur wenige hundert Meter. Das war die einzige Chance auf die Straße nach Sarajevo zu kommen, ohne schwimmen zu müssen. Die Mine, auf die ich getreten war, musste sich in einem Minenfeld zwischen Pale und der Straße nach Sarajevo befunden haben. Die Kunst war es jetzt, auf dem Weg dorthin den Tritt auf eine zweite Mine zu vermeiden. Ein schwieriges Unterfangen, wie sich bereits herausgestellt hatte. Ich brauchte irgendetwas, womit ich den Erdboden abtasten und Tiere abwehren konnte. Daher ging ich auf die Knie und suchte den Boden nach einem brauchbaren Stück Ast ab, mit dem ich die Erde nach Landminen durchstochern konnte.

Von den Männern in dunkler Kleidung war keine Spur zu sehen. Aus gutem Grund. Sie wussten offensichtlich um die Existenz des Minenfeldes und würden eher die Straßen absuchen, überlegte ich. Bloß ein paar Meter war ich auf allen

Vieren unterwegs, schon ertastete ich eine tellergroße, ein bis zwei Zentimeter hohe Aufhügelung von Erde.

›Mit einer Aufhügelung wird der Druck auf den Zünder erhöht‹, hat Davut in dem Handygespräch erläutert. ›Daran kann man aber auch im Boden versteckte Landminen ausmachen.‹

Genau überprüfen, ob es sich tatsächlich um eine Mine handelte, wollte und konnte ich nicht. Also umschiffte ich die Stelle, während ich weiterkrabbelte. Nicht weit davon entfernt stieß ich auf eine Baumwurzel.

Bin ich in dem Traum vorhin nicht ebenfalls gegen eine Baumwurzel gerannt? Diese Parallele ist ein sonderbarer Zufall.

In der Realität jedoch verletzte ich mich daran nicht. Genau das Gegenteil war der Fall, denn ich fand an dem Baum über der Wurzel einen stabilen, aber nicht zu dicken Ast, den ich abbrach. Ein bisschen zurechtgestutzt taugte er als Gehstock, wäre sogar für Blinde geeignet gewesen und beschleunigte mein Vorankommen um das Hundertfache. So ging ich nun wieder aufrecht und stocherte damit den verlaubten Boden vor mir nach Gefahrenstellen ab. Auch an die Geräuschkulisse des Waldes hatten sich meine Ohren gewöhnt, denn ich schreckte nicht mehr bei jedem Laut zusammen. Selbst die von großen Tieren wirkten nun nicht mehr so bedrohlich, denn der Stock in meiner Hand steigerte meine Abwehrmöglichkeiten enorm. So gewappnet war ich mir sicher: Heute würde ich nicht sterben. Nicht bei soviel Glück mit einer Mine, die ihren Dienst versagt hatte. Irgendjemand da oben im Himmel hatte ein Auge auf mich geworfen und beschützte mich offenbar. Nach und nach lösten sich zu meiner Erleichterung die dunklen Wolken auf und das Licht des Mondes durchbrach stellenweise den Himmel. Konturen wurden damit erkennbarer. Dies ermöglichte ein schnelleres Vorankommen. Ich musste bald mehr als zwei Stunden im

Wald gewesen sein, denn der Sonnenaufgang kündigte sich an. Zudem waren hin und wieder Fahrzeuggeräusche zu hören, woraus ich ableitete, dass sich die Straße nach Sarajevo bereits in der Nähe befand. Alle kleineren Straßen und Wege sollte ich laut Davut nicht beachten und sie einfach überqueren. Zu meiner Freude lag kurz nach Sonnenaufgang der Nebenfluss vor mir. Dann lief ich am Ufer entlang zu der engen Straßenkurve, die den Fluss überquerte. Unser Treffpunkt. Davut wartete bereits dort.

»Kommen Sie! Schnell in den Wagen!«, hörte ich ihn aus dem Land Rover rufen.

»Ich kann gar nicht beschreiben, wie glücklich ich darüber bin, Sie zu sehen.«

24

Der Abschied

DAS Plätschern von Wasser in Harmonie zum Knistern einer dicken Schaumkrone klang dieses Mal wie Musik in meinen Ohren. Die angenehme Temperatur des Badewassers in Kombination mit dem magischen Inhalt einer Flasche wärmte meinen Unterleib und diente als Balsam für die Seele. Schmerzen an Füßen und vor allem das Brennen an den aufgescheuerten Knien wurden auf diese Weise gelindert. Ich wischte das verschmierte Blut mit einem Lappen weg. Endlich konnte ich wieder durchatmen.

»Lassen Sie hiervon ein paar Tropfen in die Wanne laufen«, hatte Davut zuvor gesagt, als er ein Fläschchen mit japanischen Zeichen in seiner Hand hielt. Recht hatte er.

Davut lebte in einem Single-Haushalt mit der typischen Unordnung eines Männerdaseins.

»Mein Großvater war Publizist einer kleinen Stadtzeitung und fiel dem Misstrauen Stalins zum Opfer«, erzählte er auf ein Porträt an der Wand deutend. »Der hatte was gegen Kritiker.«

»Es tut mir Leid, das zu hören. Das war bestimmt nicht einfach für Ihre Familie.«

»Ich habe Großvater nie kennengelernt, aber er war ein lebenslustiger Mann.«

Nach dem Tod seines Großvaters sei der Rest der Familie zunächst nach Prag geflohen und dann einige Jahre später nach Sarajevo gezogen, wo sie von der jüdischen Gemeinde aufgenommen wurden. Während Davut dann über seine Schulzeit in Sarajevo plauderte, hatte ich bereits das Bild neben dem Porträt des Großvaters im Blickfeld. Darauf waren ein Dutzend Uniformierte mit grünen Baretten abgebildet. In der zweiten Reihe, mittendrin, erkannte ich das Gesicht des jüngeren Davut. Noch immer zeichneten sich die markanten Wangenknochen klar in seinem Gesicht ab. Es war nicht schwer, ihn zu erkennen. Aufmerksam - wie er stets war - bemerkte er meinen Blick und beantwortete eine diesbezügliche Frage noch bevor ich sie artikulieren konnte.

»Ich war bei den *Zelene Beretke*, der paramilitärischen Miliz *Grüne Barette*.«

»Hmm, sagt mir nichts.« Ich runzelte die Stirn. »Nie gehört von der.«

»Die *Zelene Beretke* hatten im Krieg besondere Aufgaben. So waren sie für den fatalen Angriff auf den Konvoi der serbischen Armee in Tuzla verantwortlich. Darüber wurde viel berichtet.«

»Wieso fatal?«

»Wissen Sie, meine Motivation war gewesen, die eigene Familie vor Übergriffen zu schützen, als ich den Entschluss gefasst hatte, in den Krieg zu ziehen. Der Krieg aber hat aus uns jungen Männern seelenlose Kampfmaschinen gemacht, wahre Monster, die durch Befehle ferngesteuert wurden.«

»Jetzt wird mir einiges klar. Das erklärt Ihr Wissen über Personenminen.«

»Klar. Mit Minen umzugehen war das Erste, was uns beigebracht wurde.«

»Da ist noch mehr. Auch Ihre Unempfindlichkeit

gegenüber Schmerzen als wir an die Stühle gefesselt waren, hat mich beeindruckt.«

»Es ist nicht so, dass ich keine Schmerzen gespürt habe, aber was ist den schon körperlicher Schmerz im Vergleich zu seelischen Schmerzen.«

Die Betroffenheit war in seiner Stimme nicht zu verkennen, er litt offensichtlich an den Folgen des Krieges. Davut senkte das Haupt und hatte Schwierigkeiten weiterzureden. Seine Stimme war kaum noch zu verstehen und drohte zu versagen. Man konnte so gerade noch den Worten folgen.

»Ich habe im Auftrag meiner Kommandeure gemordet. Unschuldige Menschen getötet.« Reuegefühle übermannten Davut und er fing an zu weinen wie ein kleiner Junge.

Das passte absolut nicht zu dem stählernen Mann, den ich bis dahin kannte. Aber selbst der härteste Stahl rostet irgendwann.

»Sie haben nur Befehle ausgeführt«, sagte ich in der Hoffnung, ihn damit wieder aufzumuntern. »Im Krieg passieren eben Dinge, die im Nachhinein keiner wollte.«

Er aber erzählte weiter. »Unsere Scharfschützen schalteten jeden Fahrer des Konvois aus. Und dann … dann knallten wir die Flüchtenden ab. Ja, ich war einer der Schützen. Und wir hatten den Befehl dazu.«

Davut wurde ganz still und wischte sich die Tränen aus den Augen. Vor lauter Scham blieben sie nach unten gerichtet. Er konnte mich nicht ansehen, während er über die Tat erzählte.

»Lassen Sie sich nicht hängen, denn Sie hatten ein ehrenhaftes Motiv. Sie wollten ihre Familie schützen.«

»Die meisten waren einfache Rekruten, wie wir später erfuhren. Seitdem kann ich nicht mehr ruhig schlafen und sehe jede Nacht die Gesichter der Getöteten.«

»Sie trifft keine Schuld! Sie hatten keine andere Wahl.«

»Nein, nein, so einfach kann ich mich nicht rausreden. Ich habe es nicht verdient weiterzuleben, Elias.«

Die Hilflosigkeit, seine Taten ungeschehen zu machen, hatte im Laufe der Zeit Davuts Selbstbewusstsein erschüttert. Der einstige Elitesoldat wirkte nun wie das Wrack eines ausgebrannten Panzers, die man hier oft an Straßenrändern sah. Einfach leer und ausgeblichen. Ausgelebt. Zeit, so sagt man, heilt Wunden. Diese scheinbar nicht.

»Ich werde Ihnen helfen, Elias. Auch wenn ich mich damit selbst in Gefahr bringe, will ich einmal etwas Gutes tun.«

»Danke für das Angebot.«

»Sie sind ein edler Mensch, keiner von diesen abgewichsten Bankern, für die ich arbeite. Und ich mag Sie.«

»Kommen Sie. Sie gehen jetzt am besten schlafen und ruhen sich aus. Wir reden später.«

Natürlich berührte mich die Lebensgeschichte Davuts, aber ich selbst hatte eine anstrengende Nacht durchlebt und war müde. Draußen war es bereits taghell. Daher machte ich es mir auf der Couch bequem, wollte meine Augen entlasten, versuchte einzuschlafen. Von Schlaf konnte jedoch nicht die Rede sein. Wenn überhaupt hatte ich gedöst, lediglich die Muskeln etwas entspannt. In diesem Zustand des geistigen Schwebens vibrierte das Handy auf dem Tisch neben mir. Es war Ambera.

»Gut, dass ich dich erreiche.«

»Ist etwas passiert?«

»Ich will dich warnen. Almir hat Tarik aufgetragen, dich zu suchen.«

»Wieso hat er das gemacht?«

»Ein Kunsthändler hat ihm gesteckt, dass du vermutlich weißt, wo sich der *Tschelenk* befindet.«

»Wann ist denn Tarik los?«

»Vor einer halben Stunde.«

»Als ob ich nicht schon genug Probleme hätte. Es sind bereits andere Leute hinter mir her, vermutlich die von Tomislav Stankovic.«

»Wie meinst du das?«

»Ich glaube, der denkt jetzt, dass mein Handy im Lüftungskanal geklingelt hat.«

»Du musst so schnell wie möglich verschwinden! Du bist in höchster Gefahr.«

Ambera sorgte sich um meine Sicherheit. Das ehrte mich zwar, dennoch war sie immer noch eine Soldatin Almirs. *Vielleicht will sie mir eine Falle stellen?* Zumindest theoretisch bestand die Möglichkeit.

»Würdest du mich töten?« Meine Frage verblüffte sie.

»Spinnst du? Wie könnte ich das, nachdem was zwischen uns passiert ist? Ich liebe dich!« Sie klang sauer.

Liebe ist ein Wort, das ich selten gebrauchte, dessen inflationäre Verwendung ich schon immer als fragwürdig sah. Viele Freunde verliebten sich gleich in die erste Frau mit der sie schliefen. Nein, so war ich bei weitem nicht drauf. Auch an Liebe auf den ersten Blick glaubte ich nicht. Wahre Liebe ging darüber hinaus. Mehrere Stufen darüber. Meiner Ansicht nach hat Liebe nichts mit dem körperlichen Dasein zu tun. Vielmehr ist sie die direkte, ja sogar die kürzest mögliche Verbindung zwischen zwei Seelen, ohne biologische Grenzen. Liebe ist der Gleichklang zweier Geister, das absolute Gefühl von Harmonie. Natalie, die liebte ich. Aber Ambera? Eine greifbare Antwort hatte ich nicht.

»Da ist noch was, um das ich mich kümmern muss«, sagte ich.

»Was denn? Ist es Tamara?«

»Nein, die hat mich verraten, diese Fotze. Mich ausgesaugt

… ausgenutzt!«

»Mach es nicht so spannend!«

»Ich weiß nicht, ob ich dir das anvertrauen soll. Momentan bin ich mir nicht mehr sicher, wem ich trauen kann und wem nicht.«

»Jetzt hör mal zu! Ich hatte den Auftrag, es dir zu besorgen, aber ich habe das dennoch nicht wegen des Jobs gemacht.«

»Nicht wegen Almir?«

»Nein! Nein! Elias, ich wollte dir nah sein. Ich wollte dich in mir spüren.«

»Wirklich? Naja, zumindest warst du sehr überzeugend.«

»Wenn … wenn ich es wirklich so gewollt hätte, wärst du bereits tot, verstehst du? Gelegenheiten dazu hatte ich zur Genüge.«

» Das stimmt. Ich lebe noch.«

»Also, worum geht es? Ich will dir nur helfen.«

»Ok. Wenn ich in Gefahr bin, dann sind dieser kleine Junge und seine Mutter ebenfalls in Gefahr. Ich muss beide warnen oder besser dafür sorgen, dass sie in Sicherheit gebracht werden.«

»Willst du das wirklich? Die Zeit rennt dir davon.«

»Ich überlege, mit William Shoemaker von der Polizei zu sprechen.«

»Den Beamten hier kann man nicht trauen. Die sind alle korrupt und Almir hat Verbindungen bis in die höchsten Etagen.«

»Jetzt wo du es sagst. Der Schütze, der rein zufällig auf einer Seife ausgerutscht ist und sich das Genick gebrochen hat … Komisch ist das schon.«

»Elias, das war kein Zufall.«

Zweifel dominierten nun meine Gedanken. Ich war nicht sicher, ob ich das Angebot von Gabor Barna annehmen und in das Zeugenschutzprogramm gehen sollte. Ambera hatte vollkommen Recht, denn die *Rote Pranke* hatte auch zur Polizei beste Kontakte.

Vielleicht macht es Sinn, zur amerikanischen Botschaft zu gehen und mich dort um Hilfe zu bemühen?

Der Anruf bei meinem Boss verdeutlichte, dass er den Ernst der Lage nicht begriff. Cholerisch wie er war, hörte er mir nicht richtig zu und tat so, als wäre er lediglich an der Fertigstellung des Berichts interessiert. Ich solle einfach nicht sterben und müsse da bleiben, bis die Arbeit erledigt sei. Sein einziges Zugeständnis war, bewaffnete Bodyguards für meine Sicherheit zu engagieren. Der Boss kannte den Botschafter persönlich. Es hätte daher nichts gebracht, ihn um Hilfe zu bitten. Denn einen Anruf später würde der Boss informiert werden. Ob die Sicherheitsleute, die der Boss über Peter Lemming beauftragen wollte, tatsächlich in der Lage sein würden, mich zu beschützen, war fraglich. Lazar und seine Mutter waren ihm egal. »Nicht unser Business«, war seine Antwort dazu. Die Polizei solle sich darum kümmern, es sei deren Job. Diese Meinung teilte ich nicht. Ein alternativer Plan musste her, schließlich war meine Empathie für Lazar groß. Er war mir ans Herz gewachsen, gerade auch wegen dem, was seinem Vater passiert war. Als Banker dürfe man sich nicht mit den privaten Problemen von Leuten beschäftigen, pflegte der Boss immer zu sagen, sonst würde man anfangen, Sozialamt zu spielen.

So ein Arschloch.

Lazars Mutter war überrascht, als ich zusammen mit Gabor Barna an der Wohnungstür klopfte. Mit ihm hatte ich einen alternativen Plan ausgearbeitet. Wir mussten es nur bis nach Dubrovnik an der kroatischen Küste schaffen. Er besaß dort ein ein Segelboot, mit dem wir nach Italien übersetzen würden. Als Jugendlicher hatte mich mein Vater oft auf Segeltörns mitgenommen. Sie gehörten zu den wenigen Momenten, in denen wir uns gut verstanden. Insbesondere konnte er als Kapitän die Rolle des Befehlshabers, die er verinnerlicht hatte, voll ausleben, sogar ohne meinen Widerstand. Später hatten Natalie und ich hin und wieder für die Wochenenden ein Segelboot gemietet. Nachdem alle Formalitäten für Lazar und seine Mutter erledigt sein würden, würden wir letztendlich von dort aus in die USA fliegen. Sie durften nicht auf dem Balkan bleiben, zumindest nicht, wenn sie das Amulett behalten wollten. Und sie lehnten ab, es abzugeben. Daher bat ich beide, ihre wichtigsten Sachen zu packen und mitzukommen. Um Lazars Gunst musste ich nicht lange buhlen, er wollte sofort dabei sein. Die Zustimmung seiner Mutter dagegen erforderte harte Überzeugungsarbeit. Es war eine Frage der Zeit, bis Almirs Leute vor dem Haus auftauchen würden. Ambera hatte sie zwar auf eine falsche Fährte geschickt - das verschaffte uns etwas mehr Zeit -, aber es konnte nicht lange dauern, bis die Männer dies bemerken würden. So kamen nach wenigen Minuten schon Lazar und seine Mutter, die Arme voll mit Gepäckstücken, nach unten.

»Ich bin nicht sicher, ob das die richtige Entscheidung ist.« Milena zweifelte immer noch.

»Glauben Sie mir, es wäre leichtsinnig, hier zu bleiben«, sagte Gabor Barna.

Ich nahm ihr die Reisetaschen aus den Händen und stellte sie vor dem Kofferraum ab. »Milena, denken sie an Ihren Sohn. Alles wird gut, wir werden schon bald in Sicherheit sein.«

»Hmm … in Ordnung, wir haben eh nichts zu verlieren. Schließlich mag Lazar Sie sehr. Er sieht in Ihnen ein Vorbild.«

Sie fügte sich am Ende dem Plan.

»Ich fühle mich geehrt.«

Ambera ließ es sich nicht nehmen, mir persönlich Lebewohl zu sagen und erschien zu meiner Freude, während Davut das Gepäck einlud. Ich umarmte sie.

»Hey, danke für alles!«, sagte ich.

Sie war traurig darüber, dass ich gehen musste. Auch ich merkte, dass sie nicht bloß eine Affäre war, sondern sich neben Natalie in mein Herz eingenistet hatte. Mir wurde allmählich klar, ich liebte sie und würde sie vermissen, allerdings war meine emotionale Bindung zu ihr anders gestrickt. Der Abschied fiel uns umso schwerer. Ein intensiver Moment. Aber nichts half, es war an der Zeit zu gehen. Meine Bosnienreise neigte sich dem Ende zu. Wir umarmten uns ein letztes Mal. Ich fühlte ihre Zuneigung. Doch dann fing Ambera an zu weinen. Sie wisperte etwas, aber ich konnte es nicht verstehen.

»Wie bitte, was hast du gesagt?«

Sie räusperte sich. »Ich habe mich nicht getraut, es dir bei unserem Telefonat zu sagen! Ich bin schwanger, Elias«, sagte sie jetzt in einer hörbaren Lautstärke.

Ihre Worte trafen mich, als ob jemand mit einen Taser mein Herz berührte, als würden mehrere hunderttausend Volt es knisternd aus dem Rhythmus bringen. Ich hatte urplötzlich Mühe, meinen Körper im Gleichgewicht zu halten. Es dauerte eine Weile, bis ich mich wieder fing.

Das Artikulieren fiel mir schwer. »Du, du … meinst …« Die Frage kam nur zögernd aus meinem Mund. »Du bekommst ein Kind von … von mir?«

Ambera wischte sich mit dem Handrücken das Nass vom Gesicht. Ihr Kajal verschmierte dadurch und ließ die Augenränder dunkler wirken.

»Ich weiß nicht, was ich machen soll. Vielleicht ist es besser abzutreiben? Wenn Almir erfährt …«

»Moment, nicht so voreilig«, unterbrach ich sie. »Darüber müssen wir reden, aber jetzt haben wir keine Zeit dazu. Komm' doch mit uns!«

Ambera dachte eine Weile nach, bevor sie antwortete. »Nein, meine Großmutter, sie kommt ohne mich nicht klar.«

Sie riss sich mit aller Kraft zusammen, küsste mich auf den Mund und entfernte sich dann von mir.

25

Die Flucht

LAZAR hielt sein Amulett fest in der Hand, während wir entlang des Flusses Neretva nach Mostar hineinfuhren. Reste von Mauern zierten das linke Ufer. Unzählige zerschossene Gebäude fügten sich zu einer Geisterlandschaft zusammen - *genauso schrecklich sieht es momentan in meinem Leben aus.* So dachte ich schweren Herzens über Ambera und das Kind in ihrem Bauch nach. Über mein Kind. Gewissensbisse plagten mich, denn einfach wegzufahren war nicht die feine Art. Aber was hätte ich denn tun sollen, rechtfertigte ich mich.

»Hier in Mostar ist die berühmte Brücke Stari Most, Mama.«

Anders als ich war Lazar aufgeregt und voller Enthusiasmus.

»Ja, das ist das Wahrzeichen von Mostar, Schatz«, antwortete seine Mutter.

»Sie ist eine der höchsten Einbogenbrücken der Welt. Sie wurde von Hayrudin, einem Schüler Mimar Sinans erbaut. Und zwar im Jahre 1566«, sagte Lazar.

»Das ist richtig, die Brücke war Jahrhunderte lang ein Symbol für die Vielfalt in Bosnien. Die Stari Most verbindet den bosniakischen Ostteil mit dem kroatisch geprägten Westteil der Stadt«, erklärte Milena.

»Ja, und Papa hatte mir mal erklärt, dass sie eine lichte Weite von mehr als achtundzwanzig Metern hat und knapp zwanzig Meter hoch ist.«

Lazars Erklärungen brachten mich wieder auf andere Gedanken, denn ich musste schmunzeln. Ich liebte seine kindliche Art, Dinge zu erklären. »Echt? Das ist ja ganz schön hoch!«, hakte ich nach.

»Ja. Weißt du, das war ein Wunder für die damalige Zeit.«

»Du überraschst mich immer wieder! Ist das nicht die Brücke, an der jedes Jahr die Männer in der Stadt ihren Mut bewiesen? Mit einem Sturz in den Abgrund?«

Lazar nickte. Stets schwang eine Brise Begeisterung für das Detail mit, wenn er erzählte. Er kannte die ganze Geschichte. Die Stari Most sei zweimal eingestürzt, bevor sie endgültig fertiggestellt wurde. Erst der dritte Versuch sei schließlich geglückt, davon wäre dieses Mal Hayrudins Leben abhängig gewesen. Der Sultan hatte angekündigt, ihn enthaupten zu lassen, falls die Brücke noch einmal einstürzen sollte. Aus Angst, ob sie halten würde, konnte sich Hayrudin den Abbau der Hilfsgerüste nicht ansehen, und habe sich durch Emissonäre außerhalb der Stadt über den Erfolg informieren lassen. Erst danach, nachdem er sich sicher gewesen sei, dass die Brücke halten würde, ritt er zum Sultan nach Konstantinopel zurück. Die Stari Most habe nach der Fertigstellung Jahrhunderte überdauert.

»Papa hat gesagt, sie wurde für die Ewigkeit gebaut.«

»Das war sie, mein Sohn, aber die zerstörerische Wut von Menschen hat vor diesem Wunder der Geschichte keinen Halt gemacht.«

»Ja, Mama. Leider. Die sind genauso böse, wie die Menschen, welche die Bibliothek in Alexandria zerstört hatten.«

Lazars Gemütslage kippte. Seine Enttäuschung über das

Verhalten der Erwachsenen, die sich gegenseitig bekämpften und dabei alles Schöne zerstörten, musste riesig gewesen sein. Raubten sie ihm doch die Zukunft.

Mein Handy vibrierte und ich fischte es aus meiner Tasche. Almirs Name war auf dem Display eingeblendet. Ich zögerte, den Anruf anzunehmen, weil ich Ungutes ahnte.

»Ja bitte.«

»Glauben Sie nach alldem, was ich für Sie getan habe, einfach so verschwinden zu können? Sie verdammter Mistkerl!«, pfiff die Stimme aus dem Handy.

»Ich bin nur kurz weg. Ich komme wieder«, log ich.

»Ja, das sollten Sie auch, sonst …«

»Sonst was?«

»Kommen Sie bis heute Abend zurück! Wenn nicht, reiße ich dieser Schlampe die Gebärmutter aus dem Leib. Sie wissen, was sich darin befindet oder?«

»Wem?« Ich wusste genau, wenn er meinte.

»Sie haben noch Humor? Ha?«

Ich kochte vor Zorn, konnte mich kaum noch im Sitz halten.

Es ging ja alles viel zu glatt, bei meinem Glück, das ich von Anfang an in Bosnien hatte. Irgendetwas musste ja dazwischen kommen. Verdammt. Dieser Scheißkerl erzählt mir etwas von Moral und Ehre und jetzt will er seiner rechten Hand den Bauch aufschlitzen. Warum können Verbrecher nicht konsequent sein und einfach zu dem stehen, was sie von sich geben?

»Jetzt hören Sie mir mal genau zu. Sollte Ambera auch nur ein Haar gekrümmt werden, sorge ich persönlich dafür, dass Sie und die restliche Verbrecherbande im Knast landen.«

»Sparen Sie sich den Rest. Sie waren es, dessen Handy bei der Sitzung des Hohen Rates geklingelt hatte.«

»Dann wissen Sie auch genau, dass ich den Mord an

Dragoslav beobachtet habe. Außerdem habe ich eine Aufzeichnung.«

»Das tue ich. Überschätzen Sie nur nicht Ihre Trumpfkarte. Die Polizei wird Dragoslav ganz bestimmt nicht nachtrauern.« Almirs Stimme verzog sich nun ins Höhnische.

»Mord ist Mord. Egal, ob an einen Verbrecher oder nicht!«

»Heute Abend um neun Uhr. Bringen Sie auf jeden Fall den *Tschelenk* mit! Ich sende Ihnen eine SMS.«

Almir gab mir keine Chance mehr, weiterzusprechen und legte auf. Die Aufnahme war ihm völlig egal.

»Scheiße, Scheiße, Scheiße …«

Während das Schimpfwort immer wieder aus meinem Mund schoss, schlug ich mit der Faust auf das Armaturenbrett. Das hatte ich sonst nie gemacht.

»Jetzt beruhigen Sie sich!«, rief Davut, der bis dahin still war.

»Wie könnte ich das?«, antwortete ich wehleidig.

»Wenn es um das Leben Ihrer Freundin geht, dann geben wir Ihnen natürlich den *Tschelenk*«, sagte Milena.

Almir hatte so laut gesprochen, dass alle im Auto mithören konnten. Einer näheren Erklärung bedurfte es nicht. Milenas Worte beruhigten mich ein wenig, da ich dadurch etwas zum Tauschen hätte.

»Das weiß ich sehr zu schätzen, gerade weil euch beiden der *Tschelenk* soviel bedeutet. Dennoch befürchte ich, Almir wird sich am Ende damit nicht zufrieden geben.«

Lazar löste das Lederband um seinem Hals und reichte mir das Amulett. »Ich will nicht, dass noch jemand dafür stirbt.«

»Ok. Elias und ich kehren zurück«, sagte Davut. »Ihr beiden bleibt solange hier in Mostar.«

Lazar und seine Mutter brachten wir bei Verwandten Davuts in der Altstadt unter. Dort waren sie sicher, bis wir zurückkehren würden. Während wir auf die SMS mit dem Ort warteten, arbeiteten Davut und ich an einem Plan. Oberstes Ziel war es, Ambera lebend aus den Fängen Almirs zu befreien, auch wenn wir den *Tschelenk* dafür opfern mussten.

Bevor wir uns auf den Rückweg nach Sarajevo machten, sprang Davut noch in einen Supermarkt und kam mit zwei Taschenlampen und einem Beutel voller Teelichter in der Hand zurück. Er packte die Sachen in seinen Rucksack im Kofferraum.

»Wozu das?«

»Die werden wir nachher noch brauchen. Sie werden sehen.«

Nach mehr als zwei Stunden Fahrt, kurz vor Ilidza, bog Davut von der Hauptstraße ab in einen schmalen, zugewachsenen Waldweg.

»Wir werden die Sache nicht ganz unvorbereitet angehen«, sagte Davut, während er tiefer in den Wald hineinfuhr.

»Bin gespannt, was Sie damit meinen.«

Als es mit dem Land Rover nicht mehr weiterging, stieg er aus, zog den Rucksack an und forderte mich auf, ihm zu folgen. Mit einem Buschmesser, das er aus dem Handschuhfach seines Wagens genommen hatte, schlug er uns den Weg frei, bis wir vor einer hohen Felswand standen. Davut deutete auf eine Öffnung weiter oben im Fels und gab mir zu verstehen, dass wir da hoch mussten.

»Wie? Mit bloßen Händen?«

»Nutzen Sie die Vorsprünge und Spalten, das geht.« Dann kletterte er voran.

Mich kostete das eine große Überwindung, denn mit der Höhe hatte ich es nicht so, da ich stets weiche Knie bekam. Daher war ich stolz, meine Angst überwunden zu haben, als ich schließlich durch die kleine Öffnung krabbelte. Sie war der

Eingang zu einer imposanten Höhle. Davut gab mir eine der Taschenlampen. Ich leuchtete damit gegen die Decke und war beeindruckt. Die Wölbung über uns spannte sich über ein Dutzend Meter und schien fest und trocken zu sein. Auf dem Boden lag Sand. Von dem Hauptraum aus führten beiderseits Gänge zu Nebenhöhlen. Davut gab mir ein Zeichen mitzugehen, und verschwand in einem der Seitengänge auf der rechten Seite. Ich eilte hinterher. Er legte alle paar Meter ein Teelicht auf den Boden und zündete es an. Im Lichte der Taschenlampen konnte ich einige ausgebrannte Teelichter entlang des Ganges ausmachen.

»Es ist lange her. Ich glaube ich kenne noch den Weg, aber ohne Markierungen würden wir hier niemals zurückfinden, wenn wir uns doch noch verirren«, erklärte Davut.

Ich nickte. »Schon gar nicht ohne Lampe.«

So gingen, krabbelten und kletterten wir mehrere hundert Meter tief in das Innere der Höhle, bis es nicht mehr weiter ging. Dort kniete Davut nieder und suchte mit seinen Händen den Boden ab, bis er eine Kante ertastete. Dann fing er an, den Sand mit der Klinge seines Buschmessers abzutragen. Ich half dabei, die vergrabene Holzkiste freizulegen. Wir öffneten sie anschließend. Sie beinhaltete mehrere Objekte, die sorgfältig in Plastikfolie eingewickelt waren. Davut packte eines der Objekte aus. Es war ein Gewehr.

»Nicht schlecht!«

»Das sind Waffen aus meiner Zeit bei den *Zelene Beretke*.«

»Sie haben wohl dem Frieden nie getraut oder?« Davut lachte.

»Ja, so kann man das wohl sagen. Zastava M76. Das Standardscharfschützengewehr des jugoslawischen Militärs.« Er montierte das Visier an den Lauf. Als es klickte, schauderte ich doch ein wenig.

»Es hat eine sehr hohe Treffgenauigkeit. Auch große Entfernungen sind für dieses Gewehr kein Problem. Ein Nachtsichtgerät ist auch dabei.«

»Und was sind das für Pistolen?«

Ich zeigte auf zwei Handfeuerwaffen, die ich in der Zwischenzeit ausgepackt hatte. Mehrere Packungen Munition waren auch darunter.

»9mm Glock. Meine treuen Begleiter in den Beinholstern.«

»Davut, ich hoffe, du hast einen Plan, wie wir vorgehen? Ich habe gerade nicht die Kraft darüber nachzudenken.«

»Überlasse das mir, Elias. Ich habe bereits eine Idee.«

26

Die Rückkehr

DAS Gebäude mit den bordeauxroten Linien war direkt vor mir. Ich suchte nach einer geeigneten Stelle im Bauzaun, um hineinzugelangen. Prüfte überall dort, wo ich einen Spalt entdeckte, ob er nachgab, aber nichts dergleichen passierte. So kam ich an die Stelle mit dem Konterfei des flüchtigen Serbenführers Karadžić. Betrachtete sein Grinsen.

Was mag sich wohl hinter den Augen dieses Mannes abspielen?

Ich schüttelte den Kopf und stemmte mich gegen das Plakat. Ein kleiner Abschnitt gab nach. An dieser Stelle befand sich eine versteckte Tür, die so perfekt in den Zaun eingearbeitet war, dass sie von draußen nicht zu sehen war.

»In der *Vijećnica*, um 21.00 Uhr. Komme alleine«, lautete die kurze SMS-Nachricht von Almir. Ich lief hinter dem Zaun entlang, an einer Palette mit Ziegelsteinen vorbei, hielt kurz inne, bevor ich zum Eingang des Gebäudes ging. Daraufhin trat ich in die große Halle. Die Tür fehlte gänzlich und drinnen war es stockdunkel. Vermutlich funktionierte das Licht in dem brachliegenden Gebäude nicht. Lediglich eine Kerze am anderen Ende des Raumes spendete etwas Helligkeit. Daher war die Orientierung schwierig. Ich schlich vorsichtig zum Ursprung des Lichtes. Auf dem Weg dorthin konnte ich überall im Raum verteilt Konturen von meterhohen Schutthaufen erkennen, aus deren Rändern Bleche und Eisenstäbe herausragten und im Kerzenlicht ein gruseliges Wirrwarr aus Schatten in die Umgebung warfen. Meine Schritte wirbelten Staub vom Boden auf, der sich bis zu meiner Nase hochschwang; ich musste daher niesen und unterbrach so die unheimliche Stille in der Halle. Hunderte Fledermäuse, die bis dahin unauffällig im Dachstock hingen, wurden aufgescheucht und flatterten wild umher.

»Elias!« Ich schreckte zusammen, als mein Namen durch die Halle schallte. »Kommen Sie näher.«

Als ich die Kerze erreichte - sie brannte auf einem Stuhl - erkannte ich dahinter die Umrisse von Almir. Die fingerlange Narbe auf seiner rechten Gesichtshälfte und die wulstigen Augenbrauen wirkten im Zwielicht gespenstischer als sie ohnehin schon waren.

»Wo ist Ambera?«

»Nicht so voreilig! Erst will ich den *Tschelenk* haben.«

»Nein, ich traue Ihnen nicht! Zuerst will ich Ambera sehen.«

Almir hob seinen rechten Arm und schnipste mit dem Finger. Aus der Finsternis hinter ihm traten mehrere Gestalten ins Zwielicht. Ambera wurde von einem Mann in der Mitte in das Kerzenlicht geschubst - an der großen Statur erkannte ich, dass es Tarik war. Amberas Hände waren mit einem Seil auf ihrem Rücken zusammengebunden; das lange Ende hielt Tarik fest. Sie schwitzte und sah benommen aus, als wäre sie nicht ganz bei sich. Ihre Wangen waren geschwollen, aus einer Platzwunde an der Stirn blutete sie und hatte zudem Blessuren an den Unterarmen. Offensichtlich hatte Almir bemerkt, dass Ambera seine Männer zu einem falschen Ort gesandt hatte, um mir Zeit zu verschaffen. Augenscheinlich wurde sie gefoltert und vermutlich hat Almir so über das Baby in ihrem Bauch erfahren.

»Ambera, von der bin ich ziemlich enttäuscht! Sie lebt nur noch, weil Sie etwas haben, das ich zurückhaben will.«

»Ambera ist Ihr bester Mann! Wie konnten Sie nur?«

»Das war sie zweifelsohne, aber sie hat meine Leute in die Irre geführt.«

»Nur wenn Ambera gehen darf, gebe ich Ihnen den *Tschelenk*. Versprochen?«

Almir wurde zornig. »Versprechen? Ihnen verspreche ich gar nichts mehr! Ein Kind will sie von Ihnen haben? Ich werde Sie und Ambera töten und mir den *Tschelenk* einfach nehmen. Das werde ich!« Er gab seinen Männern ein weiteres Zeichen. Die Begleiter von Tarik richteten nun ihre Waffen auf mich. »Was sagen Sie nun? Der *Tschelenk* gehört jetzt mir«, triumphierte er.

Ich weiß nicht, welcher Teufel mich ritt, aber ich hatte keine Angst vor den Pistolenläufen, keine Angst davor, zu sterben. Mein Leben konnte von der einen Sekunde zur anderen vorbei sein, aber das war mir völlig egal. So fing ich an, selbst zu lachen, was Almir irritierte.

»Glauben Sie wirklich, dass ich so dumm bin? Natürlich hab ich den *Tschelenk* nicht bei mir. Wenn Sie Ambera und mich töten, werden Sie das gute Stück nie wiedersehen.«

Almir glühte vor Wut. Der Choleriker in ihm übernahm die Kontrolle. »Ich habe für den *Tschelenk* schon einmal getötet. Und ich werde es wieder tun«, brüllte er. Die Narbe über der rechten Augenbraue quoll hervor und verunstaltete sein Gesicht. Ohne Zweifel würde er dafür töten. Auf dem Weg zum Eingang war mir die Idee gekommen, den *Tschelenk* zwischen den Ziegelsteinen auf der Palette zu verstecken. Zum Glück.

»Durchsucht ihn!«

Unverzüglich kam einer der Männer auf mich zu, überprüfte meine Taschen und tastete mich ab. Aber sie waren leer.

»Nicht schlecht«, gab Almir bitter zu. »Aber irgendwie hatte ich das auch von Ihnen erwartet.«

»Jetzt beruhigen Sie sich. Sie erhalten Ihren *Tschelenk* zurück. Ich will doch nur, dass Sie Ambera gehen lassen.

»Wie stellen Sie sich das vor?«, fragte Almir.

»Lassen Sie Ambera laufen. Tarik soll ihre Fesseln lösen und danach bringe ich Ihnen den *Tschelenk*.«

Almir überlegte eine Weile. Seine wulstigen Augenbrauen berührten sich kurz, wie sie das immer taten - wenn er intensiv nachdachte - und entspannten sich danach wieder.

»Ok. Binde sie los, Tarik!«

Tarik folgte der Aufforderung und löste Amberas Fesseln, schubste sie dann Richtung Ausgang. »Verschwinde! Na los.«

Ambera brabbelte etwas, sie konnte sich kaum auf den Beinen halten, ging anschließend taumelnd zum Ausgang und verschwand.

»Jetzt sind Sie dran«, forderte Almir. Er gab Tarik ein Zeichen, damit er mir folgte. Wir gingen beide aus dem Gebäude raus zu der Palette mit den Ziegensteinen. Tariks Waffe zielte während der ganzen Zeit auf mein Haupt. Es gab keine Möglichkeit, davonzurennen. Als wir hinterher mit dem Amulett in meiner Hand zurückkehrten, entspannte sich Almirs Gesichtsausdruck. Tarik riss den *Tschelenk* aus meiner Hand und reichte ihn Almir, worauf dieser ihn in die Jackentasche steckte.

»Es tut mir leid! Aber Sie wissen zu viel, mein Lieber.« Almir zog die Pistole aus seinem Brustholster und peilte damit auf meine Stirn. »Haben Sie ein letztes Wort?«, fragte er im gleichgültigen Ton.

Panikschübe rüttelten an mir. »Wollen … wollen Sie mich jetzt etwa umbringen?«

»Was glauben Sie denn, wozu ich die Waffe in der Hand habe? Zum Spaß?«

»Aber, ich hab meinen Teil der Abmachung erfüllt und Ihnen den *Tschelenk* gebracht.«

»Ja, richtig. Ich aber auch. Nur haben Sie vergessen, sich selbst in die Abmachung einzubeziehen.« Er wurde zynisch. »Wir haben lediglich vereinbart, dass Ambera gehen darf.« Almir holte mit der freien Hand einen Flakon aus seiner Tasche; dann schwenkte er ihn hin- und her. »Und die wird ohne dieses Gegengift sowieso sterben. Sie haben Ihre Vorkehrungen getroffen und ich die meinen.«

»Was ist mit dem Deal zwischen Ihnen und der Bank?«, fragte ich.

»Es gibt keinen Deal mehr! Sie haben mein Schutzangebot ausgenutzt, um unsere Sitzung zu bespitzeln.«

»Ich wollte doch nur wissen, wer es auf mich abgesehen hat. Mehr nicht.«

»Und? Wissen Sie es denn nun?«

»Naja, zumindest … zumindest weiß ich, dass ein Mitarbeiter von Tomislav Stankovic auf mich geschossen hat.«

»Tomislav Stankovic? Der führt nur aus, was ein anderer bezahlt hat. Liz ist die Auftraggeberin.«

»Liz?«

»Genau. Und die ist nur eine Agentin von jemandem.«

»Wie meinen Sie das? Agentin?«

»Soweit ich gehört habe, kam die Anordnung aus New York.«

»New York? Wer soll das sein?«

Almir zögerte ein wenig, setzte aber fort. »Jetzt, wo sie ohnehin sterben werden, können sie es ja ruhig wissen.« Er hob die Stimme an. »Es ist Ihr Chef, Elias. Ihr Chef!«

Zuerst dachte ich, er würde einen Scherz machen. Doch dann wiederholte er den Satz.

»Der will nicht, dass Sie mit dem Bericht nach New York zurückkehren. Und ich hab Sie beschützt.«

»Mein Chef? So ein hinterhältiges Arschloch! Wie konnte ich so blind sein?« Ich strich mir durch die Haare. »Aber geben sie es zu, das haben Sie nicht ohne Eigennutz gemacht. Was hatten Sie denn davon?«

»Stimmt, ich hatte mir davon geschäftliche Vorteile versprochen. Deswegen haben sich Liz, diese Schlampe, und Tomislav Stankovic gegen mich verschworen. Die wollen mich beseitigen, aber werden bald selbst dran glauben.« Almir setzte nun den Lauf seiner Kanone an meiner Stirn auf. »Verräter verdienen es nicht zu leben. Nicht wahr?«

Mein Übermut von kurz vorher war verflogen. Vor Angst zogen sich mir die Eingeweide zusammen und ich biss mir angespannt auf die Unterlippe. Fühlte regelrecht, wie sich der Schweiß durch die Poren auf meiner Stirn quetschte. Das Herz in meiner Brust hämmerte Blut in mein Hirn. Es wurde von Schlag zu Schlag lauter. In der Erwartung, eine Kugel verpasst zu bekommen, schloss ich die Augen.

Das war's dann wohl.

Dann höre ich einen Schuss. Bemerke noch, wie Muskelgruppen in meinem Slip erschlaffen und Urin aus dem Hahn tröpfelt.

Wahrscheinlich das letzte was ich verspüre.

Dem war nicht so, denn das Licht im Kopf war noch nicht aus; ich empfand den Urin in der Unterhose als unangenehm und es rann am Hosenbein hinunter.

Tote können doch keine Empfindungen haben oder? Irgendwie komisch, wo sind die Schmerzen? Gleich bin ich aber weg … nein, ich habe uriniert, so ein Mist, und ich weiß es … Moment, da ist gerade jemand zu Boden gefallen … du hast es genau gehört … du stehst noch. Du kannst noch nicht tot sein.

So öffne ich langsam die Schlitze vor den Augäpfeln. Zu meiner Verwunderung war ich es nicht, der getroffen wurde. Ich sah Tarik auf dem Boden liegen. Er bewegte sich nicht mehr, aus seinem Hinterkopf strömte Blut. Almir hatte ihm eine Kugel in die Stirn verpasst.

»Ehm … ehm«, stotterte ich. Das war ich nicht in der Lage zu verstehen. »Wieso haben Sie … wieso …?«

»Was glauben Sie, woher Liz von unserem Deal wusste?« Gleichzeitig blickte er auf die Leiche am Boden.

Als ob Tarik ihn noch verstehen könnte, sprach Almir zu ihm. »Du Mistkerl, du warst es! Hab ich dich nicht gut genug bezahlt?« Seine freie Hand schnitt dabei die Luft vor sich beinahe in Scheiben. »Ich bin sehr enttäuscht von dir, Tarik!«

Die verbliebenen Männer waren mindestens genauso verdutzt wie ich. Almir erkannte dies und drohte ihnen.

»Wer mich verrät, bezahlt mit dem Leben!«

In ihnen breitete sich für einen Augenblick die Panik aus, Opfer der Willkür ihres Paten zu werden, aber sie fassten sich und warteten auf Anweisungen. Schon bald lenkte Almir seine Aufmerksamkeit auf mich zurück. Die Waffe in seiner Hand zielte erneut auf meine Stirn.

Nicht schon wieder! Wann hört das auf? Scheiße, warum schießt Davut immer noch nicht?? Das ist jetzt wirklich mein Ende!

Gleichzeitig beobachte ich hinter ihm auf der Galerie ein rotes Blinken. Es war das Zeichen, das ich mit Davut vereinbart hatte. Meine Chance, ich schlug sofort nach dem dritten Blinken die Hand mit der Waffe zur Seite und sprang hinter den Schutthaufen neben mir, um in Deckung zu gehen. In der Hoffnung, dass Davut gut treffen würde. Für Almir und seine

Männer kam das unerwartet. Alles ging sehr schnell. Sechs Schüsse. Fünf Tote. Im selben Moment, in dem Almir getroffen wird, löst sein Finger am Abzug einen Schuss aus. Eine Reflexreaktion, zum Glück verfehlte mich die Kugel. Davut hatte mit seiner Zastava M76 ganze Arbeit geleistet. Alle fünf waren auf der Stelle tot. Der Mann, vor dem ich soviel Respekt hatte, vor dessen Rache ich mich so fürchtete, lag mit einem Loch in der linken Brust zu meinen Füßen. Leblos in der eigenen Blutlache. Wie vergänglich das Leben war, wurde mir jetzt noch einmal verdeutlicht. Jedoch war für die Verarbeitung dieses Gedanken keine Zeit geblieben, denn ich musste Ambera schnell finden und ihr das Gegengift verabreichen, bevor es zu spät sein würde.

So nahm ich das Gegengift sowie den *Tschelenk* aus Almirs Sakko und ging raus, um nach Ambera zu suchen. Sie war nicht weit gekommen, kauerte auf der Straße vor dem Bauzaun und stöhnte wegen der Krämpfe in ihrem Bauch. Aus ihrem Mundwinkel schäumte es. Sofort öffnete ich den Flakon, hielt ihren Kopf hoch und ließ den Inhalt in den Rachen laufen. Sie aber konnte kaum den Mund aufhalten.

»Ambera, schluck … bitte … du musst schlucken!«

Sie riss sich endlich zusammen und trank die Flüssigkeit. Ein enormer Kraftakt für sie. Ferner richtete sich Ambera etwas auf, um zu sprechen. Sie hatte Mühe dabei.

»Ich fürchte … ich fürchte es ist zu spät, Elias«, wisperte sie. »Das Gift ist schon … zu … zu lange … in meinem Körper.«

»Du darfst nicht sterben! Hörst du? Das darfst du nicht!«

»Ich liebe dich, Elias. Wie gern hätte ich … hätte ich unser Kind auf die Welt gebracht.«

Anschließend fasste Ambera an ihren Bauch. Ihr Atem wurde unregelmäßig und verlangsamte sich. Sie war nicht mehr in der Lage weiterzusprechen. Jegliche Farbe wich aus aus ihrem Gesicht. Eine Träne läuft über ihre Wange. Auch mir kommen Tränen, als ich ratlos ihren Kopf in meinen Armen halte. Sie schaute mich ein letztes Mal an. Diesen Blick werde ich nie vergessen. Ein Blick voller Sehnsucht und Zärtlichkeit.

»Ich liebe dich auch. Ambera, bitte sterbe nicht! Bitte bleibe hier. Bleibe bei mir.«

Und das war mein Ernst, kam wirklich vom Herzen. Ihre Pupillen aber fokussierten die *Vijećnica*, das Spiegelbild für die Zerrissenheit Bosniens, ihrer eigenen Zerrissenheit und jetzt auch ein Symbol für die Kontroverse in mir. Dann atmete sie aus, um nie wieder einzuatmen.

In mir brach eine Welt zusammen. Erst im Augenblick ihres Ablebens wurde klar, wie intensiv unsere kurze Beziehung gewesen war und wie sehr ich diese außergewöhnliche Frau liebte. Ja, ich war sogar bereit, mein eigenes Leben für sie zu opfern.

Wie gern hätte ich unser Baby auf die Welt kommen gesehen, zumal Natalie nicht in der Lage ist, Kinder zu bekommen. Ich werde nie erfahren, ob das Kind ein Mädchen oder ein Junge war …

Noch nie zuvor starb eine Person, für die ich starke Gefühle empfand, in meinen Händen. Niemals vorher hatte ich einen derart großen Verlust erlitten. In meiner Verzweiflung, sie nicht mehr zurückholen zu können, lege ich mich zu ihr auf den Boden, wische ihr den Schaum vom Mund, umarme und küsse sie, während meine Hand ihren Bauch mit unserem Baby festhält. Mit meinem Kind, das zusammen mit ihr gestorben ist. Ich weinte und schrie den Frust aus der Brust. Selbstvorwürfe quälten mich, denn es wäre besser gewesen, sie nach Mostar mitzunehmen, sie nicht einfach so gehen zu lassen.

Auch Davut, der herbeieilte, konnte für Ambera und das Kind in ihrem Bauch nichts mehr tun. Er stellte die Tasche mit den Waffen zur Seite und überprüfte ihren Puls. Vergebens, wie er herausfand. Die Resignation über die misslungene Rettungsaktion war in seinem Gesicht nicht zu verkennen, dennoch war er es, der sich wieder fasste.

»Elias, Elias, … kommen Sie, wir müssen hier weg. So schnell wie möglich.«

»Aber ich kann doch Ambera hier nicht einfach liegen lassen«, wisperte ich.

Er zog mich auf die Beine, denn ich hatte Schwierigkeiten aufzustehen, so niedergeschlagen war ich. Dann umarmte er mich innig, um Trost zu geben und löste sich wieder. Seine warmherzige Geste war Balsam für meine Seele.

»Bitte nehmen Sie die Tasche. Um Ambera kümmere ich mich«, forderte er.

Davut schulterte Ambera. Wir eilten dann zu dem Wagen, der um die Ecke geparkt war. Ich stieg hinten ein und nahm Ambera in meinen Schoß. So fuhren wir davon.

Während der gesamten Fahrt hielt ich Amberas leblosen Körper fest in meinen Armen. Ich wollte sie am liebsten nicht mehr loslassen. Es war ziemlich erschütternd für mich zu wissen, dass ich sie das letzte Mal berührte. Ich spürte, wie sich ihr Körper zunehmend abkühlte. Davut war klar, dass ich Ambera an einem schönen Ort begraben wollte, an einem Ort wo sie nach ihrem kurzen, rastlosen Leben endlich Ruhe finden sollte. Einer Äußerung dazu bedurfte es nicht. Wir fuhren in die Nähe der Höhle, dem geheimen Versteck von Davut, aus der wir die Waffen geholt hatten. Er kannte im umliegenden Wald dort eine etwas höher gelegene Lichtung. Die Stelle war ebenfalls fernab von menschlichen Siedlungen und bot einen weiten Ausblick in die Ferne. Die Sicht in dieser Nacht war unbeschreiblich klar. Ich weiß nicht, ob es ein Zufall war oder nicht, jedenfalls funkelten unzählige Sterne im Nachthimmel. Hin und wieder fielen Sternschnuppen auf die Erde nieder. Für mich war sofort klar, dies ist das Stück Erde, wo ich Ambera und mein Kind begraben wollte.

»Hier werden sie Frieden finden«, sagte Davut, als ob er Gedanken lesen könnte. »Finden Sie nicht auch?«

»Ja. Das werden sie.«

»Das hier ist für mich ein ganz besonderer Ort, den ich immer aufsuche, wenn ich von der Zivilisation die Nase voll habe und abschalten möchte.« Er zeigte zur Mitte von der Lichtung. »Der Lärchenbaum dort ist der größte, den ich je gesehen habe. Er verkörpert pure Lebenskraft. Sein Stamm hat einen Umfang von mehr als vier Metern, das hatte ich tatsächlich Mal nachgemessen. Ich biwakiere hin und wieder an diesem Baum und beobachte in der Nacht stundenlang die Himmelskörper.« Eine kleine Feuerstelle zeugte von Davuts Übernachtungen.

Unweit des außergewöhnlich großen Lärchenbaums begruben wir Ambera und markierten die Stelle mit zwei Steinen. Einen für Ambera und einen für das Kind in ihrem Leib. Dann hielten wir eine stille Andacht. Der Abschied von Ambera tat mir im Herzen weh und war wirklich schwer, aber ich hatte keine Wahl.

Natürlich hatte Davut bemerkt, dass ich mir in der *Vijećnica* die Hose vollgepisst hatte. Aber auch er hatte nun wegen der Bestattungsarbeiten Dreck an seiner Kleidung.

»Kommen Sie, wir ziehen uns besser um.«

Ich schämte mich aufgrund des Urins an der Hose. Schließlich war er mein Untergebener. Aber, was spielte das jetzt noch für eine Rolle?

»Keine Ahnung, wie das passieren konnte. Davut, ich

dachte wirklich, ich wäre tot.«

Davut hatte Ersatzkleidung im Kofferraum, auch für mich war etwas dabei. Die Hose war zwar ein wenig zu eng, trotzdem besser als meine Stinkende.

Er drückte mich. »Machen Sie sich nichts draus, ich habe im Krieg Schlimmeres gesehen. Weitaus gravierender ist der Verlust ihrer schwangeren Freundin. Leider haben wir nichts erreicht.« Er seufzte.

»Ja.« Ich wischte mit dem Handrücken mir die Nase trocken »Das stimmt. Leider.«

Alles ging so schnell hier in Bosnien, ich konnte immer noch nicht glauben, dass Ambera gestorben war. Wir machten uns schließlich auf den Weg zurück nach Mostar.

27

Der Törn

KURZ vor der Grenze nach Kroatien bog Davut in einen kleinen Waldweg ein. Wir hatten die Nacht bei den Verwandten Davuts in der Altstadt von Mostar verbracht und am Morgen noch etwas Proviant für die Überfahrt nach Italien eingekauft, bevor wir uns auf den Weg nach Dubrovnik begaben. Zu meiner Verwunderung hatte Davut auch eine große Packung Waschpulver gekauft.

Es war eine stille Fahrt, denn wir hatten unterwegs nicht viel gesprochen. Die Freude Lazars über das zurückerhaltene Amulett hielt sich in Grenzen, nachdem er gehört hatte, dass Ambera gestorben war. Auch Milena war sehr traurig darüber. Beide konnten meinen Kummer nachvollziehen, denn sie hatten einst mit Lazars Vater ebenfalls einen schmerzlichen Verlust erlitten. Meine Gefühle fuhren Achterbahn, der Tod von Ambera nagte sehr an meinen Nerven; das ungeborene Kind machte alles noch viel schlimmer.

Im Nachhinein war ich davon überzeugt, dass Ambera nicht bloß eine Killerin war, sondern vor allem ein herzensguter Mensch.

Richtig und Falsch konnte sie sehr wohl unterscheiden, denn sie hätte dich verraten können, als sie dich in der Rotunde erwischt hatte. Das tat sie aber nicht, sondern im Gegenteil, sie half dir.

Ambera hatte es in ihrem Leben nicht einfach gehabt und die Liaison mit Almir wurde aus der Not heraus geboren. Ihr Motiv war ein edles. Sie war nur bereit, ihr Leben an Almir zu verpfänden - ja sogar ihren Körper fremdbestimmen zu lassen -, um die teuren Behandlungskosten für ihre Großmutter bezahlen zu können. Ohne Amberas Hilfe und das Geld von Almir würde die nun aufgeschmissen sein. Davut versprach, sie nach seiner Rückkehr über das Ableben ihrer Enkelin zu unterrichten, ihr Beistand zu leisten. Ich zerbrach mir den Kopf darüber, wie ich ihr finanziell helfen könnte, denn dies sah ich als meine Pflicht an.

In Anbetracht der Tatsache, dass Natalie und ich wegen der Finanzierung unserer Wohnung bis über beide Ohren in Schulden stecken, würde das schwierig werden, aber es wird Mittel und Wege geben, da bin ich mir sicher.

Wir hielten nach einigen hundert Metern an und stiegen aus. Das Sonnenlicht durchflutete den Mischwald und ließ den angenehmen Duft von Lärchenbäumen aufsteigen. Ich füllte meine Lungen mit Waldluft und versuchte, etwas zu entspannen. Davut nahm derweil seinen Klappspaten und die Tasche mit den Waffen aus dem Kofferraum. Er grub zwischen ein paar Sträuchern, an einer von der Straße nicht einsehbaren Stelle ein Erdloch, wo er die Tasche mit dem Zastava M76 Scharfschützengewehr vergrub. Dann kam er mit den beiden 9mm Glock nebst Munition und dem Klappspaten in den Händen zurück.

»Ich traue der Situation nicht. Die nehmen wir besser mit«, sagte er.

Für mich war das keine gute Idee. »Aber wenn wir an der Grenze kontrolliert werden?«

»Wir werden die Pistolen verstecken.«

Er nahm den Karton mit dem Waschpulver aus dem Kofferraum und hebelte mit einem Taschenmesser vorsichtig den Klebestreifen ab, bis der Deckel lose war. Nachdem er die beiden 9mm Glock im weißen Pulver versteckt hatte, verklebte er die Packung so perfekt, dass sie wie ungeöffnet aussah. Bald darauf fuhren wir zur Grenze.

Es war ein kleiner Grenzposten mit drei Bediensteten. Diese schienen nicht gerade mit Arbeit überladen zu sein, sie vegetierten auf den Stühlen an der Grenzhütte vor sich hin, während ihre Gewehre an der hölzernen Wand neben ihnen lehnten. Der Ältere wirbelte mit seinen Händen wild um sich, um eine nervige Fliege loszuwerden. Vermutlich bis wir kamen die einzige Anstrengung für ihn an diesem Tag. Erst als Davut vor der Schranke angehalten hatte, stand er gemächlich auf, ging zum Fenster auf der Fahrerseite und verlangte unsere Pässe. Davut übergab sie ihm. Seine Stimme klang unfreundlich. Zuerst schaute er in meinen Pass, der oben im Stapel lag, und offensichtlich passte ihm etwas darin nicht. Er betrachtete das Foto und dann mich. Dann überlegte er eine Weile, schaute erneut auf das Passfoto. Schnell wurde aus seinem prüfenden Blick ein skeptischer, und der richtete sich wieder auf mich. Die jungen Grenzsoldaten bemerkten die Skepsis ihres Vorgesetzten, unterbrachen ihre Teilnahmslosigkeit und stellten sich mit Maschinengewehren bewaffnet vor die Beifahrertür, hinter der ich saß.

»Amerikaner?«, fragte der Vorgesetzte.

»So ist es«, antwortete ich auf Bosnisch.

Er wunderte sich, dass ich seiner Sprache mächtig war, wenn auch nicht perfekt. Gleichzeitig klatsche er meinen Pass auf das Bündel in seiner Hand.

»Diesen Pass muss ich überprüfen. Fahren sie rechts ran!«

»Ok. Machen wir«, antwortete Davut.

Der Beamte verschwand in der Holzhütte und Davut stellte

unseren Wagen wie gewünscht auf dem Seitenstreifen ab. Ferner mussten wir aussteigen und wurden von einem der beiden jüngeren Grenzsoldaten abgetastet.

»Das kann eine Weile dauern. Die machen das per Fax und hier oben sind die Leitungen sehr schlecht«, flüsterte Davut in mein Ohr.

»Machen Sie bitte hinten auf«, forderte der jüngere Grenzpolizist.

Davut ging hinter das Auto und öffnete die Kofferraumklappe. Er blieb dabei gelassen. Ich aber wurde nervös, weil ich befürchtete, sie würden die Waffen finden. Das war das Letzte, was wir so kurz vor Dubrovnik gebrauchen konnten. Dem Tor zur Sicherheit. Nachdem der Polizist alle Reisetaschen durchgesehen hatte, zeigte er zu guter Letzt auf die Packung Waschpulver. Mein Herz pochte.

»Wozu das?«

Davut antwortete in ruhigem Ton. »Das hab ich vergessen, in Sarajevo abzuladen.«

»Aha?« Er runzelte die Stirn. »Also gut, dreckige Wäsche wird's wohl auch in Dubrovnik geben.«

Überraschenderweise gab sich der Jüngling vorerst zufrieden - womöglich war dies seiner Unerfahrenheit geschuldet - und gesellte sich zu dem Kollegen, der sich inzwischen wieder auf seinen Stuhl gesetzt hatte. Sie behielten uns dennoch mit ihren Gewehren auf ihren Schößen im Auge. Wir durften nicht in den Wagen zurück, sondern mussten draußen warten. So verging Minute um Minute. Bald wurde aus den Minuten eine Stunde und mehr. Absolut nichts passierte. Nun waren auch wir damit beschäftigt, nach den Biestern zu greifen, die permanent um unsere Köpfe herumschwirrten und standen uns die Beine in den Bauch. *Warum dauert das so lang? Es gibt keine anderen Fahrzeuge, die Grenzbeamten haben sonst nichts zu tun.* Selbst Davut wurde allmählich ungeduldig.

»So lange hat es noch nie gedauert«, meinte er.

»Vielleicht wollen die Bestechungsgeld?«, fragte ich.

»Keine Ahnung. Kann schon sein.«

»Was glauben Sie, wieviel würde ausreichen?« Ich war bereit, alles an Bargeld, das ich mit mir trug, zu geben. »Wenn es daran liegt, zahlen wir besser.«

»Warten Sie besser. Das kann nach hinten losgehen. Ich bin mir da nicht sicher, denn die haben keine Andeutungen gemacht.«

Lediglich Lazar langweilte sich nicht, er hockte auf dem Boden und war vertieft in sein Buch, das er schon auf der Fahrt gelesen hatte.

»Was liest du denn da für ein Buch?«, wollte ich von ihm wissen.

»Es ist eine Sammlung über Poesie aus allen Teilen der Welt.« Lazar zeigte mit seinen zierlichen Fingern auf die aufgeschlagene Seite. »Das hier ist ein Gedicht von Hafis.«

»Magst du es mir vorlesen?«

»Klar. ›Ich habe soviel von Gott gelernt, dass ich mich nicht länger als Christ, Hindu, Moslem, Buddhist oder Jude bezeichnen könnte …‹ Woran glaubst du denn, Elias?«

»Gute Frage, aber ich weiß grad nicht so recht, was ich bin, Lazar.«

»Muss man eine Religion haben, um ein guter Mensch zu sein?«, wollte Lazar von mir wissen.

»Wenn ich doch deine Frage so einfach beantworten könnte … Manche glauben das zumindest.«

»Aber Papa hatte mir gesagt, dass noch keine Religion aus einem wirklich bösen Menschen einen Guten gemacht hat«, entgegnete Lazar.

»Gut und Böse sind unabhängig von Religionen«, sagte Milena leise. Sie schien zuvor geistig abwesend gewesen zu sein und schaltete sich jetzt in die Diskussion ein, vermutlich auch um sich von ihrer inneren Unruhe in Bezug auf die Warterei abzulenken. Sie machte sich Sorgen und die hatten sich bereits in ihren angespannten Gesichtszügen verfestigt.

Die Gelassenheit dieses Jungen hätte ich damals gerne gehabt. Im Gegensatz zu uns Erwachsenen, die durch den Ernst der Situation nervös waren, interessierte er sich nur bedingt für das, was unmittelbar um ihn herum passierte. Er widmete sich den Dingen, die wirklich wichtig waren, um die Welt zu verstehen. Jedenfalls brachte er uns wohltuende Zerstreuung. Drinnen tat sich immer noch nichts. Aus einer Stunde waren schließlich drei geworden. Irgendetwas lag mächtig im Argen. Davut und ich befürchteten schon, dass der Vorgesetzte Verdacht geschöpft hatte, doch dann kam er aus der Holzhütte heraus und händigte unsere Pässe aus. Sie waren ordnungsgemäß gestempelt.

In der Ferne sahen wir endlich das Meer. Die Augen über den blauen Horizont schweifen zu lassen, dabei die Wassermassen zu beobachten, die sich überschlugen und deren Gipfel vom weißen Schaum gekrönt wurden, gleichzeitig den Geruch von Salzwasser einzuatmen, den der Wind ins Küsteninnere trug, berauschte meine Sinne. Nach alldem konnte ich es kaum erwarten, davonzusegeln. Meine depressive Stimmung wich allmählich gedämpftem Optimismus und der Sehnsucht nach Unbekümmertheit.

Der Stadthafen lag direkt an der Festungsmauer zur Altstadt, die während des Krieges von der serbischen Marine beschossen worden war, einige Blessuren wiesen noch darauf hin. Mittlerweile hatte Gabor Barna den Hafenmeister telefonisch gebeten, mir die Schlüssel für das Boot auszuhändigen und uns den Liegeplatz der *Philosophia* zu zeigen. Sie war nicht besonders groß, ungefähr dreißig Fuß lang, aber beherbergte drei Kajüten; mehr als genug Platz für uns. Auf den Namen war er gekommen, weil Philosophie der Treibstoff für die Flucht aus der Realität sei. Immer wenn er dem Alltag entfliehen wolle, fahre er nach Dubrovnik, um zu segeln und dabei über die Existenz an sich zu philosophieren. Sein Boot war ein Langkieler.

»Pflügt sich ruhig und kurssicher durch die Wellen«, war Gabor Barnas Bemerkung dazu.

Einen Langkieler hatte ich zuvor nicht gesegelt, insofern war ich allein aus diesem Grunde schon gespannt auf unseren knapp zwei Tage langen Törn über die Adria. Davut half uns noch, unser Gepäck und den Proviant auf die *Philosophia* zu bringen, bevor er nach Sarajevo zurückfahren wollte.

»Nehmen Sie besser das hier mit. Für alle Fälle.« Er drückte mir eine der 9mm Glock und ein zusätzliches Magazin mit Patronen in die Hand.

Niemals hatte ich eine Waffe in der Hand gehalten und nahm daher etwas unbeholfen die Pistole entgegen, als würde ich einen dreckigen Putzlappen zwischen den Fingern halten.

»Mit Zahlen kann ich umgehen, aber ob ich damit was anfangen kann? Da bin ich mir nicht sicher.«

»Glauben Sie mir, wenn es drauf ankommt, werden Sie es können«, antwortete Davut nüchtern.

Daraufhin zeigte er mir, wie ich die Waffe laden, entsichern und das Magazin wechseln konnte.

»Und denken Sie an den Rückschlag. Halten Sie die Pistole mit beiden Händen fest, wenn Sie abdrücken.«

Der Abschied von Davut fiel mir schwer. Ihm hatte ich soviel zu verdanken. Wir siezten uns zwar - ursprünglich dem

Umstand geschuldet, dass er mir unterstand und jetzt aus Respekt -, aber er war nun für mich zu einem echten Freund geworden. Auch Davut war genauso gerührt wie ich. So umarmten wir uns und ich betrachtete, wie er sich mit der Packung Waschpulver entfernte. Dieser Moment brannte sich in mein Gedächtnis, denn Davut hatte einen ganz speziellen Gang; weil er extrem o-beinig war, wankte er beim Gehen.

Mein Plan war es, gleich nachdem wir alles im Boot verstaut hatten, loszusegeln. Lazar half mir, die Segel anzuschlagen und ich warf die Leinen los. Wir fuhren mit Hilfe des Motors aus dem Hafen heraus aufs offene Meer. Dann setzte ich Fock und Großsegel. Der Wind blies nur mäßig, aber wir kamen einigermaßen gut von der Stelle. Die Wellen waren nicht sehr hoch, dennoch, bereits die Schaukelbewegungen im Hafen bekamen Milena nicht. Es stellte sich heraus, dass sie nicht seefest war. Je weiter wir uns von der Küste entfernten, desto höher wurden die Wellen und desto mulmiger wurde das Gefühl in Milenas Magen. Es dauerte nicht lange und sie hing über der Reling, um sich zu übergeben. Zum Glück saß sie auf der Leeseite, sonst wäre das Erbrochene in ihrem Gesicht gelandet. Ich ging sofort runter in den Salon, um nach einem Mittel gegen ihre Seekrankheit zu suchen. Fand in einem der Schränke im Salon Scopolamin-Pflaster, die wegen der langanhaltenden Wirkung unter Seglern beliebt sind. Milena klebte sich auf mein Anraten hin eins hinters Ohr. Derlei Probleme hatte Lazar nicht. Im Gegenteil, er war fasziniert von der *Philosophia* und wartete ungeduldig auf neue Anweisungen.

Welch ein befreiendes Gefühl, am Steuerrad dieses schönen Langkielers zu stehen.

Gabor Barna sollte Recht behalten, das alte Boot - mit mittlerweile mehr als vierzig Jahren auf dem Buckel - hatte eine geringe Abdrift und ermöglichte daher gutes Segeln am

Wind gegen den Mistral. Unangenehme Rollbewegungen zur Seite - wie bei so einigen Segelbooten - gab es nicht. Schon bald waren Festung sowie Marina nicht mehr zu sehen, sondern nur noch das Blau des Meeres.

Lazar wollte derweil wissen, wie ich das Boot auf Kurs hielt und zeigte neugierig auf den Kompass sowie die Seekarte vor mir. Ich erklärte ihm deshalb den Unterschied zwischen einem Magnetkompasskurs und dem Kartenkurs. Den versteht manch ein Erwachsener nicht auf Anhieb. Lazar schon.

Es war wirklich erstaunlich, dass er sich vor den Wellen überhaupt nicht fürchtete, stattdessen fragte er mich die ganze Zeit weiter aus. Sein Hunger auf Segelwissen war immens, daher erklärte ich ihm noch den Unterschied zwischen den verschiedenen Windkursen. Schon nach kurzer Zeit begriff er den Unterschied zwischen dem ›Am Wind Kurs‹ und dem ›Vor dem Wind Kurs‹.

Milena war es auf Deck zu windig geworden; sie hatte sich daher im Salon in eine Decke eingehüllt und stöberte in einem Frauenmagazin. Außerdem wollte sie wegen ihrer Übelkeit nahe an der Toilette bleiben. Es dauerte nicht lange und sie schlief ein. Die *Philosophia* schnitt ruhig durch das Auf und Ab der Wellen, plötzlich war Lazar ganz außer sich. Er sichtete an Steuerbord eine Gruppe Delfine, die zunächst parallel zu uns schwammen, dann aber verschwanden, um vor unserem Bug wieder aufzutauchen, als wollten sie uns den Weg weisen. Delfine kannte Lazar nur aus Kinderbüchern, umso größer war seine Begeisterung. Sie schienen zu lächeln und sprangen fortwährend aus dem Wasser, um dann wieder in die Wellen einzutauchen. Lazar war so aufgeregt, dass er sogar seine Mutter weckte, um ihr die Delfine zu zeigen. Sie zögerte zunächst, kam aber trotz ihrer Seekrankheit aufs Deck zurück und war ebenfalls entzückt. Allmählich entfaltete das

Scopolamin seine Wirkung. Sie fühlte sich deutlich besser und umarmte ihren Sohn. Auch ich genoss die Szenerie, fühlte mich an die eigene Kindheit erinnert.

Stundenlang segelten wir gegen Westen, der Sonne entgegen. Die Kraft ihrer Strahlen nahm permanent ab. Als Folge kühlte sich das Boot merklich ab. Es gab keine Heizung an Bord. Wir fröstelten. Milena und Lazar zogen sich wärmere Kleidung an, ich aber hatte nur die Sachen an meinem Körper dabei. Glücklicherweise befand sich ein Ölanzug unter der Ausstattung der *Philosophia*, den ich mir für die Nacht überstreifte. Ohne den wäre ich am Steuerrad in eine Eisskulptur verwandelt worden.

Es dämmerte irgendwann. Der glasklare Himmel über uns verfärbte sich rötlich. Mit Einbruch der Dunkelheit zeigte sich ein Stern nach dem anderen. Auch Himmelskörper, welche man in Städten - wegen der Dunsthauben über ihnen - nicht zu Gesicht bekam, erstrahlten auf der Leinwand des Allmächtigen. Auch in der Nacht vorher war der Äther sehr klar, aber hier draußen auf dem offenen Meer konnte man noch viel mehr erkennen. Ein Sternbild nach dem anderen poppte im nächtlichen Schwarz auf. Schon bald war das Firmament übersät mit Millionen Sternen. Die Milchstraße entblößte sich in ihrer ganzen Schönheit. Einige der Sternbilder kannte ich aus Segeltouren mit Natalie - sie konnte zu jedem etwas erzählen -, insbesondere die Konstellation der Jungfrau liebte sie. *Spica*, der hellste Stern darin, würde Natalie zufolge eine Ähre darstellen, welche die Jungfrau als Symbol der Fruchtbarkeit in ihrer Hand hält. Wenn die Natur aus ihrem Winterschlaf erwacht, Tage spürbar länger werden und Schneeglöckchen anfangen zu blühen, dann bilde er zusammen mit *Regulus*, im Sternbild *Löwe*, und *Arktur*, im Sternbild *Bootes*, das *magische Frühlingsdreieck*. So formvollendet sah ich es noch nie. Die drei Sterne schienen zum Greifen nahe. Die Meeresoberfläche schimmerte unter dem Licht des Halbmondes silbrig. Das Schwarz auf seiner nur teilweise sichtbaren Oberfläche war intensiver als sonst.

Wie perfekt alles miteinander harmoniert. Kein Künstler dieser Welt ist im Stande, ein derart vollkommenes Bild zu malen. Wer aber war es dann? Gibt es eine übernatürliche Kraft, die dieses Meisterstück angefertigt hatte oder ist alles dem kosmischen Zufall geschuldet? Und wir Menschen hier unten, wir harmonieren überhaupt nicht, ganz im Gegenteil, wir bekriegen uns. Im besten Falle tolerieren wir einander, aber auch nur solange Brot auf dem Tisch ist. Was für ein Gegensatz!

Oder … oder gehören Harmonie und Zwietracht irgendwie zusammen, sind Antonym und Synonym Bestandteile derselben Gleichung?

Im Verlaufe der Nacht legte der Wind zu, zwischendurch hatten wir Böen von bis zu zwanzig Knoten und mehr. Wir kamen gut von der Stelle. Im Salon unten waren Milena und Lazar Arm in Arm, in Decken eingehüllt, eingeschlafen. Trotz meiner Euphorie für die Weiten des Meeres, überkam auch mich die Müdigkeit. Zudem blies eine kalte Brise über das Boot, es wurde bald eisig in meinem Ölanzug. Jede halbe Stunde musste ich unter Deck Schutz suchen. Als ich wieder einmal völlig erschöpft runter in den Salon ging, entschied ich mich für ein paar Minuten hinzulegen. Es ging nicht anders, auch wenn ich Angst vor einer Kollision mit einem anderen Schiff hatte. In der Vergangenheit hatte ich einmal eine Kollision mit einem Geistersegler gerade noch verhindern können. Vermutlich war damals der Skipper unter Deck eingeschlafen. Selbst auf Funksprüche hatte er nicht reagiert. So hatte er nicht einmal mitbekommen, dass er einer Kollision knapp entkommen war. Daher durfte ich auf keinen Fall in einen Tiefschlaf fallen, sondern wollte spätestens eine Viertelstunde später erneut oben am Steuer sein. So ruhte ich mich im Laufe der Nacht diverse Male für wenige Minuten unter Deck aus.

Als ich wieder einmal für kurze Zeit im Salon die Augen schloss, hörte ich ein Poltern, das sich von dem Klatschen der Wellen gegen den Rumpf deutlich unterschied. Ich befürchtete, dass etwas mit dem Mast passiert war und eilte nach oben. Mit dem Rigg hatte das Geräusch jedoch nichts zu tun, wie ich zu meinem Entsetzen herausfand. Vielmehr hatten mehrere vermummte Männer unser Segelboot geentert. Einer von ihnen hielt den Lauf eines Gewehres an meine Stirn. Ein Anderer schlug mit dem Kolben seiner Waffe gegen meinen Schädel. Blackout.

28

Das Erwachen

DIE vielen hellen Punkte am Nachthimmel verschmolzen zu einem grellen Weiß, einem Weiß, das stundenlang zu sehen war. Es schmerzte in meinen Augen, so grell war das Licht der Leuchtstoffröhren, als ich zu mir kam. Ich drehte mich zur Seite, um meine Augen zu schützen. Sehen konnte ich nur verschwommen. Das Rattern des mächtigen Schiffsdiesels machte ohrenbetäubenden Lärm, was gewaltig nervte. Mein Kopf fühlte sich an, als hätte ich eine ganze Flasche Lagavulin getrunken und wäre dann gegen eine Laterne gelaufen. Ich hatte das Gefühl, dass er kurz vor dem Explodieren war. Über dem rechten Auge ertastete ich eine dicke Schwellung. Die Augenlider auf der Seite ließen sich nur unter starken Schmerzen bewegen. Dazu noch der stechende Geruch in der Nase, den ich von weggeworfenen Innereien in den Abfalltonnen am *Fulton Fisch Market* in New York kannte, nur zehnmal intensiver, wie ich fand. Ein bestialischer Gestank. Ich zog mich an dem Infusionsständer, der neben meinem Kopf stand, auf die Beine und wartete ein paar Minuten, bis ich wieder einigermaßen klar sehen konnte und die Kraft hatte, einen Fuß vor den anderen zu setzen. Der Infusionsständer irritierte mich.

Alles sah so anders aus und ich war nicht mehr auf der

Philosophia, soviel wurde mir gerade klar. Der Wind musste deutlich zugelegt haben, die See fühlte sich um einiges rauer an. Ich hörte, wie Wellen unermüdlich gegen die Schiffswand klatschten. Lazar lag noch bewusstlos auf dem Boden, nicht weit von der Stelle entfernt, an der ich zuvor lag. Milena konnte ich nicht sehen.

Verdammt, wo ist sie bloß?

Ich wollte zu Lazar. Beim Umherlaufen spürte ich jeden Schritt, als würde mein Gehirn wie ein Tischtennisball von einer Schädelwand zur anderen hoppeln. Das Wanken des Bodens im Takt der Wellen machte das Gehen nicht einfacher. Zum Glück atmete Lazar regelmäßig und auch seine Körpertemperatur fühlte sich normal an. Mich wunderte lediglich, dass unterhalb seiner linken Armbeuge ein Heftpflaster klebte, das vorher nicht da war. Erst da fiel mir der Klebestreifen über der eigenen Vene im linken Unterarm auf.

Hmm, wird schon nichts Schlimmes sein. Vielleicht, haben die uns mit einer Spritze betäubt oder sowas?

Wecken konnte ich Lazar nicht, er reagierte auf Berührungen und Rufe nicht. Vermutlich war er mit irgendeiner Substanz betäubt worden, genauso wie ich.

Naja, zumindest ist es warm im Raum und wir müssen nicht frieren.

Ich verfiel in Sarkasmus über unsere missliche Lage, überlegte, wo wir uns befinden könnten. Womöglich unter Deck in einem Fischkutter und nah an der Maschine. Das Schiff war aus Stahl gebaut und sah marode aus, jedenfalls dieser Raum. An seiner Seetüchtigkeit hatte ich ernsthafte Zweifel. Meine Augen suchten die Wände, deren Stahl stellenweise vom Rost angefressen war, nach Bullaugen, Luken oder Fenstern ab, aber es waren keinerlei Öffnungen verbaut. An einer Ecke stand ein riesiger blutverschmierter Kunststoffkübel, darin befanden sich Innereien, die von kleinen Lebewesen bevölkert waren. Der eindeutige Ursprung des bestialischen Gestanks.

Vermutlich von ausgenommen Fischen.

Daneben war ein zweiter Kübel, der dutzende Hosen, Hemden, T-Shirts und Jacken beinhaltete. Sowohl für Erwachsene als auch für Kinder war Kleidung darin, wie ich beim Durchwühlen feststellte. Mittendrin in den Textilien fand ich Ausweispapiere. Sie stammten von Menschen aus den Balkanländern, aber auch aus Afrika und Asien.

Scheinbar von Flüchtlingen. Fischkutter?? Flüchtlinge?

An der Wand rechts neben den Kübeln waren Haken befestigt. Dort hingen verschmutzte Taue und Wasserschläuche; unter denen hatte jemand eine Holzkiste mit Spielzeugen und Schnullern in verschiedensten Farben abgestellt, sie waren mit Blutspritzern gespickt. Neben Miniaturautos und Barbie-Puppen zog ein Koala-Plüschtier meine Aufmerksamkeit auf sich. Ich nahm ihn aus der Kiste und betrachtete sein Gesicht, das einseitig von getrocknetem Blut überzogen war, genauso wie ein Füßchen.

Mensch ›Glucki‹, welcher Schweinehund hat dir das hier angetan? Wie grausam ist das denn!

Glucki, ebenfalls ein Koala, war mein treuester Begleiter in der Kindheit, ohne den war ich nie ins Bett gegangen. Er wurde damals zu einem echten Bruder für mich, den ich mir im wahren Leben immer gewünscht hatte. Dieses Kuscheltier sah genauso aus, nur hatte es grüne Ohrläppchen und Fußsohlen, statt blaue. Das Blut an ihm beunruhigte mich sehr. Auf der gegenüberliegenden Seite waren mehrere Spinde aus grauem Blech. Zwei waren verschlossen, einer offen. Ich hätte darin Ölzeug und Gummistiefel erwartet - Sachen die man halt in einem Umkleideraum auf einem Fischereischiff vermuten würde -, jedoch enthielt er Operationskittel, Spritzen, Mundschutz, Gummihandschuhe und Desinfektionsmittel.

Daneben eine schmale Sektion mit Waschbecken und Toilette; sie waren vollkommen versifft. Unter dem Wachbecken ein Eimer voller benutzter Spritzen.

Eins ist klar, was auch immer in diesem Raum gemacht wird, es hat nichts mit der Arbeit auf einem Fischkutter zu tun.

Ich drehte mich um, mein Blick wanderte zur Mitte des Raumes. Dort befand sich ein Holztisch, der wie ein Operationstisch aus dem 19. Jahrhundert aussah, und dessen Ränder erhöht sowie stellenweise mit großen schwarzen Flecken übersät waren, täuschend ähnlich zu getrocknetem Blut auf einem Metzgertisch. Unter den grünen Abdecktüchern auf dem Holztisch - solche werden üblicherweise in Operationssälen benutzt - lag ein regungsloser Körper. Der Statur nach ein weiblicher.

An einer Ecke der Tischplatte befand sich ein münzgroßes Loch, wahrscheinlich ein Ablauf, das von getrocknetem Blut schwarz verfärbt war. Darunter war eine Holzkiste mit Sägemehl positioniert, mutmaßlich damit herunterfließendes Blut nicht umherspritzt. Das Sägemehl - dessen Anblick bereitete mir Unbehagen - war vollgesogen mit Blut. Schlagartig zogen sich alle Muskeln in mir zusammen. Eine abscheuliche Be fürchtung keimte in mir, wie hartnäckiges Unkraut auf das man gerne tritt, um es im Verborgenen zu halten, das aber trotzdem zum Vorschein kommt. Das kaltweiße Licht von drei Leuchtstoffröhren darüber verwandelte Tisch und Abdecktücher zu Requisiten der Hölle. Mein Herz pochte nahezu lauter als der Schiffsdiesel, so kam es mir in dem Moment vor. Mir grauste es, unter die Abdecktücher zu schauen. Es kostete mich eine enorme Überwindung, dennoch wollte ich wissen, wer unter den grünen Tüchern lag. Erst entfernte ich das Abdecktuch in der Mitte.

Mein Gott! Was für ein grässlicher Anblick!

Ich musste mir den Mund zuhalten, damit Lazar meinen Aufschrei nicht hörte, während ich auf einen von oben bis unten aufgeschlitzten weiblichen Oberkörper blickte. Einige wenige Schmeißfliegen surrten darin umher. Er wurde von Klammern offen gehalten und alle wichtigen Organe fehlten. Die Gänsehaut an ihren Armen und Oberschenkeln, die immer noch zu sehen war, erschauderte mich bis ins Knochenmark.

Nein, nein, bitte nicht … nein bitte nicht! Das darf einfach nicht sein! Nicht sie.

Als ich das Tuch vom Kopf der Leiche entfernte, wurden meine Hände nervös. Ein derartiges Zittern kannte ich nicht, ich hatte schreckliche Angst. Milena. Sie … sie war wie ein Tier ausgeweidet worden. Augenblicklich explodieren Adrenalinbomben in mir und lähmen meinen verbliebenen Verstand. Ihr Mund war weit aufgerissen und eine schmetterlingsförmige Einschußwunde verunstaltete ihre Stirn. Ihre Augen waren offen, hatten sich aber im Angesicht ihres Todes tief in ihre Höhlen eingegraben, als hätten sie Schutz gesucht, und blickten von dort in die Ferne. Eine Träne rann auf meiner Wange abwärts. Ich fühlte, wie sich meine Körperbehaarung aufrichtete. Mir wurde heiß.

Sie war sich unsicher und ich hab sie überredet.

Nein, du bist nicht schuld! Oder? Ich rieb mir nachdenklich das Kinn. *So ein gutmütiger Mensch. Mein Gott, was sind das für Menschen, die einem so etwas antun? Nein, diese Leute können keine Menschen sein, sie sind Bestien! Bestien sind das!*

Nervlich war ich am Ende, mir wurde schlecht. Es hatte eine ganze Weile gedauert, bis ich mich einigermaßen zusammenriss, dem Jungen zuliebe. Lazar durfte seine Mutter auf keinen Fall so sehen. Ich schloss Milenas Augenlider und deckte ihren Leichnam wieder ab. Dem Irrsinn nahe taumelte ich zum Waschbecken, musste mich mehrmals übergeben, und spritzte mein Gesicht mit kaltem Wasser ab. Die Abkühlung empfand ich als angenehm. Wenigstens das. Sie half beim Konzentrieren. Ich wusch das vertrocknete Blut aus dem Gesicht, entsprechend rötlich verfärbte sich das Wasser. Vage Bilder aktivierten meinen Verstand. Allmählich erinnerte ich mich an den Gewehrkolben, der mein Gesicht traf. Ich mochte gar nicht in den Spiegel schauen, die rechte Gesichtshälfte war angeschwollen und oberhalb des Auges schmerzte eine Platzwunde.

Lazar muss hier raus, egal wie. Unbedingt! Aber es gibt nur einen Ausgang und der ist vermutlich verschlossen.

So rüttelte ich mehrere Male an der Türklinke, die Metalltür ließ sich partout nicht öffnen. Eine Möglichkeit zu entkommen sah ich leider nicht. Meine Taschen waren leer, das Handy fehlte. Hilfe rufen war daher nicht möglich. Mich beschäftigte derweil die Frage, wie wir überhaupt aufgespürt werden konnten. An die Gesichter der bewaffneten Männer konnte ich mich nicht erinnern, da alles sehr schnell ging.

Vielleicht sind wir von Piraten überfallen worden oder … oder hat uns jemand gar verraten?

Außer Gabor Barna und Davut wusste aber niemand von unserer Flucht per Segelboot. Es war für mich absolut unvorstellbar, dass einer von beiden der Verräter war. Dann fiel mir die Warterei an der Grenze nach Kroatien ein.

Gut möglich, dass der für die Passkontrolle zuständige Grenzpolizist jemanden von der Roten Pranke informiert hat und wir warten mussten, weil er deren Leuten Zeit verschaffen wollte. Anschließend sind die uns unauffällig gefolgt.

Nur so konnte ich unsere Entführung erklären. Plötzlich fiel mir das Amulett ein. Ich schaute am Hals des Jungen nach und es war nicht mehr dort. Das bestärkte meine Annahme, denn offenbar kannten die Männer die Bedeutung des Amuletts.

Verzweifelt lief ich erneut zu der rostigen Tür und versuchte sie diesmal aufzutreten. Zu meiner Enttäuschung gab sie wieder keinen Millimeter nach. Ich hämmerte mit geballten Fäusten gegen das Metall, bis sie wund wurden, aber kein Mensch reagierte. Zu hören war lediglich das monotone Rattern des Diesels, der sich durch meine Tritte nicht aus dem Rhythmus bringen ließ. Es blieb mir nichts anderes übrig, als stundenlang diesem Geräusch zu lauschen. Ich bildete mir ein, dass es mal lauter und dann wieder leiser wurde, während ich resigniert auf dem Boden saß. Nichts passierte.

Dann musste ich an die drei Heiligen denken, die Lazars Vater angefertigt hatte und die seiner Familie als Schutzpatrone dienten. Im Geiste flehte ich alle drei an, Lazar und mich aus dieser Situation herauszuholen.

Sie hätten es erst gar nicht soweit kommen lassen dürfen. Ich machte ihnen Vorwürfe und wurde wütend. *Wo wart ihr?*

Was aber brachte Wut? Demjenigen, der unsere Gefangenschaft sowie den Tod von Milena zu verantworten hatte, war das völlig egal. Nur ein durchgeknallter Soziopath, ohne jegliche Art von Mitgefühl, konnte so etwas tun. Das Nachdenken darüber wurde für mich äußerst anstrengend. Bald verspürte ich ein Verlangen nach Ablenkung. Ich wünschte mir, in New York bei Natalie zu sein, mit dem Kopf auf ihrem Schoß zu liegen und meine Stirn von ihr kraulen zu lassen - sie wusste um die magische Wirkung der Liebkosungen ihrer Fingerspitzen und tat dies gern -, aber dieses Verlangen war jetzt nicht besonders dienlich.

Habe ich überhaupt noch ein Recht dazu, darüber nachzudenken? Natalie zu vermissen? Schließlich hatte ich sie, seitdem wir uns das letzte Mal sahen, gleich mit zwei Frauen betrogen.

Ja, aber du hättest es ja nicht getan, wenn eure Beziehung intakt gewesen wäre. Es gab da schon Probleme zwischen euch beiden. Außerdem zwischen Tamara und dir, das war keine Liebe. Es ging dabei allein um deine männlichen Bedürfnisse. Du brauchtest ein Ventil und daran ist Natalie nicht ganz unschuldig.

Ja, und was war dann meine Beziehung mit Ambera? War das auch keine Liebe?

Doch das war es, aber nicht von Anfang an. Du konntest nicht wissen, dass es so kommt. Sie hat zunächst nur im Auftrag ihres Gönners mit dir geflirtet und du hast mitgemacht, weil du mehr über deine Verfolger erfahren wolltest und Schutz brauchtest.

Dennoch, ich hatte wirklich ein schlechtes Gewissen gegenüber Natalie und das verschlimmerte alles noch. Einschlafen konnte ich nicht. Eine ablenkende Beschäftigung? Fehlanzeige! Klar denken war auch nicht drin. Dazu brummte mir der Schädel viel zu sehr, ja sogar mit fortschreitender Zeit im Gleichklang zum Schiffsmotor.

Irgendwann verfiel ich in Apathie. Alles wurde komplett unbedeutend, denn ich konnte sowieso nichts an der Situation ändern. Wieder sehnte ich mich nach diesem Knopf, mit dem man sich von jetzt auf gleich in den Ruhezustand versetzen kann. Aber dann, dann hörte ich Schritte und männliche Stimmen von draußen, sie näherten sich. Von Menschen, mit denen ich vielleicht einen Ausweg verhandeln könnte. Hoffnung keimte in mir auf. Blitzartig flitzte ich zur Tür und rief nach Hilfe, hämmerte erneut gegen die unnachgiebige Tür, um sie auf mich aufmerksam zu machen. Die Männer beantworten jedoch meine Hilferufe mit einem lauten Gelächter und verschwanden. Meine Hoffnung war bitter enttäuscht worden und es kehrte in mir erneut Teilnahmslosigkeit ein. So sank ich wieder zurück zu Boden und verfiel in ein Gefühl von Wachkoma.

Plötzlich hörte ich Lazar von der anderen Seite des Raumes meinen Namen rufen. Er war aufgewacht. Sofort stand ich auf, wollte um den Tisch herum zu ihm laufen, aber er kam mir bereits entgegen und umarmte mich. Ich war heilfroh, dass er wieder zu sich gekommen war und sehr gerührt. Mir kamen die Tränen. Einerseits aus tiefer Freude, andererseits aus Verzweiflung, weil ich keine Ahnung hatte, wie ich Lazar trösten könnte. Schließlich hatte er jetzt neben seinem Vater auch seine Mutter verloren. Die Art und Weise ihres Ablebens machte alles noch viel schlimmer.

Wie soll ich denn ihn trösten, wenn ich noch nicht einmal in der Lage bin, mich selbst zu trösten?

Lazar, reif wie er seiner kindlichen Natur voraus war, begriff durchaus, in was für einem Dilemma ich steckte. Und dafür liebte ich dieses Kind.

Er kämpfte tapfer gegen seine Tränen. »Weißt du, ich habe gesehen, was die Mama angetan haben, denn ich war zwischendurch aufgewacht.« Ich zuckte zusammen. »Mir ist schwindelig von dem Zeug, das die mir eingeflößt haben.«

»Tut … tut … tut mir so leid.« Mir fehlten einfach die Worte.

»Aber wenn ich groß bin, ich schwöre Ihnen, ich werde die dafür bestrafen!«

»Du … du … wir duzen uns, ok?«

»Ok … weißt du, die haben mir das Amulett weggenommen. Aber ich bin so froh, dass es zumindest dir gut geht.«

»Ohh, du Ärmster. Das Amulett wird denen kein Glück bringen«, entgegnete ich. »Kannst du dich erinnern, wer die waren?«

»Es waren mehrere, auch jemand in einem weißen Kittel, der die schreckliche Sache mit Mama …« Jetzt weinte Lazar und ich drückte ihn.

»Schon gut. Ist schon gut.« Ich streichelte seine Wange. »Versuch' dich, zu erinnern. Wer hat dir das Amulett vom Hals genommen?«

»Es war eine Frau.«

Mir kam sofort Liz in den Sinn. »Eine Frau? War sie alt?«

»Nein, gar nicht. Sie war jünger als du. Sie hatte lange schwarze Haare, die zu einem Zopf zusammengebunden waren.«

Das wiederum passte nicht.

»Weißt du, wir müssen hier raus, weg von hier«, sagte Lazar.

»Ich weiß, aber wie? Außer der Metalltür gibt es keine Öffnung, durch die wir entkommen könnten.« Ich setzte mich wieder hin und zog seichte an der Hand des Jungen. »Lazar, wir müssen uns ausruhen, komm setze dich zu mir. Es ist besser, wenn du deine Kräfte schonst.« Etwas besseres fiel mir nicht ein.

29

Äquilibritas

IRGENDWANN hörte ich wieder Schritte von draußen. Wir mussten mit allem rechnen und ich stellte mich schützend vor Lazar. Es klackte mehrmals, die Tür wurde aufgeschlossen. Das Quietschen der verrosteten Scharniere jagte mir einen Schrecken ein. Ein Mann in einem weißen Kittel, das hämische Grinsen in seinem Gesicht werde ich nie vergessen, hatte sie geöffnet und machte Platz für die Nachfolgenden. Tomislav Stankovic trat ein, hinter ihm war eine Frau in Armeehosen mit einem Blasrohr in der Hand. Nur, das Blasrohr passte nicht ins Bild. Ihr folgten zwei weitere mit Maschinengewehren Bewaffnete. Ich war verwirrt, konnte die Situation nicht richtig einordnen.

»Tamara? Du?«

Ist Tamara dabei, um uns zu helfen oder weil sie mit Tomislav Stankovic kooperiert?

Sie war nicht mehr die Person, die ich in meiner Erinnerung hatte, als hätte man ihre Seele ausgetauscht. Die Ringe unter ihren Augen ragten hervor und waren dunkler als sonst. Keine Spur mehr von der leidenschaftlichen Sehnsucht in ihrem Gesichtsausdruck, die mich so sehr angetörnt hatte, bloß die finstere Mimik einer rachsüchtigen Geliebten. Schließlich vermutete ich bereits vor meiner Flucht aus Pale, dass mit ihr etwas nicht stimmte. Ihr giftiger Blick starrte mich an.

Moment mal, als Tomislav Stankovic ihr in Bijeljina beim Rausgehen aus seinem Büro beiläufig einen Klaps auf den Hintern gab, nahm sie das ohne jede Kritik hin. Sie hat sich überhaupt nicht gewehrt. Ich erinnere mich. Das hätte mir damals schon komisch vorkommen müssen. Ach, was für ein Idiot doch ich bin!

»Wie konntest du nur?«

»Was meinst du? Wie konnte ich was?« Tamara redete sich in Rage. »Du hast meine Halbschwester, diese Schlampe gevögelt. Du hast mich betrogen!«

Ihren starken serbischen Akzent, den man hörte, während sie English sprach, empfand ich nun als grob. Es war mir ein Rätsel, wie ich den überhaupt als süß empfinden konnte. Manchmal schwingt im Ton, wie etwas gesagt wird, mehr Information mit, als in den Worten selbst. Tamara spielte die Eifersüchtige, genauso wie sie vorgegeben hatte, in mich verliebt zu sein, und das gehörte offenbar zu ihrem dreckigen Spielchen. So etwas wie eine ehrliche Persönlichkeit schien sie nicht zu besitzen, stattdessen war sie vierundzwanzig Stunden am Tag im Schauspielmodus.

»Ambera war deine Halbschwester?« Ich war verblüfft.

Tomislav Stankovic musste lachen. Es war das krankhafteste Lachen, das ich je gehört hatte, und übertraf obendrein die Freudensalven des emotionslosen Sadisten Alex. »Die beiden haben den gleichen Vater. Sie wussten lange nichts voneinander und mögen sich ganz und gar nicht. Ich habe es geschafft, nur eine der Schwestern zu vögeln. Aber Sie? Sie Glückspilz haben gleich beide genagelt. Hah hah hah ha …« Er fasste sich an die Brust, weil er keine Luft mehr bekam. »Mein … mein Kompliment. Hah hah hah ha …«

Kaum vorstellbar, aber die beiden Frauen, mit denen ich

ein Verhältnis hatte, waren offenbar Schwestern. Ambera hatte mich angelogen, als sie gesagt hatte, dass sie außer ihrer Großmutter niemanden mehr hatte.

Natürlich! Mensch, wie ähnlich sich beide in gewisser Hinsicht sind und irgendwie doch auch nicht. Und ein Blasrohr hatte auch Ambera verwendet.

Der Umstand unserer Gefangenschaft spielte für mich einen Augenblick lang keine Rolle mehr. Mein Blick wich nicht von Tamaras Gesicht. Das hier war eine Sache zwischen mir und ihr. Nicht gut für Tomislav Stankovics Ego. Er wurde zornig, weil ich ihn nicht beachtete.

»Vater war meiner Mutter gegenüber genauso untreu wie du. Ich habe ihn dafür gehasst!«

»Und du? Du hinterhältiges Miststück! Lässt mich in deiner Wohnung einfach allein! Verrätst mich an diesen Wahnsinnigen!« Ich warf einen verächtlichen Blick zu Tomislav Stankovic.

Tamara schob völlig empathielos ein Giftpfeil in ihr Blasrohr und zielte damit auf mein Herz. »Sag noch einmal Miststück und du wirst für immer schweigen!«

»Schluss jetzt! Beschädigte Ware kann ich nicht gebrauchen, er ist Universalspender. Blutgruppe 0, Rhesusfaktor negativ. Eine wahre eierlegende Wollmilchsau, die alle Blutgruppen bedienen kann.« Tomislav Stankovic drückte mit seiner Hand das Blasrohr zur Seite. »Schweigen wird er sowieso bald, Schätzchen.« Und wieder schallte sein abartiges Gelächter durch den Raum. »Ich warte bloß noch auf das Angebot eines Händlers vom Arizona Market. Der braucht dringend ein Herz für seinen B-Minus-Kunden. Damit würden wir alles verwertet haben, was er zu bieten hat.«

»Wie bei Milena, richtig? Wie bei den Flüchtlingen, die Sie umgebracht haben, damit der Mann im weißen Kittel ihnen die Organe entnehmen konnte. Sie sind abscheulich!«

»Ich sehe mich vielmehr in der Tradition eines tüchtigen Geschäftsmannes. Einfacher kommt man nicht an Ware ran. Man braucht die Organspender nur aus dem Meer fischen und kein Mensch vermisst sie. Schließlich sind in Europa Flüchtlinge unerwünscht. Nur bei Ihnen und dem Jungen ist das etwas anderes, da spielt wohl eher Vergnügen eine Rolle.«

Währenddessen glühten die Augen des Arztes vor der Begierde, noch mehr Menschen zu zerstückeln. Zweifellos verrichtete er mit der Passion eines Psychopathen seine abscheuliche Arbeit.

»Sie werden wegen ihrer Gier selbst noch draufgehen!«, schrie ich Tomislav Stankovic an. »Reicht Ihnen das Amulett nicht? Es hat einen unschätzbaren Wert!«

»Sie, mein Lieber, sie hätten uns nicht ausspionieren sollen. Warum sind Sie nicht dahin zurückgekehrt, wo Sie hergekommen sind, als man in der *Baščaršija* auf Sie geschossen hat? Sie hätten das Zeichen erkennen sollen.«

»Ganz einfach, weil ich eine Aufgabe habe!«

»Das glauben Sie nur. Ihr Boss gibt einen Scheißdreck um Sie. Der Befehl des Meisters lautet, sie und den Jungen zusammen mit seiner Mutter zu beseitigen. Und den führe ich liebend gerne aus.«

»Daran habe ich absolut keinen Zweifel, aber Sie wollen mehr als das. Wenn ihr Präsident wüsste, dass Sie unsere Organe …«

»Sparen Sie sich das! Der Alte wird es mir gewiss nicht übel nehmen, weil ich die Organisation am Gewinn beteiligen werde.«

Genugtuung zeichnete sich auf Tamaras Gesicht ab. Unsere gemeinsamen Erlebnisse, die aus dem Blickwinkel der Vergangenheit durchaus ihre schönen Seiten hatten, waren für sie heute nicht das Geringste wert. Der Wind erreichte bald Orkanstärke und ließ die Wellen immer härter gegen die Schiffswand schlagen. Den heftigen Rüttelbewegungen nach musste das Meerwasser draußen bereits kochen. Wir hatten Schwierigkeiten auf der Stelle zu bleiben.

»Wenn wir nicht bald in Italien ankommen und dort eine Rückmeldung geben, wird ein Freund die Polizei informieren. Man wird uns suchen.«

»Wissen Sie, die Adria ist nicht immer so wunderschön, wie sie scheint. Da draußen blasen gerade stürmische Böen. Was glauben Sie, wie viele Segler bei derartigen Wellen von Bord gefegt werden? Die werden, wenn überhaupt, nur das verlassene Segelboot finden.«

Es machte zwar keinen Sinn, mit diesem unerbittlichen Mann zu verhandeln, aber dennoch wollte ich es nicht unversucht lassen.

»Dann lassen sie wenigstens den Jungen frei. Er ist doch noch ein Kind.«

Tomislav Stankovic zeigte mit seinem Finger auf Lazar, der unsere Unterhaltung aufmerksam verfolgt hatte. »Dieser Junge ist der Sohn eines Verräters, den werde ich ganz gewiss nicht gehen lassen. Außerdem bringen Organe von Kindern noch mehr Profit.«

Ich konnte sehen, wie sich Lazars Kopf mit ungeheurer Wut füllte. Tobsüchtig raste er völlig unerwartet zu Tomislav Stankovic und schlug mit geballten Fäusten in seine Leistengegend ein. Tränen flossen, während er kreischte: »Mein Vater war kein Verräter! Mein Vater war kein Verräter!«

Schon einmal musste er sich anhören, dass sein Vater ein Verräter war, kurz bevor dieser umgebracht wurde. Was aber sollten die kleinen Fäuste gegen einen erwachsenen Mann ausrichten? Tomislav Stankovic fing amüsiert die dünnen

Arme des Jungen ein und hielt sie fest. Dieser aber wehrte sich dagegen mit einem Biss in seine Hand und ließ nicht ab, bis sie blutete.

»Argh … haltet den Jungen fest«, befahl Tomislav Stankovic mit einem vor Schmerz entstellten Gesicht.

Der Mann im weißen Kittel eilte zu Lazar und zog genüsslich an seinen Haaren, bis dieser von der blutenden Hand seines Paten abließ. Der zog seine verletzte Hand aus Lazars Mund und scheuerte dem Jungen eine mit der anderen. Lazar tobte davon unberührt weiter. Die beiden bewaffneten Männer richteten ihre Gewehrläufe auf mich, damit ich ja nicht auf die Idee kam, ihm zu helfen.

Vielleicht ist es die Vorhersehung, die mit dem Amulett verknüpft ist? Oder vielleicht auch der übernatürliche Beistand, den ich mir in dieser ausweglosen Situation gewünscht habe?

Im Nachhinein bin ich mir sogar sicher, es war eine Kombination der Kräfte. Das Amulett verlieh zwar magische Fähigkeiten, bestrafte aber unrechtmäßige Besitzer. Nur ein auserkorener, legitimer Träger wurde beschützt, derjenige war offenbar Lazar. Gleichzeitig wurden meine Hilferufe von den Heiligen erhört. Just in dem Moment trifft eine gewaltige Welle das marode Schiff, begleitet von einem lauten Donnern. Die Neonlampen an der Decke flackern, das Schiff rollt zur Seite und alles fliegt durch die Luft. Die Außenwand des Schiffs birst und Meerwasser schießt mit brachialer Gewalt durch ein riesiges Loch in den Innenraum. Es schleuderte Tomislav Stankovic an die gegenüberliegende Wand. Dieser konnte sich daraufhin kaum bewegen und stöhnte vor Schmerz, dieses Mal aber lauter als sein krankes Lachen vorher. Das Schiff schwankte unentwegt, sodass ein Halt, wenn überhaupt, nur mit beiden Händen möglich war. Tamara rutschte bei einer der heftigen Rüttelbewegungen aus und fiel mit dem Hinterkopf auf den Rand des Operationstisches. Ihre Wirbelsäule gibt einen grässlichen Knacks von sich. Sie brach sich dabei das Genick. Unglücklicherweise blieb ihr keine Zeit mehr für Abschiedsworte, bevor sie aus dem Leben schied.

Ein Sprung zur Seite rettete mein Leben. Ich konnte den Spinden, die umfielen, um Haaresbreite ausweichen und lag auf dem Boden neben Tamara, der Frau, mit der ich ohne Zweifel auch schöne Stunden verbracht hatte. Die beiden bewaffneten Männer hatten ihre Maschinengewehre aus den Händen verloren, weil sie sich festhalten mussten. Sie sahen ihren hilflosen Chef an der Wand neben der Tür, zogen ihn aus dem Wasserstrahl und eilten schließlich mit ihm zusammen aus dem Raum nach oben aufs Deck. Der Kübel mit den Innereien war verrutscht und auf den Arzt gekippt. Sein Körper war darunter eingeklemmt, sein Gesicht ragte zur Hälfte aus den Eingeweiden heraus. Er hatte nun selbst Todesangst, wischte sich Gedärme und Blut vom Gesicht, schaffte es aber nicht, wegen des hohen Gewichts des Behälters, sich zu befreien.

Er flehte mich an. »Bitte helfen Sie mir! Ich schaffe es alleine nicht.«

Ich ignorierte seine Hilferufe, warf eher einen letzten Blick auf die Frau, die meine Gefühle verletzt hatte. Auf die Frau, die nur eine Mission erfüllte, während wir Sex hatten.

Wie konnte ich so blind sein? Womöglich hat sie auch ihren Orgasmus vorgetäuscht. Und sie war so perfekt darin, dass ich es noch nicht einmal bemerkt habe.

Schon bald war außer einem Blubbern im Wasser vom Arzt nichts mehr zu sehen, genauso wie von Tamara. Uns blieb keine Zeit. Der Raum füllte sich rasch mit Wasser. Ich sah Lazar, wie er sich mit seinem rechten Arm an einem Rohr unweit des Risses in der Schiffswand festhielt, *Glucki* in der Linken. Offensichtlich hatte er eine ähnliche gefühlsmäßige Bindung zu dem Plüschtier wie ich. Ich drückte mich aus dem knietiefen Wasser hoch auf die Beine und watete zu Lazar.

»Komm, Lazar, wir müssen hier raus. Der Raum wird gleich voll mit Wasser sein.«

Der kleine Junge aber hatte eher Angst, das Stofftier zu verlieren, als zu ertrinken. Ich nahm ihn auf meine Arme und stiefelte hinaus in den Flur. Dort zog ich uns jeweils eine der Rettungswesten an, die ich neben der Treppe an der Wand entdeckte, und rannte mit dem Jungen an der Hand aufs Deck hoch. Oben peitschten permanent meterhohe Wellen über die Reling, begleitet von Donnern und Blitzen, die den finsteren Himmel erleuchteten. Der Regen prasselte auf unsere Körper, aber wir waren ja ohnehin klitschnass. Das Schiff neigte sich immer stärker zur Backbordseite. Wir mussten gegen die Schräglage ankämpfen, um nicht wegzurutschen. Zudem war die Orientierung schwer, weil die Deckbeleuchtung immer wieder ausging. Die Crew des Kutters, unter den Männern auch Tomislav Stankovic und seine beiden Bewacher, hatte sich bereits auf der Steuerbordseite in zwei große Schlauchboote begeben und entfernte sich mit ihnen vom sinkenden Schiff. Ich erinnerte mich an die Holzstatue in der Rotunde, den mächtigen Mann mit dem roten Bart. Dieser Aufschrei musste raus: »Perun, euer eigener Gott, ist mächtig sauer, er jagt euch nun mit seinen Blitzen … naja, vielleicht findet ihr ja Schutz bei Veles, ihr Irregeleiteten!«

Das Meerwasser kochte, die Wut in mir aber auch. Wir kenterten mit jedem Wellenschlag etwas mehr. Nun war ich hier und musste schnell eine Entscheidung treffen, genau wie in dem Moment, als ich auf der Mine stand. Die Nervosität in mir stieg unermesslich hoch. Hunderte von Gedanken rasten gleichzeitig durch meinen Kopf. Unsere Überlebenschancen bei bestenfalls fünfzehn Grad Wassertemperatur waren verschwindend gering, wie ich als Segler nur allzu gut wusste. Ich zitterte am ganzen Leib. Wollte ich doch nicht sterben, ohne Natalie wiederzusehen.

Gerade meine Affären mit den Schwestern haben gezeigt, was für ein Juwel sie ist. Dieses Juwel gilt es wieder in der Hand zu halten. Darüber hinaus bin ich für Lazar verantwortlich. So ein außergewöhnlicher Junge muss einfach weiterleben. Sein Leben darf hier auf keinen Fall zu Ende gehen, noch bevor es überhaupt angefangen hat.

Geistesgegenwärtig suchten meine Augen den Teil des Decks, der noch aus dem Meer ragte, nach irgendetwas ab, was uns dabei helfen könnte, auf dem Wasser zu treiben. Zunächst bemerkte ich einen großen Sack mit einem Fischereinetz drin, woran Auftriebskörper befestigt waren.

Vielleicht eine Möglichkeit? Aber ob die Schwimmer reichen, uns beide übers Wasser zu halten, ist fraglich, denn ich muss zusehen, dass unsere Körper soweit wie möglich aus dem kalten Nass ragen. Nur so kann ich eine schnelle Unterkühlung vermeiden. Da habe ich so meine Zweifel.

Doch dann sah ich im Lichte eines Blitzes den weißen, zylinderförmigen Behälter mit der Aufschrift ›Liferaft‹ am Heck. Hoffnung keimte in mir auf. Der verwitterte Behälter war an der Reling auf der Steuerbordseite befestigt.

Ob der noch aufgeht?

Dennoch eilte ich zusammen mit Lazar zu dem Behälter hin und löste die Gurte, mit denen er an der Reling befestigt war. Die Rettungsinsel ging tatsächlich auf, kurz nachdem der Behälter mit Wasser in Kontakt kam. Leider löste sich die Leine von der Reling, mit der das Abdriften hätte verhindert werden sollen. Jetzt galt es, auf die Insel zu gelangen, noch bevor sie von den Wellen weggetrieben wurde. Ich kannte die

Gefahren eines Sprungs ins kalte Wasser. Kälterezeptoren auf der Haut können innerhalb von wenigen Sekunden reflexartige Reaktionen des Körpers auslösen. So würde dem Eintauchen ein extrem tiefer Atemzug folgen, der alleine schon zum Ertrinken reicht, weil mit dem panikartigen Luftschnappen gleichzeitig viel Wasser in die Lunge gelangt. Wer den Sprung ins kalte Nass überlebt, muss schließlich mit lähmender Kälte kämpfen. Spätestens nach einer halben Stunde, mit Eintritt der Hypothermie, der Abkühlung des Körperinneren, würde man nicht mehr in der Lage sein, klar zu denken. Mit meinem besten Freund Tim, der auch begeistert-er Segler war, hatten wir oft über ähnliche Szenarien diskutiert.

Was solls? Zuviel darüber nachdenken hilft im Moment nicht. Dies ist die beste Chance, die wir zum gegenwärtigen Zeitpunkt haben.

Ich ging auf Augenhöhe zu Lazar. »Vertraust du mir?«

Lazar zögerte, nickte dann jedoch. Er hatte immer noch *Glucki* in der Hand.

»Wir springen jetzt zusammen ins Wasser. Du holst vorher tief Luft und dann darfst du nicht atmen, bis ich es dir sage. Halt bitte solange den Mund geschlossen. Verstanden?«

»Ok. Aber, Elias, kann ich den Koala mitnehmen? Dann hab ich weniger Angst. Weißt du?«

Einerseits war der Koala im Wasser nicht gerade hilfreich, aber andererseits war mir daran gelegen, dass der Junge nicht in Panik geriet, also stimmte ich zu. Denn spätestens beim Eintauchen in die Wellen würde er ihn sowieso verlieren.

»Der heißt ab jetzt *Glucki.* In Ordnung, aber du darfst ihn nur mit einer Hand festhalten. Mit der anderen halte ich dich fest und du mich. Ok? Wir tauchen dann gemeinsam wieder auf.«

»Ok, ich bin bereit.«

»Gut, wenn ich ›jetzt‹ sage, springen wir!« Lazar nickte.

Ich gab ihm einen Kuss auf die Wange, umklammerte seine freie Hand mit meiner Rechten, so fest ich nur konnte, und sagte das Codewort.

Es waren nur wenige Meter, aber der freie Fall kam mir vor wie eine Ewigkeit. Unsere Körper tauchen in das eiskalte Meer ein. Ich merke wie sich meine Haut wegen der Kälte schlagartig zusammenzieht - *wie ich das nur hasse, ins kalte Wasser zu springen* - und ich habe nur noch eines im Kopf, als wir auftauchen: zusammen mit Lazar so rasch wie möglich die Rettungsinsel zu erreichen. Er hielt sein Wort und atmete erst nach meiner Aufforderung, nachdem unsere Köpfe über der Wasseroberfläche waren. *Glucki* hielt er weiter fest in seiner Hand. Durch die Rettungsweste blieb zwar sein Gesicht über Wasser, aber er atmete viel zu schnell.

»Atme langsam, Lazar, und gleichmäßig. Bewege dich möglichst nicht, sonst kühlst du schneller ab.«

»Mir ist jetzt schon kalt.«

»Ich weiß. Man gewöhnt sich dran. Wir haben es gleich geschafft, Kleiner. Bleib einfach ruhig und vertraue mir. Verstanden?«

»Ok.«

Ich drehte seinen Rücken zu den Wellen, die unerbittlich über uns hinwegfegten, damit er besser atmen konnte, und schob ihn vor mir her in Richtung Rettungsinsel. Die aber hatte sich bereits mehr als ein dutzend Meter von uns entfernt. Unglücklicherweise trieben die Brecher sie noch weiter in die Ferne. Jeder Versuch aufzuholen kostete mich enorme Kraft. Das Schiff hinter uns gab einen lauten Ächzer von sich und sank nun komplett in die Tiefen des Wassers. Mit zunehmender Abkühlung versteiften sich meine Glieder. In meinen Beinen kribbelte es sehr bald. Dennoch schafften wir Entfernung gutzumachen, gleichwohl entfernte sich die Insel von Neuem mit einem kräftigen Wellenschlag. Das entmutigte mich. Ob wir es jemals schaffen würden, sie zu erreichen, war ungewiss. Erneut flitzten tausende Gedanken unkoordiniert durch mein Bewusstsein. So das Bild von Ambera, als sie im frisch ausgeschaufelten Grab liegt - ihr Gesicht entspannt und die Augen hoch in den Himmel, zu den Sternen starrend - oder der Augenblick als das Genick von Tamara, ihrer Schwester, einen Knacks von sich gibt, und das Entsetzten in ihrem Gesicht einfriert. Ein Geräusch, das mir nicht mehr aus dem Sinn ging.

Zumindest hatte sie einen schnellen Tod.

Die Aussicht auf einen derart raschen Tod hatte ich nicht. Meine Glieder wurden hölzern und an den Füßen spürte ich kaum noch meine Zehen. Zudem war es schwierig, wegen der nächtlichen Finsternis etwas zu sehen. Nur das Blitzlicht des Allmächtigen erhellte die Umgebung hin und wieder.

Wenn das noch viel länger dauert, werde ich nicht mehr in der Lage sein, Lazar festzuhalten. Ich muss mich zusammenreißen, aber ich schaffe das.

Permanent versuchte ich, mich selbst zu motivieren. Dabei wurde das Wohlergehen des kleinen Jungen mein zuverlässigster Antrieb. Ein Raketenantrieb. Überdies spielte die Sehnsucht nach Natalie eine gewichtige Rolle: Ich hatte mir fest vorgenommen, in unserer Beziehung es zukünftig besser zu machen. Seitensprünge kamen für mich nicht mehr in Frage, egal was passiert.

Lazar wurde ruhig, zu ruhig. Er sagte kaum noch etwas, denn die Kälte hatte ihn regelrecht paralysiert. Ich bemerkte, wie *Glucki* aus seinen steifen Fingern glitt. Als ich ihn zu mir umdrehte, war sämtliche Farbe aus seinem Gesicht gewichen und jeglicher Überlebenswille gebrochen.

»Komme ich … komme ich in den Himmel, wenn ich tot bin?«, stammelte er kraftlos. Er zitterte heftig. »Wartet … wartet Mama dort auf mich?«

»Lazar, jetzt hör mal gut zu!« Ich rüttelte ihn, so stark es mit meinen verkrampften Händen ging. »Deine Mama will jetzt noch nicht, dass du zu ihr kommst. Schon gar nicht ohne *Glucki*. Erst musst du den retten. Verstanden?«

Ich fischte *Glucki* aus dem Wasser und drückte ihm das Plüschtier in die Hand.

»Halt den mit beiden Händen fest. Du bist für sein Leben verantwortlich! Klar?«

»Oo … Oo … ok.« Er umklammerte *Glucki*.

Schließlich ist die Verantwortung für Andere ein gutes Überlebensmotiv. Der Lebenswille kehrte so in Lazars Augen zurück.

»Wir beide, wir schaffen das.«

Ich strich ihm über die Haare und drehte ihn erneut mit dem Rücken gegen die Wogen. Die Anstrengungen waren immens, meine Muskeln fühlten sich an, als ob sie zerreißen würden. Ungeachtet dessen trat ich so kraftvoll ich auch nur konnte das Wasser, denn ich wollte nicht sterben. Auch Lazar sollte weiterleben. Ich schob ihn vor mir her.

Am Ende erreichen wir das rettende Gummifloß. Ich drückte Lazar auf das Luftpolster und zog mich mit den letzten verbliebenen Kraftreserven unter das Verdeck. Ein Seufzer der Erleichterung verließ meine Lippen. Er kam aus dem Innersten meines Leibes, der vor Erleichterung bebte. Auch wenn die Insel auf den Wellen von einer Seite zur anderen geschleudert wurde, schützte sie uns jetzt vor dem Ertrinken. Wir waren zwar durchnässt und froren weiterhin, konnten aber nun ausruhen. Lazar war erschöpft, hielt *Glucki* jedoch immer noch in der Hand. Mir ging es nicht besser. Ich nahm ihn auf meinen Schoß und umklammerte seinen Körper, damit wir uns gegenseitig etwas wärmten. Das half tatsächlich, denn ich konnte nach einer Weile meine Finger spüren.

»Hast du gut gemacht, Lazar! Du hast *Glucki* das Leben gerettet.« Ich zwinkerte ihm zu.

Lazar freute sich. Natürlich wusste er genau, dass es ein Scherz war, denn *Glucki* war ja nicht lebendig, aber es erfüllte ihn trotzdem mit Stolz.

Hinterher versorgten wir uns mit Trinkwasser und Trockennahrung, die der Insel beigepackt waren. Das hob unsere Stimmung weiter an. Wir trieben ziellos umher. Ich hatte keine Ahnung, auf welcher Position wir uns in der Adria befanden. Mir fehlte die Energie darüber nachzudenken. Müdigkeit überkam mich. Das Wetter und die See beruhigten sich im weiteren Verlauf der Nacht. Lazar war bereits in meinem Schoß eingeschlafen und auch mir fielen buchstäblich die Augen zu.

30

Die Abrechnung

DER Himmel klart auf, die Wellen ebnen sich und die See zeigt sich wieder von ihrer bezauberndsten Seite. Ein makelloses Bühnenbild - besser würden es die Regisseure im *Lyceum Theatre* am Broadway nicht hinbekommen -, das unser nächtliches Grauen zu einer Nebensächlichkeit degradiert. Im Äther über uns flackern unzählige Sterne, ganz so als würden sie sich seit Urzeiten schon zu den Figuren eines *Englischen Walzers* bewegen. Der Schein des Mondes, jetzt nicht mehr abgeschattet durch einen rabenschwarzen Wolkenvorhang, flutet mit gedämpften Licht die Kulisse, auf der sich Szenen des Lebens abspielen. Die Wasseroberfläche nivelliert sich zu einem Spiegel und reflektiert das Abbild des Universums in seinen filigransten Nuancen. Möglicherweise das letzte schöne Bild, das ich in dieser Welt sehe, denn ohne Proviant sind wir bald verloren. Die Notfallrationen würden keine zwei Tage mehr halten. Trotzdem verliere ich nicht meinen Humor.

Was solls, schließlich kann ich mir kein besseres Motiv für ein Erinnerungsfoto vor der Reise ins Jenseits vorstellen.

Mit dem Aufzug des Schlummerns - er bewegt sich mit Lichtgeschwindigkeit nach oben - fahre ich auf die höchste Ebene, den Gipfel meines Bewusstseins. Dorthin, wo es keine Grenzen mehr zwischen unendlichem Schweben und körperlichem Sein gibt. Eine Dimension, die andere fälschlicherweise als die tiefste Ebene des Lebens oder auch schlicht als Tiefschlaf bezeichnen würden.

Vielleicht kommt es jedoch auf die Perspektive an? Naja, so oder so: Eine imaginäre Position, aus der man sich selbst von außen, losgelöst von biologischen Hüllen, betrachten kann.

Die Sterne brillieren nun bläulich, genauso wie der wunderschöne Hope-Diamant an der Brust von Marie Antoinette, jeweils umrandet von einer Aura in Rot. Einer Legende nach war jener mit einem jahrhundertealten Fluch belegt. Wie alle anderen Besitzer zuvor hatte auch Marie Antoinette mit diesem Diamanten kein Glück - sie hatte sich von der Schönheit des edlen Schmuckstücks täuschen lassen - und landete am Ende auf der Guillotine.

Guillotine? Schluss damit! Legenden gehören in die Welt der Fantasie, sei realistisch! Analogien lauern überall, und sie machen einen nur verrückt. Du hast Grund genug zufrieden zu sein, denn du hast es geschafft, den Fängen eines skrupellosen Bösewichts zu entkommen und vor allem Lazar das Leben zu retten. Dem kleinen, zerbrechlichen Wesen, das gerade neben dir schläft.

Sicher? Nein, nein, das war eine Mindestbringschuld, denn er hat doch auch mir das Leben gerettet.

Trotzdem, in Anbetracht der Umstände solltest du stolz auf dich sein. Natürlich hast du auch Fehler gemacht. Wie zum Beispiel dich von Tamaras Schönheit - oder zutreffender von Rusalkas Tamara-Maske - blenden lassen, obwohl sie in Wahrheit eine schwarze Witwe war. Aber was … was kannst du schon dafür? Du bist doch nur ein Mensch und deine Wahrnehmung ist beschränkt auf deine Sinne. Manchmal versteckt sich eben der Teufel hinter der schönsten Fassade. Etwa hinter einem Körper, dem man nicht widerstehen kann. Lustgefühle sind doch absolut menschlich! Die haben wohl deinen Verstand getrübt, in der Art wie John Carpenters ›Nebel des Grauens‹ die Sicht.

Aber, so einfach kann ich mir das nicht machen. Natalie, verzeih mir! Bitte! Ich bekenne mich schuldig.

Sag mal, spinnst du jetzt ganz? Du kannst nichts dafür. Das Ding in deiner Hose - listig wie ein Fuchs - ist offensichtlich mit weiter oben, den Wärtern deines geistigen Daseins, besser vernetzt, als man vermuten würde. Es hat sie einfach bestochen. So überrascht es nicht wirklich, dass du Tamara und Ambera - man konnte ja zu dem Zeitpunkt wirklich nicht ahnen, dass sie Halbschwestern waren - gevögelt hast.

Warte, warte, das wäre zu leicht. Ambera kann ich mir noch verzeihen, denn sie war im Kern ein guter Mensch, aber Tamara?

Tja, Ambera hat doch auch Menschen getötet. Das weißt du genau.

Ja richtig, jedoch nur welche, die es nicht besser verdient haben.

Du meinst vielmehr, welche es nicht verdient haben, überhaupt geboren zu werden. Aber sie sind nun mal da. Sei ein Realist! Hast du überhaupt das Recht zu urteilen, wer gut und wer böse ist? Hast du das Recht, Tamara als böse und ihre Halbschwester als gut zu bezeichnen?

Die Frage sollte wohl eher lauten, hatte ich das Recht, gleich beide zu vögeln? Natalie zu betrügen? Bin ich nicht auch böse, weil ich auf den Wellen meiner Gefühlsanomalien - ich gebe zu, das Wort schwanzgesteuert traf hier voll und ganz zu - davon surfe?

Mensch! Wenn der liebe Gott das nicht wollte, warum hat er erst den Zauberstab weiter unten erschaffen? Und passende Gegenstücke? Der Punkt ist, du bist nicht perfekt, aber immerhin bemühst du dich, ein guter Mensch zu sein. Ohne Zweifel, die Abgründe der menschlichen Seele sind schauderhaft. Gut ist, wer den Deckel drauf halten kann.

Meine hemmungslosen Rechtfertigungsorgien werden durch eine Wölbung an der glatten Wasseroberfläche unterbrochen. Eine Kreuzung zwischen Mensch und Fisch streckt den Arm aus dem Wasser und greift nach Lazar. Der bestialische Gestank aus seinem Mund ist mir bereits vertraut. Wenn ich die Kreatur nicht rechtzeitig bemerkt und Lazar zügig in die hinterste Ecke der Rettungsinsel geschoben hätte, wäre der

Junge jetzt fort. Gerade noch rechtzeitig, bevor er dann den Versuch unternimmt, sich auf das Luftpolster zu hieven, zünde ich eine der Leuchtfackeln an, die in der Seitentasche der Rettungsinsel verstaut waren, und hoffe so, das Monster von der Öffnung des Verdecks fernhalten zu können. Ich bin paranoid und zornig zugleich.

»Du hast mir Ambera genommen, du hast mir auch Tamara genommen und du hast dem Jungen das Amulett entwendet! Wieso reicht dir das nicht?«

Der Vodjanoy verfällt in einen zynischen Lachanfall. »Harr, harr, harr …« Er kann sich kaum halten und sein Lachen hört sich so an, wie das von Tomislav Stankovic auf dem Fischkutter.

»Glaubst du etwa, dass ich mit einer Mahlzeit auf ewig satt bin? Ich werde dir alles nehmen. Alles was du jetzt noch hast, und am Ende dich selbst!«

Und wieder schallt das diabolischste Lachen im Universum durch Raum und Zeit. Es wirbelt stinkende Spucketropfen durch die Luft, die zu meinem Widerwillen auch noch auf meinem Gesicht landen.

Igittigitt.

Als die Kreatur erneut einen Versuch unternimmt, durch die Öffnung zu klettern und nach Lazar zu greifen - er spottete dabei über meine kindliche Naivität - schmeiße ich die brennende Fackel tief in seinen Rachenschlund hinein.

»Fick dich! Es kommt auf das Mahl an, mein Lieber!«

Ich schnaube durch die Nase, mir ist jedenfalls nicht zum Lachen zumute. Als hätte die Spucke auf meinem Gesicht seine giftige, sardonische Wirkung entfaltet, verzieht sich meine Mimik wie von selbst, ich stoße unartikulierte Laute der Freude hervor. In ihnen schwingt genauso der Oberton von Genugtuung wie auch der Unterton eines tiefen Schmerzes mit.

»Mit vollem Mund lässt es sich nicht gut antworten, hah?«

Vodjanoy vergeht das Lachen in Bruchteilen von Sekunden. Stattdessen hört man sein Geseire und ich bin erstaunt, wie variationsreich die klagenden Töne aus seinem gigantischen Mundwerk sein können. Von Bariton bis Sopran ist jede Stimmlage in dieser Opernarie enthalten. Sein Körper - vor allem aber der Teil oberhalb vom Hals - fängt an, purpurrot in der Finsternis zu glühen. Wie Eisenerz aus dem Hochofen. Perfekter könnte eine Figur im Gruselkabinett nicht aussehen. Der Vodjanoy verbrennt innerlich, sackt in sich zusammen und verschwindet in den Tiefen der Adria.

Panikartig schnappe ich nach Luft, als ich die Augen aufschlage. Vergewissere mich, dass Lazar unbehelligt neben mir liegt. Nie wieder sollte mich der Vodjanoy in meinen Träumen belästigen.

31

Der Flüchtling

ICH öffnete die Dachplane und schaute in die Ferne. Dort zeigte sich die Sonne am Horizont, zunächst nur als orangefarbener Streifen am Firmament und Minuten später als goldener Ball, der allmählich Wärme spendete und die Feuchtigkeit aus unseren Klamotten zog. Das tat gut. Nach den anstrengenden Ereignissen der Nacht hätte ich niemals angenommen, einen weiteren Tag auf dieser Welt verbringen zu dürfen. Ich lebte. Verspürte sogar die Lebenskraft in jeder einzelnen Körperzelle. Lazar lebte. Nur das zählte. Keine Ahnung, ob dies am nächsten Tag so bleiben würde, aber das war mir im Moment völlig egal. Ich füllte meine Lungenflügel mit der morgendlichen Meeresluft und genoss jede einzelne Sekunde beim Ausatmen.

Wie klar das Wasser ist.

Schon beeindruckend, welche Rolle das Wechselspiel zwischen Licht und Schatten, zwischen Sonne und Mond in der Natur spielt. Letzte nachtaktive Meeresbewohner kamen zurück von ihrer Jagd auf Nahrung und verschwanden tief unten in ihren Nestern, überließen das Revier den zahlreichen Fischschwärmen, die aus ihren Ruhestätten in Höhlen, Riffspalten sowie Korallen schossen und wie aus dem Nichts auftauchten und sich auf die Suche nach Futter begaben.

Nur durch solch einen Schichtwechsel können derart verschiedenartige Tiere denselben Lebensraum nutzen. Wie genial das ist. Wie schön das Leben ist.

Nur ein seltsames Geräusch störte das idyllische Bild. Ein metallisches Ächzen und Kratzen zwickte an meinen Ohren. Ich versuchte den Ursprung der Laute zu orten. Sie kamen von hinten, wie ich herausfand. Als ich die Rettungsinsel mit Hilfe eines Paddels gen Westen drehte, sah ich zu meinem Erstaunen die *Philosophia* unweit von unserer Rettungsinsel auf der Wasseroberfläche treiben. Sie trieb genauso ziellos umher wie wir, komplett dem Willen des Meeres überlassen. Der Mast war abgebrochen, das war eindeutig ein Tribut an den nächtlichen Sturm.

Irgendjemand meint es gut mit uns und ich weiß nicht, ob dieser jemand zu dem Kreis der drei Heiligen zählt oder nicht - vielleicht haben sie sogar kooperiert, ich würde es mir jedenfalls wünschen. Welch ein Glück! Dort auf Gabor Barnas Segelboot befindet sich unser Proviant.

Ich weckte sofort Lazar und wir paddelten hinüber. Der Mast lag mit der Spitze im Wasser. Nur die Takelage hielt den abgebrochenen Mast mitsamt Baum noch fest, aber die schwere Last drückte das Segelboot an der Steuerbordseite immer wieder ins Wasser. Es dauerte eine Weile, bis wir alle Drahtseile gekappt hatten und das Boot, befreit vom Gewirr aus Mast, Segeln und Baum, waagerecht auf dem Wasser stand. Segeln ließ sich die *Philosophia* jedoch nicht mehr. Vielmehr ruhte meine Hoffnung auf dem Motor und der sprang tatsächlich nach mehreren Startversuchen an. Wir hatten jetzt wieder etwas zu Essen und konnten uns halbwegs unbekümmert Richtung italienische Küste fortbewegen. Unter Deck hatten Tomislav Stankovics Männer zwar alles durchwühlt, jedoch nichts mitgenommen. Unsere Papiere lagen noch auf dem Tisch im Salon und selbst die Waffe, die ich von Davut erhalten hatte, war zusammen mit der Munition noch immer in der Schublade, in der ich sie verstaut hatte.

Auf dem Fischkutter hätte ich die gut gebrauchen können, aber wer hätte das geahnt? Noch einmal lasse ich mich nicht überraschen.

Ich nahm die Waffe heraus und schob sie unter meinen Gürtel in die Poritze, um sie für alle Fälle griffbereit zu haben. Dann griff ich nach einem Fernglas, das ich ebenfalls in der Schublade sah und rannte nach oben aufs Deck. Mit dem Fernglas suchte ich den Horizont nach irgendwelchen Küstenstreifen ab, jedoch konnte ich keinen ausfindig machen. Eine genaue Positionsbestimmung war damit nicht möglich, unsere einzige Orientierung waren der Schiffskompass und die östliche Sonne. Italien lag im Westen, soviel war klar, allerdings war es mir nicht möglich, die Entfernung abzuschätzen.

So fuhren wir stundenlang mittels Motor nach Westen, bis wir schließlich spät nachmittags bei Ortona an die italienische Küste stießen. Dort nahm ich dann Kontakt mit Gabor Barna auf und schilderte ihm unsere Odyssee. Letztlich musste ich ihm ja irgendwie auch erklären, wie mitgenommen seine *Philosophia* nun aussah. Am Ende war Gabor Barna froh, dass wir noch am Leben waren.

»Was ist mit dem Schaden an Ihrem Boot?«

Gabor Barna nahm die Schadensmeldung gelassen. »Machen Sie sich darüber keine Sorgen. Viel wichtiger ist jetzt, dass Sie sich um den Jungen kümmern. Er hat keine Eltern mehr.«

»Übrigens, die italienischen Behörden wollen Lazar mangels Visa nicht einreisen lassen. Sie sehen in ihm lediglich einen weiteren Flüchtling, den sie am liebsten in ein Abschiebelager verfrachten würden.«

Wir waren ganz und gar nicht freundlich empfangen worden, so verlief das Gespräch mit der Hafenbehörde nicht ohne Spannungen. Die Grenzbeamten glaubten mir nicht, sondern vermuteten, dass ich die Geschichte von ermordeten Flüchtlingen, denen die Organe entwendet wurden, frei erfunden hätte, um Lazar nach Italien einzuschleusen. Sie beschuldigten mich gar, ein privater Seenotretter zu sein, und blockierten unsere Einreise. Zudem warfen sie mir vor, Beihilfe zur ungesetzlichen Einreise geleistet zu haben. Als ob Seenotrettung ein Verbrechen wäre. Ich war fassungslos über dieses menschenverachtende Verhalten. Lazar zurückzulassen, das wollte ich auf keinen Fall, denn was es bedeutete, nicht dazuzugehören, wusste ich selbst allzu gut.

Wieder sah ich die Bande vor mir, die mich damals auf dem Schulhof umzingelt hatte. Die Knaben waren alle aus der Klasse über mir und mindestens einen Kopf größer als ich. Angeführt wurden sie von Tim, dem Sohn eines einflussreichen Bauunternehmers, den alle so bewunderten. Kaum hatte Nike eine neue Serie von Basketballschuhen auf den Markt geschmissen, dauerte es keine zwei Tage und Tim hatte sie an. Er war ihr Idol. Zudem war er der vermeintlich Stärkste und überragte seine Bewunderer um eine weitere halbe Kopflänge. Ein pubertärer Leitwolf mit unschönen Pickeln im Gesicht.

Er und seine Jungs hatten es bereits länger auf mich abgesehen. Schon seit Monaten lästerten sie über mein Aussehen - ich entsprach wohl nicht dem Stereotyp eines amerikanischen Jungen - beschimpften gar meine Eltern. Tim ließ keine Gelegenheit aus und rempelte mich immer wieder an, wenn er an mir vorbeiging, darauf wartend, dass ich eine Gegenreaktion zeigen würde, um bei dem kleinsten Anzeichen von Widerstand auf mich einzuprügeln. Aus heutiger Sicht gab es dafür nur eine Bezeichnung: Mobbing. Sie waren stärker und in der Überzahl, daher musste ich stets höllisch aufpassen und rechtzeitig ausweichen. Ich wollte nur in Ruhe gelassen werden. Wie konnte ich auch anders? Ich war sehr viel kleiner, hatte Angst um mein Leben, denn alleine schon der Anblick von Tims übermächtigem Körper reichte aus, um mein Herz galoppieren zu lassen. Seinerzeit fühlte ich mich schwach und ausgestoßen, dies auch von den Schülern in meiner eigenen Klasse. Die waren zwar im Gegensatz zu Tim und seiner Bande nicht darauf aus, mit mir zu kämpfen, mich zu schikanieren, aber sie ignorierten mich einfach, als wäre ich überhaupt nicht da gewesen, als hätte ich nicht existiert. Das kränkte mich noch mehr. Auch die meisten Lehrer ignorierten mich. Oft, wenn ich mich zu einer Frage meldete, wurde ich absichtlich übersehen, dabei musste ich ganz schön mit mir ringen, bis ich schließlich den Finger hob. Das alles gab mir das Gefühl, dass etwas mit mir nicht stimmte, dass ich ein minderwertiges Geschöpf wäre. Halt ein Produkt von ausländischen Eltern, aber kein richtiger Amerikaner. Kein vollwertiger Mensch. In meinem ganzen Leben schämte ich mich nie so sehr wie zu dieser Zeit.

In der Pause war auf dem Schulhof mein Blick daher stets auf den Boden gerichtet, weil ich fürchtete, die Blicke anderer Schüler zu durchkreuzen. Ja sogar die Mädchen aus meiner Klasse wandten sich von mir ab, sobald sie auch nur ein beiläufiges Anschauen meinerseits bemerkten. Nur Janine, ein Kind aus einer italoamerikanischen Familie sprach mit mir. Wir unterhielten uns hin und wieder und von ihr erfuhr ich überhaupt, was die anderen Mitschüler dachten. Ich war der einzige Schüler mit fremden Wurzeln in der Schule und der Rekordhalter, über den die meisten Witze gemacht wurden. Ganz besonders spotteten sie über meine Aussprache, denn damals beherrschte ich die englische Sprache noch nicht sicher und mein mazedonischer Akzent war deutlich zu hören.

Jeder Spott, jeder Rempler hinterließ eine tiefere Kerbe auf der Messlatte meines Selbstbewusstseins. Wären da nicht Janine und meine Mathelehrerin gewesen, hätte ich mich wahrscheinlich umgebracht. Den Gedanken daran hatte ich oft. Trotz meiner miesen Aussprache, mit Zahlen konnte ich umgehen. Meiner Mathelehrerin war das nicht entgangen. Sie baute mich auf, gab mir immer wieder Mut, unterstützte mich, wo immer sie konnte, manchmal sogar auch gegen den Widerstand ihrer Kollegen. Das gab mir wiederum Kraft. So dauerte es nicht lange und ich war der Beste in ihrer Stunde.

Als millionenschwerer Unternehmer war Tims Vater der größte Geldgeber im Förderverein der Schule, dies mit Sicherheit nicht ohne Einfluss in Bezug auf die schulische Laufbahn seines Sohnes. So ließen Furcht und Respekt vor dem Geldgeber jegliche Art von Kritik an Tims mangelhafter schulischer Leistung unter den Tisch fallen. Kein Lehrer traute sich, durch eine angemessene Benotung die Missgunst von Tims Vater zu provozieren. Selbst der Direktor nicht, denn seine Schule war auf das Geld angewiesen. Mit dem Entzug seiner Finanzspritzen hatte Tims Vater einst gedroht, als ein neuer Bio-Lehrer, der in diesen stillschweigenden Ritus der Schule noch nicht eingeweiht war, seinem Sohn die unrühmliche Note ›mangelhaft‹ gab. Auf dem Elternsprechtag war die Hölle los. Nur mit Mühe ließ sich Tims Vater besänftigen.

Dieser Macht seines Vaters war sich Tim sehr bewusst, er rühmte sich lauthals damit. Die Kombination aus Hochmut und Frechheit in seinem Wesen gipfelte schließlich in diesem einen Schlüsselmoment. So standen die Jungs um mich herum und zogen den Kreis immer enger, während sie ihren Anführer weiter anfeuerten, mir endlich die Fresse zu polieren. Tim hatte damit und mit vielen abscheulicheren Dingen gedroht. Dabei waren seiner Fantasie keine Grenzen gesetzt. Mal wollte er mir bloß die Zähne ausschlagen und eine Halskette für seine Freundin aus ihnen basteln, dann auch mal mir die Eier abhacken und diese dem Hund seiner Mutter zum Frühstück servieren oder einen Chinaböller in meinen Allerwertesten schieben und die Lunte anzünden. Aber den Vollzug all dieser schrecklichen Ankündigungen - abgesehen von den vielen Remplern - blieb er bis dahin schuldig. Seine Jünger wollten endlich Taten sehen, einen Beweis für die angepriesene Stärke. Zu guter Letzt fasste Tim mit der linken Hand meinen Kragen und holte mit der Rechten aus, um auf mich einzudreschen, aber im entscheidenen Moment, in dem Tim den angekündigten kurzen Prozess mit mir umsetzen sollte, zögerte er. Die übergroße Faust verharrte in der Luft. Seine auf mich gerichteten Augen schienen durch mich hindurch zu sehen. Das war meine Chance. Ich riss mich zusammen und schaffte es, mich aus seiner Linken zu befreien und schlüpfte durch eine Lücke aus der Umzingelung seiner Bande.

»Lass mich in Ruhe. Ich habe dir nichts getan«, schrie ich, während ich weinend wegrannte.

Den Jüngern war nicht entgangen, dass ihr Anführer im entscheidenen Augenblick versagt hatte. Sie lachten zwar immer noch, nun aber nicht mehr über mich, sondern über Tims Schwäche. Die Schmach darüber erzürnte Tim sehr. Er nahm tollwütig ein altes Butterbrot vom Boden auf und warf damit nach mir. Es traf mich am Hinterkopf. Ich wischte mir die Butter vom Haar und flüchtete in die gegenüberliegende Ecke des Schulhofes, in der Hoffnung, dort endlich Ruhe zu finden. Aber nein, kurze Zeit später spürte ich erneut das Butterbrot, diesmal an meinem Rücken. Spätestens dann brannten alle Sicherungen in mir durch. Ein explosives Gemisch aus Angst und Rachegefühl verzerrte mein Gesicht. Die Jungs ahnten was kommen würde und gingen hinter Tim in Deckung. Ich nahm das Butterbrot vom Boden, rannte damit schreiend auf den übermächtigen Rivalen zu. Tim war perplex. Da ich viel kleiner und wendiger war als er, schaffte ich es, ihm die Beine wegzuziehen, noch bevor er mit seinen Händen nach mir greifen konnte. Er fiel auf den Rücken und lag wie paralysiert am Boden. Doch mein Rachegefühl war damit noch lange nicht gestillt, ich wollte Genugtuung für den Seelenschmerz in mir und drückte ihm das vergammelte Butterbrot mit aller Gewalt in den Mund. Ich zwang ihn, es nach und nach runterzuschlucken.

»Mit Essen spielt man nicht! Hast du kapiert?«

Tim hatte absolut nicht mit einem Austicken des kleinen Jungen gerechnet. Fürchtete sich vor demjenigen, den er bis dahin gestoßen und gehänselt hatte, der ihn jetzt jedoch überlistet hatte. Zu allem Übel verwandelte sich das Lächeln seiner Bandenmitglieder nun in einen Spott, einen Spott über sein eigenes Versagen. Erst in dem Moment eilte eine Lehrerin herbei, die in der Pausenzeit die Aufsicht hatte und unsere Rauferei bemerkte. Sie gehörte zu den Lehrern, die mich im Unterricht stets ignorierten. Eine, die ich daher nicht mochte. Sie zog an meinen Haaren und forderte, dass ich Tim loslassen solle, was ich trotz Schmerzen erst tat, nachdem der letze Bissen geschluckt und mein Verlangen nach Genugtuung befriedigt war.

Eine Viertelstunde später saßen die besagte Lehrerin, Tim und ich vor dem Direktor. Anstatt beide Seiten zu befragen, beschuldigte sie mich, ohne Grund einen Streit angezettelt zu haben. Tim schwieg mit Tränen in seinen Augen. Zu schweigen hatte er wahrscheinlich für solche Situationen von seinem Vater aufgetragen bekommen. Dem Direktor jedoch kam das Ganze gleich komisch vor, er musste lächeln. Ungläubig starrte er auf Tim, dann auf mich und wieder zurück. Wir saßen nebeneinander und Tim war anderthalb Köpfe größer.

Dann wandte er sich der Lehrerin zu. »Sie wollen mir weismachen, dass dieser sehr viel kleinere Junge ohne Grund auf den körperlich überlegenen Tim losgegangen sein soll?«

»Ja, so habe ich es gesehen«, antwortete die Lehrerin.

»Nun, Sie sollten immer beide Seiten befragen, bevor Sie zu solch einer Feststellung kommen! Haben Sie das getan?«

»Nein«, war ihre zögerliche Antwort.

Dann hörte der Schulleiter sich meine Version an. Gesagt hat er es nicht, aber ich bin mir sicher, er glaubte mir, denn seine Gesten verrieten dies. Damit Tims Vater nicht gleich eine Parteinahme witterte, beließ er es bei einer Ermahnung für beide. Der Form halber. Wir durften wieder gehen.

Seitdem ließ mich Tim in Ruhe. Seine Jünger hatten ihn fallen lassen. Er verlor seine Stellung als Leitwolf. Wie vom Pech verfolgt, kam noch hinzu, dass sein Vater ein Jahr später Konkurs anmelden musste und die Unterstützung für den Förderverein ausblieb. Dann dauerte es nicht mehr lange und die mangelhafte Leistung spiegelte sich in Tims Noten wieder. Er blieb tatsächlich sitzen und - *welch eine Ironie des Schicksals* - wir wurden zu Klassenkameraden. In der Folgezeit verschwand der Hochmut sowie der arrogante Ton aus seinem Charakter. Eines Tages, wenn auch sehr spät, fasste Tim den Mut, sich bei mir zu entschuldigen. So hatte uns das Schicksal zusammengeführt und wir wurden später dicke Freunde.

Genau aufgrund dieser Erfahrung war mein Mitgefühl für Lazar groß. Ich konnte ihn nicht einfach fallen lassen. Im Gegenteil, ich würde Himmel und Hölle in Bewegung setzen, um ihn zu beschützen. Zweifellos hatte der Junge jetzt niemanden mehr, der sich um ihn kümmern konnte. Als Produkt einer gemischten Ehe, halb orthodox und halb muslimisch, gehörte er keiner Seite richtig an. Er hing im Prinzip allein zwischen den Fronten. Auch wenn der Krieg schon lange vorbei war, aus den Köpfen der Leute war er definitiv nicht verschwunden. Ich war der einzige Mensch, den er jetzt noch hatte.

»Es würde mich nicht wundern, wenn die Grenzbeamten korrupt sind und mit der *Roten Pranke* in Kontakt stehen«, sagte Gabor Barna.

»Nach alldem, fehlt das noch.«

»Was halten Sie davon, den Mast reparieren zu lassen und direkt nach Amerika zu segeln? Wäre das nicht eine Lösung?«

Das klang nach einer verrückten Idee. Noch nie zuvor bin ich eine derart lange Strecke gesegelt. Über den Atlantik nach New York zu segeln würde Wochen in Anspruch nehmen, abgesehen von Gefahren durch Stürme und Orkane. Aber, wenn die Behörden hier Lazar die Einreise verweigerten, würden die Nachbarstaaten dies vermutlich auch tun. So verrückt Gabor Barnas Idee war, sie war ein Ausweg.

»Hmm, das wäre eine Möglichkeit.«

»Vielleicht dulden die einen Aufenthalt in der Marina für den Zeitraum der Reparatur?«, überlegte Gabor Barna.

»Ich kläre das ab.«

Nach langem Hin und Her und unter Einschaltung des amerikanischen Botschafters in Rom - einem Freund von Gabor Barna - erlaubte die Hafenbehörde einen Aufenthalt unter strengen Auflagen, jedoch nur bis zur Erledigung der Reparaturarbeiten auf der *Philosophia*. Zudem erleichterte der Bündel Dollarscheine in meinem Pass, den ich zuvor darin versteckt hatte, die Entscheidungsfindung des Zuständigen. Jedenfalls war das Geld bei der Rückgabe des Passes nicht mehr drin.

Auch der Verbleib Lazars in den USA würde nicht ganz unproblematisch werden, aber der US-Botschafter versprach dabei zu helfen. Für einen permanenten Aufenthalt Lazars in den Staaten waren bestimmte Bedingungen zu erfüllen. Er brachte als einfachste Möglichkeit eine Adoption ins Gespräch. Sie lag auf der Hand, zumal Natalie nicht in der Lage war, Kinder zu bekommen. Sie wollte schon seit längerem ein Kind, jedoch waren alle unsere diesbezüglichen Versuche gescheitert.

Die Adoption, dann auch noch von solch einem cleveren Jungen, wäre für uns beide eine Möglichkeit, unseren Kinderwunsch zu erfüllen. Ich sollte mit Natalie sprechen.

Die Reparatur des Bootes dauerte beinahe zwei Wochen und ich hatte sehr viel Zeit. Zeit, die ich nutzte, um ausführlich mit Natalie über die Erlebnisse auf meiner Bosnien-Reise zu sprechen und natürlich über Lazar. Über meine privaten Beziehungen zu Tamara und Ambera verlor ich kein Wort. Ich hatte für mich persönlich Lehren aus ihnen gezogen und wollte Natalie nicht unnötig kränken. Das Kapitel Seitensprünge war ohnehin für mich ein für alle mal geschlossen. Natalie war und blieb meine große Liebe.

»Warum nicht?«, hörte ich ihre Stimme am Telefon sagen. »Wenn ich sowieso unfruchtbar bin? Ein Kind zu adoptieren hatte ich mir auch schon überlegt. Krass, jetzt kommst du mit dem Vorschlag.«

»Er ist ein besonderer Junge, Schatz. Du wirst ihn mögen, da bin ich mir sicher.«

»Tja, wir sind aber nicht verheiratet. Nur verheiratete Paare können Kinder adoptieren.«

»Mensch, da hast du auch wieder Recht.« Darüber hatte ich mir keine Gedanken gemacht.

»Dann hätten wir jetzt einen echten Grund. Wir reden noch darüber«, flüsterte sie.

Ich wusste, es würde nicht schwer sein, Natalie von dem

Jungen zu überzeugen.

Ob sie dafür heiraten würde? Jedenfalls hätten wir jetzt einen echten Grund.

Sie konnte es kaum erwarten, Lazar persönlich kennenzulernen.

32

Die Rache

Zwei Monate später

DIE Spannung in mir war von Tag zu Tag gestiegen. Mein Boss runzelte die Stirn und rieb sich die Augen, sobald er mich eintreten sah, als würde ein Gespenst vor ihm stehen. Er brauchte eine Weile, um die Glotzer scharf zu stellen und schaute mich dann ungläubig an. Wie immer saß er als Vorsitzender am Kopf der Tischrunde, nur diesmal mit einer plötzlich versteinerten Miene. Hundertmal hatte ich alles seit meiner Rückkehr nach New York im Geiste durchgespielt, dennoch war ich vor meinem Auftritt sehr nervös, musste mich wirklich zusammenreißen.

Man kannte es nicht anders von ihm, das Hemd demonstrativ bis zum Solarplexus aufgeknöpft, ein Busch von schweißgetränkten grauen Haaren spross hervor und nässte den Saum. Nur flüchtig bemerkte ich, wie etwas darin glitzerte, als würde es nicht dahingehören. Im Gegensatz zu den übrigen anwesenden Bankern hatte der Boss die Hippieära in vollsten Zügen genossen - zumindest rühmte er sich oft damit - und mochte, vorgeblich aus Trotz zum Establishment, keine Anzüge tragen. So waren die blaue Jeans mit dem weit aufgeknöpften hellblauen Hemd darüber sein unverwechselbares Markenzeichen, was aber nicht unbedingt bedeutete, dass er das Tragen von Anzügen - wie es sich für Banker und Consultants gehörte - bei Untergebenen nicht einforderte. Und zwar vehement. Freiheiten, die er sich selbst nahm, gewährte er anderen nicht. Die Rolle des gönnerhaften Patriarchen gefiel ihm sehr. Erhaben schwebte er über seinen Mitmenschen, ließ sich gar mit Etiketten wie *Menschenfreund* oder *Kunstmäzen* schmücken. Das schmeichelte sicherlich seinem Ego und sein Ego hatte ihn weit gebracht, zumindest in Bezug auf Finanzen und Macht. Über seinen menschlichen Werdegang konnte man derartig Gutes allerdings nicht berichten. Die Leistungen seiner Mitarbeiter, denen er sein Vermögen zu verdanken hatte, würdigte er mit keinem Wort.

Nein, er war sicherlich kein Bohemien, keine rebellische Künstlernatur, die er gerne sein wollte, sondern bloß ein eigenartiger Narzisst, und vor allem ein rücksichtsloser Machiavellist. Ihm war jedes Mittel recht, um seine Ziele zu erreichen, und wenn sich die Maßnahme als noch so abscheulich herausstellte.

Auch die anderen Mitglieder des Aufsichtsrates, die zu beiden Seiten gelangweilt im Quartalsbericht der CBB blätterten, waren offensichtlich von meinem Erscheinen überrascht. Peter Lemming erläuterte gegenwärtig die Zahlen darin. Ich hatte mich seit der Flucht aus Bosnien bei niemandem gemeldet, auch nicht bei ihm. Brauchte eine Weile, um meine Erlebnisse zu verarbeiten. Nur Gabor Barna war über mein Überleben im Bilde und mit ihm hatte ich Stillschweigen vereinbart. Der Boss vermutete wahrscheinlich, dass ich - wenn nicht durch eine Kugel im Kopf - spätestens in den Fluten der Adria als Fischfutter geendet wäre.

»Sie … Sie … Sie sind wieder da?«, fragte er sprachlos.

»Wieso?«, antwortete ich. »Sollte ich etwa nicht wiederkommen? Sie wollten doch einen Bericht oder nicht?«

Ich marschierte schnurstracks zu seinem Platz und knallte ein Bündel Papier auf seinen Tisch. Dann verteilte ich, absolut ungefragt, Kopien des Berichtes an die übrigen Mitglieder. Ein Tabu. Auf der letzten Seite befand sich die Zusammenfassung seiner Missetaten.

Peter Lemming sprang von seinem Platz auf und kam zu mir gewieselt, sein Haar schlackedick eingegelt. »Jetzt beruhigen Sie sich, Elias.«

»Beruhigen? Sie waren doch so sehr für das Hauskrediteprogramm, und mein Bericht befürwortet genau das! Was ist mit ihnen passiert? Setzen Sie sich gefälligst wieder an Ihren Platz und halten die Pfötchen still!. Das hier geht Sie nichts an.«

Peter Lemming dackelte schmallippig zurück zu seinem Platz. Derweil verzerrte der Boss sein Gesicht zu einem gezwungenen Grienen und rieb sich das Kinn, bevor er reagierte. »Sehr schön. Gut gemacht. Aber ihr Bosnien-Bericht ist jetzt nicht Teil der Tagesordnung.«

»Oh, ich denke schon, dass man besprechen sollte, was sie so hinter dem Rücken Ihrer Geschäftspartner treiben.«

Die anderen in der Runde spitzten nun die Ohren, als wollten sie mehr davon hören, zögerten aber, dies einzufordern.

»Nein wirklich, es ist jetzt nicht die Zeit!«, zischte der Boss genervt. Cholerisch schob er das Gebinde Papier zur Seite.

»Es geht um die größte Kapitalerhöhung der CBB und Sie finden, dieser Moment ist nicht passend? Wofür dann der Aufwand? Wofür haben Sie mich nach Bosnien gesandt? Etwa, damit ich nicht wiederkehre?«

Mein letzter Satz irritierte die Anwesenden. Alle stöberten nun neugierig in den Kopien vor sich. Minutenlanges

Schweigen folgte. Die Luft im Konferenzraum wurde immer dicker, das Atmen fiel schwer. Dem Boss wurde die Brust eng, er fasste sich ans Herz, während er wie ein Hund hechelte und sich jetzt doch, wenn auch angewidert, den Bericht ansah. Sein Hemd triefte bald vor Schweiß und wurde beinahe durchsichtig.

»Wir sollten schon über die Ergebnisse von Elias sprechen«, wandte dann Karrie Humphrys ein, die Vertreterin des zweitgrößten Aktionärs. Bei der Durchsicht der letzten Seite in ihrer Hand war ihre Brille auf der Nase runtergerutscht - sie war ganz offensichtlich vom Inhalt entsetzt. Sie rückte die Augengläser wieder in die richtige Position. Ein unverständliches Raunen machte die Runde. Karrie Humphrys war eine starke Verfechterin der geplanten Kapitalerhöhung und die einzige Person, die sich dem dominanten Stil vom Boss offen widersetzen konnte. Vorwurfsvoll blickte sie in Richtung des Vorsitzenden. Nachdem ihre Kollegen ebenfalls die letzte Seite überflogen hatten, stimmten sie ihr durch ein Nicken zu.

Ich drehte mich erneut dem Mann zu, der nun wie ein zusammengesacktes Wrack aus Fettpolstern und Knochen auf dem Chefposten kauerte. »Sie haben mit allen Mitteln versucht zu verhindern, dass ich mit diesem Bericht in der Hand zurückkomme.« Tränen fluteten dabei meine Augen.

Das Murmeln verstummte unvermittelt. Eine unheimliche Stille trat ein. Dieser Augenblick dauerte an, bis ich mich wieder fasste. Nun war es an der Zeit, die schmerzliche Frage zu stellen, deren Antwort ich längst kannte. »Weshalb? Wieso wollten Sie mich töten lassen?«

Er sollte seine Version verlautbaren und mir dabei in die Augen schauen. Das menschliche Wrack vor mir blieb jedoch still. Er antwortete nicht, weil er genau wusste, dass die Frage rhetorisch gemeint war. Daher gab ich die Antwort selbst, denn seine Geschäftspartner sollten wissen, warum.

Die Verzweiflung in mir war dabei unüberhörbar.

»Damit er seine starke Position im Aufsichtsrat behalten kann. Genau darum. Dafür war er bereit, über meine Leiche zu gehen. Deswegen hat er den Pakt mit einer teuflischen Organisation geschlossen, die keine Moral kennt.«

Der Boss erkannte die Zerrissenheit in mir, drückte sich wieder hoch in die gewohnte selbstbewusste Sitzhaltung und versuchte - als hätte er blitzartig den Einfall des Jahrhunderts -, lauthals die Wogen zu glätten. »Glauben Sie Elias kein Wort. Er musste viel durchmachen und ist offensichtlich verwirrt!«

In der Hast rutsche ihm jedoch sein Halsschmuck komplett aus dem Hemd. Die Anwesenden trauten dem Boss einiges zu, aber derartig schwere Vorwürfe hatten sie nicht erwartet. Ohne Beweise konnte ich regelrecht die Skepsis an meiner Darstellung riechen.

»Ach ja, woher haben Sie denn das Amulett an ihrem Hals?«

»Was geht Sie das an? Ich hab es bei einer Kunstauktion ersteigert.«

Zu meinem Glück hatte ich das Bild von Lazars Amulett in der Tasche und ließ es rundgehen. Am Lederband um seinen Hals hing nämlich jenes Amulett, der besagte *Tschelenk*.

»Ein Unikat. Das Amulett eines Jungen aus Bosnien, dessen Eltern dafür sterben mussten.«

»Huch … das ist nicht ihr Ernst?« Karrie Humphrys hielt die Hand vor den Mund.

Allen war sofort klar, das ich Recht hatte. Und wieder kehrte beängstigende Stille ein. Als würde sie mein Recht auf Wiedergutmachung untermauern. Der Druck in mir erinnerte an mein Vorhaben. *Jetzt oder nie.* Durch ihr Gewicht scheuerte die Kanone unter meinem Sakko die ganze Zeit schon an meinem Steißbein. Dort, wo ich sie zuvor in die Hose gesteckt hatte. Genugtuung war das Stichwort. Seelenfrieden eine andere Bezeichnung dafür. Diese widerspenstige Gestalt, die sich Boss nannte, sollte für ihr hinterhältiges Verhalten büßen. Schließlich hatte er mein Leben aus den Angeln gehoben, ja es sogar beinahe zerstört. Nun war die Zeit, jetzt musste Gerechtigkeit her und ich hatte mir jeden einzelnen Schritt genauestens überlegt. Ungleich seiner Handlanger, ungleich der Qualen die ich erleiden musste, wollte ich ihn möglichst schnell und schmerzlos ausschalten. Alles hat einen Preis und sein Leben war der Preis für die unermessliche Gier in ihm. Für den Seelenschmerz, den er mir zugefügt hatte. Die Wut in mir wurde riesig, aber ich musste mich noch konzentrieren.

Als ich schlussendlich Davuts Waffe auf ihn richtete, führte aufkeimende Panik zu hölzernen Gliedmaßen bei allen. Keiner regte sich. Ihre Gesichter wurden kreidebleich.

Und denken Sie an den Rückschlag. Halten Sie die Pistole stets mit beiden Händen fest, wenn Sie abdrücken.

Ich erinnerte mich an Davuts gutgemeinten Ratschlag und umklammerte die Waffe mit beiden Händen, aber sie zitterten sehr stark. Niemals zuvor hatte ich auf einen Menschen gezielt, nie hatte ich geschossen. Jetzt musste ich da durch.

Eine Sache aber sollte nicht unerwähnt bleiben:

»Sie waren niemals ein Hippie.« Ich brüllte mir die Seele aus dem Leib. »Sie haben sich bloß mit dem Wort geschmückt … damit geschmückt haben Sie sich.«

»Es tut mir leid, Elias. Es tut mir so leid …« Schweiß füllte die tiefen Aknenarben in seinem Gesicht.

Er presste die Lippen zusammen und winselte wie ein getretener Hund. Der sonst so arrogante Supermacho implodierte zu einem Häufchen Elend. Panik kannte er zuvor nicht. *Jetzt schon.* Ich versuchte mich zu konzentrieren, mein Finger berührte den Abzug, aber das Zittern wurde schlimmer. Mein Leib bebte buchstäblich.

Glauben Sie mir, wenn es drauf ankommt, werden Sie es können.

So hatte es Davut gesagt. Ich wünschte, ich hätte seine Abgebrühtheit, denn es kam in diesen Sekunden tatsächlich darauf an. Unzählige Gründe ratterten durch meinen Kopf. Die Kugel, die mich fast getroffen hätte, raste erneut an meinem Ohr vorbei. Sie pikte daran, genauso wie damals. Den Schmerz verspürte ich deutlich. Ich dachte an die Gefangenschaft in der Hütte, an die Qualen der Folter. An den Fischkutter. Den Anblick von Milena, wie sie auf dem Tisch lag, ihr Körper ausgehöhlt zu einer leeren Hülle. Warum? Na, um Profit mit ihren Organen zu machen! Solche Taten durften auf keinen Fall ungesühnt bleiben!

Natürlich, du hast das Recht zu richten. Du bist der Richter, der für Gerechtigkeit sorgt. Dieser Weg ist unumkehrbar. Da musst du jetzt durch. Du solltest abdrücken, verdammt!

Ja, ich sollte ihn endlich bestrafen.

So schloss ich die Augen, denn umherspritzendes Blut wollte ich dennoch nicht sehen. Mein Finger am Abzug zögerte jedoch weiterhin. Der Befehl ›Schieß!‹ wurde von ihm einfach nicht ausgeführt. Je länger ich wartete, desto schwieriger stellte sich die Umsetzung meines Vorhabens heraus. Das Zusammenspiel zwischen Kleinhirn, Nervenzellen und den Muskeln an meinen Händen funktionierte faktisch nicht. Hitzewallungen jagten durch meinen Körper. Krampfhaft bemühte ich mich abzudrücken. Keine Chance. Stattdessen verblendet ein trüber Schleier sich anbahnender Ohnmacht meine Sehkraft. Gezeichnet durch motorische Störungen wackeln mir regelrecht die Beine, die Pfeiler meines Körper.

Nein, ich hatte keinen dieser Beschleuniger getrunken - so pflegte ich die vielen Kurzen mit der Flamme obendrauf zu bezeichnen, die ich mit Tim zusammen an freien Tagen runterstürzte -, sondern war gänzlich nüchtern. Einerlei mit der Handlungsunfähigkeit eines Trunkenboldes, wäre ich nicht einmal in der Lage gewesen, die Nasenspitze zu berühren. Die Empfindung von Scheitern klopft am Rand meiner Psyche, zerrt wie ein tollwütiger Wolf an meinen Nerven. Totalversagen.

Ich hatte richtig gehört, es klopfte, aber nicht nur in meinem Kopf, sondern gleichzeitig an der Tür. Wie gerufen eilte Gabor Barna hinein und fing mich auf, bevor ich ohnmächtig auf den Boden fiel. In seinem Schlepptau befanden sich schwerbewaffnete FBI-Beamte.

Das Grauen, die Gier, der Hass in den Köpfen, die schrecklichen Berichte über Krieg, nicht zuletzt auch meine eigenen Traumata in Bosnien hatten dazu geführt, dass ich innerlich verroht war. All das hatte mich blind gemacht, deswegen hatte ich meine Prinzipien über Bord geworfen und angefangen, bei der Lösung von Problemen die gleichen Mittel anzuwenden. Nur so konnte ich im Nachgang mein Vorhaben erklären, dem Boss eine Kugel in den Kopf jagen zu wollen. Die Erkenntnis, dass Vergebung einen Ausweg aus diesem Teufelskreis der Gefühle darstellte, war aber wohl instinktiv in mir verwurzelt, sodass mein Körper - als es darauf ankam - den Dienst verweigerte. Zum Glück. Letztendlich mutierte ich durch diesen Umstand nicht zu einem von diesen Gewissenlosen. Aus dieser höheren Perspektive betrachtet hatte ich ganz und gar nicht versagt, sondern vielmehr gewonnen, denn ich blieb meinen moralischen Vorstellungen treu.

Gabor Barna hatte bei unserem letzten Telefongespräch gewittert, dass ich auf der falschen Spur war. Eine Selbstjustiz wollte er auf jeden Fall verhindern und reiste umgehend an, mit weiterem belastendem Beweismaterial in der Aktentasche, um meinen Boss dingfest zu machen. Als Folge wanderte das Dreckschwein hinter schwedische Gardinen. Es hatte keine Aussicht, in den nächsten zwölf Jahren freizukommen. Ich kam lediglich mit einer Ermahnung davon, ergo würde die Absicht alleine nicht für eine Anklage ausreichen, hieß es. Allerdings nur unter der Voraussetzung, dass ich gegen meinen Boss und die *Rote Pranke* aussagte. Natürlich hatte Gabor Barna bei dem milden Ausgang für mich die Hand im Spiel, außerdem brauchte er mich als Zeugen. Die Einlassung vor Gericht war das Mindeste, was ich für diesen wahren Freund tun konnte. Meine Bedingung war lediglich, dass Lazar sein Amulett zurückerhielt. Deshalb verschwand der *Tschelenk* ohne großes Aufsehen aus der Asservatenkammer, als hätte er überhaupt nicht existiert, noch bevor eine Feststellung des Ursprunges erfolgen konnte. So wurden Natalie, Lazar und ich in ein Zeugenschutzprogramm aufgenommen. In diesem Zuge wurde aus meiner Freundin und mir ein Ehepaar und der Junge offiziell zu unserem Kind, insofern bedurfte es keiner Adoption mehr. Eine Hochzeitszeremonie wurde damit ebenfalls obsolet.

33

Das Ritual

Ein Jahr später

TIEF verwurzelte Annahmen über die Wirksamkeit übernatürlicher Kräfte, die Relikten aus vergangenen Zeiten zugeschrieben werden, spielen in vielen Kulturen sicherlich eine gewichtige Rolle. Mein Eindruck war, dass diese Rolle in einem durch kriegerische Auseinandersetzungen zerschundenen Land wie Bosnien sogar noch bedeutender war. Die Menschen klammerten sich hier regelrecht an überlieferte Gepflogenheiten. Kein Wunder, etwas anderes blieb ihnen oft nicht übrig. Gegen Aberglaube war ich stets immun, alle meine Freunde wussten das. Die Erkenntnis, manche Dinge im Leben einfach mitzunehmen, gänzlich nach der Manier eines Sammlers, kam erst viel später, nach meinem folgenreichen Abenteuer.

Was habe ich schon dabei zu verlieren?

Es war ein angenehmer Sommertag. Ich atmete tief ein und lauschte dem Gezwitscher der Blaumeisen, die das Efeu am Dach der Veranda eifrig nach Insekten absuchten. Ihre Laute waren keinesfalls monoton, sondern die Töne reihten sich, wenn man genau hinhörte, zu einer wohlklingenden Melodie: der Melodie des Lebens. Sie beruhigte mich und gab mir das

Gefühl von Geborgenheit.

In meiner Phantasie sehe ich mich mitten in der Melange eines Urwaldes mit unzähligen Tier- und Pflanzenarten. Doch so chaotisch der Wald auf den ersten Blick wirkt, ein ausgeklügeltes System steckt dahinter. Unsichtbare Hände, welche die vielfältigen Chöre der Natur mit ihrer Magie zur Symbiose dirigieren. Plötzlich erkenne ich Ordnung hinter der Szenerie, so sind Insekten Nahrung für die Brut der Vögel. Viele würden darin eine göttliche Kraft sehen.

Der geheimnisvolle, zitronige Duft von violett gesprenkelten Orchideen, die die Hochbeete und Pflanzentröge innerhalb der kleinen Grünanlage der alten orthodoxen Kirche zierten, erfüllte meine Lungen. Es war der Geruch von Frieden, Frieden mit mir selbst und meinen Zeitgenossen.

Ich gab Natalie einen innigen Kuss. Meine Seitensprünge mit Tamara und Ambera waren in der Zwischenzeit zu vagen Erinnerungen verblichen und es war gut, sie als solche zu belassen. Sie hatten meine Liebe zu Natalie noch verstärkt und blieben für immer mein Geheimnis. Aufgrund meiner Aussage, der Aufzeichnung von der Sitzung des Hohen Rates und den Beweisen, die Gabor Barna darüber hinaus zusammengetragen hatte, wurden viele Angehörige der *Roten Pranke* verhaftet, das heißt, sofern sie noch lebten. Mitglieder des Präsidiums waren keine darunter. Die drei Greise hatten offenbar geahnt, dass sie im Zuge der Ermittlungen bald selbst auf der Anklagebank sitzen würden und hatten alle Glieder, die ihre Identität kannten und eine Verbindung zu ihnen herstellen könnten, liquidieren lassen. Sie kamen davon. So fand man auf einer Müllkippe die Leichen von Tomislav Stankovic und Liz, der Virago mit dem penetranten Parfum. Sie waren entsprechend der Tradition in der *Roten Pranke* standesgemäß erwürgt worden. Eine grässliche Tradition, keine Frage, dennoch Mitleid empfand ich nicht gerade für die beiden, denn auf der Müllkippe der Zeit waren sie, genauso wie alle anderen Menschen ohne moralische Grenzen, gut aufgehoben. Trotzdem hatte mir die Nachricht in der Zeitung ein leichtes Unbehagen in der Magengrube bereitet, aber daran wollte ich jetzt nicht mehr denken.

Wir hatten in der Zwischenzeit zwar neue Identitäten erhalten, gleichwohl war unsere Reise nach Bosnien mit einem kleinen Restrisiko verbunden. Natalie und Lazar hatten trotzdem darauf bestanden. Ich nahm sie an der Hand und wir traten gemeinsam in die *Alte Orthodoxe Kirche* ein.

»Bist du sicher, dass du das machen willst«, fragte ich Natalie.

Sie hegte absolut keine Zweifel. »Schaden wird's nicht. Und wer weiß, vielleicht schützt das Ritual unsere Tochter.«

Natalie hatte von einem Geschenk gesprochen, aber bis zum Tag meiner Rückkehr für sich behalten, was für ein Geschenk es war. Daher war die Überraschung immens. Ich konnte es kaum glauben, als ich ihren gewölbten Bauch berührte! Sie, die immer einen flachen Bauch hatte! Wir waren beide davon ausgegangen, nie ein eigenes Kind aufziehen zu können, aber so unvorhersehbar ist das Leben manchmal. Noch vor eineinhalb Jahren war Natalie niedergeschlagen von der Untersuchung ihres Frauenarztes zurückgekehrt. Die Nachricht über ihre Unfruchtbarkeit hatte sie damals in eine monatelange Depression gestürzt. Umso größer die Freude jetzt. Bald würden wir zwei Kinder haben. Logik ist etwas Anderes. Die magischen Hände da oben im Himmel lassen sich nicht durch Wissenschaftler in konventionelle Denkmuster zwängen. Sie haben bei der Komposition ihrer Lieder alle Freiheiten, deren Umfang wir Menschen nicht einmal überblicken können.

Lazar und Natalie hatten sich von Anfang an gut verstanden. Er trug sein Amulett am Hals und war ganz aufgeregt - unnötig zu erwähnen, dass er den Zauber der Kindsmumie längst kannte -, als wir die Treppe hoch zu dem mumifizierten Leichnam gingen. Natalie nahm ihn an der Hand und lief, wie es die Überlieferung verlangte, drei Mal um die Mumie herum. Zum Schluss krabbelten sie zusammen unten durch, um den göttlichen Segen zu erhalten.

»Jetzt wird alles gut.« Glücksgefühle breiteten sich bis in die letze Zelle meines Körpers aus.

»Von jetzt an nehmen wir jedes Ritual mit, dass unseren Kindern helfen könnte, egal aus welcher Kultur«, scherzte Natalie.

Sie gab Lazar und mir einen Kuss und wir spazierten hinaus, wo Davut auf uns wartete. Ihn wiederzusehen war ebenfalls eine Freude.

Sei es Zufall oder gar Vorhersehung, ohne Natalie die *Baščaršija* zu zeigen, wollte ich nicht zurückfliegen. So saßen wir an der *Ćevapčinica* gegenuber der *Sebilj* und schlemmten - unser Spaziergang am Nachmittag hatte uns hungrig gemacht - die leckeren Fladen mit Frikadellen und Zwiebeln darin, als eine Frau mit einem hübschen Eulengesicht sich unserem Tisch näherte. Ich wollte nicht erkannt werden, daher hatte ich mir zwar einen Vollbart wachsen lassen und trug zudem einen *Pork Pie*, trotzdem erkannte sie mich.

Selma beugte sich zu mir herunter. »Na, das ist ja eine Überraschung. Sie sind wieder zurück?«

»Zu meinem Leidwesen hatte ich vom Wasser des *Sebilj* getrunken. Ich konnte nicht anders«, ulkte ich.

»Dann werden sie wohl immer wieder kommen müssen. Für wie lange sind sie da?«

»Nur für zwei Tage. Ich wollte meiner Freundin Sarajevo

zeigen. Tun Sie mir einen Gefallen und erwähnen nichts darüber in der Bank.«

»Sicher. Kein Thema. Dann will ich Sie nicht weiter stören.«

Während Selma sich aufrichtete und zu dem Tisch ging, an dem ihr Mann saß, rutschte für einen winzigen Moment der Kragen ihrer Bluse herunter. So erkannte ich an ihrem Hals die Umrisse einer Katze. Einer Katze mit übergroßen Augen. Ich war mir ziemlich sicher, es war die gleiche Tätowierung, wie die an Amberas Hals. Mich traf der Schlag. Ich rieb nachdenklich meinen Vollbart. Auf die Idee, dass es eine intime Verbindung zwischen Ambera und Selma gab, wäre ich niemals gekommen. Vielleicht hatte das Eulengesicht nicht nur mit Nenad und Erwin ein außereheliches Verhältnis, sondern auch mit Ambera. Anders konnte ich mir das Tattoo nicht erklären. Ich erinnerte mich, Ambera hatte es nicht ausdrücklich gesagt, aber durch ihr Schmunzeln und ihre Wortwahl ein bisexuelles Verhältnis faktisch zugegeben. Ihre bevorzugte Waffe waren Giftpfeile und welch ein Zufall: Am Körper von Nenad fand man einen Einstich.

Vielleicht war sie doch nicht so unschuldig, wie ich dachte?

Offenbar war Erwin nicht der einzige, der an einer krankhaften Eifersucht litt. Es ist zum verrückt werden: alle dachten, der Fall sei geklärt und Erwin der Mörder von Nenad. Nun das …

Glossar

Adam Qadnon

Adam Qadmon ist nach der Kabbala die Personifikation des Urmenschen. Der irdische Mensch ist ein Abbild von ihm, der allerdings nicht ganz so perfekt ist. Siehe auch unter Ha' Ari Hakadosh.

Adirondack Mountains

Ist eine Gebirgslandschaft, die sich im Nordosten des US-Bundesstaates New York befindet und ein Teil des großen Naturschutzgebietes Adirondack Park ist.

Alte Orthodoxe Kirche

Sie wurde unter der Herrschaft des muslimischen Vezirs Gazi Husrev Bey, kurz nach der Eröffnung der großen Moschee im Jahre 1537 fertiggestellt wurde.

Äquilibritas

Auch Aequilibritas geschrieben. Das Wort kommt aus dem Lateinischen und bedeutet soviel wie die gleichmäßige Verteilung von Kräften in der Natur.

Arizona Market

›Jeder Markt, der an einem bestimmten Platz zu einer bestimmten Zeit entsteht und sich verändert, spiegelt die jew-

eilige gesellschaftliche Situation wieder‹, schreibt Josef Kirchengast über diesen Markt.
Ursprünglich wurde er im Norden Bosniens errichtet, um ein Signal für die ethnische Versöhnung zu setzen und den Zugang zu Waren des täglichen Bedarfs zu ermöglichen, jedoch mutierte der Arizona Markt schon bald zu einem Ort, an dem Geschäfte mit Prostitution, Drogen und Menschenhandel gemacht wurden. Zu den Hauptkunden zählten Angehörige der im Land befindlichen dreißigtausend Mann starken Friedenstruppen, auch SFOR genannt. Während meines Aufenthaltes in Bosnien habe ich selbst Berichte über Organhandel gehört.

Arkans Tiger

Eine paramilitärische Einheit, die vom Serben Željko Ražnatović (bekannt unter dem Namen Arkan) angeführt wurde. Arkan und seinen Tigern werden zahlreiche Kriegsverbrechen an Muslimen und Angehörigen anderer Konfliktparteien während des Bosnienkrieges vorgeworfen. Aber auch in der Unterwelt Serbiens hatte Arkan sich mit diversen Morden einen Namen gemacht, in die er und seine Männer verstrickt gewesen sein sollen. Er wurde aufgrund eines Haftbefehls vom Internationalen Strafgerichtshof in Den Haag wegen Völkermordes in mehreren Fällen gesucht. Arkans Nähe zum ehemaligen serbischen Präsidenten Slobodan Milosevic war allgemein vermutet worden. Dennoch wird behauptet, dass Milosevic selbst Arkan in einem Belgrader Hotel im Januar 2000 beseitigen lies, weil dieser bereit gewesen sein soll, als Kronzeuge vor dem Den Haager Kriegsverbrechertribunal gegen ihn auszusagen.

Baščaršija
So wird die Altstadt, also das historische Stadtzentrum von Sarajevo bezeichnet. In der Baščaršija befinden sich mehrere Bauwerke aus Osmanischer Zeit. So zum Beispiel die Gazi Husrev Bey Moschee, die Saat Kula sowie der große Platz mit dem Sebilj, einem Holzbrunnen. Das Wort ›Baščaršija‹ selbst stammt aus dem Türkischen und bedeutet soviel wie ›Hauptmarkt‹.

Bezistan
So wurden im Osmanischen Reich exklusive Einkaufsmeilen innerhalb von Basaren bezeichnet. Sie hatten eine ähnliche Funktion wie die Basilika in römischen Zeiten. Bezistans waren so bedeutend, dass die Größe von Städten damals nach der Anzahl ihrer Bezistans eingestuft wurde.

CBB
Commercial Bank of Bosnia. Eine von mir erfundene, fiktive Bank in Bosnien.

Čevapčići
Frikadellen nach bosnischer Art mit kleingehackten Zwiebeln darüber, serviert im Fladenbrot.

Čevapčinica
Ein Imbiss, der Čevapčići verkauft.

Daytoner Abkommen
Mit dem Daytoner Abkommen wurde im Jahre 1995 der Krieg in Bosnien und Herzegovina für beendet erklärt. Das Abkommen kam unter der Federführung der OSZE und durch die Vermittlung der USA zustande. Es wurde von

Serben, Bosniaken und Kroaten unterzeichnet.

Fedora

Ein Huttyp mit breiter Krempe, die hinten nach oben abgeschrägt ist und vorne nach unten. Humphrey Bogart war wohl der bekannteste Träger dieser Hutform.

Gazi Husrev Bey

(Geb. 1480 - † 1541) Er war der erste Bey (Landesfürst) des Sandschaks Bosnien während des Osmanischen Reichs. Während seiner Herrschaftszeit lies er diverse historische Gebäude in Bosnien errichten, die heute als Touristenmagnete dienen, so zum Beispiel die Gazi Husrev Bey Moschee oder den Saat Kula Turm.

Gazi Husrev Bey Moschee

Sie ist die zentrale Moschee im Herzen Sarajevos. Sie wurde auf Anordnung von Gazi Husrev Bey im Jahre 1530/1531 fertiggestellt. Zum Moscheekomplex gehören unter anderem wissenschaftlich genutzte Gebäude wie die Medresa, die islamische Hochschule Sarajevos, des weiteren die Muvekithana, in der zu osmanischen Zeiten Astronomen die Gebetszeiten berechneten, sowie ein Springbrunnen im Moscheehof. Die Moschee grenzt an den Saat Kula Turm an.

Ha' Ari Hakadosh

(Geb. 1534 - † 1572) Ha' Ari Hakadosh (auch bekannt unter dem Namen Isaak Luria Ashkenazi) war ein Rabbiner aus Galiläa osmanischer Zeit und begründete die heutige Kabbala. In Israel wird er aufgrund seines Wirkens sogar ›heiliger Mann Gottes‹ bezeichnet. Zur Erinnerung hier noch einmal die erklärende Passage:

Die Schöpfung beginnt nach Isaak Luria mit der Selbstbeschränkung des unendlichen göttlichen Seins. Durch diese Selbstbeschränkung entsteht ein Urtyp des Menschen, den er Adam Qadnon nennt. Adam Qadnon seinerseits ist Schöpfergott für die nachfolgenden Menschen. Er hat zwar alle wichtigen Eigenschaften wie Schönheit, Stärke, Liebe und Weisheit, die ein Mensch haben sollte, aber er ist dennoch unvollkommen. Sein Körper ist zu schwach, um die gigantische göttliche Energie zu beheimaten. Folglich platzen seine Gefäße und im kosmischen Chaos entsteht auch dämonisches Leben. Wir Menschen sind daher nicht perfekt und müssen den chaotischen Kräften Liebe und Barmherzigkeit entgegensetzen. Isaak Luria nennt diesen Prozess Restitution. Nach ihm sollte alles im Leben darauf ausgerichtet sein, ein reines Ich zu schaffen. Und das geht nur, indem man das Böse bekämpft.

Internationals

So werden Mitarbeiter von internationalen Organisationen in Ländern mit UN Missionen bezeichnet.

Kabbala

Siehe unter Ha' Ari Hakadosh.

Lateinerbrücke

Eine osmanische Steinbogenbrücke aus dem Jahre 1565 im Herzen Sarajevos. Sie ist benannt nach dem angrenzenden katholischen Stadtteil auf der linken Seite nördlich der Brücke, der früher Latinluk hieß.

Marie Antoinette

(Geb. 1755 - † 1793) Marie Antoinette war die Ehegattin von Ludwig dem XVI und letzte französische Königin. Sie wurde im Zuge der französischen Revolution am 16. Oktober 1793 auf dem Place de la Concorde mit der Guillotine enthauptet. Den Erzählungen nach war sie die letzte Trägerin des Hope-Diamanten, der mit einem Fluch belegt worden war.

Mevlana (Rumi)
(Geb. Ca. 1207 - † 1273) Dschalal ad-Din Muhammad Rumi (auch bekannt unter dem Namen Mevlana oder Maulana) war ein muslimischer Mystiker und Begründer des berühmten Derwisch Ordens im türkischen Konya. Rumi machte sich zu Lebzeiten als Gelehrter und Dichter über die muslimische Welt hinaus einen großen Namen und wurde vielseitig geachtet. Rumis Denken wurde insbesondere durch den geistigen Austausch mit Schams-e-Tabrizi geprägt, einem Sufi-Gelehrten aus Tebriz, einer Stadt im heutigen Iran.
Rumi sah in der Liebe die wichtigste Kraft im Universum, in der jedes elementare Teil mit allen anderen Teilen in einer Liebesbeziehung stehen würde. Demzufolge könne der Mensch Harmonie mit sich selbst und dem Universum nur erre ichen, wenn er lerne Gott und alles was Gott geschaffen habe zu lieben. Rumis poetisches Werk ›The Masnavi‹ gilt als eines der bedeutendsten Sufi-Werke überhaupt.
Rumis meistzitierten Verse gehen so: ›Komme, komme, wer auch immer Du bist. Ob Wanderer, Götzenanbeter, Liebhaber des Verlassens, es ist völlig egal. Dies ist keine Karawane der Verzweiflung. Auch wenn du deinen Eid tausendmal gebrochen hast, komme, komme und noch einmal komme!‹

Miljacka
Die Miljacka ist ein Fluss, der entlang der Sniper Alley durch Sarajevo fließt. Er führt oft einen erhöhten Anteil an Roterde

mit, weswegen er im Volksmund ›Roter Fluss‹ genannt wird.

Mimar Sinan

(Geb. Ca. 1490 - † 1588) Mimar Sinan ist einer der bekanntesten Baumeister aus osmanischer Zeit. Seine zahlreichen Bauwerke, darunter viele Paläste, Moscheen, Brücken, Hochschulen, Badehäuser oder Krankenhäuser, schmücken heute noch große Teile Süd-Ost-Europas, des Nahen Ostens sowie der Türkei. In Fachkreisen wird er als einer der bedeutendsten Architekten aller Zeiten angesehen. Zu seinen bekanntesten Bauwerken zählen unter anderem die Süleymaniye Moschee in Istanbul sowie die beiden berühmten Brücken Stari Most (Mostar) und die Mehmed-Paša-Sokolović über der Drina (Višegrad) in Bosnien und Herzegovina. Das Buch ›Die Brücke über der Drina‹ ist ausschlaggebend gewesen für den Literaturnobelpreis, der im Jahre 1961 an Ivo Andrić ging.

Muvekithana

Räumlichkeiten, welche von Astronomen in früheren Jahren benutz wurden, um die Uhrzeit zu bestimmen. Größere Moscheekomplexe hatten oft derartige Muvekithanas, um die korrekten Gebetszeiten zu berechnen.

Obana Kulina Bana

So heißt die Straße entlang des nördlichen Miljackaufers im Zentrum Sarajevos.

Office of High Representative (OHR)

Der High Representative für Bosnien und Herzegovina und sein entsprechendes Office of the High Representativ (OHR) überwachen seit dem Ende des Bosnienkrieges in 1995 die

Umsetzung der zivilen Ziele des Daytoner Abkommens. De facto kann das OHR alle Entscheidungen des Parlamentes und des Präsidenten außer Kraft setzen.

Orden des Halbmondes (engl. Imperial Order of the Crescent)

Dieser Ritterorden wurde im Jahre 1799 von Sultan Selim III eingerichtet, um Admiral Horatio Nelson für seine Verdienste in der Seeschlacht bei Abukir im Jahre 1798 ehren zu können, weil im Osmanischen Reich bis dahin Ehrungen von ausländischen Würdenträgern nicht vorgesehen waren. Admiral Horatio Nelson hatte in dieser Seeschlacht Napoleons Flotte vernichtend geschlagen. Er wurde der erste Ritter des Ordens und erhielt neben einem Abzeichen mit demselben Namen einen Tschelenk vom Turban des Sultans. Sowohl den Orden als auch den Tschelenk trug er gerne zu offiziellen Anlässen. Damals war Ägypten Teil des Osmanischen Reichs und Napoleons Ambitionen gefährdeten sowohl osmanische als auch britische Interessen, sodass beide Mächte zeitweise kooperierten.

OSZE

Organisation für Sicherheit und Zusammenarbeit in Europa, kurz OSZE, ist die weltweit wichtigste Organisation zur Friedenssicherung. Die OSZE zählt siebenundfünfzig Mitgliedsstaaten. Ihre Beschlüsse werden im Konsensprinzip gefasst und sind nicht bindend. Sitz der Organisation ist Wien.

Perun und Veles

Perun und Veles sind zwei rivalisierende Götter in der slawischen Mythologie aus vorchristlicher Zeit. Perun nimmt als Herr über Blitz und Donner eine ähnlich dominante Stellung ein wie Zeus im griechischen Götterpantheon und gilt als Oberhaupt der slawischen Gottheiten, der für Recht und Ordnung sorgt. Veles hingegen ist Herrscher des Untergrundes. Er wird von Perun gejagt und kann in die Gestalt von anderen Lebewesen schlüpfen, um sich zu verstecken. Als Meister von List und Täuschung tritt er mal als Bär, als Schlange oder als Schäfer auf, um der immerwährenden Jagt durch Perun zu entkommen.

Pork Pie
Eine Hutform mit gleichmäßiger schmaler Krempe und einer niedrigen Hutkrone.

Restitution
Siehe unter Ha' Ari Hakadosh.

Rusalka
Eine jungfräuliche Mädchengestalt in der slawischen Mythologie, die durch einen Sprung in ein Gewässer Selbstmord begeht. Die zugeschriebenen Charakterzüge variieren je nach Region beträchtlich. In Erzählungen kommt diese Figur häufig in Kombination mit der Gestalt des Vodjanoy vor. Siehe auch unter Vodjanoy.

Saat Kula
Das Wort Saat Kula hat seinen etymologischen Ursprung im Türkischen und bedeutet soviel wie Uhrturm. So wird der Uhrturm aus der ersten Hälfte des siebzehnten Jahrhunderts in der Altstadt Sarajevos bezeichnet. Dieser ist einer der wenigen Uhrtürme aus osmanischer Zeit, die noch die Zeit nach dem Mondkalender angeben, der als Grundlage für die Berechnung von Gebetszeiten in den Moscheen verwendet

wird.

Saudade
Eine Stilrichtung in der portugiesischen Volksmusik, die mit sanften, melancholischen Rhythmen und Texten eine wehmütige und sehnsüchtige Stimmung vermittelt.

Sebilj
Ist ein historischer Holzbrunnen auf dem großen Platz in der Baščaršija. Der Brunnen stammt aus dem Jahre 1754 aus der Herrschaftszeit des Vezirs Mehmet Pascha, brannte jedoch im Jahre 1852 völlig nieder und wurde 1891 neu aufgebaut. Dem Trinkwasser aus dem Brunnen wird eine besondere Wirkung zugeschrieben. Erzählungen nach kommt jeder, der einmal das Wasser aus dem Brunnen getrunken hat, wieder dorthin zurück.

Sevdalinka
Ist eine traditionelle musikalische Gattung in Bosnien und Herzegovina, die sich insbesondere mit Liebe, Leidenschaft und Sehnsucht auseinandersetzt und vor allem durch das Sazspiel eine sehr melancholische Stimmung vermittelt. Das Wort „Sevda“ kommt aus dem Türkischen und bedeutet soviel wie „Liebe“. Oft wird die Sevdalinka mit der portugiesischen „Saudade“ verglichen.

SFOR
Die Stabilisation Force (kurz: SFOR) wurde unmittelbar nach dem Bosnienkrieg in 1996 durch die NATO eingerichtet und sollte den beschlossenen Friedensprozess absichern. Nahezu alle Mitgliedsländer stellten hierfür Soldaten bereit.

Sniper Alley
So wird eine lange Straße genannt, die in das Zentrum von Sarajevo führt. Je nach Abschnitt lautet der bosnische Name dieser Allee ›Ulica Zmaja od Bosne‹ oder ›Obana Kulina Bana‹. Während der jahrelangen Belagerung Sarajevos war die Sniper Alley fast täglich in den Medien präsent, weil serbische Scharfschützen aus den umliegenden Bergen hier wahllos auf Passanten schossen, die sich auf die Suche nach Proviant oder Medikamenten begaben. So starben in den Jahren zwischen 1992 bis 1995 auf der Sniper Alley mehrere hundert Menschen an Schussverletzungen, Tausende wurden verwundet.

Srebrenik
Eine alte Burgruine aus dem Jahre 1333. Sie liegt ca. 37 km südwestlich von Brčko Distrikt.

Talar
Ein Obergewand, das von Geistlichen, aber auch in juristischen und akademischen Kreisen, als Amtstracht getragen wird.

Tschelenk
Ein schmuckes Abzeichen, das Herrscher aus dem Orient zu früheren Zeiten an ihren Kopfbedeckungen trugen. Sie waren meist mit Diamanten und anderen wertvollen Edelsteinen besetzt. Zu besonderen Anlässen wurden Tschelenks auch an hohe Würdenträgern verliehen. Sehr selten an ausländische Personen. Der erste Würdenträger, der einen Tschelenk erhielt, war Admiral Horatio Nelson. So schenkte Sultan Selim III ihm für seinen Sieg in der Seeschlacht bei Aboukir einen Tschelenk, den er am eigenen Turban getragen hatte, weshalb der Tschelenk einen unschätzbaren Wert hat.

Siehe auch unter ›Orden des Halbmondes‹.

Vijećnica

Ein aus dem Jahre 1894 stammendes Gebäude, das zunächst als Rathaus diente und seit 1947 als Nationalbibliothek fungiert. Berühmtheit erlangte die Vijećnica, weil der österreichische Thronfolger Franz Ferdinand am 28. Juni 1914 nach einem ersten erfolglosen Anschlag auf sein Leben dieses Gebäude besucht hatte. Unmittelbar nach seinem Besuch kam er bei einem weiteren Attentat ums Leben. Dieses Ereignis wird von Historikern als Auslöser des ersten Weltkrieges angesehen. Während der Belagerung Sarajevos von 1992-1995 wurde die Vijećnica schwer beschädigt.

Veles

Siehe unter Perun.

Vodjanoy

Als Vodjanoy (auch Vodyanoy geschrieben) wird in der slawischen Mythologie ein heimtückischer Wassergeist bezeichnet, dessen magische Fähigkeiten an Wasser gebunden sind. In einigen Überlieferungen wird er als ein trinkendes, stinkendes, dickes Wesen mit Hängebauch und dem Kopf eines Hechtes beschrieben, wobei sein Aussehen sowie Charakter je nach Region variieren können. Man glaubt, dass der Wassergeist seine Gestalt ändern kann und in Flüssen oder Seen beheimatet ist bzw. dort sein Unwesen treibt. Der Vodjanoy hat die Fähigkeit seine Form zu ändern und lockt gerne in Gestalt eines Topfes mit Seerosen Menschen ans Ufer heran, um sie dann zu erschlagen, zu erwürgen oder zu ertränken. Die Körper der Getöteten verschlingt er sodann und hält ihre Seelen auf ewig in umgestülpten Töpfen fest, so dass diese niemals zur Ruhe kommen. Er verschont nur junge Mädchen, die im Wasser Selbstmord begehen, und erlaubt ihnen an seiner Seite als Rusalka weiter zu existieren. In orthodoxen Kreisen wird erzählt, dass er Badende mit einem Brustkreuz verschont.

Zelene Beretke (Green Berets)
Eine paramilitärische Einheit der Muslime in Bosnien, welche auf Anweisung der bosniakischen Partei Stranka Demokratske Akcije in 1991 gegründet wurde. Später wurde sie in die Armee der Republik Bosnien integriert.
Der Zelene Beretke wird vorgeworfen am 15. Mai 1992 in Tuzla einen Konvoi der Jugoslawischen Armee (JNA) angegriffen zu haben. Scharfschützen der Einheit sollen Berichten zufolge erst die Fahrer der einzelnen Wagen ausgeschaltet und dann auf Flüchtende, darunter viele nicht bewaffnete Wehrpflichtige, geschossen haben.

Ziegenbrücke (Kozija Cuprija)
Eine ungefähr zwei Kilometer östlich der Altstadt von Sarajevo gelegene Steinbogenbrücke über der Miljacka, welche in der Zeit von Sokullu Mehmet Pascha erbaut wurde. Über diese Einbogenbrücke ging damals eine der wichtigsten Handelsrouten nach Europa.

Quellen

Beim Schreiben dieses Buches haben mich insbesondere meine eigenen Eindrücke in Bosnien und zahlreiche Gespräche mit Menschen vor Ort inspiriert. Darüber hinaus waren mir folgende Quellen eine große Hilfe (alphabetisch geordnet):

- Arno Mehlan: „Der Bazar auf dem Balkan in der Türkenzeit“
- Biographisches Lexikon zur Geschichte Südosteuropas, Leibnitz-Institut für Ost und Südost-Europaforschung
- Charlton T. Lewis, Charles Short: „A Latin Dictionary“, 1879
- Dayton Peace Agreement, Annex 10: „Agreement on Civilian Implementation“, veröffentlicht unter www.ohr.int
- Eldina Jasarevic: „In Sarajevo schlagen die Stunden anders“, 20.03.2016, unter ard-wien.de
- Eliahu Klein: „Kabbalah of Creation: The Mysticism of Isaac Luria, Founder of Modern Kabbalah“, 2007
- Elif Safak: „Die vierzig Geheimnisse der Liebe“; „Der Architekt des Sultans“
- Enzyclopaedia Britannica Online

- Ernst Egli: „Der Baumeister osmanischer Glanzzeit", 1954
- Fahrudin Strojil: „Sevdalinka - Bosnisches Volkslied"
- Howard Crane, Esra Akin: „Sinan's Autobiographies - Five Sixteenth-century Texts"
- Josef Kirchengast: „Gewalt, Geld, Sex: Der Markt regelt alles!?", Der Standard, Printausgabe vom 18.03.2008
- Lambert M. Surhone, Mariam T. Tennoe, Susan F. Henssonow: „Order of the Crescent", 2011
- Lemuel Francis Abbott: Ölgemälde von Horatio Nelson aus dem Jahre 1797
- Mark Lewis: "Der Fluch des Hope-Diamanten", Arte-Dokumentation, 01.06.2011
- Matthias Fink, Srebrenica: „Chronologie eines Völkermordes", 2015
- Pons Onlinewörterbuch
- Renate Flottau: „Der Tod des Tigers", Spiegel-Online vom 21.01.2000
- Resolution Nr. 1088 des UN-Sicherheitsrates
- Robert Southey: „Life of Nelson", Second Edition, Vol II., 1814
- Rumi: „The Masnavi", Book Two, 2007, A new Translation by Javid Mojaddedi
- Snezana Bogavac: „Nach dem Todeskuss für Arkan", 20.01.2000, WOZ Die Wochenzeitung
- Steve Przybilla: „Der Tunnel, die Sniper und eine Kuh", Spiegel-Online vom 24.09.2015
- Tobias Mayer: „Der wohl Berühmteste Baumeister

der islamischen Welt", Artikel vom 7.07.2013, Homepage Deutschlandfunk

- Wikipedia

Danksagung

Von ganzem Herzen danke ich Bettina Leuchtenberg, die mich bei diesem Buchprojekt ganz besonders unterstützt hat und immer an mich geglaubt hat. Vielen Dank auch an Melissa Fischer, Ilka Kathinka, Handan Sürmen sowie Michael Meichsner und Karsten Robert, die ebenfalls sich des Buches angenommen und als Lektoren in mühsamer Arbeit mit mir an Verbesserungen gearbeitet haben. Für die Gestaltung des Buchcovers möchte ich Nicole Graf herzlich danken. Mein besonderer Dank geht auch an Harald Günzel, der mit gewissem technischem Aufwand meine Vorablesung in Trier unterstützt hat, ohne auch nur die kleinste Gegenleistung dafür zu erhalten.

Abschließend möchte ich Detlef Wiederhöft danken, der als guter Freund stets mir moralische Unterstützung gab und dessen Büro ich zeitweise als Arbeitsplatz nutzen durfte.

Es ist schön, dass ihr für mich da wart und weiterhin seid.

Anmerkungen

Sämtliche Charaktere und Handlungen dieses Romans sind ein Produkt meines Geistes, soweit es sich nicht um allseits bekannte oder historisch belegte Personen, Gebäude sowie Ereignisse handelt. Darüber hinausgehende Ähnlichkeiten mit tatsächlichen Ereignissen, Orten oder lebenden wie auch verstorbenen Personen wären rein zufälliger Natur.

Über den Autor

Jem Saylor wurde 1970 in Melbourne, Australien, geboren und ist in Deutschland aufgewachsen. Er hat an der Universität Trier Wirtschaftswissenschaften studiert und sich dabei auf die Bewertung von Kreditrisiken spezialisiert. Im Rahmen seiner langjährigen Tätigkeit als Consultant leitete er diverse umfangreiche Projekte von global tätigen Entwicklungsbanken. Die Idee zum vorliegenden Buch entstand in den Jahren 2002 - 2007, als er für den Aufbau von Bankenstrukturen in die vom Krieg zerstörten Regionen des ehemaligen Jugoslawiens entsandt wurde. In dieser Zeit lernte er mit dem allgegenwärtigen Risiko zu leben, zu lieben und zu arbeiten. Nirgendwo anders wurde ihm verdeutlicht, wie sinnlos Kriege sein können und wie sehr der Hauptgrund aller Konflikte der schnöde Mammon ist. Die letzten zwölf Monate konnte er endlich nutzten, um seine nicht ganz ungefährlichen Erlebnisse und die vielen handschriftlichen Vermerke in einem spannenden Thriller zu verarbeiten.
Momentan arbeitet Jem Saylor an einer Fortsetzung, in der Lazar, der vom Schicksal geprägte Junge, eine zentrale Rolle spielt.

Printed in Poland
by Amazon Fulfillment
Poland Sp. z o.o., Wrocław

71352827R00230